德都蒙古（海西）文化生态保护实验区非遗丛书

མཚོ་ནུབ་བོད་ཀྱི་བཤད་པ་གཅེས་བཏུས།

海西藏族祝赞词

སེང་འབྲུག་མཚོ་ཡིས་གཙོ་སྒྲིག་བྱས།
桑周措　主编

མི་རིགས་དཔེ་སྐྲུན་ཁང་།
民族出版社

编委会

丛书名称：德都蒙古（海西）文化生态保护实验区非遗丛书
丛书作者：巴音斯格力
丛书署名：巴音斯格力　主编
作品名称：海西藏族祝赞词
作者姓名：桑周措
署名方式：桑周措　主编

དཀར་ཆག

སྔོན་གཞི།

《མཚོ་ནུབ་བོད་ཀྱི་བཤད་པ་གཅེས་བཏུས་》ཞེས་པ་འདི་ནི་ཆུ་འདམ་གཞོང་དུ་འཚོ་སྡོད་བྱས་ཡོད་པའི་བོད་རིགས་མི་དམངས་རྣམས་ཀྱིས་ལོ་ངོ་སྟོང་ཕྲག་ལྔག་གི་རིང་། རིགས་ཞེན་གྱི་དར་ཆ་དགུང་དུ་འཕྱུར་ཞིང་ཚོ་འབྲང་གི་བཞུར་རྒྱུན་རིང་དུ་བརྒྱུངས་པའི་སྐྱེ་ཚོགས་འཚོ་བའི་ཁྲོད། ཕ་མེས་ཡང་མེས་ནས་ངག་ཐོག་ཁོ་ནར་བརྟེན་ནས་འཛིན་སྐྱོང་སྤེལ་གསུམ་བྱས་པའི་བོད་དམངས་ཁྲོད་ཀྱི་བཤད་པ་ཅི་རིགས་ལས་གཅེས་སུ་བཏུས་ཏེ་ཕྱོགས་བསྒྲིགས་བགྱིས་པའི་དཔེ་དེབ་ཅིག་ཡིན་ལ། འདིའི་ནང་བཀོད་པའི་བརྩམས་ཆོས་དག་སྐྱིའི་ཆ་ནས་ཚིག་ཉུང་ཞིང་དོན་འདུས་པ་དང་ཉམས་དགའ་ཞིང་ཁ་གསལ་བ་སྟེ། བོད་གནའ་རབས་ཀྱི་རྩོམ་རིག་སྐྱིའི་ཁྱད་ཆོས་མངོན་པར་ལྡན། སྔོས་སུ་རྩོམ་ལུས་ཀྱི་ཐད་ནས་བལྟས་ན་ཚིགས་བཅད་ཀྱི་ལམ་ནས་སྤེལ་བ་ཉུང་མང་ཞིང་། ཚིག་ཀང་དོ་མཉམ་པའམ་ཚིག་སྣ་ཐུང་ཡང་གཙོད་མཚམས་གསལ་བ་དང་འགྲོས་རིམ་ལྡན་ཞིང་ཡིད་འགུར་གྱིས་ཕྱུག་པ་དག་ཏུ་སྣང་། ཡང་འགའ་ཉེ་རབས་དང་དེང་རབས་ཀྱི་བཤད་པའི་ཁྱད་ཆོས་གཞིར་བཟུང་སྟེ་ཚིག་ཁྲིམ་ཆ་མཉམ་པའི་ཚིགས་བཅད་དང་ཆ་མི་མཉམ་པའི་ཚིག་ལྷུག ད་དུང་བཅད་ལྷུག་སྤེལ་མ་བཅས་གང་ཉུང་གི་སྒོ་ནས་སྤེལ་ཡོད་ཅིང་། དེ་དག་རེ་རེ་ཡང་སྙེབ་ལེགས་ཤིང་བབ་ཆགས་པ་དང་སྙིག་བདེ་བ་སོགས་ཀྱི་ཁྱད་ཆོས་ལྡན་པས། བོད་རང་གི་སྐད་མེད་མར་དྲི་དང་རྩམ་དྲིས་ཀུན་ནས་སིམ་ཡོད་པར་མ་ཟད། ས་གནས་རང་གི་ཐུན་མོང་མ་ཡིན་པའི་རིག་གནས་རྒྱབ་ལྗོངས་ལ་གཞི་བཙུགས་ཏེ། བོད་ཆོལ་ཁ་གསུམ་གྱི་རྒྱ་ཆེའི་སྙིག་པ་པོ་ཡོངས་ལ་ཡིད་ཀྱི་གསོས་དང་རྣ་བའི་བཅུད་དུ་སྨིན་ཐུབ་པའི་བོད་དམངས་ཁྲོད་ཀྱི་བཤད་པའི་མཆོད་པ་གྱ་ནོམ་པ་ཞིག་བཤམས་ཡོད། དེ་བས་ཀྱང་། བརྩམས་ཆོས་ཕལ་ཆེ་བ་ཞིག་དུས་དེབ་དང་ཚགས་པར་སོགས་སུ་བཀོད་མ

སྐྱོང་བ་ཤ་སྟག་ཡིན་པས། སྔར་མཐོང་མ་སྐྱོང་བའམ་ཐོས་མ་སྐྱོང་བའི་བློ་བ་གསར་པ་ཞིག
དང་ཚོར་བ་གསར་པ་ཞིག་ཀྱང་དངངས་གིས་སྐྲེར་ཡོང་།

ནང་རྐྱེན་ནས་བལྟས་ན། མཚོ་ནུབ་བོད་ཀྱི་དམངས་ཁྲོད་རིག་གནས་ནི་ཏ་ཅང་ཕུན་
སུམ་ཚོགས་པར་མ་ཟད། གནས་འདིར་འཚོ་ཞིང་གཞིས་པའི་སྐྱེ་བོ་རྣན་དར་གཞོན་གསུམ་
ཚང་མས་དག་གི་དཔལ་ངོམ་ཞིང་ཚིག་གི་དག་ཐོན་པའི་སྤྲོལ་བཟང་འདི་གནའ་ནས་
བཟུང་རྒྱུན་འཛིན་ལེགས་པོ་བྱས་ཡོད་པ་དང་། ལྷག་པར་དུ་དམངས་ཁྲོད་རིག་གནས་ཀྱི་
གྲུབ་ཆ་གལ་ཆེན་དུ་གྱུར་ཡོད་པའི་བཤད་པ་ཅི་རིགས་ཀྱང་ད་ལྟ་དམངས་ཁྲོད་དུ་ཏ་ཅང་
དར་ཁྱབ་ཆེ་ཞིང་། སེར་སྐྱ་ཕོ་མོ་སུ་ཡིན་ཡང་རང་རང་གི་འཚོ་བའི་ཁྲོད་མེད་དུ་མི་རུང་
བའི་བསམ་བློའི་རྒྱུགས་ཕྱི་གལ་ཆེན་ཞིག་ཏུ་བཟུང་ཡོད་པ་རེད། ཡང་ཕྱི་རྐྱེན་ནས་བལྟས་
ན། མཚོ་ནུབ་ནི་ས་རྒྱ་ཆེ་ཡང་བོད་རིགས་ཀྱི་མི་གྲངས་ཉུང་བ་སོགས་ཀྱི་རྐྱེན་གྱིས་ཕ་མེས་
ཡང་མེས་ནས་བརྒྱུད་པའི་དམངས་ཁྲོད་རྩོམ་རིག་སྣ་ཚོགས་དུས་ལྟར་དུ་སྔོག་འདོན་དང་
དག་སྒྲིག་པར་སྐྲུན་སོགས་ཀྱི་བྱ་བའི་ཐད། ས་ཆ་གཞན་དང་བསྡུར་ན་བསྙོས་བཅས་ཀྱིས
ད་དུང་མི་འདང་ས་གང་མང་འདུག་ཅིང་། འོད་སྟོང་འབར་ཞིང་རིན་ཐང་བྲལ་བའི་
མཛོད་མིན་ཤུལ་བཞག་རིག་གནས་འདི་དག་དུས་ངེས་མེད་དུ་འཇའ་ཚོན་ལྟར་ཡལ་བའི་
ཉེན་ཁ་ཡང་མཆིས་སྲིད་པས་ན། ནང་རྐྱེན་མར་མེ་འོད་དུ་འཚེར་བ་ལ་ཕྱི་རྐྱེན་རླུང་ནག
འཚུབ་མས་མི་གཙེས་པའི་ཕྱིར་དུ། ང་ཚོས་དངོས་ཤུགས་གང་ཐུབ་བརྒྱུད་དེ་འདི་ཉིད་
རྒྱུན་འཛིན་དང་དར་སྤེལ་གང་ལེགས་བྱ་དགོས་པ་དང་། ཉམས་པ་སོར་ཆུད་དང་མ་
ཉམས་གོང་འཕེལ་གྱི་ཕྱོགས་སུ་རྩོལ་བ་རྒྱ་ཆེན་འདོན་རྒྱུ་ནི་ནམ་ཡང་གཡོལ་ཐབས་མེད་
པའི་རང་གི་འགན་འཁྲི་ཡིན་ནོ། །གནས་བབས་འདི་འདྲའི་འོག《མཚོ་ནུབ་བོད་ཀྱི་བཤད་
པ་གཅེས་བཏུས་》ཞེས་པའི་དཔེ་དེབ་འདི་ཉིད་ང་ཚོ་ཚང་མའི་བགོ་སྐལ་དུ་འབྲུངས་པ་
ནི། མཚོ་ནུབ་བོད་ཀྱི་དམངས་ཁྲོད་རྩོམ་རིག་འཕེལ་རྒྱས་ཁྲོད་ཀྱི་རླབས་ཆེ་བའི་དོན་བྱ་
ཞིག་ཏུ་འཁྱུམས་ཡོད་པས། འདི་ཡང་ས་གནས་ཀྱི་བོད་རིགས་སྤུན་ཟླ་ཡོངས་ཉམས་སྤྲོ་
ཞིང་དགའ་འོས་པའི་དོན་ཞིག་ཅི་ལ་མིན། དེས་ན། སྐབས་སུ་བབས་པའི་དོན་ཡང་《མཚོ་

ནུབ་བོད་ཀྱི་བཤད་པ་གཅེས་བཏུས་》ཞེས་པར་གླེང་གཞི་སྦྱོར་བའི་མོད་ལ། ཕོ་བོས་ཀློག་པ་པོ་ཐོག་མ་ཞིག་གི་ངོས་ཐད་ནས་འདི་ལ་སྙིང་ནས་རྗེན་འབྲེལ་ཞུ་བ་དང་སྦྲགས། ཁ་ཞེ་གཉིས་མེད་སྨོས་དཔེ་དེབ་སྒྲིག་པ་པོ་ལ་ཡི་རང་དང་མོས་གུས་ཀྱི་དོད་དུ། བོད་དམངས་ཁྲོད་ཀྱི་བཤད་པ་ཡི་ཐོག་མའི་བྱུང་འཕེལ་དང་ངོ་བོ་ཁྱད་ཆོས། དབྱེ་བ་རྣམ་གྲངས་སོགས་ཀྱི་ཕྱོགས་ནས་ཕྲན་ཙམ་གླེང་འདོད་པ་ལ། དེ་སྟོན་སྤྲེལ་སྦྱོང་བའི་རྩོམ་ཡིག《བོད་དམངས་ཁྲོད་ཀྱི་བཤད་པ་ཡི་སྐོར་རགས་ཙམ་གླེང་བ་》ཞེས་པའི་བརྗོད་གཞི་ལས་གཞན། དེ་ལས་འགོངས་པའི་བློ་ལྷག་གིས་བརྗོད་རྒྱུ་ནི་རེ་ཞིག་མ་སྙེད་པས་ཚན་བཤུས་ལྟར་བཀོད་པ་འདིས་ཡོངས་སུ་འཁྱུས་པར་བྱའོ། །

བོད་ཀྱི་དམངས་ཁྲོད་ཀྱི་བཤད་པ་སྣ་ཚོགས་ནི་ལོ་རྒྱུས་ཀྱི་རྒྱུན་རིང་ཞིང་མི་རིགས་རང་གི་ཁྱད་ཆོས་མངོན་དུ་དོད་པའི་དམངས་ཁྲོད་རྩོམ་རིག་སྤུ་ཤོས་ཀྱི་གྲས་ཤིག་ཡིན་ལ། དེ་ཡང་གདོད་མའི་འཛིག་རྟེན་གྱི་མི་རྣམས་ཀྱིས་རང་བྱུང་ཁམས་ཀྱི་གནོད་འཚེ་འགོག་ཐབས་སུ་རང་བྱུང་ཁམས་ཀྱི་དངོས་པོ་སྣ་ཚོགས་ལ་མཆོད་འབུལ་དང་གསོལ་བསྟོད་བྱེད་པའི་སྲོལ་ཆགས་པའི་སྐབས་སུ་བྱུང་བ་ཞིག་ཡིན། རང་རེའི་གངས་ཅན་ལྗོངས་འདིར་གནའ་ནས་བཟུང་ཡོངས་སུ་གྲགས་པའི་ཕོ་རྩལ་སྣ་དགུ་ལ་ངག་གི་རྩལ་གསུམ་སྟེ། ལོ་རྒྱུས་ཀྱི་དགེ་ཐོན་ཡིན་པ་དང་། གཏམ་གྱིས་བཞད་གད་སློང་བ། ཤགས་ཀྱིས་ཕ་རོལ་གནོན་པ་ཞེས་ཀུན་ལ་ཁྱབ་པ་འདིས་ཀྱང་བོད་དམངས་ཁྲོད་ནས་བཤད་པའི་སྒྱུ་རྩལ་ལ་རྩིས་མཐོང་ཆེན་པོ་བྱེད་ཀྱིན་ཡིན་པ་ཤེས་ཐུབ། དེས་ན་ཅི་འདྲ་ཞིག་ལ་བཤད་པ་ཟེར་ཞེ་ན། སྐྱེ་བོའི་སྨྲ་སྒོ་ལས་སྒྲ་གདངས་ངེས་ཅན་ཕྱུང་སྟེ་བརྗོད་བྱའི་དོན་སྟོན་པར་བྱེད་པའི་ངག་གི་ང་རོའི་བདག་ཉིད་ཅན་དེ་དང་། ཡང་དེ་ལ་བརྟེན་ནས་རང་བྱུང་བྱ་དངོས་དང་མི་སྣ། དོན་རྐྱེན་གང་རུང་ཞིག་ལ་དམིགས་ཏེ་དངོས་ཡོད་དང་རྟོག་བཏགས་བརྒྱུད། དེ་དག་གི་བྱུང་བ་དང་འཕེལ་རིམ། དགེ་སྡིག་བཟང་ངན་གྱི་ཡོན་ཏན། ནུས་པ་དང་ཁྱད་ཆོས་སོགས་སྒྲིག་གཞི་ངེས་ཅན་ཞིག་གི་སྒོ་ནས་སྒྱུ་རྩལ་གྱི་ཐབས་ལམ་སྤྱད་དེ་ཕ་རོལ་ལ་ངོ་སྤྲོད་པའམ་རང་བཞིན་དང་ངོ་བོ་མཚམས་སྦྱོར་འགྲེལ་བཤད་བྱེད་པ་དང་། ཉམས་མྱོང་

བརྒྱུད་སྤེལ་བྱེད་པ། སློབ་གསོ་སྐྱུལ་མ་བགྱི་བ་སོགས་བླང་དོར་གྱི་གནས་རྣམས་ངག་གི་དབྱངས་ཧ་ངེས་ཅན་ལ་དྲངས་ཏེ་སྤེལ་བའི་ངག་ཐོག་རྩོམ་རིག་ཅིག་ལ་ཟེར། བཤད་པའི་བརྗོད་བྱའང་སྤྱི་ཚོགས་འཕེལ་བ་དང་བསྟུན་ནས་སྣ་མང་ཅན་དུ་འགྱུར་བ་དང་། གསར་བྱུང་གི་བྱ་དངོས་དེ་དག་གཞིར་བཟུང་སྟེ་བཤད་མཁན་རང་གི་བློ་གྲོས་ཀྱི་རྩལ་དང་ངག་གི་དགེ་མཚན་མངོན་པའི་དམངས་ཁྲོད་ཀྱི་གསར་རྩོམ་ཞིག་ཀྱང་ཡིན།

གཅིག བཤད་པ་ཡི་ཐོག་མའི་བྱུང་འཕེལ་ནི། གདོད་མའི་ཆོས་ལུགས་ཏེ་བོན་ཆོས་བྱུང་བ་དང་བསྟུན་ནས་བཤད་པ་ཡི་རྩོམ་ལུས་ཀྱི་ཕྱི་མོ་ཆགས་ཤིང་། དེ་ནི་མི་རྣམས་ཀྱིས་ཐོག་མར་བོན་ཆོས་ཀྱི་བྱུང་བ་ལྟར་རང་སོ་སོའི་སེམས་པོ་དང་གཞི་བདག གནས་རི། ཡུལ་ལྷ་སོགས་ལ་མཆོད་པ་དང་ཕྱག་འབུལ། གསོལ་བསྟོད་ཕུལ་ནས་དེ་རྣམས་རྒྱབ་གཟུང་དུ་བརྟེན་ཐོག ཀྱེན་ངན་དང་བར་ཆད་མཐའ་དག་བཟློག་སྟེ་ལོ་ཡག་ཕྱུགས་འཕེལ་དང་བདེ་སྐྱིད་ཀྱི་འཚོ་བར་གཟིགས་སྐྱོང་གནང་བའི་ཁ་གཡང་སྨོན་ལམ་འདེབས་པ་དང་། ཁྱད་པར་དུ་ཚོ་ཁག་དང་ཚོ་ཁག་བར་གྱི་འཁྲུག་རྩོད་རྒྱུན་མི་ཆད་པས་རང་རང་གི་བརྟེན་ས་གྲོགས་སུ་བཀུག་སྟེ་མཆོད་བསྟོད་བྱེད་པར་མཆོད་འབུལ་དང་བསྟུན་པའི་སྟགས་ཚིག་གམ་ཞུ་འབོད། གནོད་འགོག་དང་བསྟུན་པའི་དམོད་ཚིག་གམ་སྟགས་ཚིག་སོགས་ཁ་ནས་ཡང་ཡང་བཟློ་ཞིང་དབྱངས་ཧ་ངེས་ཅན་ལ་དྲངས་ཏེ་བཤད་པ་དང་གྱེར་འདོན་བྱེད་པའི་སྲོལ་ཞིག་ཆགས། དེ་ཡང《ཞང་བོད་གནའ་རབས་ཀྱི་ལོ་རྒྱུས་ནོར་བུའི་མེ་ལོང་》ལས། "བོན་ཞེས་པ་ནི་བོད་སྐད་ཀྱི་བརྡ་ཤིན་ཏུ་རྙིང་མ་ཞིག་སྟེ་དེང་དུས་ཀྱི་སྐད་ལུགས་སུ་བྱས་ན'བཟླ'ཞེས་པའི་དོན་ལ་འཇུག་ཅིང་། 'བོན་པའམ''བཟླ་བ་ནི་སྔགས་པ་སོགས་ལ་བཟླ་བའི་གོ་དོན་བསྟན་ནུས་པའི་བྱེད་ཚིག་ཡོངས་གྲགས་ཤིག་ཡིན་སྟབས། གནའ་དུས་སུ་སྔགས་བཟླ་བའམ་དེ་དང་འབྲེལ་བའི་ཆོ་ག་དང་རིམ་གྲོ་སོགས་ཀྱི་བྱེད་ལས་དེ་ལ་'བོན'ཞེས་དང་། ལས་དེ་བྱེད་མཁན་དག་ལ'བོན་པོ'ཞེས་པའི་ཐ་སྙད་འདི་བྱུང་ཡོད་པར་མངོན"ཞེས་དང་། ཡང་། "ལོ་རྒྱུས་འགའ་ཞིག་ཏུ་བོན་ཞེས་པ་ནི་བོད་ཀྱི་བརྡ་རྙིང་ཞིག་ཡིན་ལ་ཞང་ཞུང་གི་སྐད་དུ'གྱེར'ཞེས་པ་དེ་དང་དོན་གཅིག་པར་བཤད་ཡོད། དེ་དག་

རེ་རེ་ལ་ཁུངས་གཏུགས་ན་ནི་ ‘བོན་’ཞེས་པ་འདི་བོད་ཀྱི་བརྡ་རྙིང་ཞིག་ཡིན་པ་ལ་ཐེ་ཚོམ་ཅི་ཡང་མེད་པར་མ་ཟད། ‘གྱེར་’ཞེས་པ་དེའང་ཞང་ཞུང་གི་སྐད་ཡིན་པ་དང་བོན་གྱི་གོ་དོན་དང་གཅིག་པ་ཡིན་པའི་བརྗོད་ལུགས་འདི་ལ་ཐེ་ཚོམ་སྐྱེས་དགོས་དོན་ཅི་ཡང་མེད་སོད། ‘གྱེར་’ཞེས་པའི་ཚིག་འདི་ནི་ཞང་བོད་ཐུན་མོང་གི་བརྡ་རྙིང་ཞིག་ཏུ་ཆགས་ནས་བོན་གྱི་དཔེ་རྙིང་མང་དག་ཏུ་ཚོ་གའི་སྐོར་སོགས་གྱེར་བ་སྟེ་གློག་པའམ་འདོན་པའི་དོན་དུ་བེད་སྤྱོད་བྱས་ཡོད་པ་དེ་རེད”ཅེས་མཁས་དབང་ནམ་མཁའི་ནོར་བུའི་དྲི་མེད་ཀྱི་གསུང་འདི་དག་གིས་ང་ཚོར་ལམ་སྟོན་གྱི་སྒྲོན་མེ་ལྟར་སྣང་བར་བྱས་ཡོད། གོང་གསལ་ལས་བཤད་པའམ་འཆད་གྱེར་གྱི་རིག་གནས་དེ་ཡང་རིགས་རྒྱུད་ཚོ་བའི་སྐབས་ཀྱི་རིག་གནས་ཀྱི་གྲུབ་ཆ་གལ་ཆེན་ཞིག་ཡིན་ན། ཡིག་འབྲིའི་སྲོལ་མ་བྱུང་གོང་གི་གདོད་མའི་ཆོས་ལུགས་བྱུང་བ་ནས་བཤད་པའམ་འཆད་གྱེར་ནི་མི་དང་མིའི་བར་གྱི་འབྲེལ་འདྲིས་ཀྱི་ཐབས་ལམ་གཙོ་བོ་ཞིག་ཡིན་ཕྱིར། ང་ཚོས་བོད་རྒྱལ་སྲོང་བཙན་སྒམ་པོའི་ཡར་སྔོན་དུ་ཕལ་ཆེར་འཆད་གྱེར་གྱི་དུས་སྐབས་ཁོ་ན་ཡིན་པར་གོ་ནའང་མི་ཆོག་རྒྱུ་མེད་ཅིང་། བོད་ཀྱི་ཆབ་སྲིད་སྐྱུང་ལྡེའུ་བོན་གསུམ་གྱིས་སྐྱོང་བའི་དུས་རབས་སུའང་འཆད་གྱེར་རིག་གནས་ཀྱིས་སྤྱི་ཚོགས་སྟེང་གལ་ཆེ་བའི་གནས་བབ་བཟུང་ཞིང་། གདོད་མའི་སྤྱི་ཚོགས་ཀྱི་དཔོན་ཁག་རྣམས་ཀྱིས་འཆད་གྱེར་རིག་གནས་ལ་བརྟེན་ནས་འབངས་ལ་སློབ་གསོ་དང་སྐྱུར་བཀོད་བྱས་པ་ཡང་འཁྲུལ་མེད་ཀྱི་ལུང་གིས་ཟིན་ཡོད་པས། དེ་ལས་བྱུང་ཞིང་འཕེལ་བའི་བོད་དམངས་ཁྲིད་ཀྱི་བཤད་པ་སྣ་ཚོགས་ཀྱང་གདོད་མའི་དུས་སྐབས་སུ་བྱུང་བ་རིགས་པས་གྲུབ་བོ། །

གཉིས། བཤད་པའི་ངོ་བོ་དང་ཁྱད་ཆོས་ནི། བོད་དམངས་ཁྲིད་ཀྱི་བཤད་པ་སྣ་ཚོགས་དེ་གདོད་མའི་སྤྱི་ཚོགས་སུ་མི་རྣམས་ཀྱིས་ཕན་ཚུན་ལ་སྐད་ཆ་ཤོད་ཤེས་པའི་དུས་ནས་བཟུང་འགོ་བཙུགས་ཤིང་། བོན་གྱི་འཆད་གྱེར་རིག་གནས་ཀྱི་རྨང་གཞིའི་སྟེང་འཕྲུས་ཚང་འཕེལ་རྒྱས་སུ་ཕྱིན། དེ་ནི་ལོ་ངོ་སྟོང་ཕྲག་མང་པོའི་ནང་དུ་བོད་རིགས་མི་དམངས་རྣམས་ཀྱིས་ཐུན་མོང་གི་བློ་གྲོས་ཀྱི་རྩལ་ལ་བརྟེན་ནས་ཕྱི་སྣོད་ཀྱི་འཇིག་རྟེན་ཆགས་ཚུལ་དང་། ནང་བཅུད་ཀྱི་སེམས་ཅན་བྱུང་ལུགས། རང་བྱུང་བྱ་དངོས་ཀྱི་ཆོས་ཉིད་དང་ཡོན་

ཏན་སོགས་བརྗོད་བྱ་ཕུན་སུམ་ཚོགས་པའི་སྒོ་ནས་འགྲེལ་བཤད་དང་ངོ་སྤྲོད་བྱེད་པ་དང་། དེ་ཡང་རྨོངས་དད་ཀྱིས་མི་ལ་མགོ་སྐོར་གཏོང་བ་ཁོ་ན་མིན་པར་ཕྱི་རོལ་ཡུལ་གྱི་བྱ་དངོས་མཐའ་དག་གི་རྒྱུ་འབྲས་དང་ཆོས་ཉིད་ལ་ཚན་རིག་དང་མཐུན་པའི་འགྲེལ་བཤད་རྒྱག་པ་གཞིར་བཟུང་སྟེ། ཉན་མཁན་ལ་འཚོ་བ་དངོས་ཀྱི་རིག་གནས་ཤེས་བྱ་དང་ལོ་རྒྱུས་གོམས་སྲོལ་བརྒྱུད་སྤྲོད་བྱེད་ཅིང་། བཟང་པོ་བསྟོད་པ་དང་ངན་པར་སྨད་པ་བགྱིས་ཏེ་མི་རྣམས་ལ་འཚོ་བར་སྤྲོ་བ་སྐྱེད་པའི་ཧེང་སྐུལ་དང་བསླབ་བྱ་ཐོབ་པའི་ནུས་པ་ཆེན་པོ་ལྡན་པས་ན། སྤྱི་ཚོགས་འཚོ་བར་མེད་དུ་མི་རུང་བའི་ངག་ཐོག་གཙོར་བྱས་ཏེ་སྤེལ་བའི་དམངས་ཁྲོད་རྩོམ་རིག་གི་རྣམ་པ་ཞིག་ཡིན། དེ་ཡང་“ཕོ་རེ་རེ་ཁ་ན་གཏམ་རེ། མོ་རེ་རེ་ཁ་ན་གཞས་རེ”ཞེས་པའི་དཔེ་ལྟར། རྒྱ་ཆེ་བའི་ངལ་རྩོལ་མི་དམངས་ཀྱིས་རང་རང་གི་འཚོ་བའི་དགོས་མཁོ་དང་བསྟུན་ནས་སྐབས་འཕྲལ་གསར་རྩོམ་ཡང་བྱེད་བཞིན་ཡོད་ལ། བཤད་པ་སྣ་ཚོགས་ལ་ད་དུང་སྒྲིག་གཞི་ངེས་ཅན་ཞིག་ཀྱང་ཚང་དགོས་པར་མ་ཟད། སྤེལ་སྟངས་ཀྱི་ཆ་ནས་ཀྱང་སྤྱིར་བཏང་དུ་དུས་ཆེན་དང་ཚོ་གའི་རིགས་གང་ཡིན་རུང་ཐོག་མར་རྟེན་འབྲེལ་ཞུ་བའི་ཚུལ་དུ་སྤེལ་བ་དང་། མཐའ་མར་བཀྲ་ཤིས་སྨོན་ཚིག་གི་ཚུལ་དུ་སྤེལ་བ་ནི་བོད་ཁམས་སྤྱི་ལ་ཁྱབ་པའི་བཤད་པ་སྣ་ཚོགས་ཀྱི་རང་ངོས་ཀྱི་ཁྱད་ཆོས་ཟླ་མེད་པ་ཞིག་ཏུ་སྣང་།

བརྗོད་བྱའི་དོན་གྱི་ཆ་ནས་ཐོག་མའི་བཤད་པ་སྣ་ཚོགས་ལ་མཚོན་ན། གཞི་བདག་དང་གནས་རི་སོགས་མི་རྣམས་ཀྱི་དད་མོས་ལ་འབྲེལ་བ་ཡོད་པའི་བརྗོད་བྱ་གལ་ཆེན་གྱི་སྐོར་ལས། དེང་སང་གི་འདི་ལྟ་བུའི་བྱ་དངོས་ཅི་རིགས་ལ་རིགས་མི་འདྲའི་བཤད་པ་མང་པོ་གཏོང་རྒྱུ་ཞིག་མེད་ལས་ཆེ་མོད། འོན་ཀྱང་སྤྱི་ཚོགས་ཀྱི་འཕེལ་རིམ་དང་བསྟུན་ནས་སྔོན་གྱི་གནས་རི་དང་གཞི་བདག་སོགས་བྱ་དངོས་གལ་ཆེན་རྣམས་གཞིར་བཞག་གི་སྟེང་། མི་དམངས་མང་ཚོགས་ཀྱི་འཚོ་བ་དང་འབྲེལ་བ་དམ་ཟབ་ཏུ་ཡོད་པའི་གསར་བྱུང་གི་བྱ་དངོས་དང་དོན་རྐྱེན་སྣ་ཚོགས་ཡོད་ཚད་བཤད་པའི་རྩོམ་ལུས་སུ་སྦྱར་ཏེ་སྣ་མང་ཅན་དུ་གྱུར་དང་འགྱུར་བཞིན་པ་ནི་རེ་རེ་ལྟར་བགྲང་བར་དཀའ་ཡང་། ནང་དོན་གྱི་ཁྱབ་ཁོངས་རིགས་སུ་བགར་ཏེ་རགས་བསྡུས་ཙམ་འཆད་ན། འཇིག་རྟེན་ཆགས་ཚུལ་ནས་འགྲོ་བ་བྱུང་

ཚུལ། སའི་ཆགས་དབྱིབས། ཡུལ་སྲོལ་གོམས་གཤིས། ཆོས་ལུགས་ལྟ་བ། རིག་གནས་ལོ་རྒྱུས། སེམས་ཁམས་འདུ་ཤེས། སྤྱི་ཚོགས་འཚོ་བ། བརྩེ་བ་འབྲེལ་འདྲིས། ནད་གཞིའི་སྨན་དཔྱད། དམག་དོན་ཕྱི་འབྲེལ། ཚན་རིག་ལག་རྩལ་སོགས་ཕུན་སུམ་ཚོགས་པ་ནི་གནའ་ནས་དེང་གི་བར་གྱི་འཕེལ་རིམ་སོ་སོ་ཕྱོགས་བསྡོམས་ཐུབ་ཅིང་། བཤད་པའི་ཚོགས་རྣམས་ལས་ཕལ་ཆེ་བ་ནི་ཚིག་སྦྱོར་གྱི་མཛེས་ཆ་ཕུལ་དུ་བྱུང་བ་ལས་གཞན། ད་དུང་དེ་ལས་འགོངས་ཏེ་རྒྱ་ཆེ་བའི་ངལ་རྩོལ་མི་དམངས་ཀྱི་ཐོན་སྐྱེད་ནུས་ཤུགས་དང་རང་བྱུང་ཁམས་ལ་བསྒྱུར་བཀོད་བྱེད་པའི་བརྒྱུད་རིམ་དང་། གྲལ་རིམ་གཉའ་གནོན་ལ་དྲག་ཏུ་ངོ་རྒོལ་བྱས་པའི་ནང་སེམས་ཀྱི་འགྱུ་བ་སོགས་མཚོན་ཐུབ་པས། གནའ་དེང་གི་ཆོས་ལུགས་དང་ཆབ་སྲིད། རིག་གནས། དཔལ་འབྱོར་བཅས་ལ་ཞིབ་འཇུག་དང་ཤེས་རྟོགས་ཐུབ་པར་རྒྱུ་ཆ་གལ་ཆེན་དུ་གྱུར་ཅིང་ལོ་རྒྱུས་ཀྱི་དོན་སྙིང་ཆེན་པོ་ལྡན།

རྩོད་བྱེད་ཚིག་གི་ཆ་ནས་གནའ་བོའི་བཤད་པ་སྣ་ཚོགས་པའི་རྩོམ་ལུས་ཕལ་ཆེ་བ་སྣ་ཐུང་ཞིང་དོན་གསལ་བ། ཚིག་བབ་ཆགས་པ་དང་རྣོ་དབལ་ལྡན་པ་བཅས་ཀྱི་ཁྱད་ཆོས་ལྡན་ལ། དེང་སྐབས་ང་ཚོའི་འཚོ་བའི་ཁྲོད་ཀྱི་རྒྱུག་ཆེ་བའི་བཤད་པ་སྣ་ཚོགས་ནི་སྔོན་དང་བསྡུར་ཆེ་ནང་དོན་གྱི་ཆ་ནས་སྔར་བས་འཕྱུས་ཚང་དུ་སོང་ཡོད་དེ། སྒྲིག་གཞི་དང་གདངས་དབྱངས་རྟ་སོགས་བརྟན་ཆགས་ཀྱི་རྣམ་པ་ཏུ་ཆགས་ནས་འཕེལ་རྒྱས་ཆེན་པོ་བྱུང་ཞིང་ངག་རིག་རང་མཚན་པ་ཞིག་ཏུ་གྱུར་ཡོད་པ་དང་། ཚིག་གི་ཉམས་མཐོ་ཞིང་རླབས་ཆེ་བ། དོན་གསལ་ཞིང་གཟིངས་མཐོ་བ། གོ་དཀའ་བ་བརྡ་སྙིང་སོགས་ཀྱིས་མ་བཅིངས་པར་བྲག་ཐོག་ནས་ཆུ་འབབ་པ་ལྟ་བུའི་ཀླུག་པོར་ཆགས་ཤིང་། ལྷག་པར་དུ་དུས་རབས་དང་མཐུན་པའི་གསར་བྱུང་མིང་ཚིག་མང་པོ་བཀོལ་ཡོད་པས། གོ་སླ་བ་དང་ཁ་སྐད་རང་བཞིན་ཤུགས་ཆེ་བ་བཅས་སྐད་ཆའི་སྒྱུ་རྩལ་གྱི་མཐའ་རྫོགས་པ་དང་། ཀུན་དར་གཞོན་གསུམ་དང་སྐྱེ་བོ་མཆོག་དམན་ཀུན་གྱིས་ཉན་ན་ཉན་སྤྲོ་བ་དང་ཡིད་འགུགས་པ། བློ་བསྐྱེད་པ། སེམས་སྒྲིང་བ། བཤད་པའི་འགོ་བརྩམས་པ་ཙམ་གྱིས་རང་བྱུང་ལྷུན་གྲུབ་ལྟར་སྣང་བ་ཀུན་གྱིས་འཁྲུལ་མེད་དུ་གོ་བ་རྨ་བྱའི་རྣ་བར་དབྱར་ཧ་གྲག་པ་དང་

ཡོངས་སུ་མཚུངས་པས་རྫོང་བྱེད་ཀྱི་རྩལ་ཡོངས་སུ་རྫོགས་ཡོད།

གཞན་ཡང་བོད་དམངས་ཁྲོད་ཀྱི་བཤད་པ་སྣ་ཚོགས་ལ་མཚོན་ན་ཐོག་མཐའ་བར་གསུམ་དུ་ཡིད་ཀྱི་འགྱུར་བ་གསལ་བའི་སྐད་ངག་གི་ཁྱད་ཆོས་མངོན་དུ་ཐོན་ཞིང་། སེམས་ཀྱི་དགའ་སྐྱོ་ཆགས་སྡང་གི་བསམ་པ་ལྷུག་པོར་མཚོན་པའི་སྐད་ངག་གི་རྒྱན་དཔེ་རྒྱན་དང་སྒྲ་རྒྱན། ཤིས་བརྗོད་ཀྱི་རྒྱན། བསྟུས་བརྗོད་ཀྱི་རྒྱན། གཟི་བརྗིད་ཅན་གྱི་རྒྱན། རབ་རྟོག་གི་རྒྱན། ཚུད་བསྟོད་ཀྱི་རྒྱན། གབ་ཚིག་གི་རྒྱན་སོགས་མང་པོ་སྤྱད་ཡོད་པར་མ་ཟད། ཚིག་གི་ཉམས་ཐོན་པའི་ཆེད་དུ་ཕྱིས་ཀྱི་བློ་གསལ་རྣམས་ཀྱིས་ག་ཕྲེང་སྤེལ་བའང་མཐོང་ཐུབ། མདོར་ན། ནམ་མཁའ་དང་ས་གཞི། ཉི་ཟླ་སྐར་གསུམ་དང་རི་ཆུ་ནགས་གསུམ། རི་དྭགས་གཅན་གཟན། བྱ་བྱིའུ་འབབ་འཕུར། རྟ་ནོར་ལུག་གསུམ་སོགས་རང་བྱུང་ཁམས་ཆེན་པོའི་མཛེས་སྡུག་དང་། སེམས་ཅན་ཀུན་གྱི་འགྲོ་འདུག་འཆག་གསུམ་ཐམས་ཅད་ཀུང་ཚོན་མདངས་སྣ་ཚོགས་ཀྱིས་བསྒྱུན་པའི་རི་མོ་བཞིན། འདྲེན་བྱེད་དབང་པོའི་དགའ་སྟོན་དུ་མངོན་སུམ་རོལ་རྒྱུ་ཡོད་པ་ལྟ་བུའི་གཟུགས་བརྙན་མཛེས་པོ་བསྟན་ཡོད་ཅིང་། སྣང་བརྙན་སྟེར་བའི་སྒྱུ་རྩལ་གྱི་ཁྱད་ཆོས་མངོན་པར་རྫོགས་པའི་དགེ་མཚན་ཡང་ལྡན་པས་འདི་ནས་དཔེ་དང་རྒྱན་རེ་རེ་ནས་རྒྱས་སྤྲོས་མ་བྱས་ཀྱང་ཀུན་གྱིས་ཤེས་གསལ་ལྟར་རེད།

གསུམ། བཤད་པའི་རྩོམ་ལུས་དང་དབྱེ་བ་རྣམ་གྲངས་ནི། རྩོམ་ལུས་ཀྱི་ཐད་ནས་གནའ་དེང་གི་བཤད་པ་ལ་ཁྱད་པར་ཅུང་ཡོད་དེ། དཔེར་ན། "གནམ་མཐའ་འོག་རྗེ་བོ་མཛད་པའི་ཕྱིར། གནམ་གྱི་དབུས། སའི་དཀྱིལ། གླིང་གི་སྙིང་པོ། གངས་ཀྱི་ར་བ། ཆུ་བོ་ཀུན་གྱི་མགོ་བོ། མི་དཔའ་རྟ་སྐྱེས་ས། རྟ་མགྱོགས་སུ་འཕེལ་བའི་དུས། བོད་གཡག་དྲུག་གི་རྗེར་གཤེགས་སོ།" ཞེས《སྟོང་སྐྱུ་གཏེར་ཡིག་》ལས་བོད་ཀྱི་རྗེ་བོ་ཐོག་མ་གཉའ་ཁྲི་བཙན་པོ་བོད་ཀྱི་རྒྱལ་པོར་གཤེགས་པའི་སྐབས་བོད་ཡུལ་གྱི་ཕྱིའི་བཀོད་པར་བསྟོད་པའི་གནའ་རབས་ཀྱི་གནས་བཤད་འདིར་མཚོན་ན། ཚིག་ལྷུག་རྐྱང་བས་སྤེལ་ཞིང་ཚིག་ཉུང་དོན་འདུས་ཤིག་ཡིན་པ་སྟེ། སེར་པོ་གསེར་གྱི་སོར་གདུབ་ལྟར་ཞུན་བཏར་གསེར་གྱི་སྟེང་དུ་མནྡལ་བྲ་ཡིས་བརྒྱན་འདྲའི་འབྲུ་ཉུང་ཡང་དོན་གྱི་ལྡིད་ཁྱོགས་པ་དང་། ཡང་དེང་རབས་

ཀྱི་བཤད་པའི་ཚོགས་ལ་མཚོན་ན་རྩོམ་ལུས་བཅད་མ་གཙོ་བྱས་པའི་ལྷུག་མ་དང་བཅད་ལྷུག་སྤེལ་མ་སོགས་རྣམ་པ་ཧ་ཅང་མང་བ་སྟེ། དམར་པོ་བྱ་ཏུའི་མགུལ་རྒྱན་ལྟར་ཚིག་གི་དོ་ཤལ་བསྒྲར་ལ་བརྒྱུས་འདྲའི་རྒྱུན་རིང་ཞིང་དོན་འདུས་པ་བཅས་སོ་སོར་རང་ངོས་ནས་རིན་ཐང་བྲལ་བའི་དགེ་མཚན་དུ་མ་སྣང་ངོ་། །

དབྱེ་བ་དང་རྣམ་གྲངས་ཀྱི་ཐད་ནས་ཀྱང་སྒྱུ་ཚོགས་འཚོ་བའི་འཕེལ་རྒྱས་དང་རིག་གནས་ཀྱི་ཚུ་ཚད་མཐོ་རུ་ཕྱིན་པ་དང་བསྟུན། དུས་ཆེན་གྱི་མཛད་སྒོ་དང་ཚེ་གཞིའི་བྱེད་སྒོ་སོགས་ཀྱི་རིགས་སྣ་མང་ཅན་དུ་འགྲོ་བ་སློས་མ་དགོས་ཤིང་། ད་ལྟ་ང་ཚོས་དམངས་ཁྲོད་དུ་བཤད་པའི་རྣམ་གྲངས་ནི་འདི་ཙམ་མོ་ཞེས་ཁ་ཚོན་གཅད་རྒྱུ་ཧ་ཅང་དཀའ་ལ། སྒྱུ་ཚོགས་འཚོ་བའི་ནང་དུ་གསར་བྱུང་གི་བྱ་དངོས་སོགས་ལ་བཤད་པ་གཏོང་བ་བགྲང་གིས་མི་ལངས་སོ། འདིར་རྒྱུན་ལྡན་གྱི་འཚོ་བའི་ནང་དུ་རྒྱུག་ཆེ་བའི་བྱ་དངོས་གང་ཉུང་གི་བཤད་པ་འགའ་ཞིག་བགྲང་ན་ནི། འབྲས་དཀར་གྱི་བཤད་པ་དང་གཉེན་སྟོན་གྱི་བཤད་པ། གནས་བཤད། ཡུལ་བཤད། ཇ་བཤད། ཆང་བཤད། མདའ་བཤད། གྲི་བཤད། དར་བཤད། ཞྭ་བཤད།(སྦྲ་བཤད་) རྟ་བཤད། སྒ་བཤད། གཡག་བཤད། ལུག་བཤད། ས་བཤད། རྩོ་བཤད། རྐེད་རགས་བཅིངས་པའི་བཤད་པ། ཤགས་བཤད། སྒོ་བཤད། རང་བྱུང་བྱ་དངོས་ཀྱི་བཤད་པ། བཀྲ་ཤིས་ཀྱི་བཤད་པ། གཡང་གི་བཤད་པ། ཕྱོད་བཤད་པ། མཎྜལ་གྱི་བཤད་པ། འབུལ་བཤད། རྟ་ལྷུག་གི་བཤད་པ། རྟོགས་བཤད། འབེལ་བཤད། གཟིམ་ཁང་གི་བཤད་པ། མག་པའི་ཚུ་དར། བུ་མོའི་བུ་རས། སྲིད་པ་ཆགས་གླུ། བསང་མཆོད། བསྟོད་པ་དང་སྨད་པ་སོགས་བྱ་དངོས་གང་ཉུང་ཞིག་ལ་སྐབས་བབ་དང་བསྟུན་པའི་བཤད་པའི་རིགས་སྣ་ཚོགས་ཧ་ཅང་མང་པོ་ཞིག་ཡོད་པ་གྲངས་ཀྱིས་གཙོད་པར་མི་རིགས། གཞན་ཡང་གསར་བྱུང་བྱ་དངོས་ཀྱི་བཤད་པ་ནི་དེང་དུས་ཆེད་ལས་སམ་ལས་ཞོར་འཁྲབ་རྩོམ་པ་དང་དམངས་ཁྲོད་ཀྱི་བཤད་མཁན་རྣམས་ཀྱིས་དམངས་ཁྲོད་ནས་འཚོལ་སྡུད་དང་རྒྱུན་འཛིན་བྱེད་པ་དང་། སྒྱུ་ཚོགས་འཚོ་བའི་ནང་དུ་གནས་ཡོད་པའམ་དེ་དང་ཕྱོགས་མཚུངས་རང་བཞིན་གྱི་སྣང་ཚུལ་དེ་དག་རྒྱང་གཞི་བྱས་ཐོག   མི་རིགས་གཞན་པའི་

ལེགས་ཆ་ཚུར་བླངས་ཏེ་གསར་རྩོམ་བྱས་པ་ཡང་ཡོད་ངེས་པ་རེད།

མདོར་ན། བོད་དམངས་ཁྲོད་ཀྱི་བཤད་པ་ཅི་རིགས་གང་ཡིན་ཡང་ཡུལ་གང་ཟུང་ཞིག་ལ་གཞི་བཅོལ་ཏེ། ཕྱིས་ཀྱི་མི་རྣམས་ལ་འཚོ་བའི་ཉམས་མྱོང་བརྒྱུད་སྤེལ་བྱས་ཏེ་སློབ་གསོ་བསླབ་བྱ་གཏོང་བ་དང་། བླང་དོར་གྱི་ཐབས་ཚུལ་སྟོན་པ། འཇིག་རྟེན་གྱི་ཆོས་ཉིད་རྗོད་པ་སོགས་དུས་རབས་མི་འདྲ་བའི་ནང་མི་རིགས་ཀྱི་སྤྱི་ཚོགས་དང་རིག་གནས། དཔལ་འབྱོར་བཅས་ཀྱི་འཕེལ་རྒྱས་ལ་སྐྱུལ་འདེད་ཀྱི་ནུས་པ་ངེས་ཅན་ཐོན་དང་འཐོན་བཞིན་པར་མ་ཟད། རྒྱ་ཆེའི་མི་དམངས་ཀྱིས་རང་བྱུང་ཁམས་ལ་འཐབ་རྩོད་བསྒྱུར་བཅོས་བྱེད་པའི་བརྒྱུད་རིམ་དང་བསམ་བློ་ཟབ་མོ་མཚོན་ཡོད། དེ་དག་ཀྱང་འཆར་ཅན་གྱི་དུས་ཆེན་དང་ཚོ་གའི་རིགས་སྣ་ཚོགས་སྤེལ་བའི་བྱེད་སྒོའམ་ངེས་མེད་སྐབས་འཕྲད་རང་བཞིན་གྱི་མཛད་སྒོ་སྟེང་གང་ལ་གང་འཚམ་གྱིས་བཤད་པ་གཏོང་བས། བཤད་པའི་ཡུལ་མི་འདྲ་བའི་སྒོ་ནས་བྱེད་སྟངས་དང་བཟོ་ལྟའང་མི་འདྲ་བ་སྣ་ཚོགས་ཤིག་ཡོད་ངེས་ལ། ལྷག་པར་དུ་ས་གནས་མི་འདྲ་བ་དང་དུས་རིམ་མི་འདྲ་བ། ཡུལ་སྲོལ་མི་འདྲ་བ་དང་འཚོ་བའི་ཆ་རྐྱེན་མི་འདྲ་བ་སོགས་ཀྱི་སྟེང་ནས་བཤད་པའི་མཛད་སྒོའི་གཞི་རྒྱུ་དང་རྣམ་པར་ཡང་ཁྱད་པར་ཆེན་པོ་ཡོད་མོད། འོན་ཀྱང་གལ་ཆེ་བ་ནི་བཤད་པ་ཐམས་ཅད་དམངས་ཁྲོད་ཀྱི་མཛད་སྒོ་ལ་རྒྱབ་བརྟེན་ཡོད་པས་བོད་དམངས་ཁྲོད་དུ་ཁྱབ་བཞིན་དུ་གོ་གནས་མི་དམན་པ་ཞིག་བཟུང་ཡོད་དོ། །

སྨྲས་པ།

སེ༷ང་གེ་དཀར་མོའི་ཁ་ཆུ་ལས་འཁྲུངས་བཤད་པའི་དོ་ཤལ་མུ་ཏིག་ཚོགས། །

འ༷བྲུག་ལྟར་ཀུན་ལ་གྲགས་པ་གངས་ཅན་དམངས་རྩོམ་རིག་པའི་བང་མཛོད་མཆོག །

མ༷ཚོ་བཞིན་ཟབ་ཅིང་རྒྱ་ཆེ་སྣན་པའི་བ་དན་སྲིད་རྩེར་གཡོ་བ་གང་། །

མ་ནོར་མ་འཁྲུལ་མ་ཆད་སྐལ་བརྒྱའི་ཡུན་ལ་གནས་ཤིང་བཀྲ་ཤིས་ཤོག །

ཞེས་ཀླུ་འབུམ་རྒྱལ་ནས་2019ལོའི་ཟླ་4པའི་ཚེས་15ཉིན་གཏེར་ལེན་ཁ་ཅུ་སྒྱུར་བ་དགེའོ། །

ཏུ་ངར①་ཡུལ་ལྷའི་སྤྱི་བསང་འདོད་རྒུ་འབྱུང་བའི་ཐུམ་བཟང་།

དེ་ཡང་སྔོན་བྱོན་དམ་པ་རྣམས་ཀྱིས་གསུངས་པའི་ས་འདིའི་ཡུལ་ལྷ་གཞི་བདག་སོ་སོའི་བསང་དཔེ་མང་པོ་ཡོད་ཀྱང་། སྤེ་བའི་སྤྱི་བསང་སོགས་ཀྱི་སྐབས་སུ་བསང་ཡིག་རེ་རེ་བཞིན་བཏོན་ན་ཧ་ཅང་རིང་བ་དང་། རེ་ཟུང་བཏོན་ན་ཡོངས་རྫོགས་མི་ཚང་བས། འདིར་ཡུལ་ལྷ་གཞི་བདག་གཙོ་བོ་རྣམས་ཀྱི་རྣམ་པ་དང་བཞུགས་སྟངས། སྐུ་མདོག་དང་ཕྱག་མཚན། རྒྱན་དང་ཆ་ལུགས་སོགས་སོ་སོའི་བསང་ཡིག་ནང་དུ་ཡོད་པ་གཞིར་བཟུང་ནས་ཡུལ་ལྷའི་སྤྱི་བསང་འདི་བྲིས་པ་ཡིན་མོད། འོན་ཀྱང་ཚིག་གི་སྡེབ་སྦྱོར་དང་གཙོད་མཚམས་ཀྱི་དབང་གིས་ཚིག་སྦྱོར་སྔོན་དང་མི་མཚུངས་ཀྱང་། དོན་ལ་འགལ་བ་ཡོད་མེད་སྔོན་གྱི་བསང་དཔེ་དག་དང་བསྡུར་ནས་བལྟས་ན་ཤེས་སླའོ། །ཐོག་མར་བསང་མཆོད་དང་བྱིན་རླབས་གཞི་བདག་གཏོར་འབུལ་ལྟར་བྱས་ནས་འདི་ལྟར།

ཀྱཻ།
ཚེ་རིང་མཆེད་ལྔ་བསྟན་མ་བཅུ་གཉིས་དང་། །
མགུར་ལྷ་བཅུ་གསུམ་ལ་སོགས་བོད་ཡུལ་གྱི། །
ཡུལ་ལྷ་གཞི་བདག་གཉན་པོ་མ་ལུས་པ། །
རང་འཁོར་བྲེ་བ་འབུམ་སྡེའི་ཚོགས་དང་བཅས། །
དེ་རིང་མཆོད་པའི་གནས་འདིར་གཤེགས་སུ་གསོལ། །

---

① ཏུ་ངར། ས་དེ་ན་ཡོད་པའི་ཚོ་སྡེ་ཞིག་གི་མིང་།

བསང་དང་གསེར་སྐྱེམས་མཆོད་པ་འདི་བཞེས་ལ། །
རྣལ་འབྱོར་བདག་ཅག་དཔོན་སློབ་ཡོན་མཆོད་ཀྱི། །
འདོད་པའི་དོན་ཀུན་འགྲུབ་པའི་གྲོགས་མཛོད་ཅིག །
ཁྱད་པར་སྟོན་འབྱོན་མེས་པོས་བསྟེན་པའི་ལྷ། །
དཀར་ཕྱོགས་སྐྱོང་ལ་མཐུ་དཔལ་རབ་འབར་བའི། །
བྲག་དཀར་མཆེད་གསུམ་དགྲ་འདུལ་དབང་ཕྱུག་དང་། །
སྐྱེས་ལྷ་བལ་པོ་ཐོག་རྒོད་འཁོར་བཅས་རྣམས། །
དེ་རིང་མཆོད་པའི་གནས་འདིར་གཤེགས་སུ་གསོལ། །
ད་ལྟ་རང་སྡེས་བདག་ཏུ་བཟུང་བའི་གནས། །
གསེར་གཞོང་ནོར་འཛིན་ཡངས་པའི་དཀྱིལ་འཁོར་འདིའི། །
དབུས་ན་བྲག་དཀར་ནམ་མཁའི་མཐོངས་བསྙེགས་པ། །
སྟོན་འབྱོན་མཁས་གྲུབ་སྐྱེས་བུ་མང་པོ་ཡིས། །
དཔལ་ཆེན་འཁོར་ལོ་སྡོམ་པའི་གནས་རི་ཞེས། །
གསུང་གིས་བསྔགས་ཤིང་བྱིན་གྱིས་བརླབས་པའི་གནས། །
དེར་གནས་ཡུལ་སྐྱོང་གཞི་བདག་ཀུན་གྱི་གཙོ། །
ལྷ་ཆེན་དཔལ་ལྡན་ནོ་ཡོན་དཔོན་ཚ་ནི། །
སྤྲིན་དཀར་འཇའ་འོད་འཁྲིགས་པའི་ཀློང་དཀྱིལ་ན། །
ཟླ་ཟེར་ཐོག་པའི་ཆུ་ཤེལ་ལྷུན་པོ་བཞིན། །
རབ་དཀར་ཞལ་གཅིག་ཕྱག་གཉིས་དགྱེས་ཉམས་ཅན། །
གཡས་པས་གདུག་ཅན་དགྲ་བོ་ཚར་གཅོད་པའི། །
བ་དན་དམར་པོས་བརྒྱན་པའི་མདུང་རིང་དང་། །
གཡོན་པས་འཆི་མེད་བདུད་རྩིས་ཡོངས་གང་བའི། །
རིན་ཆེན་ལས་གྲུབ་ཚེ་ཡི་བུམ་པ་འཛིན། །

ཟ་འོག་བེར་དང་རིན་ཆེན་རྒྱན་མང་གསོལ། །

ཆིབས་སུ་ལྷ་རྟ་དང་བ་གཡུ་རྫོག་བཅིབས། །

མདུན་དུ་ཐུམ་རི་ཤེལ་རྫོང་ལ་གནས་པའི། །

ཡུམ་ཆེན་བདེ་ཆེན་རྒྱལ་མོ་སྐུ་མདོག་དཀར། །

ལང་ཚོ་རབ་རྒྱས་ཞི་འཛུམ་སྒེག་པའི་ཉམས། །

གཡས་གཡོན་ཕྱག་གིས་མདའ་དར་ནོར་གཞོང་འཛིན། །

རྣམ་མང་རྒྱན་དང་སྣ་ཚོགས་དར་གྱིས་མཛེས། །

ཡུལ་སྐྱོང་དབང་པོ་ཡབ་ཡུམ་གཉིས་ཀྱི་འཁོར། །

ལྷ་ཀླུ་གཉན་བཙན་སྤྲུལ་པའི་ཚོགས་དང་བཅས། །

དེ་རིང་མཆོད་པའི་གནས་འདིར་གཤེགས་སུ་གསོལ། །

དུང་སེང་དཀར་མོ་གནམ་ལ་འཕྱོ་འདྲའི་རི། །

སྟག་རྩེ་དུང་རྫ་དཀར་པོར་གནས་པའི་ལྷ། །

བཀའ་ཡི་བློན་ཆེན་འོད་དཀར་དཔལ་ལྡན་ནི། །

ཁྲིན་དཀར་གློང་ན་གཡུ་འབྲུག་སྔོན་མོའི་སྟེང་། །

ཉི་འོད་འབུམ་གྱིས་འཁྱུད་པའི་གངས་རི་ལྟར། །

དཀར་གསལ་མདངས་ལྡན་ཁྲོ་ཆགས་བརྗིད་པའི་ཉམས། །

དར་དཀར་ལ་ཐོད་དར་དམར་ན་བཟའ་ཅན། །

ཕྱག་གཡས་དགྲ་སྲོག་གཅོད་པའི་ཆུ་གྲི་དང་། །

གཡོན་པའི་འགུགས་བྱེད་འཕྲུལ་གྱི་ཞགས་པ་འཛིན། །

ཡུམ་བློན་བཀའ་གཉན་དྲེགས་པའི་ཚོགས་དང་བཅས། །

དེ་རིང་མཆོད་པའི་གནས་འདིར་གཤེགས་སུ་གསོལ། །

གཡས་ན་ཚང་ཚོང་ནགས་ཀྱིས་རབ་བརྒྱན་པའི། །

ལྷ་རི་མཐོན་པོ་བཀྲ་ཤིས་ཆོས་སྣང་ལ། །

གནས་པའི་ཕྱུག་མཛོད་ཚངས་སྲས་དུང་ཐོད་ཅན། །
མགྱོགས་པའི་བང་ལྡན་རྟ་མཆོག་དང་ཞུར་སྟེང་། །
ཁྲོ་ཆགས་བརྗིད་པའི་སྐུ་མདོག་དཀར་ལ་སེར། །
དབུ་ལ་གཡས་འཁྱིལ་དུང་གིས་ལེགས་མཚན་པའི། །
ལ་ཐོག་དཀར་པོ་ཁ་བའི་མདངས་ལྡན་གསོལ། །
སྟག་རལ་གཟིག་ཤུབས་དཔའ་བོའི་ཆས་དགུ་དང་། །
སྣ་ཚོགས་དར་དང་རྣམ་མང་རྒྱན་གྱིས་མཛེས། །
ཕྱག་གཡས་དར་མདུང་ནམ་མཁའི་དབྱིངས་སུ་བསྒྲེངས། །
གཡོན་པས་འཛད་མེད་འདོད་རྒུའི་ཆར་འབེབ་པའི། །
དགོས་འདོད་ཀུན་འབྱུང་རིན་ཆེན་བུམ་བཟང་དང་། །
ཕྱག་འཚལ་ཛ་ཡབ་དཀར་པོ་བསྣམས་པ་ཡི། །
རིན་ཆེན་གཏེར་བདག་ལྷ་སྲས་གཞོན་ནུ་ཁྱོད། །
བདུད་བཙན་ཐེའུ་རང་དཔའ་བོའི་ཚོགས་དང་བཅས། །
དེ་རིང་མཆོད་པའི་གནས་འདིར་གཤེགས་སུ་གསོལ། །
ཤར་དུ་པད་རག་ལྷུན་པོའི་མདངས་ལྡན་ཞིང་། །
གནམ་འདེགས་ཀ་བའི་གཟུགས་ཅན་རྫ་དམར་ལ། །
གནས་པའི་བཙན་རྒོད་རྡོ་རྗེ་སྟོབས་ལྡན་ནི། །
སྨུར་མགྱོགས་རྩལ་ལྡན་ངང་བ་གསེར་ལྡན་སྟེང་། །
དམར་གསལ་བྱུ་རུའི་མདོག་ལྡན་ཁྲོས་པའི་ཉམས། །
ཕྱག་གཡས་གནམ་ལྕགས་འབར་བའི་རུ་མཚོན་འཕྱར། །
གཡོན་པས་དུག་ལྡན་སྦྲུལ་ཞགས་དགྲ་ལ་འདེབས། །
མཐུ་ལྡན་ཡུམ་བློན་ལྷ་སྲུའི་འཁོར་དང་བཅས། །
དེ་རིང་མཆོད་པའི་གནས་འདིར་གཤེགས་སུ་གསོལ། །

ལྷོ་ཕྱོགས་རིན་ཆེན་མཚལ་སྤུངས་འདྲའི་རིར། །
གནས་པའི་བཙན་པོ་དགྲ་འདུལ་དབང་ཕྱུག་ནི། །
ཆར་སྤྲིན་མདོག་ལྡན་རྟ་མཆོག་རླུང་གཤོག་སྟེང་། །
ཁྲོས་འཁྲུགས་ཛམ་པས་དགྲ་དཔུང་འཇོམས་མཛད་པའི། །
ཡུལ་ལྷ་སྨུག་པོ་གནམ་ལྕགས་གོ་ཁྲབ་ཅན། །
ཕྱག་གཡས་གདུག་པའི་སེམས་ལྡན་དགྲ་བགེགས་ཀྱི། །
ཚོགས་དྲུག་དབང་པོ་གཏོར་བྱེད་མདུང་ནག་དང་། །
གཡོན་པས་མ་ཧུང་ཐླ་སྲོག་འཆིང་བྱེད་པའི། །
འཆོར་མེད་བདུད་ཀྱི་འཕྲུལ་ཞགས་ནག་པོ་འཛིན། །
མཐིང་ནག་ཆར་སྤྲིན་གློང་ནས་གློག་འཁྱུག་བཞིན། །
འཇིགས་ཧུང་སྒྲ་ལས་མེ་སྟག་ཚ་ཚ་འཕྲོ། །
རྫུ་འཕྲུལ་མཐུ་ལྡན་དྲེགས་པའི་གཙོ་བོ་ཁྱོད། །
ཡུམ་སློན་བཀའ་གཉན་མང་པོའི་ཚོགས་དང་བཅས། །
དེ་རིང་མཆོད་པའི་གནས་འདིར་གཤེགས་སུ་གསོལ། །
ནུབ་ཏུ་འཛད་མེད་གཏེར་གྱིས་ལེགས་ཕྱུག་པའི། །
རིན་ཆེན་འབུམ་རྫོང་ཞེས་བྱའི་ས་འཛིན་ལ། །
གནས་པའི་ཡུལ་སྐྱོང་དྲག་རྩལ་ཐོག་འབེབས་ནི། །
རླུང་གི་ཤུགས་ལྡན་ཅང་ཤེས་རྟ་ཡི་སྟེང་། །
སྐུ་མདོག་སྨུག་ནག་ཆར་སྤྲིན་འཁྲིགས་པའི་མདངས། །
དར་ནག་ལ་ཐོད་གོས་བཟང་འཇོལ་བེར་གསོལ། །
ལྷབ་ལྷུབ་རྒྱན་ལྡན་དཔའ་བོ་སྟག་ཆས་ཅན། །
དགྲ་བོའི་སྲོག་གཅོད་ཐླ་ཆེ་འགུགས་བྱེད་པའི། །
རལ་གྲི་ཞགས་པ་གཡས་གཡོན་ཕྱག་ན་བསྣམས། །

བདུད་བཙན་སྲེ་བརྒྱད་གྲངས་མེད་ཚོགས་དང་བཅས། །
དེ་རིང་མཆོད་པའི་གནས་འདིར་གཤེགས་སུ་གསོལ། །
བྱང་ན་ལྕགས་མཁར་གནམ་ལ་སྙེག་འདྲ་བའི། །
མཐོ་ཞིང་བརྗིད་པའི་ཁེ་ཙོཙྪ་རི་ལ། །
གནས་པའི་སྲུགས་གཉན་རྡོ་རྗེ་འབར་བ་ནི། །
གོས་ནག་བེར་ནག་སྐྲ་ཡི་ཐོར་ཅོག་སོགས། །
མཐུ་ལྡན་སྲུགས་པའི་ཆ་ལུགས་ཡོངས་རྫོགས་ཤིང་། །
སྐུ་མདོག་སྨུག་ནག་ཅུང་ཟད་བགྲེས་པའི་ཉམས། །
ཕྱག་གཡས་གནམ་ལྕགས་འབར་བའི་ཕུར་བུ་བསྒྲིལ། །
གཡོན་པས་ཚེར་ལྡན་རག་ཤའི་ཕྲེང་བ་འཛིན། །
དགྲེས་ཡུམ་མཆེད་འཁོར་དྲེགས་པའི་ཚོགས་དང་བཅས། །
དེ་རིང་མཆོད་པའི་གནས་འདིར་གཤེགས་སུ་གསོལ། །
བཀའ་འགྱུར་འོམ་ཚལ་རི་ལ་གནས་པ་ཡི། །
སྲུས་མཆོག་ནོར་བུ་དགྲ་འདུལ་སྐུ་མདོག་དམར། །
གངས་རིའི་མདངས་ལྡན་གྲོ་དཀར་རླུང་གཤོག་སྟེང་། །
མདུང་དར་ཆེ་བུམ་བསྣམས་པའི་ལྷ་སྲུས་ཁྱོད། །
དེ་རིང་མཆོད་པའི་གནས་འདིར་གཤེགས་སུ་གསོལ། །
རབ་དཀར་འོ་མཚོའི་མདངས་ལ་འཁྲུ་བ་ཡི། །
ལྷ་རི་བྲག་དཀར་རྩེ་གསུམ་ལ་གནས་པའི། །

དུང་རི་གཡུལ་རྒྱལ་དགྲ་ལྷ་མཆེད་གསུམ་ནི། །[1]
མི་དཀར་རྟ་དཀར་སྤྲུལ་བའི་འཁོར་ཚོགས་བཅས། །
དེ་རིང་མཆོད་པའི་གནས་འདིར་གཤེགས་སུ་གསོལ། །
མནའ་མའི་མིང་ཅན་བྲག་དཀར་ནོར་བུའི་དབྱིབས། །
ཤེལ་དཀར་ཕོ་བྲང་འཇའ་ཚོན་འཁྲིགས་པའི་དབུས། །
སྣ་ཚོགས་ནོར་བུས་བརྒྱན་པའི་གདན་ཁྲིའི་སྟེང་། །
ཡིད་འོང་ཟླ་བ་གཞོན་ནུའི་ལང་ཚོ་ཅན། །
དར་དཀར་ན་བཟའ་རིན་ཆེན་རྒྱན་མང་གསོལ། །
ལྷ་སྨན་རྣམ་དཔལ་རྒྱལ་མོ་གཙོ་འཁོར་རྣམས། །
སྒེག་པའི་ཉམས་དང་དགའ་བའི་བྲོ་གར་བཅས། །
ཆུ་འཛིན་དཀར་པོ་མཁའ་ལ་རྒྱུ་བ་བཞིན། །
དེ་རིང་མཆོད་པའི་གནས་འདིར་གཤེགས་སུ་གསོལ། །
ཏ་ཚབ་ཛ་རིའི་དཔའ་བོ་དུང་བཀྲིས་ཅན། །
བ་ཡན་ཕྱུག་རིའི་རྡོ་རྗེ་ཐོག་རྒོད་རྩལ། །
ཤར་གྱི་གཏེར་སྲུང་སྨུག་པོ་སྤུན་གསུམ་དང་། །
ཛ་རྒྱལ་རི་བོའི་ལྷ་གཉན་ཆེན་པོ་སོགས། །
དེ་རིང་མཆོད་པའི་གནས་འདིར་གཤེགས་སུ་གསོལ། །
གཞན་ཡང་ཏ་དར་གོང་འོག་བར་གསུམ་གྱི། །

---

① དུང་རི་གཡུ་རྒྱལ་དགྲ་ལྷ་མཆེད་གསུམ་དང་དུང་གི་ལྷ་སྨན་རྣམ་དཔལ་རྒྱལ་མོ་ནི། ཏ་དར་ཁྲི་བ་༧མཁན་སྤྲུལ་རིན་པོ་ཆེ་ཚང་གིས་རྩེ་གསུམ་དང་དཔོན་ཚའི་མནའ་མའི་གཞི་བདག་ལ་གསོལ་བའི་མིང་ཡིན། ཤར་གྱི་དཔའ་བོ་དུང་བཀྲ་ཞེས་ཅན་ནི་མཁའ་ཁྱིང་རིན་པོ་ཆེ་སྐུ་གོང་མས་ཏ་ཚབ་གཞི་བདག་ལ་གནང་བའི་མཚན་ཡིན། རྡོ་རྗེ་ཐོག་རྒོད་རྩལ་དང་སྨུག་པོ་ནོར་བུ་སྤུན་གསུམ། གཉན་ཆེན་དྲག་པོ་བཅས་ནི་རིག་འཛིན་འཇིགས་མེད་ཚང་གིས་བ་ཡན་ཕྱུག་རི་དང་། ཛ་ནག་རི། ཛ་རྒྱལ་བཅས་ལ་གསོལ་བའི་མིང་ཡིན། གཞན་རྣམས་སོ་སོའི་བསང་ཡིག་ནང་དུ་ཞིས་ལྟོ། །

རིགས་དང་རྒྱུད་ལ་མགོན་དང་གྲོགས་མཛད་པའི། །
ཕྱོགས་འདིའི་ལྷ་ཀླུ་གཞི་བདག་འཁོར་ཚོགས་བཅས། །
ཁ་བ་བུ་ཡུག་འཚུབ་པ་ཇི་བཞིན་དུ། །
དེ་རིང་མཆོད་པའི་གནས་འདིར་གཤེགས་སུ་གསོལ། །
བསང་དང་གསེར་སྐྱེམས་མཆོད་པ་འདི་བཞེས་ལ། །
རྣལ་འབྱོར་བདག་ཅག་དཔོན་སློབ་ཡོན་མཆོད་ཀྱི། །
འདོད་པའི་དོན་ཀུན་འགྲུབ་པར་གྲོགས་མཛོད་ཅིག །
ཁྱེད་རྣམས་མཆོད་ཅིག་རྫས་བྱུང་སྲུས་བཅས་ཞེས། །

ཙུ་ངར་ས་ཆའི་ཡུལ་ལྷ་གཞི་བདག་རྣམས་ལ་གསོལ་མཆོད་བྱེད་ཚུལ་གྱི་སྤྱི་བསང་བསྡུས་པ་འདི་ལྟ་བུ་ཞིག་ཕྲིས་ཞེས་ཡུལ་མི་རྒན་པོ་འགས་རེ་བ་བཤད་པའི་ངོ་མ་ལྡོག་པར་རབ་གནས་ལྕགས་སྦྲུལ་(༢༠༠༡)ལོར་ཙུ་ངར་དགོན་པའི་གྲྭ་བ་སློམ་ལས་པ་བསོད་ནམས་བསྟན་འཛིན་དུ་འབོད་པས་བྲིས་ཤིང་། རབ་གནས་ཤིང་ཧྭ་ལོར། མཇུག་ཏུ་ཚིགས་བཅད་འགའ་གསར་སྣོན་བྱས།

འདིར་སྨྲས་པ།

ཡུལ་ལྷ་འཁོར་བཅས་རྣམ་པ་བཞུགས་སྣང་སོགས། །
ཉམས་དང་རྟོག་པའི་སྒོ་ནས་བྲིས་པ་མིན། །
སྔོན་བྱོན་དམ་པས་གསུངས་པ་གཞིར་བཟུང་ནས། །
སྡེབ་ལེགས་ཚིག་སྦྱོར་གསར་དུ་བརྩམས་པ་ལགས། །

ཙུ་ངར་དགེ་སློང་བསོད་ནམས་བསྟན་འཛིན་ནས།

གནས་བསྟོད་ངག་གི་རོལ་མཚོ།

མཆོད་ཨོཾ་ཨཱཿཧཱུྃ། མཆོད་ཨོཾ་ཨཱཿཧཱུྃ། མཆོད་ཨོཾ་ཨཱཿཧཱུྃ།

སྤྱི་བོ་བདེ་ཆེན་ཕོ་བྲང་ནས།

མཉམ་མེད་ཤཱཀྱའི་རྒྱལ་པོ་མཆོད་དགོས།

རྗེ་རྒྱལ་བ་བློ་བཟང་གྲགས་པ་མཆོད་དགོས།

དེའི་རྗེས་སུ་ཤཱཀྱའི་བསྟན་པའི་བདག་པོ།

བློ་བཟང་རྒྱལ་བའི་རྒྱུན་འཛིན།

དྲིན་ཆེན་རྩ་བའི་བླ་མ།

སངས་རྒྱས་ཀུན་གྱི་ངོ་བོ།

ས་བཅུའི་གོ་འཕང་བརྙེས་པ།

ས་ལ་ཕྱོན་པའི་སངས་རྒྱས།

སངས་རྒྱས་བསྟན་པའི་སྒྲོན་མེ།

ངན་སོང་སྐྱོབ་པའི་ཕ་མ།

དཀར་པོ་ཆོས་ཀྱི་རྒྱལ་མཚན།

དད་ལྡན་སྙིང་གི་ཐིག་ལེ།

རྗེ་ཉི་ཟླ་ལྷ་བུའི་བླ་མ་སོགས་མཆོད་དགོས་ཞེས་བཤད་ཀི།།

མཆོད་ཨོཾ་ཨཱཿཧཱུྃ།

མགྲིན་པ་ལོངས་སྤྱོད་ཞིང་ཁམས་ནས།

ཡི་དམ་རྡོ་རྗེ་འཇིགས་བྱེད་མཆོད་དགོས།

ཀུན་རིག་རྣམ་པར་སྣང་མཛད་མཆོད་དགོས།

ཡི་དམ་རྟ་མཆོག་རོལ་བ་མཆོད་དགོས།

དཔལ་ཆེན་ཕྱག་ན་རྡོ་རྗེ་མཆོད་དགོས།

རྗེ་བཙུན་མཁའ་སྤྱོད་དབང་མོ་མཆོད་དགོས།

མྱུར་མཛད་ཡེ་ཤེས་མགོན་རྒྱན་མཆོད་དགོས།

མགྲིན་པ་ལོངས་སྤྱོད་ཞིང་ཁམས་ནས་ཡི་དམ་དཀྱིལ་འཁོར་ལྷ་ཚོགས་འཁོར་དང་བཅས་པ་མཆོད་དགོས་ཞེས་བཤད་གི།

མཆོད་ཨོཾ་ཨཱཿཧཱུྃ།

སྙིང་ཁ་ཆོས་ཀྱི་འཁོར་ལོ་ནས།

དབུས་ནས་རྣམ་པར་སྣང་མཛད་མཆོད་དགོས།

ཤར་ཕྱོགས་རྡོ་རྗེ་སེམས་དཔའ་མཆོད་དགོས།

ལྷོ་ཕྱོགས་རིན་ཆེན་འབྱུང་གནས་མཆོད་དགོས།

ནུབ་ཕྱོགས་སྣང་བ་མཐའ་ཡས་མཆོད་དགོས།

བྱང་ཕྱོགས་དོན་ཡོད་གྲུབ་པ་མཆོད་དགོས།

རྗེ་བཙུན་འཕགས་པ་འཇམ་དཔལ་མཆོད་དགོས།

རྗེ་བཙུན་སྤྱན་རས་གཟིགས་དབང་མཆོད་དགོས་ཟེར་གི།

གསང་བདག་ཕྱག་ན་རྡོ་རྗེ་མཆོད་དགོས།

སློབ་དཔོན་པདྨ་འབྱུང་གནས་མཆོད་དགོས།

ས་སྐྱ་གོང་མ་རྣམ་ལྔ་མཆོད་དགོས།

དུས་གསུམ་གྱི་སངས་རྒྱས་རིགས་གསུམ་གྱི་མགོན་པོ་ཐམས་ཅད་སྙིང་ཁ་ཆོས་ཀྱི་འཁོར་ལོ་ནས་མཆོད་དགོས་ཞེས་བཤད་གི།

མཆོད་ཨོཾ་ཨཱཿཧཱུྃ།

གཡུ་ལོ་བཀོད་པའི་ཞིང་ཁམས་ནས།

རྗེ་བཙུན་འཕགས་མ་སྒྲོལ་མ་མཆོད་དགོས།

མཁའ་སྤྱོད་དག་པའི་ཞིང་ཁམས་ནས།
ཟུང་འཇུག་ཧེ་ཡོ་ནྜ་རོ་མཆོད་དགོས།
ཤྲཱི་སྒྱུར་མར་བ་ལོ་ཙྪ་མཆོད་དགོས།
དབང་ཕྱུག་མི་ལ་ཡབ་སྲས་མཆོད་དགོས།
དགའ་ལྡན་ཆོས་ཀྱི་ཕོ་བྲང་ནས།
རྗེ་བཙུན་བྱམས་པ་མགོན་པོ་མཆོད་དགོས།
འཕགས་པའི་གནས་བརྟན་བཅུ་དྲུག་མཆོད་དགོས།
འཛམ་གླིང་བསྟན་མ་བཅུ་གཉིས་མཆོད་དགོས།
ཕྱོགས་ཀྱི་ཞིང་ཁམས་ཐམས་ཅད་ནས།
བྱང་ཆུབ་སེམས་དཔའ་གྲངས་མེད་ཅིག་མཆོད་དགོས་ཞེས་བཤད་ཀི།
མཆོད་ཨོཾ་ཨཱཿཧཱུྃ།
སྐྱེས་ཕོ་རབ་ཅིག་གིས་གཏམ་ཞིག་བཤད་ན།
ཕྱི་མཐའ་ཡས་རྒྱ་མཚོ་འཁྱིལ་འདྲ་ཡིན་①ནས་ཟེར་གི།
ཆོག་མཐའ་རྒྱ་མཚོ་བཞིན་དུ་རྒྱ་ཆེ་ནས་ཟེར་གི།
ཆོག་ཏང་མཚོ་རླབས་བཞིན་དུ་བརྗིད་ཆེ་ནས་ཟེར་གི།
ཆོག་རྟིང་མཚོ་གློང་བཞིན་དུ་གཏིང་ཟབ་ནས་ཟེར་གི།
སྐྱེ་ཕོ་འབྲིང་ཞིག་གིས་གཏམ་ཞིག་བཤད་ན།
ཐང་ཆེན་པོར་ཆུ་ཆེན་བབས་འདྲ་ཡིན་ནས་ཟེར་གི།
ཚུ་རྩོ་འདྲ་བའི་ཆོག་ཏང་བརྟན་ནས་ཟེར་གི།
ཡེར་མོ་འདྲ་བའི་བཤད་སྟངས་བདེ་ནས་ཟེར་གི།
སྐྱེས་ཕོ་ངན་ཞིག་གིས་གཏམ་ཞིག་བཤད་ན།

---

① ནས་ནི། ཞེས་དང་འདྲ།

ཤིང་ལོ་མའི་ཟིལ་བ་ཞུ་འདྲ་ཡིན་ནས་ཟེར་གི།
འཇོམ་ནས་བཤད་དེ་ཞུ་དགོས།
འདར་ནས་བཤད་དེ་ཐིགས་དགོས།
ཐིགས་ན་ས་ལ་མ་ཡོང་བའི་རྒྱུ་མཚན་ལྟར།
དམར་པོར་གྱུར་ནས་བཙིར་དགོས་ཀི།
དངངས་ནས་བཤད་དེ་བཤད་དགོས་ཀི།
ཆད་ནས་བཤད་དེ་མཐུད་དགོས་ཀི།
མཐུད་ཀིན་མཐུད་ཀིན་བཤད་ན་ཉན་རྒྱུ་མེད་པའི་ལོ་རྒྱུས་ཡིན་ནས་ཟེར་གི།

ཡ།
ད་ཕ་ཨ་ཁྲུ་བཟང་པོའི་ངག་རྒྱུན་ལྟར།
བོད་ཁ་བ་ཅན་གྱི་འགྲོ་ལུགས་བཞིན་དུ།
ངས་ཕ་ས་གསེར་གྱི་གནས་ཡུལ་ཞིག་བསྟོད་ན།
བསྐལ་བ་ས་ལ་ཆགས་སྲོལ།
ཉི་ཟླ་ཐོད་ཀའི་ཤར་སྲོལ།
རྣམ་འདྲེན་སངས་རྒྱས་བྱོན་སྲོལ།
ཆོས་ཀྱི་བསྟན་པ་དར་སྲོལ་ཞིག་བཤད་ན།
སྔོན་ལ་བསྐལ་བ་ཆགས་སྲོལ་ཞིག་བཤད་དགོས་ཟེར་གི།
སྔོན་ལ་བསྐལ་བ་ཆགས་སྲོལ་ཞིག་བཤད་ན།
ཕྱི་སྣོད་ཀྱི་འཇིག་རྟེན་ཁམས་འདི་བར་སྣང་སྟོང་པ་ཡིན་ནས།
ཕྱོགས་བཅུ་ཐམས་ཅད་ནས་ནུབ་རླུང་གཡུག་ནས་ཟེར་གི།
རླུང་གི་རྡོ་རྗེ་རྒྱ་གྲམ་ཆགས་ནས།
རླུང་གི་དཀྱིལ་འཁོར་ཆེན་པོ་ཆགས་ནས་ཟེར་གི།

དཔག་ཚད་ས་ཡ་དྲུག་འབུམ་ཆགས་ནས་ཟེར་གི།

ཆུ་ཡི་རྒྱ་མཚོ་ཆེན་པོ་ཆགས་ནས་ཟེར་གི།

དཔག་ཚད་འབུམ་ཕྲག་བཅུ་གཅིག་ཆགས་ནས་ཟེར་གི།

རིན་ཆེན་གསེར་གྱི་ས་གཞི་ཆགས་ནས་ཟེར་གི།

དཔག་ཚད་སུམ་འབུམ་བཞི་ཁྲི་ཆགས་ནས་ཟེར་གི།

དབུས་ནས་རིན་པོ་ཆེ་སྣ་ཚོགས་ལས་གྲུབ་པའི་རིའི་རྒྱལ་པོ་རི་རབ་ཆགས་ནས་ཟེར་གི།

ཤར་ཕྱོགས་རི་ཆེན་དངུལ་གྱིས་གྲུབ་ནས་ཟེར་གི།

ལྷོ་ཕྱོགས་དབྲ་འདུལ་ཡ་ལ་གྲུབ་ནས་ཟེར་གི།

ནུབ་ཕྱོགས་པདྨ་རཱ་གས་གྲུབ་ནས་ཟེར་གི།

བྱང་ཕྱོགས་སེར་པོ་གསེར་གྱིས་གྲུབ་ནས་ཟེར་གི།

གསེར་གྱི་རི་བདུན་ཆགས་ནས་ཟེར་གི།

རོལ་བའི་མཚོ་བདུན་ཆགས་ནས་ཟེར་གི།

རི་རབ་ཆེན་པོའི་ཁོངས་གསེང་ནས།

ལྷ་མ་ཡིན་གྱི་གྲོང་ཁྱེར་ཆགས་ནས་ཟེར་གི།

རྩེ་ནས་སུམ་ཅུ་རྩ་གསུམ་ཆགས་ནས་ཟེར་གི།

ལྷའི་དབང་པོ་བརྒྱ་བྱིན་ཕོ་བྲང་རིན་པོ་ཆེ་སྣ་ཚོགས་ལས་གྲུབ་པའི་རྣམ་པར་རྒྱལ་བའི་ཁང་བཟང་ཆགས་ནས་ཟེར་གི།

དེའི་སྟེང་དཔག་ཚད་བརྒྱད་ཁྲིའི་སྟེང་ནས་མཐའ་བྲལ་གྱི་ལྷ་གནས་ཆགས་ནས་ཟེར་གི།

དེའི་སྟེང་དཔག་ཚད་འབུམ་ཕྲག་དྲུག་ཅུའི་སྟེང་ནས་དགའ་ལྡན་གྱི་ལྷ་གནས་ཆགས་ནས་ཟེར་གི།

དེའི་སྟེང་དཔག་ཚད་སུམ་འབུམ་བཞི་ཁྲིའི་སྟེང་ནས་གཞན་འཕྲུལ་དབང་བྱེད་ཀྱི་ལྷའི་གནས་ཆགས་ནས་ཞེས་བཤད་ཀི།

མཚོད་ཨོཾ་ཨཱཿཧཱུྃ།

དེའི་མན་ཆད་ནི་འདོད་པའི་ཁམས་ཡིན་ནས་ཟེར་གི།

དེའི་སྟེང་ན་གཟུགས་ཅན་གྱི་ཁམས་དང་གཟུགས་མེད་ཀྱི་ཁམས་ལ་སོགས་ལྷའི་གནས་མཆོད་རྟེན་གྱི་བང་རིམ་ལྟ་བུར་ཆགས་ནས་ཞེས་བཤད་ཀི།

མཆོད་ཨོཾ་ཨཱཿཧཱུྃ།

ཤར་ཕྱོགས་ནས་ཤར་ལུས་འཕགས་གླིང་གི་གླིང་ཕྲན་གཉིས་དང་བཅས་པ་དབྱིབས་ཟླ་གམ་ལྟ་བུར་ཆགས་ནས་ཟེར་གི།

ལྷོ་ཕྱོགས་ནས་ལྷོ་འཛམ་བུ་གླིང་གི་གླིང་ཕྲན་གཉིས་དང་བཅས་པ་དབྱིབས་སོག་ལེ་ཁ་ལྟ་བུ་ཆགས་ནས་ཟེར་གི།

ནུབ་ཕྱོགས་ནས་ནུབ་བ་གླང་སྤྱོད་ཀྱི་གླིང་གི་གླིང་ཕྲན་གཉིས་དང་བཅས་པ་དབྱིབས་ཟླུམ་པོར་ཆགས་ནས་ཟེར་གི།

བྱང་ཕྱོགས་ནས་བྱང་སྒྲ་མི་སྙན་གྱི་གླིང་གི་གླིང་ཕྲན་གཉིས་དང་བཅས་པ་དབྱིབས་གྲུ་བཞིར་ཆགས་ནས་ཟེར་གི།

གནམ་འདུལ་ས་ནས་དཔག་ཚད་བརྒྱད་ཁྲི་འཕགས་པའི་ནམ་མཁའ་དང་རབ་ཏུ་བརྟན་པའི་རླུང་གི་དཀྱིལ་འཁོར་ལ་བརྟེན་ནས་ཉི་ཟླ་སྐར་གསུམ་ལ་སོགས་པ་ཆགས་ནས་ཟེར་གི་ཞེས་བཤད་ཀི།

མཆོད་ཨོཾ་ཨཱཿཧཱུྃ།

དགུང་ཨ་སྔོན་དབྱིངས་ལ་ལྷོ་སྤྲིན་འཁྲིགས་སྟོལ།

སྤྲང་ཆར་ཟིལ་མ་ས་ལ་བབས་སྟོལ།

སྐྱེ་རྒུའི་དཔལ་དང་ལོངས་སྤྱོད་རྒྱས་སྟོལ་ཞིག་བཤད་ན།

དགུང་ཨ་སྔོན་དབྱིངས་ལ་ལྷོ་སྤྲིན་འདུས་ཟེག

སྤྲིན་དཀར་ནག་གཉིས་ཀྱིས་ཁ་འཐབ་བྱས་ཟེག

སྤྲིན་སྨུག་པའི་བར་ལ་ཚུ་འཛིན་འཁྲིགས་ཟེག

ཕོ་ཁྱུང་འབྲུག་གིས་ངར་སྐད་བསྒྲགས་ཟེག

སྤྲང་ཆར་བསིལ་མ་ས་ལ་བབས་ཟིག

ས་གཞི་གོར་མོ་བཙན་གྱིས་སྐྱུལ་ནས།

ས་ལ་རྩི་ཤིང་ནགས་ཚལ་རྒྱས་ཟིག

རྩྭ་རྩི་ཏོག་ཅན་ལ་མར་ཁུ་བབས་ཟིག

ན་མེ་ཏོག་སྐྱེ་རྒྱུ་གནམ་ལ་མཉམ་ཟིག

ཕྱུགས་དཀར་ནག་གཉིས་ཀྱིས་རི་སྨུང་བཀང་ཟིག

ཞིང་རི་ཆུའི་ནང་ལ་ལོ་ཏོག་འབྲུངས་ཟིག

ལོ་རེ་བཞིན་དུ་ལོ་ལེགས་ཡོང་ཟིག

འབྲུ་རིན་ཆེན་སྣ་ལྔས་བང་མཛོད་གང་ཟིག

འདི་རྒྱུ་རིན་ཆེན་དར་བའི་འབྱུང་ཁུངས་ཡིན་ནས་ཞེས་བཤད་ཀི།

མཆོད་ཨོཾ་ཨཱཿཧཱུྃ།

འགྲོ་བ་མི་ཡི་ཆགས་ཚུལ་ཞིག་བཤད་ན།

གླིང་བཞི་གླིང་ཕྲན་བརྒྱད་ཀྱི་ནང་ནས།

མཆོག་ཏུ་གྱུར་པ་འཛམ་བུ་གླིང་ནས།

ཡུལ་གྱི་ཐོག་མ་རྒྱ་གར་ཆགས་ནས་ཟེར་གི།

མི་རྣམས་འོད་གསལ་ལྷ་ནས་མཆེད་ནས།

ཚེ་ལོ་བརྒྱད་ཁྲི་བཞི་སྟོང་ཐུབ་ནས་ཟེར་གི།

ཟས་ལ་བསམ་གཏན་གྱི་དགའ་བ་སྤྱད་ནས།

བརྫུས་ཏེ་སྐྱེ་བ་ལེན་ནས་ཟེར་གི།

ལུས་ལ་འོད་ཡོད་ནས་ཟེར་གི།

གཟུགས་ཀྱི་ཡོན་ཏན་ཕུན་སུམ་ཚོགས་པ་ཡོད་ནས་ཞེས་བཤད་ཀི།

མཆོད་ཨོཾ་ཨཱཿཧཱུྃ།

རྒྱ་གར་རྡོ་རྗེ་གདན་ནས་སངས་རྒྱས་ཐོན་སྲོལ།

སངས་རྒྱས་ཀྱིས་ཆོས་འཁོར་བསྐོར་སྐོར།

རྒྱ་གར་གྱི་ཡུལ་དུ་རྒྱལ་རྒྱུད་ཐོག་མ་དར་སྐོར་ཞིག་བཤད་ན།

རྒྱ་གར་རྒྱལ་པོ་ཐོག་མ།

འཛམ་གླིང་རྒྱལ་པོའི་སྔོན་མ།

མང་པོས་བཀུར་བའི་རྒྱལ་པོས་དབུ་མཛད་ནས།

སྔོན་གྱི་རྒྱལ་པོ་སྔེ་ལྔ་འབྲུངས་ནས།

འཁོར་ལོས་བསྒྱུར་བའི་རྒྱལ་པོ་རྣམ་ལྔ་འབྲུངས་ནས།

རྒྱ་གར་རྒྱལ་པོ་མཆོག་སྤྱིན་གྱི་རིང་ལ།

ལྷོ་འཛམ་བུ་གླིང་ཚེ་ལོ་བཞི་ཁྲི་ཡིན་ནས།

ཡབ་སྲས་འདི་གཉིས་ཀྱི་རིང་ལ།

སངས་རྒྱས་འཁོར་བ་འཛིག་རྒྱ་གར་ལ་བྱོན་ནས།

དམ་པའི་ཆོས་ཀྱི་འཁོར་ལོ་བསྐོར་ནས་ཟེར་གི།

དེ་ནས་རྒྱལ་རབས་སུམ་བརྒྱའི་མཐའ་ལ།

རྒྱལ་པོ་ཀུན་ནས་འོད་འབྲུངས་ནས་ཟེར་གི།

དེའི་སྲས་རྒྱལ་པོ་ཙཛྲ་འབྲུངས་ནས་ཟེར་གི།

ཡབ་སྲས་འདི་གཉིས་ཀྱི་རིང་ལ།

སངས་རྒྱས་གསེར་ཐུབ་རྒྱ་གར་དུ་བྱོན་ནས།

དམ་པའི་ཆོས་ཀྱི་འཁོར་ལོ་བསྐོར་ནས་ཞེས་བཤད་གི།

མཆོད་ཨོཾ་ཨཱཿཧཱུྃ།

དེ་ནས་རྒྱལ་རབས་སུམ་ཅུའི་མཐའ་ལ་རྒྱལ་པོ་རཏྣ་ཆེན་པོ་འབྲུངས་ནས།

དེས་སྲས་རྒྱལ་པོ་ཀྲི་ཀྲི་འབྲུངས་ནས་ཟེར་གི།

ལྷོ་འཛམ་གླིང་ཚེ་ལོ་ཉིས་ཁྲི་ཡིན་ནས་ཟེར་གི།

སངས་རྒྱས་འོད་སྲུང་འཛིག་རྟེན་དུ་བྱོན་ནས་དམ་པའི་ཆོས་ཀྱི་འཁོར་ལོ་བསྐོར་ནས་

ཞེས་བཤད་ཀ།

མཆོད་ཨོཾ་ཨཱཿཧཱུྃ།

མང་པོས་བཀུར་བའི་རྒྱལ་པོའི་མན་ཆད་ནས།

སྒྲ་གཅན་འཛིན་པའི་ཡན་ཆད་ལ།

རྒྱལ་རབས་ས་ཡ་གཅིག་དང་འབུམ་ཕྲག་ལྔ་བརྒྱ་ཡོད་ནས་ཟེར་གི།

བདག་ཅག་གི་སྟོན་པ་ཤཱཀྱའི་རྒྱལ་པོ་དེ།

དང་པོ་བསྐལ་བ་གྲངས་མེད་གསུམ་ལ་ཚོགས་བསགས་ནས།

བར་ནས་བྱང་ཆུབ་མཆོག་ཏུ་ཐུགས་བསྐྱེད་ནས་ཟེར་གི།

མཐའ་མ་དངོས་པོའི་དོན་དུ་འོག་མིན་གྱི་ཞིང་དུ་སངས་རྒྱས་ནས།

དྲང་བའི་དོན་དུ་དགའ་ལྡན་གྱི་ཡུལ་དུ་ལྷའི་བུ་དམ་པ་ཏོག་དཀར་དུ་གྱུར་ནས།

སྟོད་ལྡན་འདུལ་བའི་མཐའ་ལ་ཐུག་ནས།

འཛམ་བུ་གླིང་ཚེ་ལོ་བརྒྱའི་དུས་ལ་བབས་ནས།

སེམས་ཅན་འདུལ་བའི་དུས་ལ་བབས་པ་མཁྱེན་ནས།

གླང་ཆེན་གྱི་ཚུལ་དུ་ལྷ་ལས་བབས་ནས།

རྒྱལ་པོའི་ཁམས་ཀྱི་རྒྱལ་པོ་ཟས་གཙང་ཟས་སུ་ཡུམ་སྒྱུ་འཕྲུལ་མའི་ལྷུམས་སུ་ཞུགས་ནས།

མངལ་གྱི་དྲི་མས་མ་གོས་པར་དཔྱིད་ཟླ་ཐ་ཆུང་གི་ཚེས་བརྒྱད་ལ།

བཀྲ་ཤིས་པའི་དགེ་མཚན་དུ་མ་དང་བཅས་ཡུམ་གྱི་མཆན་ཁུང་གཡས་པའི་རྩིབ་མའི་བར་ནས་སྐུ་འཁྲུངས་ནས་ཟེར་གི།

ཚངས་པ་དང་བརྒྱ་བྱིན་གཉིས་ཀྱིས་ཀ་ཤི་ཀས་རས་ཀྱིས་བླངས་ནས།

དགའ་བོ་དང་ཉེ་དགས་སྐུ་ཁྲུས་བྱས་ནས་ཟེར་གི།

སྐྱེ་དགུའི་བདག་མོ་ལ་སོགས་པ་མ་མ་སུམ་ཅུ་སོ་གཉིས་ཀྱིས་སྐུ་བསྐྱངས་ནས་ཟེར་གི།

དགུང་ལོ་ཉི་ཤུ་རྩ་དགུའི་རིང་ལ་རྒྱལ་སྲིད་བཟུང་ནས།

ས་མཚོ་མ་དང་གྲགས་འཛིན་མ་སོགས་བཙུན་མོ་བརྒྱད་ཁྲི་བཞི་སྟོང་ཁབ་ཏུ་བཞེས་ནས།

སྲས་སྦྲ་གཅན་འཛིན་འབྲུངས་ནས།

འཁོར་བར་སྙིང་པོ་མེད་པ་དགོངས་ནས།

རྒྱལ་ཆེན་བཞིའི་སྟེང་གི་ནམ་མཁའ་སྤྱན་དྲངས་ནས།

མཆོད་རྟེན་རྣམ་དག་གི་དྲུང་ནས་རབ་ཏུ་བྱུང་ནས།

ཚུ་བོ་ནེ་རན་འཛང་ན་ལ་སོགས་པའི་དྲུང་ནས་དཀའ་བ་སྤྱད་ནས།

བསམ་གཏན་མཐར་ཕྱིན་ནས།

དྲང་སྲོང་ལྷུང་བའི་གནས་ནས་འཁོར་ལྔ་སྡེ་བཟང་པོ་སོགས་ལ་བདེན་པ་བཞིའི་ཆོས་ཀྱི་འཁོར་ལོ་བསྐོར་ནས།

བྱ་རྒོད་ཕུང་པོའི་རི་ལ་སོགས་འཁོར་ཡང་དག་པར་ཞུགས་པའི་བྱང་ཆུབ་སེམས་དཔའ་རྣམས་ལ་དོན་དམ་རྣམ་པར་ངེས་པའི་ཆོས་ཀྱི་འཁོར་ལོ་བསྐོར་ནས་མཛད་པ་བཅུ་གཉིས་ཀྱི་མཐར་ཕྱིན་ནས་ཞེས་བཤད་ཀྱི།

མཆོད་ཨོཾ་ཨཱཿཧཱུཾ།

གངས་རིའི་ཁྲོད་ཀྱི་བོད་ཁ་བ་ཅན་ནི་བྱང་ཆུབ་སེམས་དཔའི་གདུང་རྒྱུད་ཡིན་སྲོལ།

བྲག་གི་སྲིན་མོའི་རིགས་རྒྱུད་ཡིན་སྲོལ།

སྤྱན་རས་གཟིགས་ཀྱི་རྒྱལ་རྒྱུད་ཡིན་སྲོལ།

བྱང་ཆུབ་སེམས་དཔའི་ཞབས་ཀྱིས་བཅགས་སྲོལ།

རིག་འཛིན་ཕོ་མོའི་འབྲུངས་ཡུལ་ཡིན་སྲོལ།

ཤ་ཟ་མཁའ་འགྲོའི་སྐྱེ་རྒྱུན་ཡོད་སྲོལ་ཞིག་བཤད་ན།

སྔོན་འཕགས་པ་སྤྱན་རས་གཟིགས་དབང་ཕྱུག་ཁོང་གིས་སངས་རྒྱས་སྟོང་གི་སྤྱན་སྔ་ནས་སྨོན་ལམ་བཏབ་ནས།

བདག་ཅག་གི་སྟོན་པ་ཤཱཀྱའི་རྒྱལ་པོའི་ཐུགས་ཀ་ནས་འོད་ཟེར་སྣ་ལྔ་འཕྲོས་ནས།

ནུབ་ཕྱོགས་བདེ་བ་ཅན་ལ་སོང་ནས།

སངས་རྒྱས་སྣང་བ་མཐའ་ཡས་ཐུགས་ཀར་འཐིམ་ནས།

སངས་རྒྱས་སྣང་བ་མཐའ་ཡས་ཀྱི་ཐུགས་ཀ་ནས་འོད་ཟེར་འཕྲོས་ནས་མཚོ་པདྨ་ཅན་ལ་འཐིམ་ནས།

བོད་གངས་ཅན་གདུལ་བའི་གཉེན་པོ་སངས་རྒྱས་ཀྱི་སྤྲུལ་སྐུ་ཞིག་འབྱོན་པར་ལུང་བསྟན་ནས།

འཕགས་པ་སྤྱན་རས་གཟིགས་མཚོ་པདྨ་ཅན་ལ་བརྗེས་ཏེ་སྐུ་འཁྲུངས་ནས།

མ་ཎི་ཡིག་དྲུག་གི་སྒྲ་བསྒྲགས་ནས།

ཨོཾ་ཡིས་ལྷ་ཡི་སྐྱེ་འཆི་སེལ་ནས།

མ་ཡིས་ལྷ་མིན་འཐབ་རྩོད་ཞི་ནས།

ཎི་ཡིས་མི་ཡི་སྡུག་བསྔལ་སེལ་ནས།

པད་ཀྱིས་དུད་འགྲོའི་བཀོལ་སྤྱོད་སེལ་ནས།

མེ་ཡིས་ཡི་དྭགས་བཀྲེས་སྐོམ་སེལ་ནས།

ཧཱུྃ་གྱིས་དམྱལ་བའི་ཚ་གྲང་སེལ་ནས།

རིགས་དྲུག་ཐར་བའི་ལམ་ལ་བཀོད་ནས་ཞེས་བཤད་གི།

མཆོད་ཨོཾ་ཨཱཿཧཱུྃ།

སྐུ་རྒྱལ་བོད་ཀྱི་ཆགས་སྲོལ།

ཆོས་རྒྱལ་མེས་དབོན་འཁྲུངས་སྲོལ།

དགེ་བཅུའི་ཆོས་ཁྲིམས་བཙུགས་སྲོལ།

མཐའ་འདུལ་ཡང་འདུལ་བཞེངས་སྲོལ།

པད་འབྱུང་བོད་ལ་བྱུང་སྲོལ།

མུ་སྟེགས་ལྷ་བ་མནན་སྲོལ།

ཡོངས་སྤྱོད་མངའ་ཐང་རྒྱས་སྲོལ།

འཛམ་གླིང་དབང་ལ་བསྒྱུར་སྲོལ་ཞིག་བཤད་ན།

སྟོན་སྤྲེའུ་བྱང་ཆུབ་སེམས་དཔའ་ཡོང་གིས་བྲག་གི་སྲིན་མོ་ཁབ་ཏུ་བཞེས་ནས།

བོད་ཁ་བ་ཅན་གྱི་མངའ་ཐང་དར་བ་ལ།

འཕགས་པ་ཐུགས་རྗེ་ཆེན་པོས་ལུང་བསྟན་ནས་ཟེར་གི།

རྗེ་བཙུན་འཕགས་མ་སྒྲོལ་མས་བྱིན་གྱིས་བརླབས་ནས།

བོད་ཡུལ་ཁ་བ་ཅན་གྱི་རྒྱལ་ཁམས་ཆགས་ནས།

འགྲན་མེད་གནམ་གྱི་གདུང་རྒྱུད་ལ་རྗེ་གཉའ་ཁྲི་བཙན་པོས་བོད་ཀྱི་རྒྱལ་ས་བཟུང་ནས།

གནམ་གྱི་ཁྲི་བདུན་འཁྲུངས་ནས།

སྟོད་ཀྱི་སྟེང་གཉིས་འཁྲུངས་ནས།

བར་གྱི་ལེགས་དྲུག་འཁྲུངས་ནས།

ས་ཡི་ལྡེ་བརྒྱད་འཁྲུངས་ནས།

འོག་གི་བཙན་གསུམ་འཁྲུངས་ནས།

ལྷ་ཐོ་ཐོ་རི་གཉན་བཙན་འཁྲུངས་ནས།

སངས་རྒྱས་བསྟན་པའི་དབུ་བརྙེས་ནས།

ཆོས་རྒྱལ་སྲོང་བཙན་སྒམ་པོ་འཁྲུངས་ནས།

དམ་པའི་ཆོས་ཀྱི་སྒྲ་བསྒྲགས་ནས།

དགེ་བཅུའི་བཅའ་ཁྲིམས་བཅོས་ནས།

ཡི་དམ་ལྷ་སྤྱན་དྲངས་ནས།

ལྷ་གཅིག་རྒྱ་བཟའ་ཀོང་ཇོ་དང་བལ་བཟའ་ཁྲི་བཙུན་སྒྲོལ་མ་བོད་ལ་བསུས་ནས།

ར་མོ་ཆེ་དང་ར་ས་འཕྲུལ་སྣང་ལ་སོགས་མཐའ་འདུལ་ཡང་འདུལ་གྱི་གཙུག་ལག་ཁང་བཞེངས་ནས།

ཐོན་མི་སམྦྷོ་ཊས་རྒྱ་གར་ནས་ཡི་གེ་བསྒྱུར་ནས།

རྒྱ་གར་ཡི་གེ་ལྔ་བཅུ་དེ།

བོད་ཀྱི་ཡི་གེ་སུམ་ཅུར་གཏན་ལ་ཕབ་ནས།

རྒྱ་གར་དབྱངས་ཡིག་བཅུ་དྲུག་དེ།

བོད་ཀྱི་དབྱངས་ཡིག་བཞི་ལ་བསྒྱུར་ནས།

དམ་པའི་ཆོས་ཀྱི་གླེགས་བམ་ལ་རྒྱ་གར་སྐད་ཀྱིས་ཁ་ཡིག་བརྒྱབ་ནས།

དམ་ཆོས་བསྒྱུར་ཅིང་རྒྱས་པར་མཛད་ནས།

སོག་པོ་དང་བལ་བོའི་ཡུལ་ནས་ནོར་ལོངས་སྤྱོད་ཀྱི་གཏེར་དྲངས་ནས།

རྒྱ་དང་མི་ཉག་ཡུལ་ནས་བཟོ་དང་རྩིས་བསླབ་ནས།

ཕྱོགས་བཞི་མཚམས་བརྒྱད་ལ་དབང་བསྒྱུར་ནས།

རྒྱལ་ས་དང་ཆོས་སྲིད་ཀྱི་གཞི་ཚུགས་ནས་ཞེས་བཤད་གི།

མཆོད་ཨོཾ་ཨཱཿཧཱུྃ།

རྒྱལ་པོ་ཁྲི་སྲོང་ལྡེ་བཙན་རིང་ལ་ནུབ་ཕྱོགས་ཨོ་རྒྱན་ཡུལ་ནས་པདྨ་འབྱུང་གནས་བོད་ལ་གདན་དྲངས་ནས་ཟེར་གི།

ལྷ་འདྲེ་མི་མིན་ཚར་བཅད་ནས།

ཐེག་པ་གསང་སྔགས་ཟབ་མོའི་ཆོས་འཁོར་བསྐོར་ནས།

ལྷོ་ཕྱོགས་རྒྱ་གར་ཡུལ་ནས་མཁན་ཆེན་པོ་བོ་དྷི་ས་ཏྭ་དང་ལོ་ཙཱ་བ་མང་པོ་སྤྱན་དྲངས་ནས།

དགེ་འདུན་གྱི་སྡེ་བཙུགས་ནས།

ཐེག་ཆེན་སྡེ་བཞི་རྒྱས་པར་མཛད་ནས།

བསམ་ཡས་ཆེན་མོའི་གཙུག་ལག་ཁང་བཞེངས་ནས།

སངས་རྒྱས་བསྟན་པའི་རྒྱལ་མཚན་བཙུགས་ནས།

ཤཱཀྱའི་བསྟན་པ་ཕྱོགས་བཅུར་རྒྱས་ནས།

ལྷ་བ་མུ་སྟེགས་པ་ཟིལ་གྱིས་མནན་ནས།

བོད་ལ་ཆོས་ཀྱི་ཉི་མ་ཤར་ནས་ཞེས་བཤད་གི།

མཆོད་ཨོཾ་ཨཱཿཧཱུྃ།

མངའ་བདག་རལ་པ་ཅན་གྱི་སྐུ་རིང་ལ།

མཁས་བཙུན་བཟང་གསུམ་གྱི་འདུལ་གྲྭ་བཙུགས་ནས།
འཆད་རྩོད་རྩོམ་གསུམ་གྱི་བཤད་གྲྭ་བཙུགས་ནས།
དམ་ཆོས་ཁོང་དུ་ཆུད་ནས།
ཤེས་རབ་འོད་དུ་འཕྲོས་ནས།
འདུལ་བ་སྲོག་ལྟར་བསྲུངས་ནས།
དགེ་འདུན་གཙུག་ཏུ་བཀུར་ནས།
ཡོངས་སྤྱོད་ལྷ་དང་མཉམ་ནས།
དབང་ཐང་མཐུ་སྟོབས་ཀྱིས་བདུད་དང་སྡིག་པ་ཐམས་ཅད་ཟིལ་གྱིས་མནན་ནས།
སྨོ་འཛམ་བུ་གླིང་དབང་ལ་བསྒྱུར་ནས་ཞེས་བཤད་གི།
མཆོད་ཨོཾ་ཨཱཿཧཱུྃ།
གངས་རི་ར་བས་བསྐོར་བའི་གངས་ཅན་ཁ་བ་ཅན་གྱི་སྐྱ་རྒྱལ་བོད་ཀྱི་ཞིང་ཁམས།
སངས་རྒྱས་བསྟན་པའི་གདན་ས་འདི་ལ།
བྱང་ཆུབ་སེམས་དཔའི་རྒྱུན་མ་ཆད་སྲོལ།
བསྟན་པའི་ཆོས་ཀྱི་སྒྲ་མ་ཆད་སྲོལ།
གསང་སྔགས་ཟབ་མོའི་ལུང་བསྟན་ཚུགས་སྲོལ།
སངས་རྒྱས་བསྟན་པའི་རྒྱུན་བཟུང་སྲོལ་ཞིག་བཤད་ན།
སྟོད་ནས་ཀུན་དགའ་རྒྱལ་མཚན་འགྲོ་བའི་མགོན་པོ་འབྲུངས་ནས།
དཔལ་ལྡན་ས་སྐྱའི་གྲུབ་མཐའ་དར་ཞིང་རྒྱས་ནས།
ཕྱོགས་ཀུན་ལ་དགེ་བའི་དཔལ་ཡོན་ཤར་ནས།
སངས་རྒྱས་གཙུག་ལག་ཁང་ལ་མཆོད་པ་ཕུལ་ནས།
འཕགས་པའི་དགེ་འདུན་རྣམས་ལ་བསྙེན་བཀུར་བྱས་ནས།
བོད་འབངས་ཉམ་ཐག་འགྲོ་བ་ཆོས་ཀྱིས་ཚིམས་ནས།
བཀྲ་ཤིས་བདེ་ལེགས་ཡར་ངོའི་ཟླ་ལྟར་འཕེལ་ནས་ཞེས་བཤད་གི།

མཆོད་ཨོཾ་ཨཱཿཧཱུྃ།

སྨད་ནས་རྒྱལ་བ་བློ་བཟང་གྲགས་པ་འཁྲུངས་ནས།

མདོ་སྔགས་ཟུང་དུ་འབྲེལ་ནས་ཆོས་འཁོར་བསྐོར་ནས།

ཤཱཀྱའི་བསྟན་པ་གསེར་གྱི་རྒྱ་མཚོ་རྒྱས་ནས།

མཉམ་མེད་དགེ་ལུགས་བསྟན་པའི་ཆོས་དར་ནས།

འཆད་རྩོད་རྩོམ་གསུམ་སེང་གེ་སྒྲ་ཆེན་བསྒྲགས་ནས།

ཉོན་མོངས་དུག་ལྔ་ལ་སོགས་མཐའ་ནས་བཅོམས་ནས།

དབུས་གཙང་རུ་བཞི་ལ་སོགས་ཞབས་ཀྱིས་བཅགས་ནས།

བོད་ཡུལ་ཁ་བ་ཅན་ལ་བྱིན་གྱིས་བརླབས་ནས།

རྣམ་དག་ཚུལ་ཁྲིམས་ལྡན་པའི་དགེ་སློང་རྣམས་ལ།

དྲང་ངེས་རྣམ་པར་རྟོགས་པའི་མཚན་ཉིད་བཙུགས་ནས།

བོད་འབངས་སེམས་ཅན་ནམ་མཁའི་མཐའ་དང་མཉམ་ནས།

རྒྱལ་སྲས་བྱང་ཆུབ་སེམས་དཔའི་མཛད་པ་གསུངས་ནས།

ཕོ་མོ་རྒན་གཞོན་ཀུན་ལ་ངེས་འབྱུང་སྐྱེས་ནས།

བྱང་ཆུབ་སེམས་དཔའི་སྤྲུལ་བ་རྒྱུན་ཆད་མེད་ནས་ཟེར་གི།

རིགས་དྲུག་ཐར་བ་བདེ་ཆེན་ལམ་ལ་བཀོད་ནས་ཞེས་བཤད་ཀི།།

མཆོད་ཨོཾ་ཨཱཿཧཱུྃ།

བོད་ཡུལ་མུ་མཐའ་མེད་པའི་ཨ་སྔོན་དགུང་གི་དབུས་ལ་ཐུགས་རྗེ་ཉི་ཟླ་འདྲ་བའི་སྐྱེས་བུ་རིམ་བྱོན་འཁྲུངས་ནས།

ལྷོ་ཕྱོགས་འཛམ་བུ་གླིང་ལ་བསྟན་པའི་འོད་སྟོང་འཕྲོས་ནས།

བསྟན་འཛིན་སྐྱེས་བུ་དམ་པ་སྐར་ཚོགས་མཐའ་ནས་རྒྱས་ནས།

ཐོ་རངས་སྐར་ཆེན་འདྲ་བའི་གུང་ཐང་འཇམ་དབྱངས་འཁྲུངས་ནས།

བསྟན་པའི་སྒྲོན་མེ་ཁོང་གིས་ཤེས་རབ་གཏེར་སྒོ་འབྱེད་ནས།

སྐལ་ལྡན་བུ་སློབ་རྣམས་ལ་ཤེས་བྱའི་ཡོན་ཏན་འཕེལ་ནས།
འཆད་རྩོད་རྩོམ་གསུམ་ལ་སོགས་གོང་ནས་གོང་དུ་འཕེལ་ནས།
རིགས་བརྒྱའི་ཁྱབ་ཀྱི་བདག་པོ་སྐུ་གཞོགས་ཤིང་བཟའ་འབྲུངས་ནས།
ཆོས་སྒོ་བརྒྱད་ཁྲི་བཞི་སྟོང་མ་བསླབས་ཐུགས་སུ་ཆུད་ནས།
བློ་བཟང་རྒྱལ་བའི་བསྟན་པ་ཉིན་མོར་མཛད་ནས།
སྔ་ཚོགས་གར་གྱིས་སྤྲུལ་བའི་བསྟན་པ་བསྐྱངས་ནས།
ཞི་རྒྱས་དབང་གྲགས་དང་བཀའ་བརྒྱུད་གསང་གསུམ་ལ་སོགས།
གསང་སྔགས་ཐེག་པའི་བསྟན་པ་དར་ཞིང་རྒྱས་ནས་ཞེས་བཤད་ཀི།
མཆོད་ཨོཾ་ཨཱཿཧཱུྃ།

ཡ།
བོད་སྟག་ཚོ་བ་བཅོ་བརྒྱད་ཆགས་སྲོལ་ཞིག་བཤད་དགོས་ཟེར་གི།
ད་བོད་སྟག་ཚོ་བ་བཅོ་བརྒྱད་ཆགས་སྲོལ་ཞིག་བཤད་ན།
སྟག་ཤ་ར་ངན་པས་ཡུལ་བསྐྱོད་མིན་ནོ།
སྨན་བུ་མོ་ངན་པས་གནས་བསྐྱོད་མིན་ནོ།
ཡིན་ལུགས་གཏམ་གྱི་འགྲོ་ལུགས་ཡིན་ནོ།
འདུར་ལུགས་རྟ་ཡི་གོམ་ལུགས་ཡིན་ནོ།
ཆོས་གང་འདོན་གོང་ལ་སྐྱབས་འགྲོ་ཡོད་ནོ།
གཏམ་གནས་བསྐྱོད་གོང་ན་ཡུལ་བསྐྱོད་ཡོད་ནོ།
འདི་མགོ་ནག་བོད་ཀྱི་དཔེ་ཡིན་ནོ།
ང་བཤད་དགའ་ཞི་ལིའི་སྲོལ་མིན་ནོ།
བོད་སྟག་ཚོ་བ་བཅོ་བརྒྱད་ས་སྐྱ་འཁོན་ནས་ཆད་སྲོལ།
བླ་མ་ཉི་མ་འདྲ་བས་བསྟན་པ་ཚུལ་བཞིན་བསྐྱངས་སྲོལ།

དཔོན་པོ་རི་རྒྱལ་འདྲ་བས་ཁམས་གསུམ་དབང་ལ་སྒྱུར་སྲོལ།

ཨ་མྱེས་སེང་གེ་དཀར་མོ་དཀར་ཡག་གངས་ནས་ཆད་སྲོལ།

པ་རྒྱུད་གཡུ་འབྲུག་སྔོན་མོ་ཨ་སྔོན་དགུང་ནས་ཆད་སྲོལ།

ཕ་ཁྱུ་འཁྲིང་རྐོད་འདྲ་བོ་ཁྲ་ཡག་རྫ་ནས་ཆད་སྲོལ།

བུ་ཚ་རྒྱ་སྟག་འདྲ་བོ་རྒྱ་རྫོང་ནགས་ནས་ཆད་སྲོལ།

མ་སྲུ་གླུ་མོ་འདྲ་བོ་མ་དྲོས་གླུ་ནས་ཆད་སྲོལ།

བོད་སྟག་ཚོ་བ་བཅོ་བརྒྱད་ས་སྐྱའི་འཕོན་ནས་ཆད་སྲོལ་ཞིག་བཤད་ན།

ལྷ་རྗེ་བྲག་སྣ་ཅན་གྱི་གདུང་རྒྱུད་ཡིན་ནས།

ཚ་བོ་ཀུན་དགའ་ལྷ་ཡི་བུ་རྒྱུད་ཡིན་ནས།

ཁ་ཆེ་པཎ་ཆེན་ཤཱཀྱ་ཤྲཱི་དང་ས་སྐྱ་པཎྜི་ཏ་ཀུན་དགའ་རྒྱལ་མཚན་རྣམ་པ་གཉིས་ཀྱིས་ལྷ་རྗེ་ཀུན་དགའ་དོན་གྲུབ་ཕོང་ལ་སངས་རྒྱས་བསྟན་པ་འཛིན་པའི་རྟེན་སྐལ་ལ་ས་སྐྱའི་མགོན་ཁང་གི་གཏེར་སྒྲུབ་བུམ་པ་གནང་ནས།

གཡང་འགུགས་ཀྱི་མདའ་བདུན་གནང་ནས།

ཁ་ཆེ་པཎ་ཆེན་གྱི་ན་བཟའ་ཁ་ཚང་གནང་ནས།

ས་འདུལ་གྱི་རྟེན་ལ་མུ་སྟེགས་འཕྲོག་བྱེད་དགའ་བའི་རལ་བ་དང་ས་འདུལ་གྱི་བཙན་མདའ་གནང་ནས།

དཔལ་མགོན་ཞྭམ་བྲལ་དང་བུ་ཧྲ་མིང་སྲིང་ལ་བཀའ་བསྒོས་ནས་བརྟན་སྲུང་དུ་བཀོད་ནས།

མདོ་སྨད་དུ་སངས་རྒྱས་བསྟན་པ་འཛིན་ཞིང་བཙན་ཕྱུག་དཔའ་གསུམ་དང་སྟོབས་འབྱོར་མངའ་ཐང་དར་བའི་ལུང་བསྟན་ནས་ཞེས་བཤད་གོ།

མཆོད་ཨོཾ་ཨཱཿཧཱུྃ།

བོད་སྟག་གི་ཨ་མྱེས་ཀུན་དགའ་ལྷའི་རིང་ལ།

མདོ་སྨད་ནས་ས་བཟུང་ནས།

བྲག་སེར་ལ་ལྡེ་བ་བྱས་ནས།

སྐྱབས་གསུམ་རྒྱལ་བའི་ཁྱུལ་དང་གཡོན་རི་ཟབ་མོ་ནགས་ནས་གཞི་བཟུང་ནས།

སྐྱེ་ལྷ་དམ་པ་ཨ་མྱེས་བྲག་སེར་མཆོད་ནས།

བཀའ་བསྒོས་བརྟན་སྲུང་རྣམས་ལ་འཕྲིན་ལས་བཅོལ་ནས།

རྒྱལ་བློན་བྱང་ཆུབ་སེམས་དཔའི་རྒྱུན་འཛིན་བྱས་ནས།

བསྟན་པ་རིན་པོ་ཆེར་དད་པ་བྱས་ནས།

དགྲ་མགོ་རྫོག་པས་མནན་པས་དམངས་ལ་བདེ་སྐྱིད་ལྡན་ནས།

སྟོད་ནས་སྟོད་པས་མཛོ་ཞིང་བཏབ་ནས།

སྨད་ནས་བྲ་ཚས་དོར་ཞིང་བཏབ་ནས།

བར་ནས་ཨ་རྒྱུས་རྩྭ་ཞིང་བཏབ་ནས།

ས་ཕྱིད་གདན་ལ་བཏིང་ནས་སྦེ་ཕྱིད་བྲན་ལ་བཀོལ་ནས།

མངའ་འབངས་མཐའ་ནས་བསྐྱངས་ཤིང་མཐའ་དགྲ་ཆམ་ལ་ཕབ་པའི་དཔོན་པོ་དགུ་སྡེ་བོད་སྟག་དཔོན་པོ་ཟླ་བ་གྲགས་པ་འཁྲུངས་ནས།

སྟག་ཕྲུག་ཐར་དང་དབང་གྲགས་གསུམ་འཁྲུངས་ནས།

མཁྱེན་རབ་བཀྲ་ཤིས་སྡོ་ལོ་ལྡེ་འཁྲུངས་ནས།

སྐྱེ་སྟོབས་ཆོས་རྒྱམ་ཚེ་རིང་བདུན་འཁྲུངས་ནས།

དབང་རྒྱལ་ཚེ་རིང་རི་ལོ་དགུ་འཁྲུངས་ནས།

བཙན་པོར་གཉའ་གནོན་བྱས་ནས།

གཉོམ་ཆུང་ལ་ལག་འཐེན་བྱས་ནས།

སྐུ་དབང་དགུང་ལ་མཉམ་ནས།

ཁ་ལས་ཉི་ཟླ་དང་མཚུངས་ནས།

སྙན་གྲགས་འབྲུག་བཞིན་དུ་གྲགས་ནས།

བོད་སྟག་ལ་མངའ་ཐང་དར་ནས་ཞེས་བཤད་ཀྱི།

མཆོད་ཨོཾ་ཨཱཿཧཱུྃ།

དཔའ་ངར་སྤྱང་ཀྱང་འཛོམས་པའི་དཔོན་པོ་བ་ཡོའི་རིང་ལ།

རྒྱ་དང་སོག་པོ་ལས་རྣམ་པར་རྒྱལ་ནས་སྟོང་དཔོན་གྱི་གོ་གནས་ཏོག་དང་ཐམ་ག་བླངས་ནས།

མི་འཕེལ་ཕྱུགས་རྒྱུད་ལ་སོགས་པའི་ཡོངས་སྤྱོད་མཐའ་དང་མཉམ་ནས།

བོང་སྟག་དཔོན་པོ་བན་ཐོ་ཡི་རིང་ལ།

བོང་སྟག་རྫ་ཁྱུང་ལ་ཁྱུད་ནས།

མཚོ་སྔོན་པོའི་འགྲམ་ནས་གཞི་བཟུང་ནས།

ཤར་རིག་མོ་གཟུགས་ལྷུན་ཡན་ཆད་ནས།

ལྷོ་ཧྭང་ང་ཆུ་སྔོན་ཚུན་ཆད་ནས།

ནུབ་ཀྱི་གེ་དར་ཞུར་རྐེ་མན་ཆད་ནས།

བྱང་དུང་དཀར་ཉག་གའི་ཚུན་ཆད་ལ།

སྤྱགས་པ་ཞ་སྐོར་དཔོན་ཚང་གསུམ་ཆགས་ནས།

ཨ་ཀྲུ་ལྷ་སྐོམ་མོག་ཆེན་དྲུག་ཆགས་ནས།

མོག་ཆེན་ས་ཉལ་གོ་ཉལ་གསུམ་ཆགས་ནས།

སྟོད་ཆེན་ནག་བཟའ་གནས་སྐོར་དྲུག་ཆགས་ནས།

ཐགས་པ་ཀྭ་ནག་ཀ་ཤུལ་གསུམ་ཆགས་ནས།

མཁར་ཟུར་ཚང་སྟོད་ཆུང་བྲ་ཚ་དྲུག་ཆགས་ནས།

ཚོ་ཆེན་པོ་དྲུག་གསུམ་བཅོ་བརྒྱད་ཆགས་ནས།

གནམ་ལ་འཁོར་ལོ་རྩིབས་བརྒྱད་ཚང་ནས།

མགོན་ཤཱཀྱའི་བསྟན་པ་མཐའ་རྒྱས་ནས།

ས་ལ་པདྨ་འདབ་བརྒྱད་འཛོམས་ནས།

རྒྱུ་འཛད་མེད་ཡོངས་སྤྱོད་མཛོད་ལ་ཆགས་ནས།

བར་ལ་བཀྲ་ཤིས་རྟགས་བརྒྱད་ཚང་ནས།

ཧ་ནོར་ལུག་གསུམ་གྱི་གཡང་འཕོར་ནས།
སྟོད་གངས་དཀར་སྟེང་ལ་སེང་གེ་འཁྱིང་ནས།
རྗེ་བླ་མ་རྣམས་ཀྱི་སྐུ་ཚེ་བརྟན་ནས།
བར་རྫ་རིའི་སྟེང་ལ་འབྲོང་རྒོད་འཁྱིང་ནས།
དཔོན་བྱང་སེམས་ཅན་ལ་དབང་ཐང་དར་ནས།
སྨད་ནགས་རིའི་སྟེང་ལ་རྒྱ་སྟག་འཕོར་ནས།
བུ་དཔའ་རྩལ་ཅན་གྱིས་དགྲ་བཞི་བཏུལ་ནས།
མཚོ་ཁྲི་ཤོག་རྒྱལ་མོར་གསེར་ཉ་འཕོར་ནས།
འབངས་མི་སེར་ཀུན་ལ་བདེ་སྐྱིད་ལྡན་ནས་ཞེས་བཤད་ཀི།
མཆོད་ཨོཾ་ཨཱཿཧཱུཾ།
ཐང་སྟག་དཔོན་པོ་ཚེ་ཁོའི་སྐུ་རིང་ལ།
བོད་ཀྱི་དཔོན་ཐོབ་དང་རྒྱ་ཡི་བློན་ཐོབ་བླངས་ནས།
རྒྱ་བོད་མཛའ་མཐུན་ཡོང་ནས།
འབྲེལ་བ་གསེར་གྱི་ཟམ་པ་བསྐྲུན་ནས།
མཚོ་སྔོན་པོ་གནམ་སའི་ཀ་བཞི་འཁྲུངས་ནས།
རྒྱ་དཀར་ནག་བར་ལ་ས་མཚམས་བཅད་ནས།
མཚན་སྙན་གྲགས་དབུས་གཙང་ཡུལ་ལ་གྲགས་ནས།
ཐང་སྟག་དཔོན་པོ་འབྲུག་ཁོའི་སྐུ་རིང་ལ།
བཙན་ཕྱུག་དཔའ་གསུམ་ལ་སོགས་དར་རྒྱས་ཡོང་ནས།
བཙན་པོ་ལམ་ལ་གྲགས་ནས།
ཕྱུགས་རྫ་ལམ་ལ་བཀྲམ་ནས།
ཐང་སྟག་དཔོན་པོ་དཔལ་བཟང་གི་སྐུ་རིང་ལ།
སྐབས་གཅིག་ཤིང་བཟའི་ཕྱུགས་བཀོད་ལྟར་དུ།

བོང་སྟག་དགོན་པ་ཕྱུག་འདེབས་གནང་ནས།

དགེ་ལྡན་བཤད་སྒྲུབ་རྣམ་རྒྱལ་གླིང་ལ།

དགེ་ལུགས་བསྟན་པའི་མཚན་ཉིད་བཙུགས་ནས།

བོང་སྟག་དཔོན་པོ་རྟམ་ཁོའི་སྐུ་རིང་ལ།

རོང་པོ་སློན་ཆོས་ནས་ཨ་མྱེས་བྲག་སེར་གདན་དྲངས་ནས།

རི་ཁྲོད་ཆེན་སྙིང་ལ་དཔའ་མཁར་བཙུགས་ནས།

ལྷ་ཤིང་ཤུག་པའི་ལབ་རྩེ་བསྟད་ནས།

ལུག་གཡང་དཀར་བལ་གྱི་དམུ་ཐག་འཐེན་ནས།

ཤིང་གསོམ་དཀར་ཡག་གི་དར་ཤིང་ཐོག་ལ།

གླིང་དར་ཚོན་སྣ་ལྔའི་དར་ལྕོག་བཏགས་ནས།

གློག་དམར་པོ་འདྲ་བའི་དར་ལྕེ་སྒྲད་ནས།

འཇའ་སྣ་ལྔ་འདྲ་བའི་དར་ཚོན་བསྒྲོན་ནས།

གསེར་སེར་པོས་གྲུབ་པའི་གཏེར་གཞོང་ལ།

སེར་པོ་གསེར་གྱི་ཁ་ལེབ་བརྒྱབ་ཡོད།

དཀར་པོ་དངུལ་གྱི་ཁ་དགྲིས་སྦྲད་ཡོད།

གཏེར་རིན་ཆེན་སྣ་ལྔའི་གཏེར་རྫས་བཞག་ཡོད།

བླ་མ་ཆོས་སྐྱོང་ཅན་གྱིས་བསྐང་བ་བཏོན་ཡོད།

ཕ་ཨ་ཁུ་ཁ་ལས་ཅན་གྱིས་ལྷ་འབོད་བྱས་ནས།

སྐྱེས་བུ་དགྲ་ལྷ་ཅན་གྱིས་ཀླུང་རྟ་སྤུར་ནས།

སྐྱེས་ལྷ་གཉན་པོ་ཨ་མྱེས་བྲག་སེར་སྤྱན་འདྲེན་བྱས་ནས།

ཁ་ལས་དང་ཀླུང་རྟ་རྒྱས་ནས།

ཁ་རྗེ་དང་དབང་ཐང་དར་ནས།

མཚོ་སྔོན་པོའི་ནང་ལུང་ཤོག་ཁ་བརྒྱད་ཀྱི་རྩེར་བུད་ནས་ཞེས་བཤད་གི།

མཚོད་ཨོཾ་ཨཱཿཧཱུྃ།

སྲིད་སྐྱོང་འཁོར་ལོས་བསྒྱུར་བའི་དཔོན་པོ་རྣམ་པོ་དང་ཆོས་སྲིད་ཟུང་དུ་འབྲེལ་བའི་སློབ་ཆེན་ཆོས་རྒྱལ་གཉིས་ཀྱི་སྐུ་རིང་ལ།

སྐྱབས་གཅིག་ཤིང་བཟའ་གཙུག་ལ་བཀུར་ནས།

མི་ཆོས་གཙང་མ་བཅུ་དྲུག་དང་ལ་བླངས་ནས།

བོད་སྟག་ཚོ་བ་བཅོ་བརྒྱད་ལ་བཀའ་བསྩལ་ནས།

བཀའ་འགྱུར་བསྟན་འགྱུར་བཞེངས་པའི་སྐལ་མ་བཏང་ནས།

སྤེ་མི་སེར་ཚང་མར་སྐལ་མ་ཐོབ་ནས།

བཀའ་འགྱུར་རྡོ་ཁྲི་རིང་མོ་ལྗུན་གྱིས་གྲུབ་ནས།

བསྐལ་བའི་མཐར་ཡང་ཟད་པ་མེད་པའི་གསུང་རབ་བཞེངས་ནས།

སྐུ་འབུམ་བྱམས་པ་གླིང་ལ་དད་པས་མཆོད་འབུལ་བྱས་ནས།

མཆོད་གནས་གསེར་སྟོང་ཆེན་མོར་རྒྱ་ཕིབས་འབུལ་ནས།

གོས་སྐུ་ཆེན་མོ་བོད་སྟག་ལ་གདན་དྲངས་ནས།

སྲིད་སྐྱོང་འཁོར་ལོས་བསྒྱུར་ཅིང་།

མངའ་འབངས་ལ་བདེ་སྐྱིད་བསྐྲུན་པའི་མངའ་བདག་སྟོང་དཔོན་རིམ་བྱོན་གྱི་མཛད་རྗེས་དང་ཕྱག་རྗེས་བླ་ན་མེད་པ་མདོར་བསྡུས་ན་འདི་འདྲ་ཞིག་ཡིན་ནས་ཞེས་བཤད་ཀི།

མཚོད་ཨོཾ་ཨཱཿཧཱུྃ།

བོད་སྟག་ཚོ་བ་བཅོ་བརྒྱད་ཀྱི་ལོ་རྒྱུས་འདི་ཞིབ་དང་རྒྱས་པ་ཞིག་ཉི་མ་གསུམ་ལ་བཤད་ཀྱང་མི་ཚར་གི།

ཟླ་བ་གསུམ་ལ་གླེང་ཡང་མི་ཚར་གི།

མདོར་བསྡུས་དཔེ་ཚའི་ཁ་ཡིག་འདྲ་འདྲ་ཞིག་བཤད་ན།

ཕོ་ཤེས་རྒྱ་ཆེ་རྫུང་དོན་མི་གོ་གི།

མི་མང་མི་ཉུང་བ་ཞིག་བཤད་ན།

ཤར་མཚོ་ཆེན་མེ་ལོང་བཤམས་འདྲ།

ལྷོ་ཛ་རི་སྤྱང་ཆེན་འཁྱིང་འདྲ།

ནུབ་གངས་རི་ཤེལ་ཕྲེང་བསྒྲིགས་འདྲ།

བྱང་བྲག་རི་སྤྱིགས་བམ་བརྩེགས་འདྲ།

རི་ཆེན་དགུང་ལ་ཐུག་འདྲ།

རི་ཆུང་མཚལ་ཕུལ་འདྲ།

ཐང་ཆེན་གོས་ཆེན་བཏིངས་འདྲ།

ཐང་ཆུང་རྩེད་གདན་བཤམས་འདྲ།

ཆུ་ཆེན་གཡུ་འབྲུག་འཁྱིལ་འདྲ།

ཆུ་ཆུང་དར་སྐུད་འཐེན་འདྲ།

ཏ་འདོ་བ་སྒྲ་སྒྲ་དིར་རེ།

བྱ་རྒོད་དགུང་ནས་འཕུར་འདྲ།

ལུག་གཡང་དཀར་བལ་ཁ་ཉིལ་བ།

ཕྱིང་དཀར་ཐང་ལ་བཏིངས་འདྲ།

ནོར་ནག་མོའི་ངུར་སྒྲ་ལྷིར་རེ།

འབྲོང་ཁྲུ་ཛ་ནས་གཤར་འདྲ།

ཕ་བླ་མའི་གསུང་སྐད་ལྷང་ངེ་།

ཉི་ཟླ་དགུང་ནས་ཤར་འདྲ།

དཔོན་ཆེན་པོའི་ཁྲིམས་གཏམ་ཤར་རེ།

སེང་གེ་གངས་ནས་འཁྱིང་འདྲ།

བུ་དཔའ་བོ་དཔའ་སྐད་དིར་རེ།

སྟག་མོ་ནགས་ནས་བུད་འདྲ།

སྨན་བུ་མོ་གཡུ་བྱུར་ལྷེམ་མེ།

ཀླུ་མོ་མཚོ་ནས་ལངས་འདྲ།
སྤེ་ཆེན་པོ་བཀྲག་མདངས་ལམ་མེ།
ནམ་མཁའི་སྐར་ཚོགས་ཤར་འདྲ།
གནས་མཆོག་གྱུར་པོང་སྟག་ཡུལ་ལྗོངས་ཡིན་ནས།
བེ་ཧེ་བེ་ལྔང་བཅོ་བརྒྱད་ལ།
ཕྱི་བསྐོར་ནས་ཚོ་བ་བཅོ་བརྒྱད་ཆགས་ནས།
འཛིག་རྟེན་གཏམ་གྱི་མཁན་པོ་ནང་བསྐོར་ནས།
ཆིག་བདག་བརྒྱད་ཅུ་བཞག་ནས།
ཟླ་གསུམ་ལ་བཟ་མི་འཁྲོད་ཟེར་གི།
ལོ་གསུམ་ལ་དཀྲིས་མི་རྐྱབ་ཟེར་གི།
རྒྱུ་རིན་ཆེན་སྣ་ལྔས་བང་མཛོད་བཀང་ནས།
ཀླུ་དུང་སྐྱོང་དཀར་པོའི་ལོངས་སྤྱོད་ལྡན་ནས།
ཕྱུགས་ར་ཚ་གསུམ་གྱི་རི་མགོ་ཁེབས་ནས།
ཇམ་ལྷ་ལ་ཡི་ཕྱུག་གཡང་འཁོར་ནས།
ལུག་གཡང་དཀར་ཁྲི་ཁར་བུད་ནས།
ཁྲི་ལུག་ཁྲོམ་རྣ་དངུལ་དཀྲིས་བརྒྱབ་ནས།
མི་རབས་བར་ནས་ཕྱུག་ལམ་མ་ཆད་ནས།
བསོད་ནམས་ཅན་གྱི་ཕྱུག་པོ་རྣམས་ལ།
ཕ་སྐྱེ་ལོ་འདྲ་བའི་རྒྱུ་སྟོབས་ཡོད་ནས།
བླ་རྒྱུད་བར་ནས་ཆོས་རྒྱུན་མ་ཆད།
སྐྱབས་གནས་བླ་མ་ཤིང་བཟའ་རྡོ་རྗེ་འཆང་ལ།
ལྷ་འཇམ་པའི་དབྱངས་ཀྱི་བྱིན་རླབས་ཡོད་ནས།
གདུང་རབས་བར་ནས་གདུང་རྒྱུད་མ་ཆད་ནས།

གདུང་རྒྱུད་བོང་སྟག་བསྟན་ལོ་ཁོང་ལ།
གླིང་གེ་སར་འདྲ་བའི་དབང་འདུལ་ཡོད་ནས།
སྟག་དམར་ཡག་འདྲ་བའི་ཕོ་རྒོད་རྣམས་ལ།
དཔའ་རྒྱ་ཚ་འདྲ་བའི་དཔའ་སྙིང་ཡོད་ནས།
ལུས་རྒྱན་ཆ་ཅན་གྱི་མ་སྲུ་རྣམས་ལ།
སྨན་འབྲུག་མོ་འདྲ་བའི་མོ་སྒོ་ཡོད་ནས་ཞེས་བཤད་ཀི།
མཆོད་ཨོཾ་ཨཱཿཧཱུྃ།

ཡ།
བསྟོད་པ་རྣམ་གསུམ་དཀུང་ལ་བསྟོད་དགོས།
ཉི་མ་སེར་པོའི་འགྲོ་ལམ་བསྟོད་དགོས།
ཟླ་བ་དཀར་པོའི་འཁོར་ལམ་བསྟོད་དགོས།
སྐར་ཚོགས་ཁྲ་མོའི་རྒྱུ་ལམ་བསྟོད་དགོས།
བསྟོད་པ་བར་སྣང་ཁམས་ལ་བསྟོད་དགོས།
ལྷོ་སྤྲིན་ཕྱུག་མོའི་འགྲིམ་ལམ་བསྟོད་དགོས།
སྦྲང་ཆར་བསིལ་མའི་འབབ་ལམ་བསྟོད་དགོས།
གཡུ་འབྲུག་སྔོན་མོའི་གྲག་ལམ་བསྟོད་དགོས།
བསྟོད་པ་དོག་མོ་ས་ལ་བསྟོད་དགོས།
སྐྱེས་ཆེན་དམ་པའི་བླ་རི་བསྟོད་དགོས།
ཕ་དང་ཕ་ཁུའི་སྐྱེ་ལྷ་བསྟོད་དགོས།
བོང་སྟག་ཕུ་ཏའི་ནང་ལུང་ཞིག་བསྟོད་དགོས་ཞེས་བཤད་ཀི།
མཆོད་ཨོཾ་ཨཱཿཧཱུྃ།
ས་འདི་ནས་ཡར་ལ་བལྟས་ན།

ཡར་བལྟས་ན་རི་ཞིག་རིག་ནོ།
རི་རྩེ་བརྒྱད་དགུང་ལ་མཉམ་ནོ།
ཤེལ་དཀར་པོ་མཆོད་རྟེན་བསྒྲིགས་ནས།
སེང་དཀར་མོས་གཡུ་རལ་འཛོམ་ནས།
སྤྲེར་ཆགས་ཟེལ་གྱིས་གནོན་ནོ།
གངས་འདབས་རྫ་ཡིས་བཟུང་ནས།
རྫ་ལུང་འཁྲོང་གིས་བཟུང་ནོ།
རྫ་རྩྭ་འཁྲོང་གིས་ཟས་ན།
འཁྲོང་བྲེ་ཡོས་དུར་ལྷིར་བྱུས་ནོ།
གངས་ཆུ་འཁྲོང་གིས་འཐུང་ནོ།
འཁྲོང་མོས་དུར་ལྷིར་བྱུས་ནོ།
རྫ་འདབས་ན་ཡིས་བཟུང་ནོ།
ན་མེ་ཏོག་ཁ་དོག་འགྲིག་ནོ།
ན་རྩྭ་རྒྱང་གིས་ཟས་ནོ།
བང་རྩལ་རླུང་ལ་འགྲན་ནོ།
ཕྱོགས་བཞིར་ཆུ་བཞི་བཞུར་ནོ།
ཡན་ལག་བརྒྱད་ལྡན་ཚང་ནོ།
ཉ་མོ་གསེར་མིག་འཕྱུག་ནོ།
གནས་ཁམས་ཆེན་གངས་དཀར་ཕྱོགས་ལས་རྣམ་རྒྱལ་ཡིན་ནས་ཞེས་བཤད་གི།
མཆོད་ཨོཾ་ཨཱཿཧཱུྃ།
གངས་དཀར་ཕྱོགས་ལས་རྣམ་རྒྱལ་གྱི་གཡས་རི་གཡོན་རི་མཆོད་དགོས།
མདུན་རི་རྒྱབ་སྲུང་མཆོད་དགོས།
གཡས་རི་གཡོན་རི་དང་མདུན་རི་རྒྱབ་སྲུང་མཆོད་ན།

གངས་ཞོ་བླུག་ཛ་ཏན་མཐོན་པོ།
དུང་དཀར་པོའི་མཆོད་རྫས་བཞག་འདྲ་ཡིན།
རི་སྟོབས་ཆེན་མུ་རིའི་རི་ཏན།
འབྲོང་ཧུ་དམར་ཁིས་ནས་འཁྱིང་འདྲ་ཡིན།
གཏེར་འཛད་མེད་རིན་ཆེན་མཛོ་ལུང་།
མཛོ་ཀྱ་ཁྲའི་ རླུང་སྒོམ་བྱས་འདྲ་ཡིན་ནས་ཞེས་བཤད་ཀི།
མཆོད་ཨོཾ་ཨཱཿཧཱུཾ།

ཡ།
ས་དེ་ནས་ཕར་ལ་བལྟས་ན།
ཕར་བལྟས་ན་ན་ཟེག་རིག་ནོ།
གོས་ལྷང་ནག་ཐང་ལ་བཏིང་འདྲ་པོ།
ས་བྱང་ཕྱོགས་མུ་རིའི་ན་ཏན་ཡིན།
ཧ་འདོ་བ་ཁ་ཛོག་ལྷེམ་མེར་ཁ་དཀར་རྐྱང་ལ་འདྲེས་ནས།
རྐྱེའུ་རྒྱ་མོས་རྐྱང་ལ་ཛོག་རྟེད་བྱས་ནས།
ཧ་ཐོ་ཧུ་སྐྱེས་སྐྱེས་རྐྱང་རྒྱུད་ལ་འཕྲུངས་ནས།
གཡག་རོག་པོའི་དཔུང་རྟེད་ཉིལ་ལེ་བྲེ་སེར་འབྲོང་ལ་འདྲེས་ནས།
མཛོ་གཡག་གིས་འབྲོང་ལ་ར་རྟེད་བྱས་ནས།
འབྲོག་པའི་འབྲི་མོས་འབྲོང་བེའུ་ཁྲིད་ནས།
ཞོ་འོ་མ་རྒྱ་མཚོ་འཁྱིལ་འདྲ་ཡིན།
རྒྱ་མཚོ་ཆེན་པོ་སྐམ་རྒྱུ་མེད་ནས།
མར་ཆུར་བ་རི་རྒྱུད་སྤུངས་འདྲ་ཡིན།
རི་རྒྱུད་ཆེན་པོ་འཇིག་རྒྱུ་མེད་ནས།

ཕྱོགས་ར་ཚ་གསུམ་གྱི་ཕ་མ་དང་མར་དཀར་ཆུར་གསུམ་གྱི་འབྱུང་ཁུངས་ས་ཕྱང་ཕྱོགས་སུ་རིའི་ན་རྒྱན་ཡིན་ཞེས་བཤད་གི།

མཆོད་ཨོཾ་ཨཱཿཧཱུྃ།

ས་དེ་ནས་ཡར་ལ་བལྟས་ན།

ཡར་བལྟས་ན་རི་ཞིག་རིག་ནོ།

དབྱར་གསུམ་ཁངས་སྐྱ་འབབ་ནོ།

རྫ་མགོ་ཁངས་ཀྱིས་བཟུང་ནོ།

རྫ་རྒྱུད་འཁྲོང་གིས་བཟུང་ནོ།

རྫ་ལུང་སྨུག་གིས་བཟུང་ནོ།

ན་ལུང་ནོར་གྱིས་བཟུང་ནོ།

བཞོན་མས་ཏུར་ལྷིར་བྱེད་ནོ།

འོ་མའི་རྒྱ་མཚོ་འཁྱིལ་ནོ།

སྟོན་གསུམ་བུ་ཡུག་འཐིབ་ནོ།

དཔྱིད་གསུམ་ཆབ་རོམ་ཆགས་ནོ།

དགུན་གསུམ་གྲང་ངར་ཆེ་ནོ།

གཡག་རོག་པོ་ཅག་གིས་འཁངས་ནོ།

སྤྲང་སེར་པོར་སེར་ག་གས་ནོ།

ས་མཐོ་སྣང་གཡག་ལུང་གོང་ཞོལ་ཡིན་ནས་ཞེས་བཤད་གི།

མཆོད་ཨོཾ་ཨཱཿཧཱུྃ།

ས་དེ་ནས་ཡར་ལ་བལྟས་ན།

ཡར་བལྟས་ན་མཚོ་ཞིག་རིག་ནོ།

མཚོ་ནག་པོ་གྲིབ་ཆེན་གོན་འདྲ་བོ།

སེ་ཉ་ནག་ཕྱོགས་ཀྱི་མཚོ་ནག་ཡིན།

མཚོ་ཁ་བྱ་ཡིས་གང་ཡོད།

བྱ་ངང་བས་གཤོག་འགྱུར་བརྒྱབ་ནས།

མཚོ་ནང་ཉ་ཡིས་གང་ཡོད།

ཉ་གསེར་མིག་རྒྱལ་རྩལ་རྩོམ་ནས།

མཚོ་མཐའ་སྤྱུགས་ཀྱིས་གང་ཡོད།

སྤྱུགས་ཀྱི་ཙ་མ་ཐང་ལ་བརྡལ་ཡོད།

ས་འོག་གཏེར་གྱིས་གང་ཡོད།

གཏེར་སྣ་གསེར་གྱིས་གང་ཡོད་ནས་ཞེས་བཤད་གི།

མཆོད་ཨོཾ་ཨཱཿཧཱུཾ།

ས་དེ་ནས་ཕར་ལ་བལྟས་ན།

ཕར་བལྟས་ན་རི་ཞིག་རིག་ནོ།

ལྷ་མཐུ་ཆེན་དྲག་ཏུ་ཁྲོས་འདྲ་བོ།

བོད་གངས་ཅན་སྐྱོབ་པའི་གཞི་བདག

སྡེ་བརྒྱད་དཔུང་གི་ཙ་འཛིན།

དགྲ་བོའི་སྙིང་ཁྲག་བཞེས་ནས།

དགྲ་རྟའི་དཔུང་བ་གཅོག་ནོ།

དགྲ་མཚོན་མཚོན་ཁ་བརླགས་ནོ།

དགྲ་དཔུང་རྩ་ནས་བཅོམ་ནོ།

དགྲ་མགོ་རྟོག་པས་གནོན་ནོ།

གདོན་འདྲེ་དམ་ལ་འདོགས་ནོ།

བྱང་ཕྱོགས་སྐྱོང་བའི་བོ་རོ་ཛ་ཏན་དགྲ་འདུལ་མཐོན་པོ་ཡིན་ནས་ཞེས་བཤད་གི།

མཆོད་ཨོཾ་ཨཱཿཧཱུཾ།

ཨ་མྱེས་བོ་རོ་ཡི་གཡས་རི་གཡོན་རི་མཆོད་དགོས་ཟེར་གི།

མདུན་རི་དང་རྒྱབ་སྲུང་མཆོད་དགོས།

གཡས་རི་གཡོན་རི་དང་མདུན་རི་རྒྱབ་སྲུང་རྣམས་མཆོད་ན།

མདུན་ལྕུང་གསེར་གྱི་ཉ་མོ་མཆོད་དགོས།

གནས་འགངས་ཆེན་སྤྲང་ཆེན་སྣ་ཞགས་མཆོད་དགོས།

རི་གྲགས་ཆེན་དཔའ་བོ་ཁྲུ་ཚུར་མཆོད་དགོས།

བྱང་རྫ་རྫ་མ་དམར་ལྷང་མཆོད་དགོས།

ལྷོ་རྫ་རྫ་མ་སྔོ་ལྷང་མཆོད་དགོས།

ས་གང་བཟང་གྲོ་ཁྲ་སྔོ་ཁྲ་མཆོད་དགོས།

ཐང་ཡངས་པོ་ཨུ་ལན་ཨུར་ཀེ་མཆོད་དགོས།

ས་སྟོབས་ཆེན་ཤ་ཅི་ཤ་ཚུབ་མཆོད་དགོས།

རི་སྟོབས་ཆེན་གོ་ལྷང་གོའུ་ཕྲུག་མཆོད་དགོས།

གནས་ཁམས་ཆེན་གོ་ལྷང་མཚམས་ཁང་མཆོད་དགོས།

རྫེ་ཆེན་པོ་དགའ་ལྡན་མཚམས་པ་ཚང་མཆོད་དགོས་ཞེས་བཤད་གི།

མཆོད་ཨོཾ་ཨཱཿཧཱུྃ།

ས་དེ་ནས་ཕར་ལ་བལྟས་ན།

ཕར་བལྟས་ན་རི་ཞིག་རིག་ནོ།

བྲག་དམར་པོས་གོ་ཁྲབ་གོན་ནོ།

ནགས་ལོ་མས་གུར་ཁང་ཕུབ་ནོ།

ཆུ་གཙང་པོས་གཡས་འཁྱིལ་རྒྱག་ནོ།

ཤྭ་ཡུ་མོས་རི་མགོ་གཡོགས་ནོ།

ཤྭ་གྲོ་ཁྲའི་མཐའ་ཚོགས་རྒྱག་ནོ།

འཇའ་སྣ་ལྔས་དར་ཐགས་འཐེན་ནོ།

ལྷ་ལྷ་མོས་མགུར་གླུ་གསུངས་ན།

མི་ལས་ཅན་དད་པ་སྐྱེས་ནོ།
གཡས་སྒྲོལ་མའི་གྲུབ་ཆུ་འབྱུང་ན།
མི་སྡིག་ཅན་སྡིག་སྒྲིབ་དག་ནོ།
གཡོན་སྨན་བླའི་གྲུབ་ཆུ་འབྱུང་ན།
ནད་ཀུན་འཇོམས་དངོས་གྲུབ་ཐོབ་ནོ།
དྲིན་ཕ་མའི་དྲིན་ལན་ནང་ནས་ལས་དགེ་སྡིག་ཤན་ཁ་འབྱེད་ནོ།
ས་ཡ་མཚན་ཅན་གྱི་རི་མགོ
གནས་འགངས་ཆེན་བཀྲ་ཤིས་འབྱུང་གནས་ཡིན་ཞེས་བཤད་ཀི།
མཆོད་ཨོཾ་ཨཱཿཧཱུྃ།
ས་དེ་ནས་ཕར་ལ་བལྟས་ན།
ཕར་བལྟས་ན་རི་ཞིག་རིག་ནོ།
བུ་དཔའ་བོ་དགྲ་ལ་ཆས་འདྲ་བོ།
རྗེ་རྫེ་གོ་ཁྲབ་གོན་འདྲ་བོ།
དར་འཕྲུ་རླུང་ལ་བསྐྱོད་འདྲ་བོ།
འཁོར་གསུམ་ལུས་ལ་བསྐོར་འདྲ་བོ།
བྲག་དམར་རི་རྒྱལ་ལྷུན་པོ་ཡིན་ཞེས་བཤད་ཀི།
མཆོད་ཨོཾ་ཨཱཿཧཱུྃ།
རི་ལྷུན་པོ་གན་གི་མདུན་ཕྱོགས་ནས།
ཤར་དྲི་ཟའི་བུ་མོ་བཞེངས་འདྲ་བོ།
ཕྲུག་ལྭ་གོས་གསུམ་མནབས་འདྲ་བོ།
ལང་དར་ཚོན་སྣ་ལྷུས་བརྒྱན་འདྲ་བོ།
སྙིང་ལྷ་ལ་མཆོད་པ་ཕུལ་འདྲ་བོ།
ཡུམ་ཆེན་པོ་ལྷུན་པོའི་བཙུན་མོ་ཡིན་ནས་ཞེས་བཤད་ཀི།

མཆོད་ཨོཾ་ཨཱཿཧཱུྃ།

གནས་ལྷུན་གྲུབ་ཤར་ཕ་ལུང་བ་གསེར་གཞུང་ལྷ་ལ་འབུལ་འདྲ་ཡིན་ནས།

དྭངས་གཙང་ཤར་ཕ་ཆུ་བོ།

ལྷ་ཆབ་བསིལ་མ་བབས་འདྲ་ཡིན་ནས།

བྲ་ཚ་དུད་ཁ་སུམ་བརྒྱ་གཞོན་ནུ་སྟོང་དང་ལྔ་བརྒྱས།

སོས་དལ་དུས་ཕྱུག་འབུལ་བྱེད་ས།

ལས་བྲེལ་དུས་སྐྱབས་འཇུག་ཞུ་ས་བོ།

བྲག་དམར་དགོན་པ་སླིན་གྲོལ་དར་རྒྱས་གླིང་ཡིན་ཞེས་བཤད་ཀི།

མཆོད་ཨོཾ་ཨཱཿཧཱུྃ།

སྲུ་འགྱུར་ཐེག་ཆེན་བསྟན་པ།

མི་འགྱུར་རྡོ་རྗེ་མཛོད་འཛིན།

མདོ་སྔགས་ཡོན་ཏན་རྒྱ་མཚོ་དང་བདེ་ཆེན་འགྱུར་མེད་རྣམ་པ་གཉིས་ལ།

མཁའ་འགྲོའི་གར་སྟབས་ཤིག་སེ་ཡོད་ནས་ཟེར་གི།

སྡེ་བརྒྱད་ལས་བྱིན་འཕྲུག་སེ་ཡོད་ནས་ཟེར་གི།

ཆོས་སྐྱོང་ཀན་སྲ་ཐག་སེ་ཡོད་ནས་ཟེར་གི།

ད་སྟོང་གསུམ་ཟིལ་གྱིས་གནོན་ནོ།

བྲ་ཚའི་སྔགས་པ་རྣམས་ཡིན་ནས་ཟེར་གི།

དབུ་རལ་བས་རོ་སྟོད་ཁེབས་ཡོད་ནས་ཟེར་གི།

ལྷ་འདྲེ་ཟིལ་གནོན་གྱི་ཐ་ཆེན་རྟུང་ན།

དཔག་ཚད་བཅུ་གཉིས་བར་གྱི་མི་མ་ཡིན་ཚར་གཅོད་ཐུབ་ནས་ཟེར་གི།

མི་ཀང་གླིང་བུ་ཟུར་འབུད་བྱས་ན།

དགྲ་ཁེས་ཁ་ནས་ལོག་ག་ཟེར་གི།

གདོན་ལ་འོག་ནས་ལོག་ག་ཟེར་གི།

འདི་འབྲུང་པོ་གཉིས་ཀྱིས་ཉམས་ཚོད་བརྟགས་ན།
མཐུ་ནུས་པ་གཉིས་ཀ་གློག་ལས་མྱུར་རོ།
བྲག་དམར་གྲྭ་ཚང་ཡིན་ཞེས་བཤད་ཀྱི།
མཆོད་ཨོཾ་ཨཱཿཧཱུྃ།

ཡ།
ས་དེ་ནས་མར་ལ་བལྟས་ན།
རི་ཆེན་གླང་ཆེན་འགྱིང་འདྲའི་གཡས་ཟུར་ནས།
རི་ཆུང་བུམ་པ་བསྒྲིགས་འདྲའི་གཡོན་ཟུར་ནས།
ཆུ་བོ་གཡུ་འབྲུག་ སྔོན་མོའི་འཁྱིལ་ཁུགས་ནས།
ཐང་ཆེན་པདྨ་རང་རྒྱུད་དཔལ་ཁུགས་ནས།
རྗེ་གོར་མོའི་ཆོས་ཁྲི་བརྩེགས་ནས།
རྗེ་གཡའ་མར་ཡིག་ཆུང་ཕབ་བོ།
ཆོས་བཀའ་འགྱུར་བཀའ་བཞིན་བཞེངས་སོ།
བསྟན་འགྱུར་ཉམས་འགྱུར་ལྡན་ནོ།
བཀའ་འགྱུར་བསྟན་འགྱུར་གྱི་ཁྲིམས་ཡག་གོ།
རྗེ་འབུར་མའི་སྐུ་གཟུགས་བཞེངས་སོ།
ནང་སངས་རྒྱས་སྟོང་སྐུ་ཚང་ངོ་།
ལྷ་ཤཱཀྱའི་གཙོ་སྐུ་བཞེངས་སོ།
རྫོགས་སངས་རྒྱས་ཕྱག་རྒྱ་ཚང་ངོ་།
ཕྱི་གནས་བརྟན་བཅུ་དྲུག་བཞེངས་སོ།
གསེར་སེར་པོས་ཞལ་གསེར་བཏང་ངོ་།
དབུས་ནས་རྣམ་པར་སྣང་མཛད་བཞེངས་སོ།

ཤར་ནས་རྡོ་རྗེ་སེམས་དཔའ་བཞེངས་སོ།
ལྷོ་ནས་རིན་ཆེན་འབྱུང་གནས་བཞེངས་སོ།
ནུབ་ནས་སྣང་བ་མཐའ་ཡས་བཞེངས་སོ།
བྱང་ནས་དོན་ཡོད་གྲུབ་པ་བཞེངས་སོ།
མཚམས་བརྒྱད་ནས་ཉེ་བའི་སྲས་བརྒྱད་བཞེངས་སོ།
ཟུར་བརྒྱད་ནས་རྒྱལ་ཆེན་སྡེ་བཞི་བཞེངས་སོ།
དཀྱིལ་ནས་དུས་འཁོར་མཆོད་རྟེན་བཞེངས་སོ།
ཁ་བ་ཅན་གྱིས་ཁ་ནས་མ་སླེབ་སོ།
སྐུ་རྒྱལ་བོད་ཀྱིས་བཀོས་མ་མྱོང་སོ།
བོང་སྟག་དཔོན་སྡེ་ཀུན་གྱི་བྱས་རྗེས་ཡིན་ཞེས་བཤད་ཀྱི།
མཆོད་ཨོཾ་ཨཱཿཧཱུྃ།
ས་དེ་ནས་མར་ལ་བལྟས་ན།
ན་རིང་མོ་འཛད་མཐའ་མེད་སོ།
རྩྭ་རྩི་ཏོག་དགུང་ལ་འཕྱུར་སོ།
ན་མེ་ཏོག་དཀར་དམར་སེར་གསུམ།
དར་སྣ་ལྔའི་ཁ་དོག་ཚང་སོ།
ན་རྟིང་འོ་མས་གང་སོ།
ལུག་གཡང་དཀར་སྤྲིན་དཀར་འཕྱུར་འདྲ་ཡིན་སོ།
ནོར་ནག་མོ་མེ་དྲེག་ཆགས་འདྲ་ཡིན་སོ།
རྟ་འདོ་བ་རྒྱང་ཁྱུ་ཞོགས་འདྲ་བོ།
ཤར་ཕ་ན་ཐན་རིང་མོ་ཡིན་ཞེས་བཤད་ཀྱི།
མཆོད་ཨོཾ་ཨཱཿཧཱུྃ།
ས་དེ་ནས་མར་ལ་བལྟས་ན།

མར་བལྟས་ན་མཚོ་ཞིག་རིག་ནོ།

སྐུ་མི་མགོན་དཀར་པོའི་ཕོ་བྲང་།

མཚོ་སྔོན་པོ་ཁྲི་ཤོག་རྒྱལ་མོ་ཡིན་ནས།

སྐུ་ཕྱུག་སྟོང་གི་བླ་རི།

མཚོ་སྙིང་མ་ཧྲ་དེ་ཝ་ཡིན་ནས།

བྱ་རིགས་ཁྲི་འབུམ་འཁོར་ས།

བྱ་གླིང་དགའ་ཚལ་ར་བ་ཡིན།

ཉི་ཟླ་སྐར་གསུམ་ལ་སོགས་འོད་མདངས་གསལ་ས་ཡིན།

དུས་གསུམ་སངས་རྒྱས་སོགས་ཀྱིས་ཞབས་ཀྱིས་བཅགས་ས་ཡིན།

རྗེ་བརྒྱུད་འདྲེན་གསུམ་ལ་སོགས་སྐྱབས་གནས་འབྱུངས་ས་ཡིན།

བཀའ་བརྒྱུད་གསང་གསུམ་ལ་སོགས་བསྟན་པ་དར་ས་ཡིན།

མཁས་བཙུན་བཟང་གསུམ་ལ་སོགས་གྲྭ་ཚང་མང་ས་ཡིན།

རྒྱ་བོད་སོག་གསུམ་ལ་སོགས་གནས་མཇལ་ཡོང་ས་ཡིན།

ཞི་རྒྱས་དབང་གྲགས་ལ་སོགས་འཕྲིན་ལས་རྒྱས་ས་ཡིན།

སོས་གུས་དད་གསུམ་ལ་སོགས་དམ་ཆོས་སྒྲུབ་ས་ཡིན།

རྒྱ་བོད་སོག་གསུམ་ལ་སོགས་ལྟད་མོ་འདུས་ས་ཡིན།

རྟ་ནོར་ལུག་གསུམ་ལ་སོགས་ཕྱུགས་གཡང་འཕེལ་ས་ཡིན།

གྲོ་ནས་སྲན་གསུམ་ལ་སོགས་ལོ་ལེགས་ཡོང་ས་ཡིན།

གསེར་དངུལ་གཡུ་བྱུར་ལ་སོགས་རྒྱན་ཆ་འཛོམས་ས་ཡིན།

ཇ་ཚང་མངར་གསུམ་ལ་སོགས་ལོངས་སྤྱོད་ལྡན་ས་ཡིན་ཞེས་བཤད་གི།

མཆོད་ཨོཾ་ཨཱཿཧཱུྃ།

ཡ།

ས་དེ་ནས་ཡར་ལ་བལྟས་ན།

ཡར་བལྟས་ན་རི་ཞིག་རིག་ནོ།

མདུན་རི་སྤང་གིས་བརྒྱན་ནོ།

སྤང་རི་དགོ་བས་བརྒྱན་ནོ།

དགོ་བས་མཚོང་ལྡིང་བྱེད་ནོ།

རྒྱབ་རི་བྲག་གིས་བརྒྱན་ནས།

བྲག་རི་གནའ་ཡིས་བརྒྱན་ནོ།

གནའ་མོས་འཕའ་དེར་བྱེད་ནོ།

གཡས་རི་རྫ་ཡིས་བརྒྱན་ནོ།

རྫ་རི་ཤྭ་ཡིས་བརྒྱན་ནོ།

ཤྭ་ཡིས་རྒྱང་འཕོད་བྱེད་ནོ།

གཡོན་རི་ནགས་ཀྱིས་བརྒྱན་ནོ།

ནགས་རི་སྤྲ་ཡིས་བརྒྱན་ནོ།

སྤྲ་ཡིས་རྩེ་སྐོར་རྒྱག་ནོ།

ཧང་བཞིའི་ཧང་གྲངས་མང་ནོ།

ཧང་གཉིས་སྟོབས་འབྱོར་ལྡན་ནོ།

རི་བརྒྱའི་ཡན་ནས་ལྷང་སེ་བྱེད་ནོ།

ས་གང་ནས་བལྟས་ན་གསལ་ལེར་རིག་ནོ།

དཔལ་ཀུན་འཛོམས་ཐེམ་འཕོང་རི་སྐྱོར་དེ།

བུ་དཔའ་བོ་སྟོང་གི་བླ་རི་ཡིན་ནས་ཞེས་བཤད་ཀི།

མཆོད་ཨོཾ་ཨཱཿཧཱུྃ།

ཡ།

ས་དེ་ནས་ཡར་ལ་བལྟས་ན།
རི་ཆེན་ཁྲི་ཁྲི་འབུམ་འབུམ་ཡོད་ནོ།
རི་ཆུང་བརྩིས་ཀྱང་གྲངས་ཀ་མེད་ནོ།
བོང་སྟག་པུ་ཏའི་ནང་ལྗུང་ཡིན་ནས།
རྗེ་རྒྱལ་པོའི་གསེར་ཁྲི་བརྒྱབ་འདྲ་བོ།
ཅིར་མིན་བཞུགས་ཁྲི་མཐོན་པོ་ཡིན་ནོ།
སྐམ་གྲུ་བཞི་ཐང་ལ་བཞག་འདྲ་བོ།
སྙིང་རིན་ཆེན་སྣ་བདུན་སྤུངས་འདྲ་བོ།
སའི་དངོས་པོ་ཅོག་ཙེ་ཡིན་ནས།
ཐང་ཆེན་པོ་དཀྱིལ་འཁོར་བཤམས་འདྲ་བོ།
དཀྱིལ་གྲངས་ཐིག་དཀར་པོ་བརྒྱབ་འདྲ་བོ།
ས་པུ་ཏའི་གྲམ་དཀར་ཐང་ཆེན་ཡིན།
འབྲུག་ལྟང་ཁྲ་ཚང་ནས་གཉིད་འདྲ་བོ།
ཆུ་པུ་ཏ་ཡན་ལག་བརྒྱད་ལྡན་ཡིན།
ཆུའི་མགོ་ཁུངས་གངས་དཀར་ཕྱོགས་ལེ་ཡིན།
སྟོད་ནས་ཤེལ་དཀར་ཆུ་བོ་བཞུར་ནས།
བར་ནས་གཡག་ལྗུང་ཟྭ་ཆུ་བཞུར་ནས།
སྨད་ནས་ཙོང་ར་སྐྱིད་སྨོན་བཞུར་ནས།
ཆུ་མི་གཅིག་ཆུ་ཆེན་བཅོ་བརྒྱད་འདྲེས་ནས།
ཆུ་ཆུང་ཆུང་བརྒྱ་དང་ཉི་ཤུ་འདྲེས་ནས།
མདོག་སྔོན་པོ་ཨིནྡྲ་ནཱི་ལ་ཡིན།
སྐད་དྲག་པོ་གཡག་རྐོད་ཅུར་འདྲ་ཡིན།

ཆུ་ཕུ་ཏ་ཐོགས་དོན་དེ་ནས་ཐོགས།
ཆུ་ཡར་འབབ་ལྷོ་སྤྲིན་འཁྱིལ་འདྲ་ཡིན།
མར་འབབ་རྫ་རྫོ་ཉིལ་འདྲ་ཡིན་ནས་ཞེས་བཤད་ཀི།
མཆོད་ཨོཾ་ཨཱཿཧཱུྃ།
ཡ་ས་དེ་ནས་ཕར་ལ་བལྟས་ན།
ཕར་བལྟས་ན་རི་ཞིག་རིག་ནོ།
གདུགས་དཀར་པོའི་ཡོལ་བ་བརྒྱངས་འདྲ་བོ།
རི་དགེ་འཕེལ་བཀྲ་ཤིས་ཡག་ཡིན།
བཀྲ་ཤིས་མཚན་བརྒྱད་ཚང་ས་ཡིན།
རི་འདིའི་སྟོད་སྨད་བར་གསུམ་ནས།
ཙུ་གང་རི་སྐང་གཡས་གཡོན་ནས།
མེ་རི་ཐང་མེ་རི་ཕབ་འདྲ་ཡིན།
རྗོ་བཞི་ཀ་བཞི་བསླངས་འདྲ་ཡིན།
གསེར་སྐམ་གཏེར་སྐམ་བསྒྲིགས་འདྲ་ཡིན།
སེར་ཆེན་སེང་ཆེན་འགྲེང་འདྲ་ཡིན།
ཨབ་ནག་དོམ་ནག་ཁྲིས་འདྲ་ཡིན་ནས་ཟེར་གི།
གཡང་ལུང་གཡང་དྲུང་འཁྱིལ་འདྲ་ཡིན།
ཏ་དམ་དཔའ་བོ་དཔུང་སྒྲིག་ཡིན།
བདེ་ལུང་བདེ་སྐྱིད་འབྱུང་ཁུངས་ཡིན།
གསེར་ཆུ་གསེར་གྱི་བང་མཛོད་ཡིན།
གནའ་རྫོང་གཏེར་རྫོང་སྦུག་མོ་ཡིན།
ལྷ་མཆོད་སྟོང་མཆོད་བཤམས་འདྲ་ཡིན།
ཇ་གདོང་ཇ་མོང་ཁེར་འདུག་ཡིན་ནས།

སྣ་བེ་ཤིང་ཐང་ལ་བཞུག་འདྲ་བོ།
དགོ་ར་སྣ་ཁོང་ཡིན་ནས།
དགོ་ར་མིན་འདྲ་ལུག་ར་ཡིན།
ལུག་གཡང་དཀར་ཁྲི་སྟོང་འཕོར་ས་ཡིན་ནས།
འབའ་ལག་མོའི་ལག་ཕྲུག་ཁྲིད་ས་ཡིན།
སྣང་གསུམ་ལུག་གི་ཕ་ས་ཡིན་ནས།
གཞུང་གསུམ་ལུ་གུའི་རྩེད་ར་ཡིན་ཞེས་བཤད་གི།
མཆོད་ཨོཾ་ཨཱཿཧཱུྃ།
ཡ་ས་དེ་ནས་ཡར་ལ་བལྟས་ན།
ཡར་བལྟས་ན་རི་ཞིག་རིག་ནོ།
བྱ་ཁྲུང་ཆེན་དགུང་ལ་འཕུར་འདྲ་བོ།
ཁྲུང་རྣ་དགུང་ལ་གཟེངས་འདྲ་བོ།
སྲོ་སྒྲུ་གྲིས་བར་སྣང་བཀང་འདྲ་བོ།
རི་མགོ་ནས་དགྲ་ལྷའི་དཔུང་བསྟོད་ནོ།
རི་རྐེད་ནས་བྱང་ཆུབ་མཆོད་རྟེན་བཞེངས་ནོ།
རི་འདབས་ནས་གསེར་གྱི་བྱེ་མ་འཕྱུར་ནོ།
སྟོད་བལ་བོ་སེར་པོའི་ཁྲི་སྟེང་ན་བཞུགས་ནོ།
བ་སོ་དུང་གི་ཁ་སྣང་ན་བཞུགས་ནོ།
སྐུ་མདོག་དམར་སྨུག་དར་གྱི་ན་བཟའ་མནབས་ནས།
དབུ་ལ་གསེར་གྱི་སག་ཞྭ་མཛེས་པར་གསོལ་ནོ།
ཕྱག་གཡས་རིན་ཆེན་གདུགས་དཀར་མཁའ་ལ་འཕྱར་ནོ།
གཡོན་པས་ཡིད་བཞིན་ནོར་བུ་མདུན་ན་བཟུང་ནོ།
རྟ་མཆོག་ངང་དཀར་གངས་ཐིག་རྒྱན་དུ་བཅིབས་ནོ།

ལྷ་སྲིན་སྡེ་བརྒྱད་བདུད་བཙན་དཔུང་གིས་བསྐོར་ནོ།
འདུལ་ཁྲིམས་ཅན་གྱི་བན་བརྒྱ་ཡི་བདག་པོ།
མཐུ་སྟགས་ཅན་གྱི་བོན་སྟོང་གི་བདག་པོ།
གསེར་ཁྲབ་ཅན་གྱི་སྟོང་དམག་གི་བདག་པོ།
བོད་སྟག་གི་སྐྱེ་ལྷ་གཉན་པོ་ཨ་མྱེས་བྲག་སེར་ཡིན་ནས་ཞེས་བཤད་གི།
མཆོད་ཨོཾ་ཨཱཿཧཱུྃ།

ཡ།
ད་བོད་སྟག་ཚོ་བ་དུད་ཁ་གསུམ་སྟོང་དྲུག་བརྒྱའི་ཁ་ལས་རླུང་རྟ་ཡི་བདག་པོ།
ཁ་རྗེ་དབང་ཐང་གི་བདག་པོ།
ཁོག་དཔུང་ལ་རྒྱ་ཡི་བདག་པོ།
མ་འཐབ་དགྲ་བོ་ཆམ་ལ་ཕབ་ནོ།
རང་སྡེ་ཁྲ་མོ་བུ་བཞིན་སྐྱོང་ནོ།
ཕ་ཨ་ཁུའི་རིང་ལ་མཆོད་མ་ཆད་ནོ།
བུ་ཚ་བོའི་རིང་ལ་བཀུར་མ་ཆད་ནོ།
ཁ་རྒྱན་གཞོན་གཉིས་ཀྱིས་ཞྭ་ཕུད་ས།
མགོ་སྐྱེ་རྒས་གཉིས་ཀྱིས་ཕྱག་འཚལ་ས།
དགྲ་ནག་པོའི་མགོ་ཡི་ཐོག་རྡོད།
རང་བོད་སྟག་ནང་གི་ནོར་བུ།
བྱ་འདབ་ཆགས་ནང་གི་ཁྲུང་ཆེན།
སའི་མེ་ཏོག་ནང་གི་ཨུ་དུམ།
སྟོད་རི་བརྒྱའི་ནང་གི་སྐྱེས་ལྷ་ཞིག་མཆོད་ན།
ཨ་མྱེས་བྲག་སེར་ཡིན་ནས་ཞེས་བཤད་གི།

མཆོད་ཨོཾ་ཨཱཿཧཱུྃ།

རི་འདི་ཡི་གཡས་རི་གཡོན་རི་ན།

རི་གསུམ་རི་དྭགས་ཤ་རྒྱ་ཅན་པོ།

གཞུང་གསུམ་མེ་ཏོག་སྐྱེ་རྒྱ་ཅན་པོ།

དཔོན་གསུམ་བྱང་སེམས་ཁོག་རྒྱ་ཅན་པོ།

སྔོ་ཆེན་ཁོག་དཔུང་ལ་རྒྱ་ཅན་པོ།

པོང་སྟག་ཚོ་བ་བཅོ་བརྒྱད་ཡིན་ནས་ཞེས་བཤད་གི།

མཆོད་ཨོཾ་ཨཱཿཧཱུྃ།

ཡ།

ད་གཡས་རི་མཁར་གྲོང་བཞེངས་འདྲ་བོ།

མཁར་རྩེ་གསེར་ལས་གྲུབ་འདྲ་བོ།

གསེར་གྱི་ཁ་ཊ་སྤྲད་འདྲ་བོ།

མཁར་རྐེད་བྱི་རུས་གྲུབ་འདྲ་བོ།

བྱི་རུའི་པ་ཏྲ་བསྐོལ་འདྲ་བོ།

མཁར་རྩ་གཡུ་ལས་གྲུབ་འདྲ་བོ།

གཡུ་ཡི་རྨང་གཞི་བཏིངས་འདྲ་བོ།

རྫོ་རང་བྱོན་ལ་ཞབས་རྗེས་ཕྱག་རྗེས་རང་བྱོན།

བྲག་རང་བྱོན་ལ་ཧྲ་རྗེས་ཁྲི་རྗེས་རང་བྱོན།

ནོར་རྗེས་དང་ལུག་རྗེས་རང་བྱོན་དུ་སྣང་ནོ།

ཡ་ཟེའི་མཁར་དམར་གྱི་རི་རྒྱུད་མཁར་དང་འདྲ་ནས་ཞེས་བཤད་གི།

མཆོད་ཨོཾ་ཨཱཿཧཱུྃ།

ས་འདིའི་གཡོན་ཕྱོགས་ནས་ཁིས་ཆེན་མདའ་སྟོང་སྤྲད་འདྲ་བོ།

རྒྱ་ལམ་དར་སྐུད་འཛིན་འདྲ་བོ།
རྗེ་མཆོད་རིན་ཆེན་སྤུངས་འདྲ་བོ།
དར་སྐུད་ཡོལ་བ་བརྒྱངས་འདྲ་བོ།
ཐང་དཀར་ཐེད་ལ་བཙུམས་འདྲ་བོ།
ཤྭ་ར་ཁི་ཧོད་ཀྱི་གོང་ཁ་ཡིན།
ཡ་ས་དེ་ནས་ཡར་ལ་བལྟས་ན།
ཆུ་དཀར་པོ་འོ་མ་འཁྱིལ་འདྲ་བོ།
བྱེ་ལུང་ཆུ་མགོ་དཀར་དྲས་ཡིན།
སྔོང་ལུག་ཤོད་ལ་བསྒྲིལ་འདྲ་བོ།
ཤྭ་གཞུང་རྩི་ཤོག་དཀར་ལྷང་ཡིན།
སྔག་མས་སྔག་ཕྲུག་ཁྲིད་འདྲ་བོ།
ནགས་ལུང་གོང་ཞོལ་བར་གསུམ་ཡིན།
དཔོན་ཆེན་གདན་ལ་བཞུགས་འདྲ་བོ།
ནགས་རི་བཀྲ་ཤིས་རི་ཕྱུར་ཡིན་ནས་ཟེར་གི།
གསེར་སེར་པོས་རྒྱལ་པོ་བཞེངས་འདྲ་བོ།
དཔལ་ཉམས་མེད་དགེ་བཙུའི་རི་ཐན་ཡིན།
བན་སེར་མོས་སྒོམ་རྟགས་བརྒྱབ་འདྲ་བོ།
རི་རྩེ་ཡག་ཀླུང་རྟ་དམར་དྲས་ཡིན།
གཡག་རོག་པོའི་ཀོ་བ་བརྒྱངས་འདྲ་བོ།
ས་བཙན་པོ་དྲེད་ལུང་ཁ་སྐང་ཡིན།
ཉོར་བུ་ལྷ་ལ་ཕུལ་འདྲ་བོ།
དཔལ་ལུང་རིན་ཆེན་ཕྲུག་མོ་ཡིན།
སྤགས་པས་གཏོར་མ་བཤམས་འདྲ་བོ།

རི་མཐོན་པོ་གཏོར་ཆེན་སྐར་རྒྱུད་ཡིན།
རྫེ་བླ་མས་ན་བཟའ་མནབས་འདྲ་བོ།
སེང་གེའི་སྲུལ་རིགས་གཉན་པོ་ཡིན།
གོས་གསེར་མ་བླ་མར་ཕུལ་འདྲ་བོ།
ན་གསེར་མོ་རིང་མོ་ན་ལུང་ཡིན་ནས་ཞེས་བཤད་གི།
མཆོད་ཨོཾ་ཨཱཿཧཱུྃ།

ཡ།
ས་དེ་ནས་ཡར་ལ་བལྟས་ན།
ཡར་བལྟས་ན་རི་ཞིག་རིག་ནོ།
སེང་དཀར་མོ་གངས་ནས་འཁྱིང་འདྲ་བོ།
མགོ་གཡུ་རལ་དགྲ་ལ་ངོམ་འདྲ་བོ།
ཕུ་ཏའི་སོ་དེའུ་ཛ་ཏན་ཡིན།
གཡག་རོག་པོའི་རྭ་ཐུར་གཟེངས་འདྲ་བོ།
ཁྱིས་ཆེན་སོ་དེའུ་རྣ་བར་ཡིན།
རྡོ་རྗེ་བྲག་གི་དབུ་རྒྱན་ཅན་པོ།
ཚ་ཁྲིན་ནག་པོའི་ན་བཟའ་ཅན་པོ།
མེ་ཏོག་སྣ་ལྔའི་སྨད་གཡོག་ཅན་པོ།
རི་སྐྱེས་རི་དྭགས་རི་ན་མང་ནོ།
རྟ་ནོར་ལུག་གསུམ་ཐང་ན་མང་ནོ།
ལྷ་བྱ་གོང་མོས་གྲག་ལྷིར་བྱེད་ནོ།
ཛ་ཚ་བསིལ་མས་ཤག་སྲ་སྒྲོག་ས།
གནའ་དང་དགོ་ཡིས་ཛ་རྟིང་གཡོགས་ནོ།

དཀར་ཡོལ་དཀྱུལ་གྱི་གཏེར་སྒོ་ཅན་པོ།
ཨ་མྱེས་སོ་དེའུ་རྫ་རྒན་ཡིན་ཞེས་བཤད་ཀི།
མཆོད་ཨོཾ་ཨཱཿཧཱུྃ།

ཡ།
ཨ་མྱེས་སོ་དེའུ་གཡས་རི་གཡོན་རི་མཆོད་དགོས་ཟེར་གི།
མདུན་རི་རྒྱབ་སྲུང་མཆོད་དགོས།
གཡས་རི་དང་གཡོན་རི་མདུན་རི་རྒྱབ་སྲུང་གཅིག་མཆོད་ན།
གཡས་ན་མེ་ཏོག་སེར་ཆེན་སེར་ལམ་མེར་བཞད་པ་གསེར་མདོག་གི་ན་རིང་མཆོད་དགོས།
གཡོན་ན་སྔོ་ལྗང་དཔྱིད་ཀྱི་དཔལ་ཡོན་རྒྱས་པའི་གཡུ་མདོག་གི་ན་རིང་མཆོད་དགོས།
མདུན་ན་གཡུ་བྱུ་རུའི་མཚལ་སྤུངས་འདྲ་བོ་བྲག་ལུང་གོང་ཞོལ་མཆོད་དགོས།
རྒྱབ་ཏུ་ཡོད་པ་རྐོད་ཐང་དཀར་འཕུར་ན་མགོ་ཡོམ་འཁོར་ནས།
སླག་རོག་མོ་ཡིན་ཙང་གཤོག་རྩ་འདར་ནོ།
རྫ་ཁྲ་ཆེན་བང་རིམ་མཐོ་བ་རྒྱབ་ཏུ་ལ་གཟར་མཐོན་པོ་མཆོད་དགོས།
ས་སྐྱིད་པོ་ཏ་ལ་མ་ཏི་གཡུའི་གཞོང་བ་གནམ་ལ་གཟེད་འདྲ་ཡིན།
རི་མཛེས་ཡག་འབྲུག་མོ་རྗེའུ་རྡང་ནི་གཡུ་བྱུ་རུའི་ཕྲུག་ཕྲེང་བསྒྲིགས་འདྲ་ཡིན།
སྣ་རིང་བྲག་དམར་ཇ་སྡེ་ཇ་མོང་ཁྲིད་འདྲ་ཡིན།
ན་རིང་གད་པ་དམར་ལྷང་ཕ་མོས་སྲུལ་དགུ་ཉུལ་འདྲ་ཡིན་ནས་ཞེས་བཤད་གི།
མཆོད་ཨོཾ་ཨཱཿཧཱུྃ།
བཻ་ཌཱུརྻ་ཡི་ཁྲི་ཐོག་ལ།
ཆང་བདུད་རྩིའི་ཡོན་ཆབ་བཤམས་འདྲ་བོ།
རི་འགྲམ་ནག་གཞུང་གི་ན་རྒན་ཡིན།
སྨན་བུ་མོས་རྩོལ་འདུག་བྱས་འདྲ་བོ།

བག་རོགས་རྩིབ་ནས་ཙོག་འདྲ་བོ།
སྐྱུར་གྱི་སྐྱུར་འོག་གོང་ཞོལ་མཆོད་དགོས་ཞེས་བཤད་ཀི།
མཆོད་ཨོཾ་ཨཱཿཧཱུྃ།

ཡ།
ས་དེ་ནས་ཕར་ལ་བལྟས་ན།
ཕར་བལྟས་ན་ན་ཞིག་རིག་ནོ།
གཡང་དཀར་ལུག་གིས་རི་ཐང་བཀང་ནོ།
ནག་མོ་ནོར་གྱིས་ན་ལུང་བཀང་ནོ།
ཧྲ་འདོ་བས་ས་གཞི་ཁྱབ་ནོ།
འབུ་སྦྲང་མས་སྣུ་དབྱངས་ལེན་ནོ།
ཚྭ་ཚི་ཏོག་རྒྱ་ཞིང་སྐྱེས་འདྲ།
ཚི་མགོ་ལ་གསེར་མདོག་ཤར་ནོ།
ཚི་རྐེད་ལ་གཡུ་མདོག་ཤར་ནོ།
ཚི་རྙིང་ནས་འོ་མ་འཛུམ་ནོ།
ན་མེ་ཏོག་ས་གདན་བཏིང་འདྲ་བོ།
ན་རིང་ན་ཤན་རིང་མོ་ཡིན།
ནང་ནོམ་པ་སླུ་ཡི་མཛོད་ཡིན།
སླུ་དུང་སྐྱོང་དཀར་པོ་ལས་གྲུང་ཕྱུག་པོ་ཡིན་ནོ།
རྒྱུ་འཁོར་བའི་སྟོབས་འཁོར་ཆེ་ས་ཡིན།
སྟོབས་མངའ་ཐང་འཛད་མཐའ་མེད་ས་ཡིན་ནས།
དངུལ་སྒོར་མོའི་ཁ་གྲངས་མང་ས་ཡིན།
 སྟག་ཤ་ར་དཔའ་རྩལ་ཆེ་ས་ཡིན།

ཐོག་གནམ་ལྕགས་དོ་ཟླ་ཉན་ས་ཡིན།
བྲག་དམར་པོ་ཡིན་ཏུང་བཤིག་ས་ཡིན།
སྨན་བུ་མོ་མོ་སྔོ་ཡག་ས་ཡིན།
བྱ་རྨ་བྱར་ངོ་ཚ་གཏད་ས་ཡིན།
སྒྲོ་ལྡང་སྨུག་ཟེལ་གྱིས་གནོན་ས་ཡིན།
ཕ་ཁྱུ་བོ་དབང་ཐང་ཆེ་ས་ཡིན།
བུ་ཚ་བོ་ཤེས་རབ་གསལ་ས་ཡིན།
མ་སྲུ་མོ་ཤེས་རྒྱ་ཆེ་ས་ཡིན།
ཆུང་བྱིས་པའི་གཤིས་རྒྱུད་དྲང་ས་ཡིན།

སྟོབས་མངའ་ཐང་ཡོངས་སྒྱིད་མཐའ་དང་མཉམ་པ་ས་ཕྱུ་རུའི་ན་རིང་གཞུང་ཡིན་ཞེས་བཤད་ཀི།

མཆོད་ཨོཾ་ཨཱཿཧཱུྃ།

ཡ།
ས་དེ་ནས་ཡར་ལ་བལྟས་ན།
ཡར་བལྟས་ན་རི་ཞིག་རིག་ནོ།
གངས་དཀར་པོའི་རྩེ་མོ་དགུང་ལ་མཉམ་ནོ།
སྤྲིན་དཀར་ནག་གི་ཆུ་འཛིན་ཐོད་ལ་བཟུང་ནས།
འབྲུག་ལྡང་ཡོས་ཅག་ཡོག་དགུང་ནས་བྱས་ན།
གློག་དམར་པོ་མེ་ཏུ་ཐང་ལ་ཕབ་ནོ།
འཁྲོང་བྲེ་སེར་བརྒྱ་སྟོང་ཐ་ནས་གཤར་ན།
ནོར་ནག་མོས་ན་ནས་ཏུར་ལྷིར་བྱེད་ནོ།
རྒྱང་ཁ་དཀར་བརྒྱ་སྟོང་གཞུང་ནས་ཚོགས་ན།

ཧ་གོད་མས་ར་ནས་འཚེར་ལྷིར་བྱེད་ནོ།
ལྷ་ཡན་ཏུང་སོ་དཀར་མོ་ཡིན་ནས་ཞེས་བཤད་གི།
མཆོད་ཨོཾ་ཨཱཿཧཱུྃ།

ཡ།
ས་དེ་ནས་མར་ལ་བལྟས་ན།
མར་བལྟས་ན་རི་ཞིག་རིག་ནོ།
རི་རྩ་བ་གཅིག་ལ་རྩེ་བརྒྱ་ཡོད་ནོ།
རྩེ་བརྒྱ་དགུང་ལ་བསྣེགས་ནོ།
རྩེ་དང་པོ་ལྷ་ཡུལ་ཁམས་ལ་ཐུག་ནས།
རྩེ་ཚུང་ཚུང་ཉིས་ཁྲི་སུམ་སྟོང་ཡོད་ནོ།
རྩེ་མོ་རྡོ་རྗེ་བྲག་ལ་གྲུབ་ནོ།
ཨ་སྔོན་དགུང་གི་གོས་གོན་ནོ།
དོག་མོ་ས་གཞི་གདན་ལ་བཏིངས་ནོ།
ཉི་ཟླ་གཉིས་ཀྱི་དབུ་རྒྱན་བརྒྱབ་ནོ།
སྐར་ཚོགས་ཕྲ་མོའི་རྒྱན་ཆ་བཏགས་ནོ།
སྤྲ་སྤྲིན་ཕྲུག་མོའི་སྐེད་རགས་བཅིངས་ནོ།
གོད་ཐང་དཀར་མིན་ནས་གཞི་འཛིན་མེད་ནོ།
ལྷུང་བསེར་བུ་མིན་ནས་རེག་བྱ་མེད་ནོ།
དཀར་ཕྱོགས་སྐྱོང་པའི་བྲག་དཀར་ཐེམ་ཆེན་གྱི་དབུ་རྩེ་ཡིན་ནས་ཞེས་བཤད་གི།
མཆོད་ཨོཾ་ཨཱཿཧཱུྃ།
ཡ་ད་དཀར་ཕྱོགས་སྐྱོང་པའི་བྲག་དཀར་ཐེམ་ཆེན།
རི་རྐེད་ལྷ་ཤིང་ཤུག་པས་བཟུང་ནོ།

འབྲི་ཤུག་རྩེ་བརྒྱ་དགུང་ལ་མཉམ་ཡོད།
ཏྲི་ཞིམ་སྤོས་ཀྱིས་ས་གཞི་གང་ཡོད།
དམར་ཡག་སྟག་གིས་ཚང་འཛིན་ནོ།
སྟག་ཐག་ལ་མཆོང་ན་བྱང་སྒྲ་གྲག་ནས།
གཟིག་དར་མོས་ངར་སྐད་སྒྲོག་ས།
སྟེང་རི་མོ་ཐིག་ལེ་ཡག་ས་ཡིན་ནས་ཟེར་གི།
ཕོ་ཆེན་ཤྭ་བས་མཆོང་ལྡིང་བྱེད་ནོ།
ཤྭ་ཡུ་མོས་བྲོ་འཁྲབ་ནོ།
ཁུ་བྱུག་སྔོན་མོས་གསུང་སྙན་སྒྲོག་ས།
ནགས་བྱེའུ་འཛོལ་མོས་གླུ་ལེན་ས།
དཀར་པོ་སྤྲིན་གྱི་གུར་ཕུབ་ནོ།
དམར་པོ་གློག་གི་ཀ་འཛུགས་ནོ།
ཕོ་ཁྱུང་འབྲུག་གིས་བརྡ་བརྒྱབ་ན།
སྦྲང་ཆར་བསིལ་མས་ཁྲུས་བྱེད་ནོ།
དཀར་ཕྱོགས་སྐྱོང་བའི་བྲག་དཀར་ཐེམ་ཆེན་གྱི་རི་རྐང་ཡིན་ནས་ཞེས་བཤད་ཀི།
མཆོད་ཨོཾ་ཨཱཿཧཱུྃ།
དཀར་ཕྱོགས་སྐྱོང་བའི་བྲག་དཀར་ཐེམ་ཆེན་གྱི་རྩ་བ་སེར་པོ་གསེར་ལ་གྲུབ་ཡོད།
གསེར་སེར་པོའི་ཁྲི་འཕང་བརྩེགས་འདྲ་ཡིན།
སྤང་ཐོག་རྩྭ་ཡིས་གང་ཡོད།
རྩྭ་རྙིང་མར་ཁུ་འཁྱིལ་ཡོད།
གཡང་དཀར་ལུག་གིས་འབབ་དེར་བྱེད་ནས།
ལུག་གཡང་དཀར་བལ་ཁ་ཉིལ་ལེ་ཡོད་ནས།
གནག་མོ་ནོར་གྱིས་ངུར་ལྡིར་བྱེད་ལ།

ནོར་ནག་མོ་སྤུ་ཞག་ལྡེམ་མེ་ཡོད་ནས་ཟེར་གི།
འདོ་རིག་རྟ་ཡིས་འཚེར་ལྡིར་བྱེད་ས།
རྟ་འདོ་བ་སྣ་སྲབ་ཀྱིག་གེ་ཡོད་ནས།
འཁྲིག་པའི་རྟ་ནོར་ལུག་གསུམ་གྱིས་ས་གཞི་བཀང་ནོ།
སྟག་ཤ་རས་དགྲ་འདུལ་ཐུབ་སེ་ཡོད་ནོ།
སྨན་བུ་མོས་བྲོ་གར་འཁྲུག་སེ་ཡོད་ནོ།
ཕ་ཁྱུ་དབང་ཐང་ཅན་གྱི་བླ་རི།
བུ་ཚ་རིག་པ་ཅན་གྱི་རྒྱབ་རི།
ཕྱུག་པོ་རྒྱུ་ནོར་ཅན་གྱི་གནས་རི།
བོང་སྟག་གོང་ཞོལ་བར་གསུམ་གྱི་བླ་རི།
གངས་ཅན་བོད་ཀྱི་ཁྱད་ཆོས་ལྡན་ནོ།
སྐུ་རྒྱལ་བོད་ཀྱི་མཚན་ཉིད་ཚང་ནོ།
ས་གསུམ་ཐོབ་པའི་ལྷའི་སྲུས་པོ་བྲག་དཀར་ཐེམ་ཆེན་ཡིན་ནས་ཞེས་བཤད་གི།
མཆོད་ཨོཾ་ཨཱཿཧཱུྃ།

ཡ།
ཨ་མྱེས་ཐེམ་ཆེན་གྱི་གཡས་རི་གཡོན་རི་མཆོད་དགོས།
མདུན་རི་རྒྱབ་སྲུང་མཆོད་དགོས།
གཡས་རི་གཡོན་རི་དང་མདུན་རི་རྒྱབ་སྲུང་མཆོད་ན།
གཡས་ལུང་ནགས་ལུང་ཕྱུག་མོ་མཆོད་དགོས།
གཡོན་ལུང་མཛོ་མོ་སྐྱུང་ལུང་མཆོད་དགོས།
མདུན་ལུང་ལབ་རྩེ་ལུང་བ་མཆོད་དགོས།
རྒྱབ་རི་མོག་ཐར་ཆེ་ཆུང་མཆོད་དགོས་ཞེས་བཤད་གི།

མཆོད་ཨོཾ་ཨཱཿཧཱུྃ།

ཕྱི་བལྟས་ན་བཻ་ཌཱུཪྻའི་མཆོད་རྟེན་བརྩིགས་འདྲ།

ནང་བལྟས་ན་གཡུ་ཡི་མཎྜལ་ཕུལ་འདྲ་བོ།

ཡབ་རྗེ་རྗེ་མཆོག་རབ་ཡིན་ནས་ཟེར་གི།

པདྨ་རཱ་གའི་བྲག་ཐོག་ལ་རྗེ་དཀར་པོའི་མ་ཎི་རང་བྱོན་བབས་ནོ།

མ་ཡུམ་ས་སྐྱོང་སྒྲོལ་ལྗང་ཡིན་ནས།

ལྷ་མོས་དར་དཀར་འཕྱུར་འདྲ་བོ།

གསང་ཡུམ་དྲི་མེད་མཛེས་སྒྲོལ་ཡིན་ནས།

གསེར་སེར་པོའི་མཆོད་རྟེན་བརྒྱིགས་འདྲ་བོ།

སྲས་ཆེན་སྲས་ཆུང་བཅོ་བརྒྱད་ཡིན་ནས།

མེ་ལྟེ་གནམ་ལ་འབར་འདྲ་བོ།

དམག་དཔོན་དགྲ་འདུལ་རྩེ་བརྒྱད་ཡིན་ནས།

རྗེ་བླ་མས་རིགས་ལྔ་བསྣམས་འདྲ་བོ།

བློན་པོ་ཡུལ་སྲུང་རྩེ་ལྔ་ཡིན་ཞེས་བཤད་ཀི།

མཆོད་ཨོཾ་ཨཱཿཧཱུྃ།

ཡ།

ས་དེ་ནས་ཡར་ལ་བལྟས་ན།

ཡར་བལྟས་ན་རི་ཞིག་རིག་ནོ།

རྫ་མགོ་བྲག་གིས་བཟུང་ནས།

བྲག་རྩེ་དགུང་ལ་ཟུག་ནོ།

རྫ་རྐེད་སྤང་གིས་བཟུང་ནོ།

སྤང་ལ་མེ་ཏོག་བཞད་ནོ།

རྫ་མཐའ་ན་ཡིས་བཟུང་ངོ།
ན་ལུང་ཕྱུགས་ཀྱིས་བཟུང་ངོ།
ཕྱུགས་ལ་ཤ་ཤེད་རྒྱས་སོ།
གསེར་སྒྲོར་མོ་ཐང་ལ་བཞུག་འདྲ་བོ།
ཨབ་དཀར་རི་ཕྲུར་ཡིན་ནས།
བྱ་རྒོད་པོས་གནམ་འཕང་བསྟོད་འདྲ་བོ།
བདེ་མཆོག་རྫ་རྒྱུད་ཡིན་ནས།
གདུགས་རྒྱལ་མཚན་ནམ་མཁར་འཕྱུར་འདྲ་བོ།
ར་འགག་དབུ་རྩེ་ཡིན་ནས།
དཔོན་ཆེན་པོས་ཀ་བ་བརྟེགས་འདྲ་བོ།
ར་འགག་རྫ་དོང་ཡིན་ནས།
རྫ་དོང་མ་ཡིན་སྨན་དོང་ཡིན།
སྨན་སྣ་སྣ་ཚོགས་འཁྲུངས་ས་ཡིན།
སྨན་དྲིས་རི་ལུང་གང་ས་ཡིན།
སྨན་བུ་མོ་གཅིག་གིས་ཁྲི་དམག་ཁྲིད་དོ།
འཕྲང་བཙན་པོ་བུ་མོ་འབུམ་ཐུབ་ཡིན་ནས།
རྒོད་ཐང་དཀར་གྱིས་ལྡིང་འཕོར་བྱེད་ས་ཡིན།
 གླག་རོག་མོས་རི་སེལ་གཏུབ་ས་ཡིན།
བྱ་གོང་མོས་རྫ་རྩ་བཟའ་ས་ཡིན།
ཕྱུགས་ཁྲ་ཁྲས་རི་ལུང་གང་ས་ཡིན།
སྟག་ཤ་རས་སྟོང་ལུག་འཚོ་ས་ཡིན།
སྨན་བུ་མོས་གླུ་ཚུང་ལེན་ས་ཡིན།
སྐྱིད་དགའ་བདེ་ཕུན་སུམ་ཚོགས་ས་ཡིན།

གསེར་ལུང་ཉིན་སྲིབ་ནི་སྟག་མོས་འཇོམ་དྲུག་ངོམ་འདྲ་ཡིན།

སྟག་གཟིག་ཛ་རྒྱུད་སླང་ཆེན་དར་མས་བརྒྱན་འདྲ་ཡིན་ནས་ཞེས་བཤད་གི།

མཆོད་ཨོཾ་ཨཱཿཧཱུྃ།

ས་དེ་ནས་ཕར་ལ་བལྟས་ན།

ཕར་བལྟས་ན་སྐར་ཞིག་རིག་ནོ།

སོག་བོད་གཉིས་ཀྱི་ས་མཚམས་ན་བཞེངས་ནོ།

ས་དགེ་བཅུ་འཛོམས་པའི་གཡང་ར་ན་བཞེངས་ནོ།

རི་སྒྲོལ་མ་སྔོན་མོའི་མདུན་ཕྱོགས་ན་བཞེངས་ནོ།

སུམ་ཅུ་རྩ་གསུམ་འདྲ་བའི་རྩེ་མོ་ན་བཞེངས་ནོ།

གསེར་ཉ་གོང་ཞོལ་གཉིས་ཀྱི་གོང་ཐོག་ན་བཞེངས་ནོ།

ལྷ་ཤིང་ཤུག་པའི་ལྗོན་ཤིང་དཀྱུང་ལ་མཉམ་ནོ།

ལྗོན་ཤིང་རྩེ་མོའི་ཁུ་བྱུག་སྐྱོང་སྒྲ་གྲག་ནོ།

ཆུ་ལུང་ལྗོན་ཤིང་ཡིན་ཙང་ཆུ་སྒྲ་སྒྲོག་ནོ།

བྱ་དང་རི་དྭགས་ཡིན་ཙང་ཆོས་སྐད་གོ་ནོ།

ལུང་བ་མེ་ཏོག་པད་མ་འདྲ་བའི་ནང་ནས་དགོན་པ་བདེ་ཆེན་ཞིང་ཁམས་འདྲ་བའི་ཨེ་ཝཾ་ཧྭ་རེའི་དགོན་པ་ཡིན་ནས་ཞེས་བཤད་གི།

མཆོད་ཨོཾ་ཨཱཿཧཱུྃ།

རྒྱལ་སྲས་བྱང་ཆུབ་སེམས་དཔའ་འདྲ་བོ།

རང་དོན་རྒྱབ་ཏུ་བསྐྱུར་ནས།

གཞན་དོན་གཙུག་ཏུ་ཁུར་ནས།

ཤེས་རབ་ཁོང་དུ་ཆུད་ནས།

བརྩོན་འགྲུས་ལྷུག་གིས་སྐྱུལ་ནས།

བསམ་གཏན་གྱི་སྒོ་མོ་གཏད་ནོ།

ཚུལ་ཁྲིམས་མིག་བཞིན་དུ་སྲུང་ནོ།
བཟོད་པ་དང་སྦྱིན་པ་ལ་སོགས་པའི་ཕར་ཕྱིན་དྲུག་གི་ཕ་རོལ་ཏུ་ཕྱིན་ནོ།
བོད་སྟག་གྲྭ་ཚང་གི་དགེ་སློང་རྣམ་པ་ཡིན་ནས་ཟེར་གི།
མཆོད་ཨོཾ་ཨཱཿཧཱུྃ།
འོག་མིན་སྟུག་པོ་བཀོད་པའི་ཞིང་ཁམས་ན་བཞུགས་ནོ།
ཆོས་སྐུའི་ཆུ་འཛིན་འཁྲིགས་པའི་གློང་དབྱིངས་ན་བཞུགས་ནོ།
བདེ་སྟོང་དམིགས་པ་མེད་པའི་གུར་ཁང་ན་བཞུགས་ནོ།
ས་བཅུའི་སེམས་དཔའ་རྣམས་ཀྱི་ཚོགས་གྲལ་ན་བཞུགས་ནོ།
ཉམ་ཆུང་འགྲོ་བའི་མགོན་དུ་བྱོན་པའི་སྐུ་གཟུགས་ཤེང་བཟའ་རིམ་བྱོན་ནི།
ཉོན་མོངས་དུག་ལྔ་འཇོམས་པའི་དབང་པོ་ཡིན་ནས་ཟེར་གི།
མགོན་སྐྱབས་ཉེ་བར་མཛད་པའི་མགོན་པོ་ཡིན་ནས་ཟེར་གི།
བྱིན་རླབས་མྱུར་དུ་འཇུག་པའི་ཡི་དམ་ཡིན་ནས་ཟེར་གི།
མགོན་མེད་གངས་ཅན་བོད་ཀྱི་སྐྱབས་གནས་ཡིན་ནས་ཟེར་གི།
སངས་རྒྱས་ཤཱཀྱའི་བསྟན་པའི་རྒྱལ་མཚན་ཡིན་ནས་ཟེར་གི།
གསང་སྔགས་ཟབ་མོ་སྟོན་པའི་སྒྲོན་མེ་ཡིན་ནས་ཟེར་གི།
སྲིད་པའི་མཚོ་ལས་སྒྲོལ་བའི་གྲུ་གཟིངས་ཡིན་ནས་ཟེར་གི།
དྲང་དོན་ངེས་དོན་གསུང་བའི་བཤེས་གཉེན་ཡིན་ནས་ཟེར་གི།
ཚེ་འདིའི་བར་ཆད་སེལ་ནས།
ཕྱི་མའི་ལམ་སྣ་དྲངས་ནས།
བར་དོའི་འཇིགས་སྐྲག་བཅོམ་ནས།
ངན་སོང་གསུམ་ལས་སྐྱབ་ནས།
ཉོན་མོངས་མུན་པ་སེལ་ནས།
ཐར་ལམ་དཀར་པོ་བསྟན་ནས།

སངས་རྒྱས་ཀྱི་བསྟན་པ་སྐྱོང་ནས་ཞེས་བཤད་གི།

མཆོད་ཨོཾ་ཨཱཿཧཱུྃ།

ཆོས་སྲེ་པཎྜི་བཞད་པའི་བཤད་སྒྲུབ་རྣམ་རྒྱལ་གླིང་ནས་སྟོན་ཕྱོན་མཁས་པའི་དབང་པོ།

འཆད་ཉན་ཤིང་རྟའི་སྲོལ་འབྱེད།

བློ་བཟང་བསྟན་པའི་རྒྱལ་མཚན་ནག་བཟའ་ཨ་ཁུ་འབྲུངས་ནས།

ཤེས་རབ་གཞོག་རྩལ་རྒྱས་ཏེ།

གྲུབ་མཐའི་བྱ་ལམ་གཅོད་བཞིན།

བློ་གྲོས་མཁའ་དབྱིངས་འཛིན་པའི་རྡོ་རྒྱལ་སྐུ་ལོ་འཁྲུངས་ནས།

དཀའ་བ་ཁྱད་དུ་བསད་ནས།

མཁས་པའི་ཞབས་ལ་གཏུགས་པའི་འཆད་རྩོད་རྩོམ་པའི་མཛོད་འཛིན་བོད་སྟག་མཁས་གྲུབ་རྒྱ་མཚོ་སོགས་འཁྲུངས་ནས།

མཚན་ཉིད་དང་བསྟན་པ་དར་རྒྱས་ཡོང་ནས་ཟེར་གི།

རབ་བྱུང་རྣམ་དག་ཧུར་སྒྲིག་གི་སྡེ་བཙུགས་ནས།

འཆད་ལུང་ཁྲིད་གསུམ་ཤེས་རབ་ཀྱི་སྒོ་ཕྱེ་ནས།

མཁས་པའི་བྱ་བ་མ་ལུས་པ་ཐོགས་མེད་དུ་སྒྲུབ་བཞིན་འཕྲིན་ལས་སྣན་གྲགས་མདོ་ཁམས་སྨད་ལ་ཁྱབ་ཅིང་ཁྱབ་བཞིན་ཡོད་ནས་ཞེས་བཤད་གི།

མཆོད་ཨོཾ་ཨཱཿཧཱུྃ།

ཡ།

བོད་སྟག་དགོན་པ་དགེ་ལྡན་བཤད་སྒྲུབ་རྣམ་རྒྱལ་གླིང་གི་གཡས་རི་གཡོན་རི་མཆོད་དགོས།

མདུན་རི་རྒྱབ་སྲུང་མཆོད་དགོས།

གཡས་རི་དང་གཡོན་རི་མདུན་རི་རྒྱབ་སྲུང་མཆོད་ན།

ཤར་ནས་པད་མའི་ལུང་བ་མཆོད་དགོས།
ལྷོ་ནས་ནོར་བུའི་དེའུ་ཡག་མཆོད་དགོས།
ནུབ་ནས་ཕུན་ཚོགས་འདོད་ལམ་མཆོད་དགོས།
བྱང་ནས་དགའ་ལྡན་སྐྱབ་ཕུག་མཆོད་དགོས།
ཆོས་མདོ་སྔགས་བསྟན་པ་དར་ས་ཡིན།
གནས་ཁམས་ཆེན་དགེ་མཚན་ཚང་ས་ཡིན།
ས་དགེ་བཅུ་འཛོམས་པའི་ས་ཆ་ཡིན་ནས་ཞེས་བཤད་ཀི།
མཆོད་ཨོཾ་ཨཱཿཧཱུྃ།

ཡ།
ས་དེ་ནས་ཕར་ལ་བལྟས་ན།
ཕར་བལྟས་ན་རི་ཞིག་རིག་ནོ།
སྟེང་ནས་ལྷ་ཡིས་རོལ་མོ་སྒྲོག་ནས།
བར་ནས་གཉན་གྱིས་བྱ་ར་བྱེད་ནས།
འོག་ནས་ཀླུ་ཡིས་མཆོད་པ་འབུལ་ནས།
ཆོས་སྐྱོང་སྲུང་མས་སྐད་སྒྲ་སྒྲོག་ནས།
ལྷ་སྲིན་སྡེ་བརྒྱད་སྤྲིན་བཞིན་འདུས་ནས།
འཇའ་ཚོན་སྣ་ལྔའི་གུར་ཁང་ཕུབ་ནས།
སྟེང་ནས་སྤྲིན་དཀར་ལང་ལོང་འཁྲིགས་ནས།
རི་རྐེད་སྨུག་གིས་ཡོལ་བ་འཐེན་ནས།
སྦྲང་ཆར་བསིལ་མ་སྔོར་འབེབས་བྱས་ནས།
མེ་ཏོག་སྣ་ལྔ་རྣམ་པར་བཞད་ནས།
སྨན་དང་སྤོས་ཀྱི་དྲི་ཞིམ་འཕྱུལ་ནས།

རི་དྭགས་མང་པོས་རྐང་བྲོ་བརྡུང་ནས།
སྟག་གཟིག་དོམ་གྱིས་ངར་སྒྲ་སྒྲོག་ནས།
ཕས་རྒོལ་ཕྲ་སྐྲེས་ཟིལ་གྱིས་མནན་ནས།
རྩེ་ན་དགྲ་ལྷའི་དཔལ་མཁར་བསྟོད་ནས།
ཕ་རོལ་དགྲ་དཔུང་ཆམ་ལ་ཕབ་ནས།
དཔོ་བེ་རི་རྒྱལ་ལྷུན་པོ་ལྷ་ཕྲུག་སྟོང་གི་བླ་རི་ཡིན་ནས་ཞེས་བཤད་ཀི།
མཆོད་ཨོཾ་ཨཱཿཧཱུྃ།

ཡ།
ས་དེ་ནས་ཕར་ལ་བལྟས་ན།
ཕར་བལྟས་ན་མཚོ་ཞིག་རིག་ནོ།
ལྷ་ཆབ་བདུད་རྩི་འཁྱིལ་བའི་ནང་ལ།
བྱང་ཚྭ་མཚོ་དཀར་མོའི་གཏེར་མཛོད་རྒྱས་ནོ།
ཡོངས་སྤྱོད་ལྡན་པའི་མགོ་ནག་མི་ལ།
ནོར་བརྒྱ་ལྡན་པའི་ཟས་བཅུད་སྩོལ་ནོ།
འཛད་མེད་མཛོད་ཀྱི་གཏེར་རྫས་སྟེང་ལ།
དངུལ་དཀར་མདོག་གི་ན་བཟའ་མནབས་ནོ།
དཔོ་བེ་ཚྭ་མཚོ་དཀར་མོ་ཡིན་ནས།
སློབ་དཔོན་པདྨའི་སྙིང་ནོར་ཡིན་ནས།
འཛམ་བུ་གླིང་གི་ཟས་གཡང་ཡིན་ནས།
ཛམ་ཛྷ་ལ་ཡི་དངོས་གྲུབ་ཡིན་ནས།
སྐུ་རྒྱལ་བོད་ཀྱི་སྐུ་སྐལ་ཡིན་ནས།
བོང་སྟག་ས་ཆའི་ནོར་བུ་ཡིན་ནས།

བཅུད་ལྡན་ཟས་ཀྱི་སྙིང་བཅུད་ཡིན་ནས།
བྲོ་ལྡན་མཆོག་གི་དབང་པོ་ཡིན་ནས་ཞེས་བཤད་ཀི།
མཆོད་ཨོཾ་ཨཱཿཧཱུྃ།
ད་ངས་བདེ་སྐྱིད་འབྱུང་བའི་བཀྲ་ཤིས་ཤིག་འཛོག
གནམ་ལ་འཁོར་ལོ་རྩིབས་བརྒྱད་བཀྲ་ཤིས་ཤོག
ཉི་ཟླ་སྐར་གསུམ་འཛོམས་པའི་བཀྲ་ཤིས་ཤོག
ཆར་ཆུ་དུས་འབབ་ཡོང་བའི་བཀྲ་ཤིས་ཤོག
ས་ལ་པདྨ་འདབ་བརྒྱད་བཀྲ་ཤིས་ཤོག
ལོ་ལེགས་འབྲུ་བཅུད་ཡོང་བའི་བཀྲ་ཤིས་ཤོག
བར་ལ་བཀྲ་ཤིས་རྟགས་བརྒྱད་བཀྲ་ཤིས་ཤོག
མཆོག་གསུམ་འཕྲིན་ལས་དར་བའི་བཀྲ་ཤིས་ཤོག
སངས་རྒྱས་བསྟན་པ་རྒྱས་པའི་བཀྲ་ཤིས་ཤོག
འགྲོ་ཀུན་ཆོས་ཀྱིས་བཙུན་པའི་བཀྲ་ཤིས་ཤོག
རྒྱལ་བསྟན་ཉམས་མེད་དར་ཞིང་རྒྱས་པ་ལ།
རྒྱལ་བ་ཤཱཀྱ་ཐུབ་པའི་བཀྲ་ཤིས་ཤོག
ཚེ་རིང་ནད་མེད་ལང་ཚོ་དར་བ་ལ།
རྒྱལ་བ་ཚེ་དཔག་མེད་ཀྱི་བཀྲ་ཤིས་ཤོག
དོན་དང་རྒྱུ་འབྲས་སྙིང་རྗེ་ལྡན་པ་ལ།
འཕགས་པ་སྤྱན་རས་གཟིགས་ཀྱི་བཀྲ་ཤིས་ཤོག
གངས་ཅན་རིག་གནས་གོང་དུ་འཕེལ་བ་ལ།
རྗེ་བཙུན་འཇམ་པའི་དབྱངས་ཀྱི་བཀྲ་ཤིས་ཤོག
གསང་སྔགས་གསར་རྙིང་མཐུ་དང་ལྡན་པ་ལ།
གསང་སྔགས་ཕྱག་ན་རྡོ་རྗེའི་བཀྲ་ཤིས་ཤོག

བཀའ་བརྒྱུད་གསང་གསུམ་དབང་གི་འཕྲིན་ལས་ལ།
སློབ་དཔོན་པདྨ་འབྱུང་གནས་ཀྱི་བཀྲ་ཤིས་ཤོག
འཆད་རྩོད་རྩོམ་གསུམ་མཚན་ཉིད་དར་བ་ལ།
རྗེ་རྒྱལ་བ་བློ་བཟང་གྲགས་པའི་བཀྲ་ཤིས་ཤོག
ས་ཡི་བཅུད་དང་སྐྱེ་འགྲོའི་མངའ་ཐང་ལ།
ས་བདག་གནས་བདག་རྣམས་ཀྱི་བཀྲ་ཤིས་ཤོག
སྐྱབས་རྗེ་དམ་པ་བླ་མ་རྣམ་གསུམ་ལ།
མཚན་དང་སྙན་གྲགས་རྒྱས་པའི་བཀྲ་ཤིས་ཤོག
འཁོར་བར་བློ་ཁ་ལོག་པའི་བཙུན་པ་ལ།
ཉམས་རྟོགས་ཡོན་ཏན་ཚང་བའི་བཀྲ་ཤིས་ཤོག
ཚུལ་ཁྲིམས་རྣམ་པར་དག་པའི་དགོན་པ་ལ།
ཕ་རོལ་ཕྱིན་པའི་བཀྲ་ཤིས་ཤོག
བྱང་སེམས་ལ་རྒྱ་ལྡན་པའི་དཔོན་པོ་ཚོ།
ཁ་རྗེ་དབང་ཐང་དར་བའི་བཀྲ་ཤིས་ཤོག
གངས་ཅན་གསར་གཏོད་བྱེད་པའི་གཞོན་ནུ་ཚོ།
ཤེས་རབ་བློ་ཁ་གསལ་བའི་བཀྲ་ཤིས་ཤོག
གངས་ཅན་རིག་གནས་ནམ་མཁའི་ཆུ་འཛིན་ལ།
སྙན་རྩོམ་སྤྲང་ཆར་འབབ་པའི་བཀྲ་ཤིས་ཤོག
མདོར་ན་བདེ་སྐྱིད་ལྡན་པའི་བཀྲ་ཤིས་ཤོག
ཕྱུགས་ལ་འཕེལ་ཁ་མགྱོགས་པའི་བཀྲ་ཤིས་ཤོག
གངས་ལྗོངས་དཔལ་ཡོན་དར་བའི་བཀྲ་ཤིས་ཤོག
ནད་པ་ཚེ་ཐག་རིང་བའི་བཀྲ་ཤིས་ཤོག
གཞོན་པ་གཉོམ་ལག་རྒྱས་པའི་བཀྲ་ཤིས་ཤོག

གནས་བསྐོད་ངག་གི་རོལ་མཚོ།

ཞིང་ལ་ལོ་ལེགས་ཡོང་བའི་བཀྲ་ཤིས་ཤོག
རྒྱུ་ལ་སྟོབས་འབྱོར་ལྡན་པའི་བཀྲ་ཤིས་ཤོག
བཀྲ་ཤིས་གཡང་དུ་འཁྱིལ་བའི་བཀྲ་ཤིས་ཤོག

ཧྲུ་ཁོ་ཡིས་བཤད།

བསང་མཆོད་དད་པའི་གཏེར་བུམ།

མཆོད་བླ་མ་ཡི་དམ།
སངས་རྒྱས་བྱང་སེམས།
དཔའ་བོ་མཁའ་འགྲོ།
ཆོས་སྐྱོང་སྲུང་མ།
དྲིན་ཆེན་རྩ་བའི་བླ་མ།
གུ་རུ་པད་མ་འབྱུང་གནས།
མཁའ་ལྡིང་ནམ་མཁའ་རྡོ་རྗེ།
ཡབ་ཀྱི་སྤྲུལ་སྐུ་རྣམ་གསུམ་གྱི་ཞལ་དུ་མཆོད་ཨོཾ་ཨཱཿཧཱུྃ།
ལྷོ་ཕྱོགས་བྲག་རི་འབར་བའི་ཕོ་བྲང་ན་བཞུགས་ནས།
མདུང་དང་རལ་གྲི་གཅིག་པའི་དཀྱིལ་འཁོར་ན་བཞུགས་ནས།
དཀར་ཆེན་ནོར་བུ་མཛེས་པའི་གདན་སྟེང་ན་བཞུགས་ནས།
སྐུ་གསུང་ཐུགས་ཀྱི་མགོན་པོ།
ཕྱོགས་བཅུའི་མགོན་པོ་སྡེ་བརྒྱད་ཀྱི་འཁོར་ནག་པོ།
ཤ་བཟའ་མགོན།
ལྷ་དམག་བྱེ་བ་དུང་ཕྱུར་གྱི་བདག་པོ།
བསྟན་སྲུང་མགོན་པོའི་རྒྱལ་པོ།
མགོན་པོ་ཚོགས་ཀྱི་བདག་པོ།
བྱང་ཕྱོགས་མཚོ་མོའི་སླུའི་དུག་གི་ནང་རོལ་ན་བཞུགས་ནས།
མཐའ་ཤིང་སྟོན་པོའི་གུར་ཁང་ན་བཞུགས་ནས།

གཡུ་ཐོག་སྔོན་པོའི་གདན་སྟེང་ན་བཞུགས་ནས།
འབྱུང་བ་མེ་ཡོང་འཚུབ་པའི་གུར་ཁང་ན་བཞུགས་ནས།
དར་དཀར་གྱི་ན་བཟའ་མནབས་ནས།
དྲིལ་དཀར་གྱི་བཅིབ་པ་བཅིབས་ནས།
མ་ཅིག་དཔའ་ལྡན་ལྷ་མོ། ཚེ་རིང་མཆེད་ལྔ།
རྡོ་རྗེ་གཡུ་ཡི་སྒྲོལ་མ།
སྟོང་གསུམ་ནམ་མཁའ་ཡངས་པའི་ལྗོ་ནུབ་རྩིབས་འགྱུར་གྲོང་ན་བཞུགས་ནས།
གནས་མཆོག་ཀ་བ་རིའི་གྲོང་ཁྱེར་ན་བཞུགས་ནས།
སྟོད་རི་རྒྱལ་ལྷུན་པོའི་ཁོངས་གསེང་ན་བཞུགས་ནས།
ཉི་ཟླ་ཆ་ལང་རྗེབ་པའི་གནས་མཆོག་ན་བཞུགས་ནས།
དམར་ནག་ཁྲག་ནག་འཁྲིགས་པའི་གདན་སྟེང་ན་བཞུགས་ནས།
གཟའ་རྐོད་ཁྱབ་འཇུག་ཆེན་མོ།
གདུང་མོ་གཟུ།
གཟའ་ཆེན་བརྒྱད།
རྒྱུ་སྐར་ཉི་ཤུ་རྩ་བརྒྱད།
གཟའ་དམག་བྱེ་བ་དུང་ཕྱུར།
གཟའ་རྐོད་ནུབ་ཕྱོགས་ཕ་བ་ལུང་གི་སྐུ་མཁར་ན་བཞུགས་ནས།
ཕོ་ཁྱུང་འབྲུག་གི་རྭ་བར་ན་བཞུགས་ནས།
གནམ་ལྕགས་ཐོག་གི་མགར་ཁ་ན་བཞུགས་ནས།
སྐྱེས་བུ་ཆེན་པོ་དམ་ཆེན་མགར་བ་ནག་པོ།
ཇག་ལ་འགྲོ་ན་ཇག་དཔོན་བྱེད་དགོས།
ཚོང་ལ་འགྲོ་ན་ཚོང་དཔོན་བྱེད་དགོས།
དམག་ལ་འགྲོ་ན་དམག་དཔོན་བྱེད་དགོས།

བྱང་ཤམྦྷ་ལ་ཡི་པ་དུར་ཧོར་གྱི་རྒྱལ་པོ།

ལྷ་གནས་སུམ་ཅུ་སོ་གཉིས་ཨོ་རྒྱན་མཁའ་འགྲོ་གླིང་བ།

བསམ་ཡས་མ་བཞེངས་ལྷུན་གྱིས་གྲུབ་པའི་གཙུག་ལག་ཁང་ན་བཞུགས་ནས།

གནོད་སྦྱིན་ཆེན་པོ།

རྒྱལ་པོ་ཡང་ལྷའི་བར་གནོད་སྦྱིན་ཙི་གུ་དམར་པོ།

བཙན་མགོ་རི་ལ་སྐྱབས་བདུན།

ཏྲི་གོ་ཙ་འདྲེན་སྟེ་བཞི།

འཁོར་གྲགས་པ་སྟེ་བརྒྱད།

བཙན་དམག་ས་ཡ་དུང་ཕྱུར་གྱི་བདག་པོ།

ཆོས་སྐྱོང་གནོད་སྦྱིན།

དགྲ་ལྷའི་རྒྱལ་པོ།

ཨ། གནོད་སྦྱིན་ཙི་དམར།(ལན་གསུམ་)

བཙན་ལྷེ་གོ་ཁྲབ་མཆོན་གསུམ་ལུས་ལ་མནབས་དགོས།

བཙན་མདུང་དམར་པོ་དཀུང་ང་མཉམ་དགོས།

བཙན་ཕྱག་དམར་པོས་དགྲ་བོའི་སྐེ་ནས་འཛིན་དགོས།

བཙན་བྱ་ཕོ་རོག་ཀླད་ནས་ལྡིང་དགོས།

བཙན་ཁྲི་དམར་པོ་སྤྱང་གི་རོལ་དུ་འཁྲིད་དགོས།

བཙན་རྟ་རླུང་གཤོག་བརྒྱད་ལྡན་ལ་བཅིབས་ནས།

ཆོས་སྐྱོང་ཁྱེད་རྣམས་ལ་མཐུ་མེད་ཟེར་ནས།

མི་ང་ལ་ལྷ་མེད་ཟེར་ནས།

དགྲ་བསམ་ངན་ཅན་གྱི་བླ་སྲོག་གཅོད་དགོས།

དགྲ་མི་སྨུག་པོ་དོ་མཉམ་འཛུག་དགོས།

དགྲ་རྟ་ངན་པ་ཆམ་ལ་ཕབ་དགོས།

ཚུ་ཆེན་དཔལ་མོའི་རབ་ཀྱི་ཁ་ན་བཞུགས་ནས།

སྒོ་ར་སྟག་ར་གཉིས་ཀྱི་ཕུ་མདོ་ན་བཞུགས་ནས།

 སྡེ་བརྒྱད་གཙུག་ལག་ཁང་གི་ཁོངས་གསེང་ན་བཞུགས་ནས།

ཁྲི་ཀའི་ཨ་མྱེས་ཡུལ་ལྷ།

སྟོད་རྒྱ་གར་ན་བཞུགས་པའི་ཀ་བ་ཅིའུ་ཐུང་།

བོད་ཁ་བ་ཅན་ན་བཞུགས་པའི་ཤན་པ་ཅིའུ་ཐུང་།

ཤན་པ་སྟོང་གི་དམག་དཔུང་།

སྐུ་ལ་བེར་ནག་སྟོང་གི་ན་བཟའ་མནབས་ནས།

ར་རོག་རོག་སྟོང་གི་ཤ་ཁྲག་གཞིབ་ནས།

དྲིའུ་དཀར་གྱི་བཅིབ་པ་བཅིབས་ནས།

རླུང་འཁོར་གྱི་གཤོག་པ་ཐོགས་ནས།

ཐེངས་གསུམ་བོས་ན་དགྲིས་གསུམ་བརྒྱབ་ནས།

མྱུར་མགྱོགས་ཀྱི་ཤན་པའི་རྒྱལ་པོ་ཨ་མྱེས་ཡུལ་ལྷ།(ལན་གསུམ་)

ཁྱད་པར་ཡུལ་ཕྱོགས་འདི་ན་གནས་པའི་སྐྱེས་ལྷ།

གཉན་ཆེན་གེར་མཛོད།

ཇ་ཤན་མཐོན་པོ།

ཤ་རག་གི་ཇ་ཤན་མཐོན་པོ།

དབུས་ཀྱི་རྩྭ་མཚོ་དཀར་མོ།

སྟོབས་ལྡན་ཕྱུག་ལུང་ཇ་དམར།

ཁམས་ཆེན་ནོར་བུའི་དཔོན་ས།

བྲག་དཀར་རྩེ་གསུམ།

ས་འདི་ལ་གནས་པའི་ས་བདག་ཆེན་པོ།

ཡུལ་འདི་ལ་གནས་པའི་གཞི་བདག་ཆེན་པོ།

ཅི་བྱས་བྱ་བ་ལམ་ལ་འགྲོ་དགོས།
ཅི་དྲན་བློ་ལམ་ལ་འགྲོ་དགོས།
སྐྱབས་ཁྱེད་རྣམ་པ་མ་གཏོགས་རེ་ས་མེད།
བློ་ཁྱེད་རྣམ་པ་མ་གཏོགས་གཏད་ས་མེད།
ལབ་ཀྱི་བྲག་དཀར་རྣམ་གསུམ་གྱིས་བསྟེན་པའི་ཆོས་སྐྱོང་ཡིད་བཞིན་གྱི་ནོར་བུ།
ང་བརྒྱ་ཡི་ནང་ནས་ཁ་འཛིན་བྱེད་དགོས།
སྟོང་གི་ནང་ནས་མགོན་སྐྱབས་བྱེད་དགོས།
ངས་མ་རིག་པའི་ཉི་མ་ཁྲ་ཆེན་གྱི་མིག་བྱེད་དགོས།
མ་གོ་ཡི་ཉི་མ་མགོ་ཟུར་གྱི་རྣ་བྱེད་དགོས།
མ་ཤེས་ཀྱི་ཉི་མ་གང་ཤེས་ཀྱི་སེམས་བྱེད་དགོས།
སྐྱབས་ཁྱེད་རྣམ་པ་མ་གཏོགས་རེ་ས་མེད།
སྐྱབས་ཁྱེད་རྣམ་པ་མ་གཏོགས་གཏད་ས་མེད།

གཏེར་ལམ་ཕུན་ཚོགས་དང་རྒྱལ་གྱིས་བཤད།

བོད་སྨན་གནས་བསྟོད་མདོར་བསྡུས་
མེ་ལོང་ཀུན་གསལ།

ཡ།

དེ་རིང་གནམ་ལ་བཀྲ་ཤིས་འཁོར་ལོ་རྩིབས་བརྒྱད།

ས་ལ་བཀྲ་ཤིས་པདྨ་འདབ་བརྒྱད།

བོད་ལ་བཀྲ་ཤིས་མཐུན་པ་སྤུན་བཞི།

ཁྱིམ་ལ་བཀྲ་ཤིས་ཚེ་རིང་རྣམ་དྲུག

ལོ་ལ་བཀྲ་ཤིས་འཛམ་གླིང་ཞི་བདེ།

ཟླ་ལ་བཀྲ་ཤིས་གཞི་མགྲོན་ལྷན་འཛོམས་ཀྱི་དུས་འདི་ལ།

ལྷོ་འཛམ་བུ་གླིང་གི་ཡང་རྩེ་ནས།

མཐོ་གངས་ཅན་བོད་ཀྱི་ས་ཆ།

གནས་མདོ་སྨད་ས་ཡི་ལྟེ་བ།

མཚོ་ཁྲི་ཤོར་རྒྱལ་མོའི་ནུབ་ཕྱོགས།

སྔོ་བོད་སྨན་ཚོ་ཆེན་བཅོ་བརྒྱད་འདིའི་ཆུ་དང་རི་བོའི་གྲུབ་ཚུལ།

སྔོ་དང་ཚོ་བའི་ཆགས་ཚུལ།

སྐར་དང་དགོན་པ་བཞེངས་ཚུལ་མདོར་བསྡུས་ཤིག་བཤད་རྒྱུ་ན།

གནས་མཆོག་བྲག་དམར་ལྷུན་པོའི་མདུན་ཕྱོགས་ནས།

དྲིན་ཆེན་ཕ་ཡོས་རིག་པའི་བློ་བསླབས་ནས།

བྱམས་ལྡན་ཨ་མས་ཤེས་བྱའི་ལམ་བསྟན་ནས།

རང་གིས་ན་ཟླ་སྟོང་གི་གྲལ་ཞུལ་ནས།
སྤྲོ་དགའི་གར་སྟེགས་མཐོན་པོའི་སྟེང་བརྒྱུད་ནས།
གཏམ་ཐུང་ཐུང་ཚིག་གསུམ་སྒྲིག་མ་ཞིག
དཔེ་རེ་བླངས་ནས་ཆགས་རེ་བཞག་ནས་བཤད་ན།
ཟླ་རི་རྨ་རྒྱལ་སྤོམ་ར་དེ།
དངུལ་དཀར་མཆོད་རྟེན་བཞེངས་འདྲ་རེད།
མཚོ་སྔོ་ཁྲི་ཤོར་རྒྱལ་མོ་དེ།
གནམ་སྔོན་ཐང་ལ་ལྷུང་འདྲ་ཡིན།
སྐྱེས་ལྷ་ཨ་མྱེས་བྲག་སེར་དེ།
དཔའ་བོའི་གསེར་ཁྲབ་གྱོན་འདྲ་ཡིན།
བོང་སྟག་བྲག་དཀར་ཐེམ་ཆེན་དེ།
རྒྱལ་བའི་གསུང་འབུམ་བརྩེགས་འདྲ་ཡིན།
གངས་དཀར་ཕྱོགས་ལས་རྣམ་རྒྱལ་དེ།
བཅོ་ལྔའི་ཟླ་འོད་བརྒྱབ་འདྲ་ཡིན།
ནག་བཟའི་བཀྲ་ཤིས་འབྱུང་གནས་དེ།
ཕྱི་རུའི་མཇལ་བཤམས་འདྲ་ཡིན།
བྲ་ཚའི་བྲག་དམར་ལྷུན་པོ་དེ།
སེང་ཆེན་རྟ་ཁ་འཐེན་འདྲ་ཡིན།
རི་ཆེན་ལྷུན་པོའི་བཙུན་མོ་དེ།
འབྲུག་མོས་རྟ་ཁ་བླངས་འདྲ་ཡིན།
གནས་རི་ཛ་སྐྱ་ཕྱུག་མོ་དེ།
འདན་མས་གོ་ཁྲབ་གྱོན་འདྲ་ཡིན།
ཛ་རྐན་ཨ་མྱེས་བོ་རོ་དེ།

ནམ་ལངས་སྐྱ་རེངས་བཀྱགས་འདྲ་ཡིན།
དབོ་ཡི་རི་རྒྱལ་ལྷུན་པོ་དེ།
ཐོ་རེངས་སྐར་ཆེན་ཤར་འདྲ་ཡིན།
ཚོས་བརྩིགས་བཀའ་འགྱུར་རྫོ་ཁྲི་དེ།
རྒྱ་ནག་ལྷུགས་རི་བཀོད་འདྲ་ཡིན་ནས་ཟེར་གི།

ཡ།
བོང་སྟག་ཨེ་ཕྱཾ་ཏ་རེ་དེ།
སེ་ར་ས་ཁར་བཞེངས་འདྲ་ཡིན།
སྤྱ་འགྱུར་བྲ་ཚ་དགོན་ཆེན་དེ།
དབུས་གཙང་ས་འདིར་ཆགས་འདྲ་ཡིན།
ཐེམ་ཆེན་མ་ཎི་འཁོར་ཁང་དེ།
གླིང་གི་སྐར་ཁ་བཏབ་འདྲ་ཡིན།
སྟོད་ཀྱི་ཞིལ་དཀར་ཆུ་བོ་དེ།
ལྷ་དར་དཀར་པོ་འཐེན་འདྲ་ཡིན།
བར་གྱི་ཤ་རག་གཙང་བོ་དེ།
གཡུ་འབྲུག་སྔོན་མོ་འཁྱུག་འདྲ་ཡིན།
སྨད་ཀྱི་ཙོང་ཆུ་རིང་མོ་དེ།
དར་སྐུད་སྐེད་རགས་བཅིངས་འདྲ་ཡིན།
གསེར་གཞུང་ཕུ་ཧ་ཆེན་པོ་དེ།
ཁྲི་ཤར་རྒྱལ་མོའི་མགོ་ཁུངས་ཡིན།
མཐོང་སྨོན་ཐེམ་ཆེན་རྩ་ཐང་དེ།
འཕྲོག་གི་རྟ་མཆོག་ཡུལ་གྲུ་ཡིན།

བོང་སྟག་ཚོ་ཆེན་བཅོ་བརྒྱད་དེ།
ལྷ་ཡུལ་ས་ལ་ཆགས་འདྲ་ཡིན་ནས་ཟེར་གི།

ཡ།
བོང་སྟག་ཚོ་ཆེན་བཅོ་བརྒྱད་ཀྱི་ས་ནས།
བླ་ཆེན་དཔོན་ཆེན་གང་བཟང་གི་མཛད་པ།
རི་ཆེན་གནས་ཆེན་གང་མང་གི་བསྟོད་པ་དེ།
ཚང་མ་བཤད་ན་མང་འགྲོ་གི།
མང་ནས་མི་ཚད་རིང་འགྲོ་གི།
དེ་རིང་འདི་ནས་ཉོག་འགྲོ་གི།
གཞན་གྱིས་ཉན་ན་སུན་འགྲོ་གི།
རྩ་བའི་བླ་མའི་དགོངས་པ་ལྟར་དང་ན་བླ་མང་པོས་འདོད་པ་ལྟར།
སྔོ་བོང་སྟག་བསྟོད་དགོས་ཟེར་གི།
ལྷ་བྲག་སེར་བསྟོད་དགོས་ཟེར་གི།
ས་འདི་ནས་ཡར་ལ་བལྟས་ན།
ཡར་བལྟས་ན་རི་ཞིག་རིག་ནོ།
ཤར་ཕྱོགས་རྡོ་རྗེ་སེམས་དཔའ།
ལྷོ་ཕྱོགས་རིན་ཆེན་འབྱུང་ལྡན།
ནུབ་ཕྱོགས་སྣང་བ་མཐའ་ཡས།
བྱང་ཕྱོགས་དོན་ཡོད་གྲུབ་པ།
དེ་རི་གཉན་པོ་ཨ་མྱེས་བྲག་སེར་ཡིན་ནས་ཟེར་གི།
ཨ་མྱེས་བྲག་སེར་གྱི་སེར་པོ་བསང་ཁྲི་གྲུ་བཞིར་ཞིག་རྒྱུ་མེད་ནས་ཟེར་གི།
དམར་པོ་མེ་ཡི་བསང་མེ་དལ་རྒྱུ་མེད་ནས་ཟེར་གི།

སྟོན་པོ་དུ་བའི་བསང་དུད་འཚད་རྒྱུ་མེད་ནས་ཟེར་གི།
སྟོན་མོ་ནས་ཀྱི་བསང་རྩི་ཚར་རྒྱུ་མེད་ནས་ཟེར་གི།
ཡུ་དམར་ཇ་ཡི་མཆོད་ཁ་ཆག་རྒྱུ་མེད་ནས་ཟེར་གི།
གཡས་འཁྱིལ་དུང་གི་སྒྲ་དབྱངས་ཉམས་རྒྱུ་མེད་ནས་ཟེར་གི།
སྡེ་བརྒྱད་མཆོད་པའི་རླུང་རྟ་འཛད་རྒྱུ་མེད་ནས་ཟེར་གི།
རྟ་མཆོག་རྒོད་པོའི་རླུང་རྟ་འཛད་རྒྱུ་མེད་ནས་ཟེར་གི།
བོད་སྟག་བུ་ཡི་ལྷ་རྒྱུད་འཆད་རྒྱུ་མེད་ནས་ཟེར་གི།
བསྟོད་ན་ཁ་ལས་རླུང་རྟ་ལྡུང་རྒྱུ་མེད་ནས་ཟེར་གི།
དེ་སྡེ་བོད་སྟག་ཚང་གི་བསྟན་པའི་སྐྱེས་ལྷ།
གཉན་པོ་ཨ་མྱེས་བྲག་སེར་ཡིན་ནས་ཟེར་རྒྱུ།

ཡ།
ས་འདི་ནས་ཕར་ལ་བལྟས་ན།
ཕར་བལྟས་ན་རི་ཞིག་རིག་ནོ།
རི་མགོ་དམར་པོ་བྲག་གིས་བཟུང་ནོ།
བྲག་རི་ཐང་དཀར་རྒོད་ཀྱིས་བཟུང་ནོ།
ཐང་དཀར་རྒོད་ཀྱིས་གཤོག་རྩལ་ངོམ་ནོ།
རི་སྨེད་སེར་པོ་སྤང་གིས་བཟུང་ནོ།
སྤང་རི་མར་ཁྲུ་ཤ་ཡིས་བཟུང་ནོ།
ཤ་བ་ཡུ་མོས་རྩེད་བསྐོར་བྱེད་ནོ།
རི་འདབས་དྭངས་གཙང་ཆུ་ཡིས་བཟུང་ནོ།
ཆུ་ནང་གསེར་མིག་ཉ་མོས་བཟུང་ནོ།
གསེར་མིག་ཉ་མོས་གཤོག་འགྱུར་ལྡེམ་ནོ།

ངའི་སྐྱེས་ལྷ་བྲག་དམར་ལྷུན་པོ་ཡིན་ནས་ཟེར་གི།

བྲག་དམར་ལྷུན་པོའི་རྒྱབ་རི་གནས་རི་རྫ་སྐྱ་ཡིན་ནས་ཟེར་གི།

ལུག་གཡང་དཀར་སྟོང་ལུག་འཚོ་ས་ཡིན་ནས་ཟེར་གི།

སྟག་ཤ་རས་རྫི་གླུ་ལེན་ས་ཡིན་ནས་ཟེར་གི།

མདུན་རི་ཡུམ་ཆེན་བཙུན་མོ་ཡིན་ནས་ཟེར་གི།

ནོར་ནག་མོ་འབྲི་བརྒྱ་བཞོ་ས་ཡིན་ནས་ཟེར་གི།

སྨན་བུ་མོས་བཞོ་དབྱངས་འགུགས་ས་ཡིན་ནས་ཟེར་གི།

གཡས་རི་རྩུ་གང་ནགས་རི་ཡིན་ནས་ཟེར་གི།

ན་མེ་ཧོག་ཁ་དོག་མང་ས་ཡིན་ནས་ཟེར་གི།

བྱ་ཁུ་བྱུག་འཛོལ་མོ་གྲག་ས་ཡིན་ནས་ཟེར་གི།

གཡོན་རི་དུང་དཀར་གཡས་འཁྱིལ་ཡིན་ནས་ཟེར་གི།

སྦྲ་ཐང་སྨུག་ཁ་ཏུ་རྐྱོང་ས་ཡིན་ནས་ཟེར་གི།

ཚུང་ཁ་ཡ་ན་ཟླ་འཛོམས་ས་ཡིན་ནས་ཟེར་གི།

ས་དགེ་བཅུ་ཚང་བའི་ས་ཆ་ཡིན་ནས་ཟེར་གི།

སྡེ་བོང་སྟག་ཚང་གི་ལྷེ་བ་ཡིན་ནས་ཟེར་གི།

སྟག་ཤ་རའི་ལྷེ་ཁྲག་འཕོ་ས་ཡིན་ནས་ཟེར་གི།

ལས་ཅི་འདོད་བསམ་དོན་འགྲུབ་ས་ཡིན་ནས་ཟེར་གི།

དེ་གནས་མཆོག་བྲག་དམར་ལྷུན་པོ་ཡིན་ནས་ཟེར་གི།

ཡ།

གནས་མཆོག་བྲག་དམར་ལྷུན་པོའི་མདུན་ཕྱོགས་ན།

ཤ་རག་གཡུ་འབྲུག་སྔོན་མོའི་འཁྲུད་ཁུངས་ན།

སངས་རྒྱས་བསྟན་པ་རྒྱས་ས།

གཏེར་སྟོན་བླ་མའི་གདན་ས།
སྤྱི་འགྱུར་རྫོགས་ཆེན་རིང་ལུགས།
བོད་སྨྲག་བྲ་ཚ་དགོན་ཆེན།
གོས་དཀར་ལྷུང་ཡོའི་འདུ་ར།
ཇ་ཡབ་པདྨའི་འོད་གླིང་།
མེ་ཏོག་ཐོག་པའི་ལྷ་སྐལ།
ཨོྱན་པདྨ་འབྱུང་གནས།
ངུར་སྨྲིག་ཆོས་ཀྱི་གྲོང་ཁྱེར།
ངེས་དོན་པདྨའི་དགའ་ཚལ།
དད་ལྡན་འགྲོ་བའི་གཙུག་རྒྱན།
ཇོ་བོ་ཡིད་བཞིན་ནོར་བུ།
སྟོན་ཕྱོན་སྐྱེས་བུ་དམ་པ།
མདོ་སྔགས་ཡོན་ཏན་རྒྱ་མཚོ།
ད་ལྟའི་བསྟན་པའི་སྦྱིན་བདག
མཁན་པོ་བསྟན་འཛིན་འཕྲོར་ལྡན།
མ་འོངས་དགོན་བདག་བླ་མ།
སྤྲུལ་སྐུ་ཀརྨ་བཀྲ་ཤིས།
རང་རིགས་དད་པ་སྐྱེས་ས།
གཞན་རིགས་སྨོན་པ་འཚོར་ས།
ཁ་ཐེ་དབང་ཐང་མཐོ་ས།
ཁ་ལས་རླུང་རྟ་དར་ས།
ཁ་མཐུན་གྲོས་འགྲིག་ཡོང་ས།
ཁ་བ་ཅན་གྱི་ཞིང་མཆོག

སྔོན་སྐྱེ་ཚོགས་གསར་རྙིང་གཉིས་ཀ

འདས་མ་འོངས་ད་ལྟ་གསུམ་པོ།

བསང་དང་གསུར་གྱི་དྲི་མ་ཆད་ནོ།

ཟ་དང་སྲུབ་ཚའི་སྒྲ་མ་ཆད་ནོ།

རྩ་བའི་བླ་མའི་དབང་མ་ཆད་ནོ།

གྲྭ་བ་སྡིགས་པའི་རྒྱུད་མ་ཆད་ནོ།

དད་ལྡན་མཇལ་བའི་མཚམས་མ་ཆད་ནོ།

བཟང་སྤྱོད་འདོན་པའི་དབྱངས་མ་ཆད་ནོ།

སྟ་འགྱུར་རྙིང་མའི་གདན་ས་དུ་མའི་ཡ་རྒྱལ་བོང་སྟག་བྲ་ཚ་དགོན་སྨིན་གྲོལ་དར་རྒྱས་གླིང་ངེས་དོན་པདྨའི་དགའ་ཚལ་གྱི་ཆོས་གྲྭ་ཆེན་མོ་དེ་ཉིད་ཡིན་ནས་ཟེར་རྒྱུ།

ས་དེ་ནས་མར་ལ་བལྟས་ན།

མར་བལྟས་ན་ཆོས་བརྩེགས་རིག་ནོ།

ཤ་རག་གཞུང་གི་མཛེས་རྒྱན།

ཤུལ་བཞག་རིག་གནས་རྩ་ཆེན།

ཆོས་དཀར་པོ་བསྟན་པ་དར་ས།

རྗེ་བླ་མས་དབང་ལུང་གནངས་ས།

བན་སེར་མོས་ཀུན་རིག་གསུང་ས།

ཕྱག་འཚལ་ན་བྱིན་རླབས་ཆེ་ས།

བསང་འབུད་ན་བསམ་དོན་འགྲུབ་ས།

ལུས་ཉོན་མོངས་དུག་ལྔ་དག་ས།

མི་དད་ལྡན་སེམས་ཁམས་སྐྱིད་ས།

མི་དད་མེད་དད་པ་སྐྱེས་ས།

སྐྱིད་བོད་ཡུལ་བོང་སྟག་ཚང་གི་བཀའ་བསྟན་རྗོ་ཁྲི་ཆེན་མོ་ཡིན་ནས་ཟེར་གི།

བཀའ་འགྱུར་རྫོ་བརྩེགས་དེ་དང་པོ་བཙོས་ཚུལ་བར་དུ་བཞེངས་ཚུལ།
མཐའ་མ་འགྲུབ་ཚུལ་མདོར་བསྡུས་ཤིག་བཤད་ན།
ཐོག་མར་བྲག་སྨམ་ནས་སྟག་ཤར་སྟག་ཁྲི་འདྲ་བོས་བླངས་ནས་ཟེར་གི།
རྫོ་ལེབ་ཤིང་ལེབ་འདྲ་འདྲ་བཀོག་ནས་ཟེར་གི།
མཛོ་གཡག་འཕྱུར་ཤེད་ཅན་ལ་བཀལ་ནས་ཟེར་གི།
མ་སྲུ་དུང་རལ་ཅན་པོས་དེད་ནས་ཟེར་གི།
ཤ་རག་གཙང་བོས་འགྲམ་ལ་ཐོག་ནས་ཟེར་གི།
གྲྭ་བ་སྡིགས་པས་ཞུ་དག་བྱས་ནས་ཟེར་གི།
བླ་ཆེན་མང་པོས་རབ་གནས་བྱས་ནས་ཟེར་གི།
རྟེན་འབྲེལ་འཛད་ཚོན་སྣ་ལྔ་ཤར་ནས་ཟེར་གི།
དེའི་ཤར་ཕྱོགས་ན་རྒྱལ་ཡུམ་ཆེན་མོ་བཞེངས་ཡོད།
ལྷོ་ཕྱོགས་ན་སློབ་དཔོན་འཇམ་དབྱངས་བཞེངས་ཡོད།
ནུབ་ཕྱོགས་ནས་སྒྲོལ་མ་ལྗང་ཁུ་བཞེངས་ཡོད།
བྱང་ཕྱོགས་ན་ནོར་བདག་ཛམ་ལྷ་བཞེངས་ཡོད།
དཀྱིལ་སྙིང་ན་བྱང་ཆུབ་མཆོད་རྟེན་བཞེངས་ཡོད།
ཕྱོགས་བཞི་མཐུན་པ་སྤུན་བཞི།
སྔོ་ཆེན་རྒྱབ་ཆེན་སྤེ་བཞི།
དེ་བོད་ཡུལ་བོང་སྟག་ཤ་རག་གཞུང་གི་སྤྱི་ཆོས་བཀའ་འགྱུར་རྫོ་ཁྲི་རིང་མོ་ཡིན་ནས་ཟེར་རྒྱུ།
ས་འདི་ནས་ཡར་ལ་བལྟས་ན།
ཡར་བལྟས་ན་རི་ཞིག་རིག་ནོ།
རི་མགོ་གངས་ཀྱིས་བཟུང་ནོ།
གངས་གསེང་སེང་གེས་བཟུང་ནོ།
སེང་གེས་གཡུ་རལ་ངོམ་ནོ།

གཡུ་རལ་དཀྱུང་ང་ཟྭུག་ནོ།
རི་སྐྱེད་ཛྫ་ཡིས་བཟུང་ནོ།
འཁྲོང་གིས་ར་རྩལ་ངོམ་ནོ།
བོད་ཀྱི་དཔའ་རྩལ་ཡིན་ནོ།
རི་འདབས་ན་ཡིས་བཟུང་ནོ།
ན་གསེང་ཕྱུགས་ཀྱིས་བཟུང་ནོ།
ཕྱུགས་ཀྱི་འཕེལ་ཁ་དྲང་ནོ།
བོད་ཀྱི་སྒོ་ཕྱུགས་ཡིན་ནོ།
དེ་སྟོད་གངས་དཀར་ཕྱོགས་ལས་རྣམ་རྒྱལ་ཡིན་ནས་ཟེར་གི།
བོད་ཁ་བ་ཅན་གྱི་བླ་རི་ཡིན་ནས་ཟེར་གི།
ལག་ཕྲེང་བ་ཅན་གྱི་གནས་རི་ཡིན་ནས་ཟེར་གི།
མགོ་སྨྲ་ནག་ཅན་གྱི་རྒྱབ་རི་ཡིན་ནས་ཟེར་གི།
རྒྱབ་སྙོག་པ་ཅན་གྱི་རྟེན་རི་ཡིན་ནས་ཟེར་གི།
བུ་ལ་རྒྱ་ཅན་གྱི་མཆོད་རི་ཡིན་ནས་ཟེར་གི།
ཡ་ས་འདི་ནས་ཤར་གྱི་ཕྱོགས་ལ་བལྟས་ན།
གནམ་ཨ་སྔོན་ཐང་ལ་ལྷུང་འདྲ་བོ།
བོད་ཁ་བ་ཅན་གྱི་བླ་མཚོ་ཆེན་མོ།
འགྲོག་སྨྲ་ནག་ཚང་གི་སེམས་འདུན་དྲོད་མོ།
ཀླུ་རིགས་སྟོང་གི་ཕ་ས།
མཚོ་ཆེན་ཁྲི་ཤོར་རྒྱལ་མོ།
རྩ་ཆེན་ནོར་གྱི་གཏེར་མཛོད།
མཚོ་ཆུང་ཡིད་བཞིན་ནོར་བུ།
ཕྱུན་པདྨའི་བཞུགས་གནས།

མཚོ་སྙིང་མ་ཧཱ་དེ་ཝ།
གེ་སར་རྒྱལ་པོའི་བགྲོད་ལམ།
སྒྲང་ཆེན་བྱེ་མ་ལ་བདུན།
བྱེ་རིགས་ཁྲི་འབུམ་འབབ་ས།
གནས་མཆོག་བྱེ་གླིང་འཕྱོར་བ།
ལུས་བསོད་ནམས་ཅན་པོས་གཡས་བསྐོར་བྱེད་དོ།
སེམས་དད་པ་ཅན་པོས་ཕྱག་བསྐོར་བྱེད་དོ།
འཛམ་བུ་གླིང་ན་དཀོན་ནོ།
བོད་ན་མིན་ནས་མེད་དོ།
མཚོ་སྔོན་པོ་ཁྲི་ཤོར་རྒྱལ་མོ་ཡིན་ནས་ཟེར་གི།
ས་འདི་ནས་ཡར་ལ་བལྟས་ན།
ཡར་བལྟས་ན་རི་ཞིག་རིག་དོ།
རི་མཐོན་པོ་སྤྲིན་ལ་ཟུག་དོ།
གནམ་སྔོན་པོ་འཁྲིགས་པའི་ཀ་བ།
ས་དོག་མོ་སྙིང་གི་ལྟེ་བ།
རི་བརྗིད་ལྡན་བྲག་དཀར་ཐེམ་ཆེན་ཡིན་ནས་ཟེར་གི།
སྔེ་བོང་སྟག་ཚང་གི་རྒྱབ་རི་ཡིན་ནས་ཟེར་གི།
དྲི་ཞིམ་རྩི་ཤིང་མེ་ཏོག་སྐྱེ་ས་ཡིན་ནས་ཟེར་གི།
དྭངས་གཙང་ཟྲ་ཆབ་གཙང་མ་འབབ་ས་ཡིན་ནས་ཟེར་གི།
མཛེས་སྤུག་ཤ་བ་ཡུ་མོ་གཤར་ས་ཡིན་ནས་ཟེར་གི།
གསུང་སྙན་ཁྲུ་བྱུག་འཛོལ་མོ་གྲག་ས་ཡིན་ནས་ཟེར་གི།
འབྲོག་པའི་རྟ་ནོར་ལུག་གསུམ་འཕོར་ས་ཡིན་ནས་ཟེར་གི།
ཐང་སྨུག་སྤྲ་ཡི་ཁ་ཏུ་རྐྱོང་ས་ཡིན་ནས་ཟེར་གི།

སྟག་ཤར་གཞོན་པའི་སྐྱི་གཟུགས་དྲང་ས་ཡིན་ནས་ཟེར་གི།
སྨན་ཤར་བུ་མོ་མོ་སྒོ་ཡོད་ས་ཡིན་ནས་ཟེར་གི།
ན་གཞོན་ཕོ་མོའི་སྣང་བ་སྐྱིད་ས་ཡིན་ནས་ཟེར་གི།
ཁ་ལས་མེ་ལྕེ་འབར་ས་ལྷུང་ཧ་ཧ་རྒོད་རྒྱུག་ས།
ཡ་མཚན་ཅན་གྱི་གནས་མཆོག་ཡིད་དུ་འོང་བའི་ཞིང་མཆོག
མཚོ་སྔོན་པོའི་ནང་རྫ་བཙུ་གསུམ་གྱི་ཡ་གྲུལ།
རི་མཐོན་པོ་བྲག་དཀར་ཐེམ་ཆེན་ཡིན་ནས་ཟེར་རྒྱུ།
ས་འདི་ནས་ཕར་ལ་བལྟས་ན།
ཕར་བལྟས་ན་རི་ཞིག་རིག་ནོ།
བྲག་ལ་ཐེམ་པ་ཡོད་ནོ།
སྤྱང་ལ་རིམ་པ་ཡོད་ནོ།
མདོ་སྨད་ས་ཆའི་མཛེས་གཅིག
བོང་སྟག་ཡུལ་གྲུའི་རྒྱན་གཅིག
རི་མགོ་བྲག་རི་རང་འཁྲིག
རི་སྐེད་སྤང་གཞུང་རང་གྲུབ།
རི་འདབས་ཆུ་མིག་རང་བྱོན།
གཡས་ན་སྨན་བླའི་གྲུབ་ཆུ་ཡོད་ནོ།
གཡོན་ན་སྒྲོལ་མའི་གྲུབ་ཆུ་ཡོད་ནོ།
རྩེ་ན་རྒྱལ་འཇོར་གྲུབ་ཆུ་ཡོད་ནོ།
རྣ་རྒོ་ཡིས་སྤྱང་རི་ཁེབས་ནོ།
ཤ་ཡུ་མོས་རྩྭ་ཐང་བཀང་ནོ།
རི་ཡག་པ་བཀྲ་ཤིས་འབྱུང་གནས་ཡིན་ནས་ཟེར་རྒྱུ།

བྲ་ཚ་བརྒྱ་དཔོན་རྡོ་རྗེ་ཡིས་བཤད།

གླུ་བཤད་གསེར་གྱི་སྒོ་མོ།

ཡ།

ངས་མཆོད་གསུམ་འཕེན་ན་ཐེངས་གསུམ་བསྟོད།

མཆོད་དང་པོ་དགུང་སྔོན་གནམ་ལ་འཕེན།

ལྷ་ལྷ་མོ་སྟོང་གི་བཞུགས་གནས་མཆོད།

མཆོད་གཉིས་པ་བར་མ་གཉན་ན་འཕེན།

གཉན་བྱེ་བ་འབུམ་གྱི་ཕོ་བྲང་མཆོད།

མཆོད་གསུམ་པ་བོད་ཡུལ་ཁམས་ལ་འཕེན།

བོད་ཁ་བའི་མགོ་སྨྲ་སྨུག་པོ་མཆོད།

ཡ།

རི་རབ་ལྷུན་པོའི་ཁོངས་གསེང་ནས་བྲེ་སེར་འགྲོང་གི་དཔུང་རྩེད་བླངས་ནས་ཟེར་གི།

ཁ་བ་ཅན་གྱི་བོད་ཡུལ་ནས་གཡག་རོག་རོག་བརྒྱ་ཡི་ཁྲུལ་རྩེད་བླངས་ནས་ཟེར་གི།

བོད་གངས་ཅན་གྱི་མགོ་སྨྲ་དེ་ནས་དར་ནས་ཟེར་གི།

དེའི་སྨྲ་དབྱིབས་ཏུས་སྨྲལ་རང་བྱོན་ཡིན་ནས་ཟེར་གི།

ཁ་ཚུབ་དགུང་གི་དགུ་ཚིགས་ཡིན་ནས་ཟེར་གི།

ཁབ་དབྱིབས་བསམ་པའི་དོན་འགྲུབ་ཡིན་ནས་ཟེར་གི།

གདུང་མ་ཆགས་ཀྱི་གཞི་མ་ཡིན་ནས་ཟེར་གི།

ཁ་ཕིས་ཉི་ཟླ་ཁ་སྦྲོད་ཡིན་ནས་ཟེར་གི།

གྱེན་སྒྱོང་ཕ་རྒྱུད་མ་རྒྱུད་ཡིན་ནས་ཟེར་གི།

ནང་ཀ་བཞི་པོ་འདི་རླུང་རྟ་སྡེ་བཞིས་ཆ་བྱེད་ཡིན་ནས་ཟེར་གི།
ཀ་མགོ་གྲིའུ་ཚང་བཞི་པོ་འདི།
རྒྱལ་ཆེན་སྡེ་བཞིའི་བཞུགས་གནས་ཡིན་ནས་ཟེར་གི།
སྲུའི་ནང་ན་ནང་ཀ་བརྒྱད་ཡོད་ནས་ཟེར་གི།
སྲུའི་ཕྱི་ན་ཀ་ར་དགུ་ཡོད་ནས་ཟེར་གི།
འདི་སླེ་བ་དགུ་ཡི་མཚོན་བྱེད་ཡིན་ནས་ཟེར་གི།
ང་སྲུང་གཅིག་ར་ཐབ་སྲུང་གཉིས་ཡོད་ནོ་འདི།
རིགས་གསུམ་མགོན་པོའི་མཚོན་བྱེད་ཡིན་ནས་ཟེར་གི།
ཀ་སྙོན་གཡང་ལོང་རང་བྱོན་ཡིན་ནས་ཟེར་གི།
སྲ་ཐྲད་ན་ཟུང་བ་བདུན་ཡོད་ནས་ཟེར་གི།
འདི་གཟའ་དཀར་བདུན་གྱི་མཚོན་བྱེད་ཡིན་ནས་ཟེར་གི།
སྣོའི་ངམ་ཁ་མན་ན་ཟུང་ང་བཞི་ཡོད་ནས་ཟེར་གི།
གཡང་ར་བ་སྣོ་བཞིའི་མཚོན་བྱེད་ཡིན་ནས་ཟེར་གི།
ཕུག་གི་ངམ་ཁ་མན་ན་ཟུང་ང་བཞི་ཡོད་ནས་ཟེར་གི།
འདི་དྲིན་ཕ་མ་ཡ་བཞིའི་མཚོན་བྱེད་ཡིན་ནས་ཟེར་གི།
སྲ་ངོ་ན་ངོ་ཐིག་བཅུ་གཉིས་ཡོད་ནས་ཟེར་གི།
འདི་ལོ་འཁོར་བཅུ་གཉིས་ཀྱི་མཚོན་བྱེད་ཡིན་ནས་ཟེར་གི།
སྤྱིའི་ངོ་ཐིག་ཉེ་ཤུ་རྩ་བརྒྱད་ཡོད་ནས་ཟེར་གི།
འདི་རྒྱུ་སྐར་ཉེ་ཤུ་རྩ་བརྒྱད་ཀྱི་མཚོན་བྱེད་ཡིན་ནས་ཟེར་གི།
ཐང་སྨུག་སྲ་འདིར་ཚོགས་གསུམ་ཡོད་ནས་ཟེར་གི།
འདི་སྲིད་པ་གསུམ་གྱི་མཚོན་བྱེད་ཚང་ནས་ཟེར་གི།
སྲ་ཐྲད་ལྷ་ཡི་སྲིད་པ་ཡིན་ནས་ཟེར་གི།
སྲ་སྙེད་གཉན་གྱི་སྲིད་པ་ཡིན་ནས་ཟེར་གི།

སྲུ་འདབས་གླུ་ཡི་སྲིད་པ་ཡིན་ནས་ཟེར་གི།

འདིར་སྲིད་པ་གསུམ་པོའི་རྟེན་འབྲེལ་ཚང་ནས་ཟེར་གི།

ཁ་རྒྱུག་བཙན་གྱི་རྩེ་མོ་ཡིན་ནས་ཟེར་གི།

ཟུར་རྒྱུག་གཉེན་གྱི་ཐོར་བ་ཡིན་ནས་ཟེར་གི།

གྲུ་བཞི་ཕྱོགས་བཞིར་བརྐྱངས་ནོ་འདི།

སྣན་གྲགས་ཕྱོགས་བཞིར་རྒྱས་རྟགས་ཡིན་ནས་ཟེར་གི།

གྲུ་སྡེ་གྲུ་ཕུར་བཞི་པོ་འདི།

འབྱུང་བ་བཞི་ཡི་ཁ་གནོན་ཡིན་ནས་ཟེར་གི།

རྡུག་ཐིག་ས་ལ་འཐེན་ནོ་འདི།

བུ་ཚ་འདབ་ལག་རྒྱས་རྟགས་ཡིན་ནས་ཟེར་གི།

ཕུག་ཚོན་རྟ་པོ་ཁ་བཀུག་ཡིན་ནས་ཟེར་གི།

ཕུག་ག་ལྷ་ཤིང་སྨུག་པ་ཡིན་ནས་ཟེར་གི།

ཕུག་གི་སྲུང་མ་རྟག་གི་རྟེན་འབྲེལ་ཡིན་ནས་ཟེར་གི།

སྒོ་ཚོན་བག་མ་ཚུལ་འདུག་ཡིན་ནས་ཟེར་གི།

སྒོ་ག་ལྷ་ཤིང་ཤུག་པ་ཡིན་ནས་ཟེར་གི།

ཕྱུགས་ཁྲ་ཁྲ་འཕེལ་བའི་མཚོན་བྱེད་ཡིན་ནས་ཟེར་གི།

དཀྱིལ་ཚོན་བཞི་དང་གྲུ་ཚོན་བཞི་ར་བརྒྱད་པོ་འདི།

ཕྱོགས་བཞིའི་ཕྱུ་གཡང་མ་ལུས་འགུགས་བྱེད་ཡིན་ནས་ཟེར་གི།

ཚོན་སྡེ་སྟེང་ཐག་སྲུད་ནོ་འདི།

ཏན་ཚེ་ཐག་རིང་བའི་རྟེན་འབྲེལ་ཡིན་ནས་ཟེར་གི།

ཕྱི་ན་ཚོན་ཐག་དགུ་ཡོད་ནས་ཟེར་གི།

འདི་ས་དགྲ་དགུ་ཐུབ་ཀྱི་ཕྱུག་རྒྱ་ཡིན་ནས་ཟེར་གི།

ཕུར་སྡེ་དྲུག་གསུམ་བཞག་ནོ་འདི།

གནམ་ལྕགས་ཕུར་བའི་ཆ་བྱད་ཡིན་ནས་ཟེར་གི།
གཟར་ལག་ཁྲུང་གི་སྔེར་མོ་ཡིན་ནས་ཟེར་གི།
ཀླུ་བདུད་ཀྱི་གནོད་པ་འགོགས་བྱེད་ཡིན་ནས་ཟེར་གི།
སྐྱིད་ཡོང་འདབ་ཐིག་དྲངས་ས་ཡིན་ནས་ཟེར་གི།
སྒོ་ཕྱུར་སྒོ་ཁའི་མེ་ཡོང་ཡིན་ནས་ཟེར་གི།
གཡང་ར་བ་སྒོ་བཞི་འཕོར་ས་ཡིན་ནས་ཟེར་གི།
སྦྲ་མཐའ་ན་ཏྲག་ཐིག་བཞི་ཡོད་ནོ།
གནས་གྲུ་བཞི་བརྟན་པའི་མཚོན་བྱེད་ཡིན་ནས་ཟེར་གི།
སྟེང་ཕྱོགས་ལྷ་ཡིས་རིག་ན་སྦྲ་རོག་རོག་ཅན་ན་མགོན་སྐྱབས་ཡིན་ནས་ཟེར་གི།
བར་མ་གཉན་གྱིས་རིག་ན་སྦྲ་རོག་རོག་ཅན་ལ་སྐྱོངས་གྲོགས་བྱེད་ནས་ཟེར་གི།
འོག་མ་ཀླུ་ཡིས་རིག་ན་སྦྲ་རོག་རོག་ཅན་ལ་ཕྱུ་གཡང་གནང་ནས་ཟེར་གི།
གངས་ཅན་བོད་མིས་སྦྲ་ནག་རྒྱུད་འཛིན་ཐུབ་པའི་བཀྲ་ཤིས་ཤོག།
བུ་དང་བུ་མོས་སྦྲ་ནག་དར་སྤེལ་ཐུབ་པའི་བཀྲ་ཤིས་ཤོག།
བཀྲ་ཤིས་ཕུན་སུམ་ཚོགས་པའི་བཀྲ་ཤིས་ཤོག།

ལུང་དམར་ཚོང་རིས་ཀྱིས་བཤད།

གཉེན་བཤད་ཧུང་དཀར་རང་སྒྲ།

མཆོད་ཨོཾ་ཨཱཿཧཱུྃ། མཆོད་ཨོཾ་ཨཱཿཧཱུྃ། མཆོད་ཨོཾ་ཨཱཿཧཱུྃ།

མཆོད་བླ་མ་ཡི་དམ་མཆོད།

སངས་རྒྱས་བྱང་སེམས་མཆོད།

དཔའ་བོ་མཁའ་འགྲོ་མཆོད།

ཆོས་སྐྱོང་སྲུང་མ་མཆོད།

བསྐལ་བཟང་སངས་རྒྱས་སྟོང་གི་རྒྱལ་པོ་སངས་རྒྱས་ཤཱཀྱ་ཐུབ་པ་མཆོད།

གཡུ་ལོ་བཀོད་པའི་ཞིང་ཁམས་ནས་རྗེ་བཙུན་འཕགས་མ་སྒྲོལ་མ་མཆོད།

ཧྣ་ན་ཀོ་ཤའི་མཚོ་གླིང་ནས་ཨོ་རྒྱན་པདྨ་འབྱུང་གནས་མཆོད།

པོ་ཏ་ལ་ཡི་གནས་མཆོག་ནས་འཕགས་མཆོག་སྤྱན་རས་གཟིགས་དབང་མཆོད།

གངས་ཅན་གཡང་གི་ར་བ་ནས་སྤྱི་ལྷ་རྨ་ཆེན་སྤོམ་ར་མཆོད།

ཕ་ས་གཡང་ར་གྲུ་བཞི་ནས་དྲིན་ཆེན་རྩ་བའི་བླ་མ་མཆོད།

ལབ་ཀྱི་སྤྲུལ་སྐུ་རྣམ་གསུམ་མཆོད།

མཁའ་ལྡིང་ནམ་མཁའ་རྡོ་རྗེ་མཆོད།

འོ་དྲི་པད་མའི་ཡང་རྫོང་ནས།

ལྷ་ཆེན་ནོར་ཡོད་དཔོན་ས་མཆོད།

ཕྱུགས་ལུང་སྟོབས་ལྡན་རྫ་དམར་མཆོད།

བློན་པོ་བྲག་དཀར་སྟག་རྩེ་མཆོད།

ཕོ་ཉ་བྱང་སྐྱོང་ཏྲུ་ཏུ་མཆོད།

ཡ།

ད་མཆོད་མཆོད་མཆོད་ལ་དགུང་ཨ་སྔོན་མཆོད།

དགུང་ཨ་སྔོན་འདི་མ་མཆོད་མ་བཀུར་ན།

མགོ་སླད་རིལ་གྱི་གཏད་གྲུ་བཅའ་ས་མེད་ནས་ཟེར་གི།

བཅའ་ས་རྙེད་ཙུང་བཙོལ་ས་མི་འགྲོ་ནས་ཟེར་གི།

མཆོད་མཆོད་མཆོད་ལ་བར་སྣང་མཆོད་དགོས་ཟེར་གི།

བར་སྣང་འདི་མ་མཆོད་མ་བཀུར་ན།

སྲིད་འཁོར་གསུམ་གྱི་གཏད་གྲུ་བཅའ་ས་མེད་ནས་ཟེར་གི།

བཅའ་ས་རྙེད་ཙུང་བཙོལ་ས་མི་འགྲོ་ནས་ཟེར་གི།

མཆོད་མཆོད་མཆོད་ལ་ས་དོག་མོ་འདི་གཅིག་མཆོད་དགོས་ཟེར་གི།

ས་དོག་མོ་འདི་མ་མཆོད་མ་བཀུར་ན།

སྲང་ས་གནོན་གྱི་གཏད་གྲུ་བཅའ་ས་མི་རྙེད་ནས་ཟེར་གི།

བཅའ་ས་རྙེད་ཙུང་བཙོལ་ས་མི་འགྲོ་ནས་ཟེར་གི།

མཆོད་མཆོད་མཆོད་ལ་ཕ་ལྷ་མཆོད་དགོས་ཟེར་གི།

ཕ་ལྷ་ཕྲག་པ་གཡས་ནས་མཆོད་དགོས་ཟེར་གི།

ཕ་རྒྱུད་གསང་བ་འདུས་པ་མཆོད་དགོས་ཟེར་གི།

མཆོད་མཆོད་མཆོད་ལ་མ་ལྷ་མཆོད་དགོས་ཟེར་གི།

མ་ལྷ་ཕྲག་པ་གཡོན་ནས་མཆོད་དགོས་ཟེར་གི།

མ་རྒྱུད་བདེ་མཆོག་འཁོར་ལོ་མཆོད་དགོས་ཟེར་གི།

མཆོད་མཆོད་མཆོད་ལ་ཞང་ལྷ་མཆོད་དགོས་ཟེར་གི།

ཞང་ལྷ་སླད་པའི་གཙུག་ནས་མཆོད་དགོས་ཟེར་གི།

ཞང་ལྷ་གཉན་གྱི་ཞལ་དཀར་མཆོད་དགོས་ཟེར་གི།

མཆོད་མཆོད་མཆོད་ལ་རང་ལྷ་མཆོད་དགོས་ཟེར་གི།

རང་ལྷ་རོ་སྟོད་རྒྱབ་ནས་མཆོད་དགོས་ཟེར་གི།
རང་རིག་རྣམ་པར་ཤེས་པ་མཆོད་དགོས་ཟེར་གི།

ཡ།
དེ་རིང་གི་ཉི་མ་བཟང་པོ།
སྐར་མ་བཟང་པོ།
བཀྲ་ཤིས་པའི་ཉི་མ།
དོན་འགྲུབ་པའི་ཉི་མ།
ཕུན་སུམ་ཚོགས་པའི་ཉི་མ།
གནམ་ལ་བཀྲ་ཤིས་འཁོར་ལོ་རྩིབས་བརྒྱད།
ས་ལ་བཀྲ་ཤིས་པད་མ་འདབ་བརྒྱད།
རྟགས་དང་རྟེན་འབྲེལ་འགྲིག་པའི་ཉི་མ།

ཡ།
དེ་རིང་གི་མི་ཚོགས་འདི་ཚོ་ཅིག་བསྡད་ན།
གྲལ་ཁྲིམ་པ་གཡང་དྲུང་གཡས་འཁྱིལ་འདིའི།
གྲལ་མགོ་བསྐོར་རེ་ཕ་ཁྱུ་བཞུགས་ནོ།
སེང་གེ་དཀར་མོ་གངས་ནས་འཁྱིང་འདྲ་རེད།
གྲལ་སྐེད་བསྐོར་རེ་སྟག་ཤར་བཞུགས་ནོ།
སྟག་དམར་ཡག་ནགས་ནས་འཁྱིང་འདྲ་རེད།
གྲལ་ཟུར་བསྐོར་རེ་མ་སྨྱུ་བཞུགས་ནོ།
བྱ་རྒྱ་བྱས་སྒྲོ་གར་ཕུབ་འདྲ་རེད།
གྲལ་མཐའ་བསྐོར་རེ་བྱིས་པ་རྩེ་གི།

གནམ་སྟོན་པོར་སྐར་མ་ཤར་འདྲ་རེད།

ཡ།

ད་ཁྱེད་རྣམ་པ་འཚོགས་པའི་མདུན་ནས།
ང་བཤད་པའི་ཞི་ལུ་སླིང་ཆུང་གི།
བཤད་འདོད་ཀྱང་སྐད་ཆའི་སྒྲ་མི་དག
ཉན་འདོད་ཀྱང་ཁྲིམ་པའི་རྣ་སྦུག་གི་ར།
ཐང་དཀར་རྐོད་པོས་གནམ་འཕང་སྟོད་ན།
གཤོག་སྒྲེ་གཉིས་ཀ་བརྒྱང་དགོས་ཟེ་ཟེར་གི།
འདོ་བ་རྟ་ཡི་བྱང་ལམ་གཅོད་ན།
སྟོན་སྙོ་གཞུག་སྙོ་དམ་དགོས་ཟེ་ཟེར་གི།
མགོ་ནག་མི་འདི་གྲལ་ལ་འཚོགས་ན།
ཚིག་གསུམ་གྱི་སྐད་ཆ་བཤད་དགོས་ཟེ་ཟེར་གི།
ངས་རྒྱུག་མ་འདུར་གི་རྟ་ཞིག་རྒྱུག་ག
འཆའ་མ་འཚོལ་གྱི་གཏམ་ཞིག་བཤད་ན།

ཡ།

ད་གྲལ་མགོའི་ཨ་མྱེས་ཁ་ལས་རླུང་རྟ་ཅན་རྣམས་ཀྱིས།
ང་ཁ་ཡོག་དང་ཚིག་ཡོག་རེ་མ་རྒྱག
གྲལ་སྐེད་ཀྱི་སྟག་ཤར་ལ་རྒྱ་ཅན་རྣམས་ཀྱིས།
ང་ཁ་འཕྱུས་དང་སླིང་འཕྱུས་རེ་མ་གཏང་།
གྲལ་ཟའི་བུ་མོ་དུང་རལ་ཅན་རྣམས་ཀྱིས།
ང་ཁ་དགོད་དང་ཁོང་དགོད་རེ་མ་བྱེད་དྲ།

ཁྱེད་རྣམ་པ་ཚོར་གཉེན་གྱི་དར་བ་རྣམ་གསུམ་བཤད་ཁུལ་རེ་བྱས་ན།
དང་པོ་གཉེན་འདི་གནམ་ནས་དར་ཟེག
གནམ་ས་གཉིས་ཀྱིས་གཉེན་བཟུང་ཟེག
ནམ་མཁའི་སྲས་མོ་སྤྲིན་གྱི་མེ་ཏོག་དེ།
ས་འཛིན་ལེགས་དཔལ་ཆེན་མོར་མནའ་མ་བྱིན་ཟེག
ནོར་འཛིན་རི་རྒྱལ་ལྷུན་པོ་མག་པ་བྱས་ཟེག
བར་བ་དུས་བཞི་རྒྱལ་མོ་བྱས་ཟེག
ཟླ་དཔོན་ཉི་མ་སེར་པོ་བྱས་ཟེག
ཕྱི་དཔོན་ཟླ་བ་དཀར་པོ་བྱས་ཟེག
སྐྱི་བསེར་ རླུང་གིས་བག་ཧྲ་བྱས་ཟེག
བག་ཧྲ་ཟེར་བ་དེ་ནས་དར་ཟེག
སྨིན་དྲུག་ཁྲ་མོ་བག་རོགས་བྱས་ཟེག
བག་རོགས་ཟེར་བ་དེ་ནས་དར་ཟེག
ཐོ་རེངས་སྐར་ཆེན་ རྫོངས་པ་བྱིན་ཟེག
རྫོངས་པ་ཟེར་བ་དེ་ནས་དར་ཟེག
སྤྲིན་དཀར་དམར་གཉིས་ཀ་བསྔོན་ནས་བྱིན་ཟེག
དགུང་སྐར་ཚོགས་མང་པོའི་ཕྲ་བཏབ་ཟེག
འཇའ་ཚོན་སྣ་ལྔའི་སྙེད་རགས་བཅིངས་ཟེག
རིན་ཆེན་སྣ་ལྔའི་རྒྱན་ཆ་བཏགས་ཟེག
དགུང་ཉི་ཟླ་གཉིས་ཀ་འགྲུལ་མགོ་བྱས་ཟེག
རྒྱུ་སྐར་ཉེར་བརྒྱད་མགྲོན་ལ་ཆས་ཟེག
སྤྲིན་དཀར་ནག་བར་ནས་གློག་དམར་འཁྱུག་གི
ཀླུ་གཡུ་འབྲུག་སྔོན་མོས་ངར་སྐད་སྒྲོག་ཟེག

སྤྲང་ཆར་བསིལ་མས་བསུ་བ་བྱས་ཟེག
དགུང་སྐར་ཚོགས་མང་པོས་སྐྱེལ་ནས་སོང་ཟེག
ཚོགས་པའི་འཚོགས་སྟོན་དེ་ནས་དར་ཟེག
དེ་ནས་གནམ་ས་གཉིས་ཀྱི་གཉེན་སྟོན་བྱས་ཟེག་ཟེར་རྒྱུ་རེད།

ཡ།
བར་དུ་ལྷ་ཀླུ་གཉིས་ཀྱི་གཉེན་བཟུང་ཟེག
སྟོད་ལྷའི་རྣམ་པར་རྒྱལ་བའི་ཁང་བཟང་ནས།
ལྷའི་སྲས་མོ་འཆི་མེད་དབང་མོ་དེ།
ཀླུ་རྒྱལ་གཙུག་ན་རིན་ཆེན་ལ་མནའ་མ་བྱིན་ཟེག
ཀླུ་ཆེན་པདྨ་ཆེན་པོ་མག་པ་བྱས་ཟེག
ཀླུ་རྒྱལ་དུང་སྐྱོང་དཀར་པོ་བར་བ་བྱས་ཟེག
བར་བ་ཟེར་བ་དེ་ནས་དར་ཟེག
ལྷ་མོ་དབྱངས་ཅན་མ་དེ་བག་རོགས་བྱས་ཟེག
མཚམས་སྤྲིན་དམར་པོའི་གོས་བསྐོན་ཟེག
རིན་པོ་ཆེ་སྣ་ཚོགས་རྒྱན་ཆ་བྱས་ཟེག
ཡིད་བཞིན་ནོར་བུ་རྫོངས་པ་བྱིན་ཟེག
ལྷའི་དབང་པོ་བརྒྱ་བྱིན་འགྲུལ་མགོ་བྱས་ཟེག
རྒྱལ་ཆེན་སྡེ་བཞི་མགྲོན་ལ་ཆས་ཟེག
གཡུ་འབྲུག་སྟོན་མོ་བཅིབས་ནས་སོང་ཟེག
ཆིབས་རྟ་ཟེར་བ་དེ་ནས་དར་ཟེག
སྟ་དཔོན་རྡོ་བཙུན་འཇམ་དབྱངས་བྱས་ཟེག
ཕྱི་དཔོན་ཕྱག་ན་རྡོ་རྗེ་བྱས་ཟེག

ལྷ་སྲིན་སྡེ་བརྒྱད་ཀྱིས་སྟོན་བསུ་བྱུས་ཞིག
སྤྲང་ཆར་བསིལ་མས་བསུ་བ་བྱུས་ཞིག
བསུ་ཆང་ཟེར་བ་དེ་ནས་དར་ཞིག
རྩ་ཀུ་ཤ་གཉིས་ཀྱི་གདན་བཏིང་ཞིག
འབབ་སྟན་ཟེར་བ་དེ་ནས་དར་ཞིག
དགུང་ཉི་མས་སྟོན་ནས་ཨ་ཞང་བསུས་ཞིག
དུང་ཟླ་བས་གཞུག་ནས་ཨ་ནེ་བསུས་ཞིག
ལྷ་ཀླུ་གཉིས་ཀྱི་སྣོན་མོ་བྱུས་ཞིག
གཉེན་སྣོན་ཟེར་བ་དེ་ནས་དར་ཞིག
ལྷ་ཕྱུག་ཀླུ་ཕྱུག་རྩེད་རིག་རྩེས་ཞིག
རྩེད་མོ་ཟེར་བ་དེ་ནས་དར་ཞིག་ཟེར་རྒྱུ།

ཡ།
མཐའ་མ་རྒྱ་བོད་གཉིས་ཀྱིས་གཉེན་བཟུང་ཞིག
རྒྱ་རྗེ་ཐང་ཐའི་ཙུང་གི་སྲས་མོ་ཀོང་ཇོ་དེ།
བོད་རྒྱལ་སྲོང་བཙན་སྒམ་པོར་མནའ་མ་ཕྱིན་ཞིག
སློན་པོ་མགར་དམ་པ་བར་བ་བྱུས་ཞིག
རྟ་མཆོག་དཀར་མོ་གཞོག་དྲུག་བག་རྟ་བྱུས་ཞིག
གསེར་སྒམ་ཉི་མ་རང་ཤར་བསྟད་ནས་ཕྱིན་ཞིག
བུ་མོ་མེ་ཏོག་ལྷ་མཛེས་བག་རོགས་བྱུས་ཞིག
རྒྱའི་བུ་མོ་ཉི་ཤུས་བསྐོར་ནས་ཡོང་ཞིག
ཟ་འོག་རི་མོ་སྣ་ཚོགས་ཀྱིས་གོས་བསྒོན་ཞིག
ལང་དར་ཚོན་སྣ་ལྔའི་སྐེད་རགས་བཅིངས་ཞིག

གཡུ་བྲུ་ཧ་ལུ་མེན་ལུ་ཧིག་གིས་རྒྱན་བཏགས་ཤོག
ཛ་བོ་ཤཱཀྱ་ལུ་ནེ་ཛོངས་པ་བྱིན་ཤོག
རིན་ཆེན་སྣ་ལྔའི་ལེགས་སྐྱེས་བསྐུར་ཤོག
བློ་རིག་པ་བརྒྱ་ཡི་བློ་རྩལ་དང་།
ཐབས་ཤེས་སྟོང་གི་མཐུ་རྩལ་བླངས་ཤོག
སྤྲ་དཔོན་ཐུགས་རྗེ་ཆེན་པོ་བྱས་ཤོག
ཕྲེ་དཔོན་རྗེ་བཙུན་སྒྲོལ་མ་བྱས་ཤོག
བློན་པོ་ལི་ཧོ་ཙུང་དེ་འགྲུལ་མགོ་བྱས་ཤོག
རྒྱའི་རྟ་བ་ལྔ་བརྒྱ་མགྲོན་ལ་ཆས་ཤོག
ནོར་རིན་ཆེན་བང་མཛོད་བྱེ་བ་བརྒྱ་ཕྲག་བྱིན་ཤོག
སྨན་དཔྱད་ལྡེ་མིག་ལག་ཏུ་བཞག་ཤོག
ནད་རིགས་འཇོམས་པའི་སྨན་སྣ་བྱིན་ཤོག
རྟེན་གསུམ་བཞེངས་པའི་བཟོ་བོ་མངགས་ཤོག
བཟོ་རྩལ་དྲུག་ཅུ་ཐམ་པ་བསླབས་ཤོག
རྟེན་གྱི་ཇོང་སྐལ་འཕོར་བཞི་བྱིན་ཤོག
རི་ཚུ་ས་དཔྱད་སྣ་མང་འཁྱེར་ནས་ཡོང་ཤོག
བོད་ཟླ་བཞི་བའི་བཙོ་ལྔ་བོད་ལ་ཕེབས་ཤོག
ཚུ་བོ་རྣམ་བཞི་གཡས་སུ་འཁྱིལ་བ།
རྩ་རྩེ་ཤིང་མེ་ཏོག་སྤུང་དུ་མཛེས་པ།
ས་གཞི་ཆེན་པོ་གཉེན་སྟོན་བྱས་ཏེ།
སྐྱུ་སྒྲ་སྟོང་གིས་ཁྲོ་གར་འཁྲབ་ཀི།
གཉེན་དོན་འཛམ་གླིང་ཡོངས་ལ་ཁྱབ་ཤོག
རྒྱ་བོད་མཛའ་མཐུན་དེ་ནས་བྱུང་ཤོག་ཟེར་རྒྱུ་རེད།

ཡ།

ང་གོང་གི་གཉེན་སྟོན་དཔེ་བླངས་ནས།

བདག་གཞི་མགྲོན་གཉིས་ཀྱིས་གཉེན་སྒྲིག་ཟིག

ན་ནིང་གི་ལོ་བཟང་མགོར་བཞག་ཟིག

ད་ལོའི་ཟླ་བཟང་ལ་གཉེན་རྟགས་བརྒྱབ་ཟིག

བར་བ་བསམ་པའི་དོན་འགྲུབ་ཀྱིས།

རིའི་རི་རྒྱུད་དེད་ནས་དཔལ་མཁར་བརྩིགས་ཟིག

ཆུའི་ཆུ་རྒྱུད་དེད་ནས་ཟམ་པ་འཕངས་ཟིག

མིའི་མི་རྒྱུད་དེད་ནས་ཉེ་བོ་བསྒྲིགས་ཟིག

ཆང་བདུད་རྩི་བསིལ་མའི་དམ་བི་ལ།

འཇའ་དར་ཚོན་བལ་གྱི་གཡང་བཏགས་ནས།

ཐོག་འབྲི་མར་སེར་པོས་བརྒྱན་བཏང་ངེ་།

བདུད་རྩི་བུམ་པ་བཟུང་ནས་སྟོད་ལ་འགྲོ་གི།

དེ་རིང་གཉེན་སྐར་བཟང་པོ་འདིར།

བདག་ཞང་འཛོན་གཉིས་ཀྱིས་གཉེན་བཟུང་ཟིག

གཉེན་ཉེ་བོ་གཉིས་ཀྱི་བསམ་དོན་འགྲུབ་ཟིག

ཨ་ཞང་རྣམས་ཀྱིས་གསེར་གྱི་ཡར་འགྲོགས་མགོར་ཁྱུར་ནས།

དངུལ་གྱི་མ་བཅག་རྗོག་པས་མནན་ནས།

གསེར་གྱི་ཐབ་ཀ་མདུན་ལ་བསུ་ནས།

ཨ་ཞང་རྒྱལ་པོ་འདྲ་བོ་ཕེབས་ཡག་གི།

གཉེན་ཚང་བློན་པོ་འདྲ་བས་བསུ་ཡག་གི།

སྔོན་བསགས་བསོད་ནམས་འབྲས་བུ་ཡིན་ནས།

དབང་ཐང་དར་བའི་སྔ་ལྟས་ཡིན་ནས།

རྟེན་འབྲེལ་འགྲིག་པའི་ཐོག་མ་ཡིན་ནས།
བདག་གཞི་མགྲོན་གཉིས་ཀའི་རྟེན་འབྲེལ་ཡག་གི་རེད་ཟེར་རྒྱུ།

གཉེར་ལམ་རིན་ཆེན་དབང་རྒྱལ་གྱིས་བཤད།

སྨྲ་དང་སྙིང་པུའི་བཤད་པ་ངག་གི་སྙུང་ཐུང་།

དགུང་འཁོར་ལོ་རྩིབས་བརྒྱད་མར་གཤམ་ནས།
ས་པདྨ་འདབ་བརྒྱད་ཡང་སྟེང་ནས།
སྨྲ་ཐང་སྨུག་ག་བཞི་གདུང་བརྒྱད་འདིའི་ལོ་རྒྱུས་བསྡུས་པ་ཙམ་ཞིག་བརྗོད་ན།
འཛམ་གླིང་སེང་ཆེན་རྒྱལ་པོ་འཁྲུངས་སྨྲ།
སྨྲའི་ཚལ་སེ་ར་ཨ་དམ།
རྫས་སུ་གཡུ་སྨྲ་གོང་སྔོན་སོགས་ལ་དཔེར་འཛོག་དང་དེར་རྟེན་གཞི་བྱས་ནས།
འབྲོག་སྨྲ་སྨུག་པོ་འདི་དར་བར་མཆིས་སོ།
བོད་དམངས་ཁྲོད་ཀྱི་རྒན་རབས་ཚོའི་ངག་རྒྱུན་ལྟར་ན།
ཕ་ཁྲུ་ཀློ་རིག་ཅན་གྱིས་ཁ་བཀོད་འཐེན།
མ་སྲུ་ལག་ཤེས་ཅན་གྱིས་འཕང་བཀལ་ནས་ནོར་ནག་མོའི་རྩིད་པ་རྒྱུ་བྱས་ནས།
རྒྱབ་ཁྲུ་ལུ་འཕེལ་ནས་སྤུན་བྱས་ནས།
རེ་རྒྱུ་སྤུན་འཛོམས་ནས་ཐག་འཐག་ནས།
སྨྲ་རོག་པོ་མགོ་ཏུ་དེ་ནས་བསྒྲིགས་ནས།
སྨྲ་ཐང་སྨུག་ག་བཞི་གདུང་བརྒྱད།
ཕུག་ཚོན་ཐམས་ཅད་གསེར་ཚོན་ཡིན།
གསེར་ཚོན་དབུས་གཙང་ཡུལ་ལ་འཐེན།
ཆོས་ཀུན་རིག་ན྄ུ་ཁ་བོད་ལ་བསྐོར།
རྗེ་བླ་མ་གསུམ་གྱི་འཁྲུངས་རབས་ཡོད།
སྔོ་ཚོན་ཐམས་ཅད་དངུལ་ཚོན་ཡིན།

དཔལ་ཆེན་རྒྱ་ནག་མཁར་ལ་འཐེན།
གོང་དཔོན་པོ་གསུམ་གྱི་འཁྲུངས་རབས་ཡོད།
ཆོས་རྒྱལ་མེས་དཔོན་རྣམ་གསུམ་ཡིན།
དཀྱིལ་ཆེན་ཐམས་ཅད་བལ་ཆེན་ཡིན།
བལ་ཆེན་བལ་བོ་ཡུལ་ལ་འཐེན།
ས་བལ་བོ་རྒྱ་སྡྲ་བོད་ལ་དྲངས་ནས།
སྲྀ་གྲུ་བཞིའི་ཁ་ཤུལ་ཕྱོགས་བཞིར་བཏབ་པས།
ཕྱོགས་བཞི་དགྲ་བཞི་ཐལ་བར་བརླགས་ནས།
ཪ་ཐིག་ཐུང་ང་མཁའ་འགྲོའི་དར་སྐུད་ཡིན།
ཚ་ཏུ་ཀུལ་ཏ་དམར་ཡག་ཡིན།
ཀུལ་ཏ་དམར་ཡག་བཙན་གྱི་ཤིང་།
བཙན་གྱི་ཤིང་ཞིག་ཡོད་ས་ནས།
བུ་ཧ་བཙན་གྱིས་ཁྱེར་ནི་མེད།
ཕོ་ཐུང་མོ་ཐུང་སུམ་ཅུ་ཡོད།
ཕུར་བ་གནམ་ལྕགས་ཁྲོ་བརྡུང་ཡིན།
ཕྱི་ཀ་ཅན་དན་དཀར་པོ་ཡིན།
ནང་ཀ་ཅན་དན་དམར་པོ་ཡིན།
ཕུགས་ཀ་སྨག་ཤིང་དཀར་པོ་ཡིན།
སྐྱིད་རྟག་ནས་འདུག་པའི་སྨོན་ལམ་ཡིན།
སྨོ་ཀ་ལྷ་ཤིང་ཤུག་པ་ཡིན།
ཤིང་ཤུག་པ་ཡན་ན་ཕྱུག་པོ་མེད།
ཤིང་ཤུག་པ་འབྲས་བུ་སྟོང་ལྡན་ཡིན།
ཐང་སྨུག་སྲྀ་ལ་ཚོགས་གསུམ་ཡོད།

སྲིད་པ་གསུམ་གྱི་འབྱུང་ཁུངས་ཡིན།
གྲུ་བཞི་ལྷ་སྒོ་རང་གྲོན་ཡིན།
ཀླུང་ཏ་སྟེ་བཞི་རང་འཁོར་ཡིན།
ཁ་ཚུབ་སྐྱུ་རིངས་བཀུགས་འདྲ་ཡིན།
སྒོ་དར་ལུག་ཚུང་རྩེ་འདྲ་ཡིན།
སྦྲའི་ཡར་ཕུག་ཕོ་འདོམ་བརྒྱད་ཙུ་ཡོད།
དམར་ཀྲིག་གེ་གྲྭ་ཚང་འཚོགས་ས་ཡོད།
མར་ཕུག་ན་མོ་འདོམ་བརྒྱད་ཙུ་ཡོད།
ཁྲ་ཀྲིག་གེ་མགྲོན་པོ་འཚོགས་ས་ཡོད།
སྦྲ་རོག་པོ་མགོ་ཏུ་དེ་ནས་དར་ནས།
ཕུགས་ལྷ་ཕུག་ཐུང་གོས་ཀྱི་བརྒྱན།
སྒོ་ལྷ་སྟག་ཡག་རྒྱུ་ཡི་རྒྱན།
ཐབ་ལྷ་ཡོད་མོ་ཟས་ཀྱི་རྒྱན།
རྗེ་བླ་མ་ཕེབས་ནས་ཆོས་གསུངས་ས་ཡིན།
གོང་དཔོན་པོ་ཕེབས་ནས་གཏམ་བཤད་ས་ཡིན།
ཕ་ཨ་ཁུ་འཚོགས་ནས་གྲོས་བྱེད་ས་ཡིན།
གཉེན་སྟོན་མོ་བྱེད་ན་གླུ་ལེན་ས་ཡིན།
བུ་ཚ་བོ་འཚོགས་ནས་གར་འཁྲབ་ས་ཡིན།
ཁྱི་མགྲོན་པོ་ཡོངས་ནས་མགྲོན་བྱེད་ས་ཡིན།
ཨ་གསུམ་དུས་གསུམ་ཐོ་གཏུག་ནས།
རིན་ཆེན་ས་གཞིའི་གདན་སྟེང་ལ།
རིགས་གསུམ་མགོན་པོ་སྐྱིད་ཕུ་བཙུགས་ནས།
ཡ་སྐྱིད་རྟ་བོ་ཁལ་བཀལ་ཡིན།

མ་སྐྱིད་བག་མ་ཚུལ་འདུག་ཡིན།
གོ་ཁྲུང་དྲ་མ་རང་འབར་ཡིན།
ཁ་ཁྱིས་སྟོང་ལུག་གཤར་ལམ་ཡིན།
མེ་འབྲུ་དྲ་མ་བྲིས་འཁྱིལ་ཡིན།
གཡུ་དུད་སྔོན་མོ་དགུང་ལ་སོང་ན།
གཡུ་འབྲུག་སྔོན་མོས་ངར་སྐད་སྒྲོག་འདྲ།
མེ་ལྕེ་དམར་པོ་ལྷབ་སེ་འབར་ན།
བྱ་རྒོད་པོས་ནམ་འཕང་བསྟོད་འདྲ།
མཁར་བ་དམར་པོའི་སླ་ང་ནང་དུ།
སྟོད་ཀྱི་ཟ་ཚུ་བསིལ་མ་བླུགས་ཏེ།
ཟྭང་ཧ་མངར་མོས་ཁ་མདོག་བསྒྱུར་ནས།
འབྲི་ཐུལ་དཀར་འོ་མའི་ཁ་རྒྱན་བཏང་ནས།
སླ་ང་གསེར་ནག་ལཙྪ་ཡིན།
ཁ་ལེབ་གསོམ་དཀར་རང་བྱོན་ཡིན།
ཁ་ རླངས་ལྷོ་སྤྲིན་སྨུག་མོ་ཡིན།
ཐོམ་བུ་དངུལ་དཀར་ཉ་མོ་ཆུ་འཐུང་ཡིན།
ཕ་མེས་ཡང་མེས་ནས་བརྒྱུད་འོངས་པའི་ཕ་ཁྲིམ་རྟེན་མོ།
གཡང་ཁྲིམ་གྲུ་བཞི།
འཁྲོག་ སྦྲ་སྨུག་པོ་འདིའི་ནང་།
མི་རབས་ཚ་རྒྱུད་འཚར་ལོངས་བྱུང་ནས་ལོ་ངོ་སྟོང་ཕྲག་མང་པོ་འགོར་ཡོད།
སྦྲ་ནག་གྲུ་བཞིའི་གུར་ཁྲིམ་གདོང་དམར་བོད་པའི་ཕ་ཁྲིམ།
སངས་རྒྱས་ཆོས་ལ་དད་པ།
བྱམས་དང་སྙིང་རྗེ་ཆེ་བ།
གངས་ལྗོངས་ཁ་བའི་ཡུལ་འདི་སྤྱན་རས་གཟིགས་ཀྱི་གདུལ་ཞིང་།

སྨྲ་དང་སྒྲིད་ཕུའི་བཤད་པ་ངག་གི་སྒྲུང་བྱུང་།

སྔོ་ཕྲུགས་གཡང་ར་སྔོ་བཞི།
གདོང་དམར་བོད་པའི་མི་འདི་ཁ་མཚར་གཏམ་ལ་དགའ་བ།
དུས་རབས་སྔོན་མའི་འཚོ་བ།
ཁ་ཟས་སྲང་དཀར་རྩམ་པ།
བཅུད་ལྡན་འོ་ཞོ་མངར་མོ།
འཕྲུང་ཆུ་ཛ་ཆུ་བསིལ་མ།
མགྲོན་སྤྲིན་ཤ་མར་ཕྲུད་གསུམ།
ད་དུང་བདུད་རྩི་ཟིལ་མ།
སྙན་ངག་གླུ་ཡིས་བསུ་མ།
ངག་གི་མཆོད་པ་དྭངས་མོ།
ཛ་ལུང་རི་ལུང་གང་སྐྱིད།
རྒྱང་འགྲོང་རྣ་ཡིས་བཟུང་ཡོད།
སྤྱང་ཐང་གོས་ཐང་རིང་མོ།
ལ་ལུང་ཕྲུགས་ཀྱིས་བཀང་ཡོད།
འགྲོག་སྨྲ་སྨུག་པོའི་ཁྲིད་ཆོས་བཤད་ན།
མི་མཐུན་ཕྱོགས་ལས་རྒྱལ་བའི་མགོ་སྨྲ་ཡིན།
ཚ་གྲང་འཇིགས་ལས་སྐྱོབ་པའི་གུར་ཁྱིམ་འདི།
གཞན་གྱིས་མི་ཐུབ་བསྲུང་བ་འགངས་ཆེན་ཡིན།
འབྲུང་བཞི་འཇིགས་ལས་སྐྱོབ་པའི་གོ་ཁྲབ་ཡིན།
ཁོར་ཡུག་སྲུང་སྐྱོབ་བྱེད་པའི་ནུས་ལྡན་ཡིན།
མ་འོངས་མི་རབས་རྗེས་མ་ལ།
སའི་གོ་ལ་སྲུང་སྐྱོབ་བྱེད་པའི་རླབས་ཆེན་ཡིན།

གོ་ཉལ་དཔུང་ཞིན་ཐར་གྱིས་བཤད།

སྨྲ་བསྟོད་མེས་པོའི་ངག་རྒྱུན།

དེ་རིང་ཉི་མ་བཟང་པོ།
སྐར་མ་བཟང་པོ།
བཀྲ་ཤིས་པའི་ཉི་མ།
ཕུན་སུམ་ཚོགས་པའི་ཉི་མ།

ཡ།
གནམ་གྱི་མགོ་མ་ཀུ་རེ་ཡིན་ཟེར་གི།
གནམ་ཀུ་རེ་མེད་ན་བཤད་སྒྲོལ་མེད་ཟེར་གི།
ཟས་ཀྱི་མགོ་མ་མཆོད་ཁ་ཡིན་ཟེར་གི།
ཟས་མཆོད་ཁ་མ་འཕང་ན་ཟ་སྒྲོལ་མེད་ཟེར་གི།
དེ་རིང་གི་ལྷ་ཉིན་དཀར་པོ་ལ།
དཀར་ཡོལ་བཀྲ་ཤིས་རྟགས་བརྒྱད་ནང་།
བདུད་རྩི་ཆང་གི་མཆོད་གསུམ་འཕེན།

ཡ།
མཆོད་ཨོཾ་ཨཱཿཧཱུྃ། མཆོད་ཨོཾ་ཨཱཿཧཱུྃ། མཆོད་ཨོཾ་ཨཱཿཧཱུྃ།
མཆོད་བླ་མ་ཡི་དམ་མཆོད།
སངས་རྒྱས་བྱང་སེམས་མཆོད།
དཔའ་བོ་མཁའ་འགྲོ་མཆོད།

ཆོས་སྐྱོང་སྲུང་མ་མཆོད།
སྟོད་མངའ་རིས་སྐོར་གསུམ་མཆོད།
བར་དབུས་གཙང་རུ་བཞི་མཆོད།
སྨད་མདོ་ཁམས་སྒང་དྲུག་མཆོད།
གངས་དཀར་ཕྱོགས་ལས་རྣམ་རྒྱལ་མཆོད།
བཙུན་མོ་ཨུ་མ་ཆོས་སྒྲོན་མཆོད།
སྲས་མཆོག་འབུམ་པ་རྩེ་བརྒྱད་མཆོད།
བོང་སྟག་གི་སྐྱེས་ལྷ་ཨ་མྱེས་བྲག་སེར་མཆོད།
རི་དཀར་བརྗིད་བྲག་དཀར་ཐེམ་ཆེན་མཆོད།
ས་འདི་ཡི་ས་བདག་གནས་བདག་མཆོད།
ཐང་གོས་ལོ་ལྡང་ལོའི་གོང་ཁ་ནས།
ན་མེ་ཏོག་ཁེབ་སུའི་ཡང་སྟེང་ནས།
སྦྲ་ཐང་སྨུག་ཐང་ལ་འཐེན་ན།
སྦྲའི་སྒོ་དར་ལྔོ་ལ་འཐེན་ན།

བོད་ཁ་བ་ཅན་གྱི་མགོ་སྦྲ་འདིར་བསྟོད་པ་མདོར་བསྡུས་ཙམ་ཞིག་བྱེད་ན།
རི་རབ་ཆེན་པོའི་ཁོངས་གསེང་ནས།
རུ་དམར་འཁྱོང་གི་དཔུང་རྩེད་བླངས་ནས་ཐེར་གི།
ཛ་རི་མཐོན་པོའི་གཡོན་ལུང་ནས།
བྲེ་སེར་འཁྱོང་མོའི་མཁལ་རྩེད་བླངས་ནས་ཐེར་གི།
ན་མེ་ཏོག་གཡང་གི་ར་བ་ནས།
འབྲི་ཐུལ་མ་བརྒྱ་ཡི་སྤྱུ་ཁ་བླངས་ནས་ཐེར་གི།
སྟོད་ཕྱང་རི་སེར་པོའི་ཁ་སྐང་ནས།

གཡག་རོག་པོ་བརྒྱ་ཡི་སྤྱི་རྫིང་བླངས་ནས་ཟེར་གི།
བོད་ཁ་བའི་མགོ་སྨྲ་འདི་ནས་བཞག་ནས་ཟེར་གི།
ཚ་མོ་བརྒྱ་ཡིས་བསེད་སྤྲོལ་ཡག་ནས་ཟེར་གི།
སྙིད་མོ་བརྒྱ་ཡིས་འཁྱིལ་སྤྲོལ་ཡག་ནས་ཟེར་གི།
མ་སྲུ་བརྒྱ་ཡིས་འཐག་སྤྲོལ་ཡག་ནས་ཟེར་གི།
བཀལ་བའི་སྐུད་པ་སྦོམ་ཕྲ་མེད་ནས་ཟེར་གི།
འཐག་གི་ཐགས་ལ་ངོ་ཉམས་མེད་ནས་ཟེར་གི།
འཕང་ཤིང་ཙན་དན་དམར་པོ་ཡིན་ནས་ཟེར་གི།
འཕང་ལོ་གསེར་རྫོ་སེར་པོ་ཡིན་ནས་ཟེར་གི།
ཐགས་ཆ་ཉི་ཟླ་ཁ་སྤྲོད་ཡིན་ནས་ཟེར་གི།
ཐགས་སུག་ཀྱོལ་ཏ་དམར་པོ་ཡིན་ནས་ཟེར་གི།
མགོ་སྐམ་འབྲུ་ཤུག་རྩེ་བརྒྱ་ཡིན་ནས་ཟེར་གི།
སེལ་རིགས་དབུས་སྐྱུག་ཕྲ་མོ་ཡིན་ནས་ཟེར་གི།
གོང་གཏག་སྟག་མོ་མཚོངས་ནོ་ཡིན་ནས་ཟེར་གི།
ཞོལ་གཏག་ཧ་ཧོད་བརྒྱུགས་ནོ་ཡིན་ནས་ཟེར་གི།
སོན་པ་ལུ་གུ་རྩེད་ནོ་ཡིན་ནས་ཟེར་གི།
བོད་ཁ་བའི་མགོ་སྨྲ་འདི་ནས་དར་ནས་ཟེར་གི།
ཕྱུགས་ཆེན་ཐམས་ཅད་གསེར་ཆེན་ཡིན་ནས་ཟེར་གི།
གསེར་ཆེན་དབུས་གཙང་ཡུལ་ལ་འཐེན་ནས་ཟེར་གི།
རྗེ་བླ་མ་གསུམ་གྱི་འབྲུངས་རབས་ཡོད་ནས་ཟེར་གི།
སྔོ་ཆེན་ཐམས་ཅད་དངུལ་ཆེན་ཡིན་ནས་ཟེར་གི།
དཔོན་པོ་གསུམ་གྱི་སྐྱེས་རབས་ཡོད་ནས་ཟེར་གི།
དཀྱིལ་ཆེན་ཐམས་ཅད་བལ་ཆེན་ཡིན་ནས་ཟེར་གི།

བལ་ཚོན་བལ་པོའི་ཡུལ་ལ་འཛིན་ནས་ཟེར་གི།
ས་བལ་པོའི་རྒྱུ་སྣ་བོད་ལ་དྲངས་ནས་ཟེར་གི།
ཀ་བ་པདྨ་རཱ་གའི་འཁྱོག་ཡག་ནས་ཟེར་གི།
ཚོན་ཐག་འཇའ་ཚོན་སྐྱང་ལ་ཤར་འདྲ་ཡིན་ནས་ཟེར་གི།
ཕྱི་ཀ་ཐམས་ཅད་གསེར་ཀ་ཡིན་ནས་ཟེར་གི།
ནང་ཀ་ཐམས་ཅད་དངུལ་ཀ་ཡིན་ནས་ཟེར་གི།
ཚ་རུ་ཐམས་ཅད་བྱུ་རུ་ཡིན་ནས་ཟེར་གི།
ཙོ་ཐིག་ཐམས་ཅད་མུ་ཏིག་ཡིན་ནས་ཡིན་ཟེར་གི།
ཕོ་ལོང་ཐམས་ཅད་གསེར་ལོང་ཡིན་ནས་ཟེར་གི།
མོ་ལོང་ཐམས་ཅད་དངུལ་ལོང་ཡིན་ནས་ཟེར་གི།
ཐང་སླུག་སྤྲ་ལ་ཚོགས་གསུམ་ཡོད་ནས་ཟེར་གི།
སྲིད་པ་གསུམ་གྱི་འབྱུང་ཁུངས་ཡིན་ནས་ཟེར་གི།
གྲུ་བཞི་ལྷ་སྒོ་རང་བྱོན་ཡིན་ནས་ཟེར་གི།
ལྷུང་ཧ་སྐེ་བཞི་རང་འཁོར་ཡིན་ནས་ཟེར་གི།
སྤྲ་ཚུགས་གསེར་གྱི་རུས་སྦལ་ཡིན་ནས་ཟེར་གི།
ཁ་ཚུབ་ཁ་མདོག་དཀར་པོ་ཡིན་ནས་ཟེར་གི།
དར་དཀར་པོའི་ཡོལ་བ་འཛིན་འདྲ་ཡིན་ནས་ཟེར་གི།
ཕོ་ལོང་མོ་ལོང་སུམ་ཅུ་ཡོད་ནས་ཟེར་གི།
གླིང་དཔའ་ཐུལ་སུམ་ཅུ་རང་བྱོན་ཡིན་ནས་ཟེར་གི།
སྤྲའི་ཡ་ལོགས་ན་ཕོ་འདོམ་དགུ་བརྒྱ་ཡོད་ནས་ཟེར་གི།
དམར་འཁྱིལ་ལེར་གྲྭ་ཚང་ཚོགས་ས་ཡོད་ནས་ཟེར་གི།
འཚོགས་ནས་ཆོས་གྲྭ་རྩོད་ས་ཡོད་ནས་ཟེར་གི།
སྟག་ཤ་རས་ཧ་རྒྱུག་བྱེད་ས་ཡོད་ནས་ཟེར་གི།

སྤྲའི་མ་ལོག་ན་མོ་འཛོམ་དགུ་བརྒྱ་ཡོད་ནས་ཟེར་གི།
ཁྲ་ཀྲིག་གེར་ཁྲོམ་པ་རྩེད་ས་ཡོད་ནས་ཟེར་གི།
སྐྱེས་ཕོ་མོས་བྲོ་གར་འཁྲབ་ས་ཡོད་ནས་ཟེར་གི།
སླུ་བླངས་ནས་མགྲོན་པོ་བསུ་ས་ཡོད་ནས་ཟེར་གི།
ཕུགས་ཆེན་འཛིན་ན་ཡར་ལ་འཛིན་དགོས་ཟེར་གི།
ཨ་སྟོན་གནམ་གྱི་ཀ་བ་ཡིན་ནས་ཟེར་གི།
སྔོ་ཆེན་འཛིན་ན་མར་ལ་འཛིན་དགོས་ཟེར་གི།
ས་གཞིའི་སྙིང་གི་དགྲ་གཉོན་ཡིན་ནས་ཟེར་གི།
དཀྱིལ་ཆེན་འཛིན་ན་ཕར་ལ་འཛིན་དགོས་ཟེར་གི།
དཔའ་བོའི་བུ་ཡི་དཔའ་དར་ཡིན་ནས་ཟེར་གི།
ཧྲག་ཐིག་འཛིན་ན་མར་ལ་འཛིན་དགོས་ཟེར་གི།
བུ་ར་ཚ་བོའི་འདབ་ལག་རྒྱས་ས་ཡིན་ནས་ཟེར་གི།
ཁྲིམ་ཡ་ལོགས་བརྩིགས་པ་ཆོས་ཡིན་ནས་ཟེར་གི།
རྗེ་བླ་མ་བདུན་གྱི་སྐུ་སྐལ་ཡིན་ནས་ཟེར་གི།
གཡས་ཁྲིམ་རྩིག་པ་མཛོད་ཡིན་ནས་ཟེར་གི།
དཔོན་པོ་བདུན་གྱི་སྐུ་སྐལ་ཡིན་ནས་ཟེར་གི།
གཡོན་ཁྲིམ་རྩིག་པ་ཟས་ཡིན་ནས་ཟེར་གི།
མ་བཟང་མོ་བདུན་གྱི་སྐུ་སྐལ་ཡིན་ནས་ཟེར་གི།
ཆོས་ཀྱི་རྩིག་པ་ཕ་མའི་ཡིན་ནས་ཟེར་གི།
ཚེ་ཕྱི་མ་འགྲོ་བའི་ལམ་བྲོ་ཡིན་ནས་ཡིན་ཟེར་གི།
མཛོད་ཀྱི་རྩིག་པ་བུ་ཡི་ཡིན་ནས་ཟེར་གི།
ཁྲ་ཁྲ་ཕྱུགས་ཀྱི་མགོ་རྫི་ཡིན་ནས་ཟེར་གི།
ཟས་ཀྱི་རྩིག་པ་མནའ་མའི་ཡིན་ནས་ཟེར་གི།

ཐང་སྨུག་སྨྲ་ཡི་ནང་འཛོམ་ཡིན་ནས་ཟེར་གི།

ཡ།

ཐང་སྨུག་སྨྲ་ཡི་དགེ་མཚན་ཞིག་བཤད་ན།
ཤེལ་ཁང་ཞིག་གི་དཀར་ཡིན་ནས་ཟེར་གི།
ཤིང་ཁང་ཞིག་གི་ལྷག་ཡིན་ཟེར་གི།
ཐོག་ཁང་ཞིག་གི་བརྟན་ཡིན་ཟེར་གི།
ཆོས་བཀའ་འགྱུར་བསྟན་འགྱུར་ཕྱག་ས་ཡིན་ཟེར་གི།
ཡུལ་ཕ་མའི་སྐུ་ཚེ་རིང་ས་ཡིན་ཟེར་གི།
བུ་རང་གི་གཞོམ་ལག་རྒྱས་ས་ཡིན་ཟེར་གི།
དབྱར་ཟླ་གསུམ་གྱི་ཆར་ཐོག་ནས་ཟེར་གི།
སྟོན་ཟླ་གསུམ་གྱི་བད་ཐོག་ནས་ཟེར་གི།
དགུན་ཟླ་གསུམ་གྱི་ཙག་ཐོག་ནས་ཟེར་གི།
དཔྱིད་ཟླ་གསུམ་གྱི་རླུང་ཐོག་ནས་ཟེར་གི།
སྨྲ་ཕུབ་ན་ཆོས་སྐྱོང་སྲུང་མ་དགའ་ནས་ཟེར་གི།
སྨྲ་ནང་ན་ལྷ་རྟེན་ཆོས་གསུམ་ཡོད་ནས་ཟེར་གི།
སྨྲ་མཐའ་ན་རྟ་ནོར་ལུག་གསུམ་ཡོད་ནས་ཟེར་གི།
སྨྲ་ཐང་སྨུག་དགེ་མཚན་འདི་མོ་ཡིན་ནས་ཟེར་གི།

ཡ།

སྨྲ་ནང་ཐབ་ཀ་རིགས་གསུམ་མགོན་པོ་འདི་ཅིག་བསྟོད་རྒྱུ་ན།
ཡ་སྐྱིད་རྟ་པོ་ཁལ་བཀལ་ཡིན་ནས་ཟེར་གི།
མ་སྐྱིད་བག་མ་ཚུལ་འདུག་ཡིན་ནས་ཟེར་གི།

སྦྲ་བསྙོད་མེས་པོའི་ངག་རྒྱུན།

གོ་ཁ་སྟོང་ལུག་གཤར་ས་ཡིན་ནས་ཟེར་གི།
གོ་ཁྲུང་མེ་རི་དགུ་འཁྱིལ་ཡིན་ནས་ཟེར་གི།
བང་ཁ་བང་རིམ་དགུ་བརྩེགས་ཡིན་ནས་ཟེར་གི།
ཐབ་མགོ་གསེར་སླང་སེར་པོ་བསྐྱོན་ནས་ཟེར་གི།
ས་དཀར་ཐབ་ཀའི་དགེ་མཚན་དེ་འདྲ་རེད།

ཨ།

མགོ་སྦྲ་སྨུག་པོའི་བྱུང་བ་དང་ས་དཀར་ཐབ་ཀའི་ཆགས་ཚུལ་མདོར་བསྡུས་ཞིག་བཤད་ནོ་རྗེས་ནས་བོད་ཁ་བ་ཅན་གྱི་ལུགས་སྲོལ་ལྟར་དུ་ཁ་གཡང་བཀྲ་ཤིས་རེ་བརྗོད་ན།

བོད་མིས་སྦྲ་ནག་ཕུབ་པའི་བཀྲ་ཤིས་ཤོག
སྦྲ་ཡིས་ས་གཞི་ཁྱབ་པའི་བཀྲ་ཤིས་ཤོག
སྦྲ་ནག་ནོམ་གྱིས་གང་བའི་བཀྲ་ཤིས་ཤོག
སྦྲ་སྔོ་སྨུགས་ཀྱིས་གང་བའི་བཀྲ་ཤིས་ཤོག
སྦྲ་ནང་བོད་པའི་བོད་ལ་གྱོན་པའི་བཀྲ་ཤིས་ཤོག
སྦྲ་ཡི་བདག་པོས་བོད་སྐད་བཤད་པའི་བཀྲ་ཤིས་ཤོག
སྦྲ་ནག་བོད་པར་མཐུན་སྒྲིལ་ཡོང་བའི་བཀྲ་ཤིས་ཤོག

རྫོག་སྲས་མཆོག་རྒྱལ་གྱིས་བཤད།

སྨྲ་བཤད་རྣ་ཡི་བུ་རམ།

ཡ།

ཕ་གཡང་ཁྱིམ་ཚང་གི་སྙིང་ཀྱི་གཡུ་སྨྲ་སྨུག་པོ་འདིར་བསྟོད་པ་རྣམ་གསུམ་བྱེད་ན།

འདི་འབྲི་ཐུལ་མ་བརྒྱ་ཡི་ལག་རྩེད་ཡིན་ནས་ཟེར་གི།

གཡག་རོག་རོག་བརྒྱ་ཡི་བཀྲ་རྩེད་ཡིན་ནས་ཟེར་གི།

གདུག་ཆེན་དྲེད་མོང་གི་མཆུ་རྩེད་ཡིན་ནས་ཟེར་གི།

དོམ་ནག་སྨྱོན་པའི་སྙིང་རྩེད་ཡིན་ནས་ཟེར་གི།

དམར་ཡག་སྟག་གི་འཛུམ་དྲུག་ཡིན་ནས་ཟེར་གི།

སེང་གེ་དཀར་མོའི་གཡུ་རལ་ཡིན་ནས་ཟེར་གི།

ཕོ་ཁྱུང་འབྲུག་གི་ཟེ་བ་ཡིན་ནས་ཟེར་གི།

བྱ་རྒྱལ་ཁྱུང་གི་སྤུ་གྲི་ཡིན་ནས་ཟེར་གི།

མཆོད་ཨོཾ་ཨཱཿཧཱུྃ།

ཡ།

འདི་སྟོད་ལྷ་མོ་བརྒྱ་ཡིས་བཀལ་ནོ་ཡག་ནས་ཟེར་གི།

འདི་བཀལ་ནོ་འཕང་ལ་སྒོམ་ཕྲ་མེད་ནས་ཟེར་གི།

བར་ཀླུ་མོ་བརྒྱ་ཡིས་བྲན་ནོ་ཡག་ནས་ཟེར་གི།

བྲན་པའི་ཐག་ལ་ཁ་སྟོད་མེད་ནས་ཟེར་གི།

འདི་ཤར་དྲི་ཟ་བུ་མོས་འཐགས་ནོ་ཡག་ནས་ཟེར་གི།

འདི་བཟོ་གོང་སྲུས་རྒྱལ་པོས་བཟོས་ནོ་ཡག་ནས་ཟེར་གི།

འདིར་མཐོ་མཚམས་ཤིག་གི་སྐབས་ཀ་མེད་ནས་ཟེར་གི། མཆོད་ཨོཾ་ཨཱཿཧཱུྃ།

ཡ།

སྲ་ཚུགས་སྲིད་པའི་རུས་སྦལ་ཡིན་ནས་ཟེར་གི།

གཟར་ལག་ཁྲུང་ཆེན་སྔེར་མོ་ཡིན་ནས་ཟེར་གི།

ཕུར་བ་སློབ་དཔོན་ཕུར་བུ་ཡིན་ནས་ཟེར་གི།

ཕྱོགས་བཞི་ཐོ་གྲུ་བཞི་ཡིན་ནས་ཟེར་གི།

ཆོན་ཐག་ཐམས་ཅད་དར་སྐུད་ཕྲ་མོ་ཡིན་ནས་ཟེར་གི།

ཕྱི་ཀ་ཐམས་ཅད་དངུལ་ཀ་ཡིན་ནས་ཟེར་གི།

ནང་ཀ་ཐམས་ཅད་གསེར་ཀ་ཡིན་ནས་ཟེར་གི།

ནང་ཁྲིམ་པ་ཚོགས་ནས་ཡག་གི་བཟོས་ནས་ཟེར་གི།

འདིའི་འདབས་ཐིག་ཐམས་ཅད་མུ་ཏིག་ཡིན་ནས་ཟེར་གི།

ཇོ་ཐིག་ཐམས་ཅད་འཇའ་ཚོན་ཡིན་ནས་ཟེར་གི།

ཕོ་ལུང་ཐམས་ཅད་གསེར་ལུང་ཡིན་ནས་ཟེར་གི།

མོ་ལུང་ཐམས་ཅད་དངུལ་ལུང་ཡིན་ནས་ཟེར་གི།

ཆ་རུ་ཐམས་ཅད་བྱི་རུ་ཡིན་ནས་ཟེར་གི།

འདིའི་ཁ་ཚུབ་ཉི་ཟླའི་འོད་སྣང་ཡིན་ནས་ཟེར་གི།

མཆོད་ཨོཾ་ཨཱཿཧཱུྃ།

ཡ།

ཕུག་ཆོན་དབུས་གཙང་ཡུལ་ནས་འཐེན་ནས་ཟེར་གི།

སྟོད་དབུས་གཙང་ཡུལ་ནས་ཆོས་གཡང་བླངས་ནས་ཟེར་གི།

སྨོ་ཆེན་རྒྱ་ནག་ཡུལ་ནས་འཐེན་ནས་ཟེར་གི།

སྨད་རྒྱ་ནག་ཡུལ་ནས་གོས་གཡང་བླངས་ནས་ཟེར་གི།
ས་དགྲ་འགོག་པའི་ཁ་གནོན་ཡིན་ནས་ཟེར་གི།
ཕྱོགས་གྲུ་བཞིའི་དགྲ་བཞི་འདུལ་པ་ཡིན་ནས་ཟེར་གི།
གོས་གཡང་སྐུ་རྒྱལ་བོད་ལ་གནངས་ནས་ཟེར་གི།
དཀྱིལ་ཆེན་བལ་པོ་ཡུལ་ལ་འཁྱིན་ནས་ཟེར་གི།
བལ་པོ་ཡུལ་ནས་བལ་གཡང་བླངས་ནས་ཟེར་གི།
འདིའི་ལུག་གཡང་སྐུ་རྒྱལ་བོད་ལ་གནངས་ནས་ཟེར་གི།

ཡ།

སྤྲའི་ཡ་ལོག་ན་ཕོ་འདོམ་བཅོ་བརྒྱད་ཡོད་ནས་ཟེར་གི།
ཕ་བླ་མའི་ཆོས་ར་ཚོགས་ས་ཡིན་ནས་ཟེར་གི།
ཆོས་བཤད་ནས་ཐོབ་ཐང་ལེན་ས་ཡིན་ནས་ཟེར་གི།
འདི་བླངས་ནས་ཁྲི་ལ་བཞུགས་ས་ཡིན་ནས་ཟེར་གི།
མ་ལོག་ན་མོ་འདོམ་བཅོ་བརྒྱད་ཡོད་ནས་ཟེར་གི།
སྨན་བུ་མོས་གླུ་ལེན་བྱེད་ས་ཡིན་ནས་ཟེར་གི།
གླུ་བླངས་ནས་གར་འཆམ་བྱེད་ས་ཡིན་ནས་ཟེར་གི།
གར་འཆམ་ནས་གར་སྟེགས་ལེན་ས་ཡིན་ནས་ཟེར་གི།
བར་ན་སྐྱིན་འཁོར་མདའ་ར་ཡོད་ནས་ཟེར་གི།
སྟག་ཤ་རས་མདའ་རྩལ་འགྲན་ས་ཡིན་ནས་ཟེར་གི།
མདའ་འགྲན་ནས་དཔའ་དར་འཁྱིན་ས་ཡིན་ནས་ཟེར་གི།
རྟལ་ཕྱི་གད་དར་བྱས་ནས་ཡོད་ནས་ཟེར་གི།
ནང་ཡང་གད་དར་བྱས་ནས་ཡོད་ནས་ཟེར་གི།
གོས་རྩ་ཆེན་གོན་ན་ས་མི་འགྲོ་ནས་ཟེར་གི།

གླུ་གར་འཁྲབ་ན་རྟུལ་མི་ལངས་ནས་ཟེར་གི།
འདི་མ་བསྐད་ན་དགུང་ང་མཉམ་ནས་ཡོད་ནས་ཟེར་གི།
བསྐད་ན་དགུང་གི་ལྷག་ཡོད་ནས་ཟེར་གི།
བོད་ཁ་བ་ཅན་གྱི་མགོ་སྦྲ་འདི་ལ་བསྟོད་པ་རྣམ་གསུམ་བྱས་ན་འདི་མོ་ཞིག་རེད།

ཡ།
ངའི་སྐྱིད་ཀྱི་གཡུ་སྦྲ་སྨུག་པོ།
སྦྲ་སྒོ་དར་ཅན་པོར་སྨོན་ལམ་འདེབས།
ངའི་ཚེ་སྐྱལ་བ་སྟོང་གི་མགོ་སྦྲ་ཡིན།
སྦྲའི་ཚོན་ཁ་བརྟན་ནས་སྨོན་ལམ་འདེབས།
ཐབ་གོ་ཁ་དྲོད་ནས་སྨོན་ལམ་འདེབས།
རྒྱུ་འབྱོར་བ་ལྡན་ནས་སྨོན་ལམ་འདེབས།
འདིའི་ནང་འཛོན་ནད་མེད་ཚེ་རིང་ལོ་བརྒྱ་ཤོག

བཀའ་འགྱུར་བོན་ཐར་སྐྱིད་ཀྱིས་བཤད།

སྤྲ་ནག་གི་བསྟོད་པ་ངག་གི་རང་སྒྲ།

ཡ།

མཆོད་བླ་མ་ཡི་དམ་མཆོད།

སངས་རྒྱས་བྱང་སེམས་མཆོད།

དཔའ་བོ་མཁའ་འགྲོ་མཆོད།

ཆོས་སྐྱོང་སྲུང་མ་མཆོད།

ཡུལ་ལྷ་གཞི་བདག་མཆོད།

དུས་གསུམ་གྱི་སངས་རྒྱས་མཆོད།

རིགས་གསུམ་གྱི་མགོན་པོ་མཆོད།

ཤར་ཕྱོགས་རྡོ་རྗེ་སེམས་དཔའ་མཆོད།

ལྷོ་ཕྱོགས་རིན་ཆེན་འབྱུང་གནས་མཆོད།

ནུབ་ཕྱོགས་སྣང་བ་མཐའ་ཡས་མཆོད།

བྱང་ཕྱོགས་དོན་ཡོད་གྲུབ་པ་མཆོད།

མཆོག་གསུམ་གྱི་དགེ་འདུན་མཆོད།

རྩ་གསུམ་གྱི་ལྷ་ཚོགས་མཆོད།

ཨོ་རྒྱན་པདྨ་འབྱུང་གནས་མཆོད།

མཁའ་འགྲོ་ཆོས་སྐྱོང་སྲུང་མ་མཆོད།

གྲགས་པ་ལྷ་སྲིན་སྡེ་བརྒྱད་མཆོད།

ལྷ་ཆེན་ཚངས་པ་དཀར་པོ་མཆོད།

གནམ་སྐྱོང་གོང་སྨན་རྒྱལ་མོ་མཆོད།

འཛམ་གླིང་གེ་སར་རྒྱལ་པོ་མཆོད།
དགྲ་ལྷ་ཕྱེར་མ་བཅུ་གསུམ་མཆོད།
ཡུལ་འདི་ལ་གནས་པའི་གཞི་བདག་མཆོད།
ས་འདི་ལ་གནས་པའི་ས་བདག་མཆོད།
དེ་རིང་གི་མགྲོན་པོའི་མགྲོན་ལྷ་མཆོད།
ཁྱིམ་འདི་ལ་གནས་པའི་སྲུང་མ་མཆོད།
བུ་རང་ལ་འཁོར་བའི་ལས་ལྷ་མཆོད།
ཕ་ལྷ་ཕྲག་པ་གཡས་ནས་མཆོད།
མ་ལྷ་ཕྲག་པ་གཡོན་ནས་མཆོད།
བྱང་ལྷ་སྤྱད་པའི་གཙུག་ནས་མཆོད།
རང་ལྷ་རོ་སྟོད་རྒྱབ་ནས་མཆོད་དགོས་ནས་ཟེར་གི།
མཆོད་ཨོཾ་ཨཱཿཧཱུྃ།

ཡ།
ངས་རྟེན་འབྲེལ་ལྷ་དར་དཀར་པོ་ལག་ག་འཛིན་ན།
དང་པོ་བདུད་རྩི་ཟིལ་མའི་མཆོད་ཅིག་འཕེན་ན།
ངས་བོད་ཁ་བ་ཅན་གྱི་མགོ་སྦྲ་སླུག་པོར་བསྟོད་པ་མདོར་བསྡུས་ཙམ་ཞིག་བཤད་ན།
རི་རབ་རྒྱལ་པོ་ཁོངས་གསེང་ནས་ཉ་དམར་འཁྱོང་གི་དཔུང་རྩེད་བླངས་ནས་ཟེར་གི།
ཛ་རི་སླུག་པོའི་ཡང་སྟེང་ནས་བྱ་སེར་འཁྱོང་གི་མཁལ་རྩེད་བླངས་ནས་ཟེར་གི།
ན་མེ་ཧོག་གཡང་གི་ར་བ་ནས་ཐུལ་དཀར་འབྲུ་མོའི་སྲུ་ཁ་བླངས་ནས་ཟེར་གི།
འདིས་བོད་ཁ་བ་ཅན་ལ་མགོ་སྦྲ་བཞག་ནས་ཟེར་གི།
སྨན་སྲུ་མོ་སྟོང་གི་བྲན་སྲོལ་ཡག་ནས་ཟེར་གི།
སྐྱིད་མོ་བརྒྱ་ཡིས་འཁིལ་སྲོལ་ཡག་ནས་ཟེར་གི།

ན་ཆུང་བུ་མོས་འཐག་སྲོལ་ཡག་ནས་ཟེར་གི།
ཐག་པའི་ཞེང་ང་ཆེ་ཆུང་མེད་ནས་ཟེར་གི།
འཁེལ་བའི་སྐུད་པ་སྦོམ་ཕྲ་མེད་ནས་ཟེར་གི།
འཕང་ཤིང་ཙན་དན་དམར་པོ་ཡིན་ནས་ཟེར་གི།
འཕང་ལོ་གསེར་རྫ་སེར་པོ་ཡིན་ནས་ཟེར་གི།
མགོ་སྐམ་འབྲུ་ཤུག་རྩེ་བརྒྱ་ཡིན་ནས་ཟེར་གི།
གོང་གཏག་སྟག་མོ་མཚོང་མཚོང་བྱས་ནས་ཟེར་གི།
གཏག་མ་ཏ་རྒོད་རྒྱུག་རྒྱུག་བྱས་ནས་ཟེར་གི།
སོ་འཕང་ལུག་རྗིང་རྩེ་རྩེ་བྱས་ནས་ཟེར་གི།
སྨྲ་རོག་པོའི་མགོ་སྨྲ་དེ་ནས་དར་ནས་ཟེར་གི།
ཕུགས་ཆོན་ཐམས་ཅད་གསེར་ཆོན་ཡིན་ནས་ཟེར་གི།
གསེར་ཆོན་དབུས་གཙང་ཡུལ་ལ་འཐེན་ནས་ཟེར་གི།
རྗེ་བླ་མ་གསུམ་གྱི་འབྲུངས་རབས་ཡོད་ནས་ཟེར་གི།
སྨ་ཆོན་ཐམས་ཅད་དངུལ་ཆོན་ཡིན་ནས་ཟེར་གི།
དངུལ་ཆོན་རྒྱ་ནག་ཡུལ་ལ་འཐེན་ནས་ཟེར་གི།
སྡེ་དཔོན་རབས་གསུམ་གྱི་འབྲུངས་རབས་ཡོད་ནས་ཟེར་གི།
དཀྱིལ་ཆོན་ཐམས་ཅད་བལ་ཆོན་ཡིན་ནས་ཟེར་གི།
བལ་ཆོན་བལ་པོ་ཡུལ་ལ་འཐེན་ནས་ཟེར་གི།
ས་བལ་བོའི་རྒྱུ་སྣ་བོད་ལ་དྲངས་ནས་ཟེར་གི།
ཆོན་ཐག་འཇའ་ཚོན་སྤྱང་ང་ཤར་འདྲ་ཡིན་ནས་ཟེར་གི།
འདིའི་ཕྱི་ག་ཐམས་ཅད་གསེར་ག་ཡིན་ནས་ཟེར་གི།
ནང་ག་ཐམས་ཅད་དངུལ་ག་ཡིན་ནས་ཟེར་གི།
ངོ་ཕྱུག་ཟུང་ང་མཁའ་འགྲོའི་དར་སྐུད་ཡིན་ནས་ཟེར་གི།

ཚ་ཏུ་རྩ་ཆེན་ལྷུ་མེན་ལྷུ་ཧྲིག་ཡིན་ནས་ཟེར་གི།
ཐང་སྨུག་སྦྲ་ལ་ཚོགས་གསུམ་ཡོད་ནས་ཟེར་གི།
སྲིད་པ་གསུམ་གྱི་འབྱུང་ཁུངས་ཡིན་ནས་ཟེར་གི།
འདིའི་གྲུ་བཞི་ལྷ་སྒོ་རང་བྱོན་ཡིན་ནས་ཟེར་གི།
ལྕུང་རྟ་སྟེ་བཞི་རང་འཁོར་ཡིན་ནས་ཟེར་གི།
ཁ་ཚུབ་ཁ་མདོག་དཀར་པོ་ཡིན་ནས་ཟེར་གི།
སྤྲིན་དཀར་པོའི་དར་སྐུད་འཐེན་འདྲ་ཡིན་ནས་ཟེར་གི།
འདིར་ཕོ་ལོང་མོ་ལོང་སུམ་ཅུ་ཡོད་ནས་ཟེར་གི།
གླིང་དཔའ་ཐུལ་སུམ་ཅུ་རང་བྱོན་ཡིན་ནས་ཟེར་གི།
འདིའི་ཡ་ལོག་ན་ཕོ་འདོམ་བརྒྱད་ཅུ་ཡོད་ནས་ཟེར་གི།
དམར་ཀྲིག་གེར་གྲྭ་ཚང་འཚོག་ས་ཡོད་ནས་ཟེར་གི།
མ་ལོག་ན་མོ་འདོམ་བརྒྱད་ཅུ་ཡོད་ནས་ཟེར་གི།
ཁྲ་ཀྲིག་གེར་མགྲོན་པོ་འཚོག་ས་ཡོད་ནས་ཟེར་གི།
སྦྲ་བཀུར་ན་ཡུལ་ལྷ་གཞི་བདག་འཁོར་ནས་ཟེར་གི།
སྦྲ་ནང་ན་སྐུ་གསུང་ཐུགས་རྟེན་ཡོད་ནས་ཟེར་གི།
སྦྲ་མཐའ་ན་རྟ་ནོར་ལུག་གསུམ་ཡོད་ནས་ཟེར་གི།
ཨ་གསུམ་དེ་གསུམ་ཐོ་ཐུག་ནས།
རིན་ཆེན་ས་གཞིའི་གདན་སྟེང་ང་།
རིགས་གསུམ་མགོན་པོའི་ཐབ་ཀ་བཙུགས་ནས་ཟེར་གི།
འདིའི་ཡར་སྐྱིད་རྟ་པོ་ཁལ་བཀལ་ཡིན་ནས་ཟེར་གི།
མ་སྐྱིད་བག་མ་ཚུལ་འདུག་ཡིན་ནས་ཟེར་གི།
གོ་ཁྲུང་མེ་རི་དགུ་འཁྱིལ་ཡིན་ནས་ཟེར་གི།
ཁིས་ཁ་རྟ་པོ་རྒྱུག་ལམ་ཡིན་ནས་ཟེར་གི།

མེ་ལྕེ་དམར་པོ་རང་འབར་ཡིན་ནས་ཟེར་གི།

བང་ཁ་བྲ་མ་དགུ་རྩེག་ཡིན་ནས་ཟེར་གི།

འདིའི་མགོ་ལ་མཁར་ར་དམར་པོའི་ཟངས་ང་བསྐྱོན་ནས་ཟེར་གི།

ནང་ང་ཛ་ཚུ་བསིལ་མ་ བླུག་ནས་ཟེར་གི།

སྟེང་ལ་རྒྱ་ཇ་དམར་པོ་བཏབ་ནས་ཟེར་གི།

ཞོར་ར་འབྲི་བཀྲུའི་འོ་མ་ བླུག་ནས་ཟེར་གི།

ཁ་ལ་འབྲི་མར་སེར་པོ་འཕང་ནས་ཟེར་གི།

འདི་ཇོ་བླ་མ་བཞུགས་ན་ཆོས་གསུང་ས་ཡིན་ནས་ཟེར་གི།

གོང་དཔོན་པོ་ཡོང་ནས་གཏམ་བཤད་ས་ཡིན་ནས་ཟེར་གི།

ཕ་ཨ་ཁུ་འཚོགས་ནས་གྲོས་བྱེད་ས་ཡིན་ནས་ཟེར་གི།

མ་སྲུ་མོ་འཚོགས་ནས་སླུ་ལེན་ས་ཡིན་ནས་ཟེར་གི།

བུ་ཚ་བོ་ཡོང་ནས་གར་འཁྲབ་ས་ཡིན་ནས་ཟེར་གི།

ཕྱི་མགྲོན་པོ་ཡོང་ནས་ཟས་ཟ་ས་ཡིན་ནས་ཟེར་གི།

ཁྱིམ་བཟའ་ཚང་གང་བོས་སྐྱིད་རྒྱག་ས་ཡིན་ནས་ཟེར་རས་བཤད་ཀི།

མཆོད་ཨོཾ་ཨཱཿཧཱུྃ།

ཡ།

གནམ་ལ་འཁོར་ལོ་རྩིབས་བརྒྱད་ཀྱི་བཀྲ་ཤིས་ཤོག

ཉི་ཟླ་སྐར་གསུམ་འཛོམས་པའི་བཀྲ་ཤིས་ཤོག

ས་ལ་པདྨ་འདབ་བརྒྱད་ཀྱི་བཀྲ་ཤིས་ཤོག

ལོ་ལེགས་འབྲུ་བཅུད་ཡོང་བའི་བཀྲ་ཤིས་ཤོག

བར་ལ་བཀྲ་ཤིས་རྟགས་བརྒྱད་ཀྱི་བཀྲ་ཤིས་ཤོག

བླ་མའི་སྐུ་ཚེ་རིང་བའི་བཀྲ་ཤིས་ཤོག

མཛད་པ་འཕྲིན་ལས་རྒྱས་པའི་བཀྲ་ཤིས་ཤོག
དཔོན་པོ་དབང་ཐང་དར་བའི་བཀྲ་ཤིས་ཤོག
དམངས་ལ་བདེ་སྐྱིད་ལྡན་པའི་བཀྲ་ཤིས་ཤོག
སྒར་དང་དགོན་པ་རྣམས་ལ་བཀྲ་ཤིས་འཇོག
ཡང་དག་ཆོས་ལ་སྤྱོད་པའི་བཀྲ་ཤིས་ཤོག
དབུ་དཀར་ཆན་པ་རྣམས་ལ་བཀྲ་ཤིས་འཇོག
སྐུ་ཚེ་རིང་པོར་བཞུགས་པའི་བཀྲ་ཤིས་ཤོག
སོ་དཀར་ན་གཞོན་རྣམས་ལ་བཀྲ་ཤིས་འཇོག
རིག་གནས་ཡོན་ཏན་འཕྱོར་བའི་བཀྲ་ཤིས་ཤོག
ལོ་ཆུང་བྱིས་པ་རྣམས་ལ་བཀྲ་ཤིས་འཇོག
མྱུར་དུ་འཚར་ལོངས་འབྱུང་བའི་བཀྲ་ཤིས་ཤོག
གངས་ཅན་གཞོན་ནུ་རྣམས་ལ་བཀྲ་ཤིས་འཇོག
མདུན་སྐྱོད་ལམ་དུ་རྒྱལ་ཁ་འཐོབ་པའི་བཀྲ་ཤིས་ཤོག
གངས་ཅན་བོད་མིའི་སྨྲ་ནག་རྒྱུད་འཛིན་ཐུབ་པའི་བཀྲ་ཤིས་ཤོག
ན་གཞོན་བུ་དང་བུ་མོས་སྨྲ་ནག་དར་སྤེལ་ཐུབ་པའི་བཀྲ་ཤིས་ཤོག
ས་ཆེན་ཁ་བའི་ལྗོངས་འདིར་སྨྲ་ནག་ཁྲི་སྐོ་འཛོམས་པའི་བཀྲ་ཤིས་ཤོག
སྤྱིར་ན་བོད་ཡུལ་ཆོལ་ཁ་གསུམ་པོས་སྨྲ་ལ་གཅེས་སྐྱོང་བྱེད་པའི་བཀྲ་ཤིས་ཤོག
མི་ལ་ན་ཚ་མེད་པའི་བཀྲ་ཤིས་ཤོག
ཕྱུགས་ལ་གོད་ཁ་མེད་པའི་བཀྲ་ཤིས་ཤོག
བཀྲ་ཤིས་བདེ་ལེགས་ཕུན་སུམ་ཚོགས་པར་ཤོག

པདྨ་ཆོས་དབྱངས་སམ་སྨྲ་ནག་སྒྲོལ་མས་བཤད།

བྱིས་པའི་ནེའུ་སྐྲ་ལེན་པའི་ཁ་གཡང་
བཀྲ་ཤིས་འཁྱིལ་བ།

ཁ་ཧྲོ། ཁ་ཧྲོ།
ལོ་ཡག་དུས་བཟང་།
ཉི་ཡག་སྐར་བཟང་།
དོན་ཀུན་རང་འགྲུབ་ཀྱི་ཉིན་འདིར།
ང་ཨ་ཁྱུས་བུ་ཁྱོད་ཀྱི་ནེའུ་སྐྲ་བླངས་ནས།
ཨ་ཁྱུའི་ཁ་ལས་ཁྱོད་ལ་བྱིན་ནས།
བསོད་ནམས་དབང་ཐང་ཁྱོད་ལ་བྱིན་ནས།
བློ་དང་རིག་པ་ཁྱོད་ལ་བྱིན་ནས།
ཁྱོད་འགྲོ་འདོད་ཀྱི་གོམ་ཁ་རྗེ་མྱུར་ལ་འགྲོ
ཁྱོའི་དྲན་ཤེས་ཀྱི་རིག་པ་རྗེ་གསལ་ལ་འགྲོ།
གཏམ་ཁ་ལྷེ་མེ་ལྷེ་འབར་འབར་བྱེད་ལ།
བློ་རིག་པ་སྒྲོག་དམར་འཁྱུག་འཁྱུག་བྱེད་ལ།
ཐབས་བཀོད་པ་འོ་མ་འཕྱུར་འཕྱུར་བྱེད་ལ།
བྱམས་སྙིང་རྗེ་ཁངས་སྐྱ་འབབ་འབབ་བྱེད་ལ།
གོས་གོང་བ་ཅན་ལ་བརྒྱད་བརྒྱ་གོན་ན།
རྟ་གོམ་པ་ཅན་ན་བརྒྱད་བརྒྱ་ཞོན་ན།
སྟག་ཤ་ར་བརྒྱ་ཡི་གོང་ནས་འདུག་ག

བདེ་སྐྱིད་མི་ཡལ་ཉི་མའི་གསེར་ཐག་རིང་ང་།

ཡོངས་སྤྱོད་མི་འཛད་ཀླུ་རྒྱལ་དཔལ་ལ་འགྲན་ན།

བཙན་པོ་སུ་དང་འཕྲད་ཀྱང་མགོ་མི་སྒུར།

དཀའ་སྡུག་གང་དང་འཕྲད་ཀྱང་དཔའ་མི་ཞུམ།

གཏན་ཚིགས་ཀྱི་རི་རྒྱུད་བརྟན་ཐུབ་བ།

འདོད་ཐོག་གི་མེ་ཐོག་འབྱུངས་ཐུབ་བ།

རྒྱུད་ལ་བྱམས་སེམས་སྙིང་རྗེ་དར་ནས་ཉམ་ཐག་འགྲོ་བ་བྱམས་ཀྱིས་སྐྱོང་ང་།

བློ་ནས་སྟོང་གསུམ་ཁ་ལོ་འཁོར་ནས་སྐྱིད་པའི་རྒྱལ་ཁམས་ཐབས་ཀྱིས་སྐྱོང་ང་།

མི་ལུས་གཏན་དུ་བདེ་བར་སངས་རྒྱས་སྨན་བླའི་སྐྱོབ་བ།

ཚེ་ཐག་ཆུ་རྒྱུན་རིང་བར་ཚེ་དཔག་མེད་ཀྱིས་སྐྱོབ་བ།

ཤེས་རིག་རྣམ་དཔྱོད་རྒྱས་པར་འཇམ་པའི་དབྱངས་ཀྱིས་སྐྱོབ་བ།

བགེགས་དང་བར་ཆད་མེད་པར་དཀོན་མཆོག་གསུམ་གྱིས་སྐྱོབ་བ།

དུས་དང་རྣམ་པ་ཀུན་ཏུ་བསླུ་མེད་དཀོན་མཆོག་གསུམ་གྱི་ཐུགས་དམ་པའི་སྐྱབས་འོག་ནས་མི་འདོར།

བསླུ་མེད་དཀོན་མཆོག་གསུམ་གྱིས་མགོན་སྐྱབས་གནང་ང་།

ཁྱིམ་ཅི་བཙས་ཀྱི་བྱ་ལམ་ལ་འགྲོ

གང་དྲན་གྱི་བློ་ལམ་ལ་འགྲོ།

ཁ་ལས་མེ་ལྕེ་འབར་ར།

ཁ་རྗེ་དབང་ཐང་དར་ར།

ཚོགས་བསགས་བསོད་ནམས་འཕེལ་ལ།

བསམ་པའི་དོན་འགྲུབ་བ།

འདོད་པའི་རྩེ་གང་ང་།

ཁ་ཇོ་བཀྲ་ཤིས།

ཉ་ནག་སྒྲོལ་མ་སྐྱབས་ཀྱིས་བཤད།

སྨོན་བཤད་དགའ་བའི་བདུད་རྩི།

བཀྲ་ཤིས་པའི་ཉི་མ།
དོན་འགྲུབ་པའི་སྐར་མ།
དཔལ་འབར་བའི་དུས་ཚོད་བཟང་པོ་འདི་ལ།
བདག་གཞི་མགྲོན་གཉིས་ཀ་གཞི་འདིར་འཛོམས་མེ།
གཏམ་ཀུ་རེ་གཉིས་ཀའི་མཛད་སྒོ་སྤྲོད་དེ་།
སྨུ་བྲོ་གར་གཉིས་ཀའི་རྩེ་སྒོ་ཕྱེ་ནས།
ཁ་ཇ་ཆང་གཉིས་ཀའི་མཚོ་མོ་བསྐྱིལ་ནས།
ཟས་ཀར་སིལ་སྣ་ལྔའི་སྤེར་ཁ་སྒྲིག་ནས།
གོས་འཇའ་ཚོན་སྣ་ལྔའི་རི་མོ་འགྲིག་ནས།
མགྲོན་སྐར་ཚོགས་འདྲ་བོ་ཁྱིམ་འདིར་འཚོགས་ཟིག
དེ་རིང་ཁྲིམ་པའི་གྲལ་གྱི་དཀྱིལ་ནས།
ང་ལོ་ཆུང་བུ་ཆུང་ཧོག་སེ་ལངས་ང་།
ལོ་ལོན་རྒན་པ་གོང་ལ་བཀུར་ར།
རྩ་བའི་བླ་མ་གཙུག་ལ་བསྟེན་ན།
ལག་གཡས་པས་ལྷ་དར་ཁ་དགུ་འཛིན་ན།
དར་དཀར་པོ་ཞིག་གི་རྟེན་འབྲེལ་དཔྱད་ལ།
ལག་གཡོན་པས་དཀར་རྩེ་འབྲུག་མ་འཛིན་ན།
ཆང་བདུད་རྩི་ཞིག་གི་མཆོད་ཁ་འཕེན་ན།
བོད་ཁ་བ་ཅན་གྱི་ལུགས་སྲོལ་ལྟར་ལ།

བཀྲ་ཤིས་པའི་གཉེན་གྱི་སྟོན་བཤད་ཅིག་བཤད།
བྱུང་ཡིན་ན་བདག་གཞི་མགྲོན་གཉིས་ཀའི་འདོད་བློ་ལྟར་ར།
ཁ་རྒྱན་གཞོན་གཉིས་ཀའི་རེ་བ་བསྐངས་ནས།
གཉེན་གྱི་དར་བ་ཁ་དྲོ་ནི་ཞིག
ཉན་མཁན་ཁྲོམ་པའི་རྣར་སྙན་ནི་ཞིག
བསམས་ན་ཚིག་ལ་དོན་ལྡན་ནི་ཞིག
དཔྱད་ན་བཀྲ་ཤིས་གཡང་འཁྱིལ་ནི་ཞིག
འདི་མོ་ཞིག་བཤད་དགོས་ནི་རེད་དྲ།
ང་གནའ་གཏམ་བཤད་པའི་གནའ་མི་མ་རེད།
ད་གཏམ་བཤད་པའི་མཁས་པ་མ་རེད།
དཔེ་སྲོད་པོ་ཡིད་ལ་མི་འཆར་གི།
དེ་ཤར་ཙུང་བརྗོད་ལ་མི་ཐོབས་ཀི།
ངའི་སེམས་གངས་དཀར་ངོགས་ལ་ཤར་ཚུལ་ལྟར་དུ།
ཀླེ་དར་མས་མདུད་པའི་གྲོལ་ཚུལ་ལྟར་དུ།
ངའི་དང་པོ་གཉེན་གྱི་དར་ཚུལ་ཅིག་བཤད།
དང་པོ་གཉེན་གྱི་དར་ཚུལ་ཅིག་བཤད་ན།
དང་པོ་ལྷ་ཀླུ་གཉིས་ཀ་གཉེན་དར་ཟིག
ལྷའི་དབང་པོ་བརྒྱ་བྱིན་གྱི་བུ་མོ།
ཀླུའི་རྒྱལ་པོ་གཙུག་ན་རིན་ཆེན་ལ་མནའ་མ་བྱིན་ཟིག
བར་བ་རྗེ་བཙུན་འཇམ་དབྱངས་བྱས་ཟིག
སྟ་དཔོན་པདྨ་འབྱུང་གནས་བྱས་ཟིག
ཕྱི་དཔོན་ཕྱག་ན་རྡོ་རྗེ་བྱས་ཟིག
ལྷ་ཧ་དཀར་པོ་བག་ཧ་བྱས་ཟིག

རི་མོ་ཅན་གྱི་གོས་གྱོན་ཟིག

དར་ཚོན་སྣ་ལྔའི་སྐེད་རགས་བཅིངས་ཟིག

རིན་ཆེན་སྣ་ལྔའི་རྒྱན་ཆ་བཏགས་ཟིག

ཡིད་བཞིན་ནོར་བུའི་ཛོངས་པ་བྱས་ཟིག

ལྷ་ཚངས་པ་དཀར་པོ་མགྲོན་མགོ་བྱས་ཟིག

ལྷ་ཕྲུག་དྲི་མ་མེད་པ་མགྲོན་ལ་ཆས་ཟིག

སྟེང་འོག་ལྷ་ཀླུ་གཉིས་ཀས་སྟོན་མོ་བྱས་ཟིག

དེ་ནས་རྒྱ་བོད་གཉིས་ཀ་གཉེན་དར་ཟིག

རྒྱའི་སྲས་མོ་རྒྱ་བཟའ་ཀོང་ཇོ་དེ།

བོད་ཀྱི་གནམ་རི་སྲོང་བཙན་ལ་མནའ་མར་ཕྱིན་ཟིག

རྒྱལ་པོ་སྲོང་བཙན་སྒམ་པོ་མག་པ་བྱས་ཟིག

བློན་པོ་མགར་དམ་པ་བར་བ་བྱས་ཟིག

སྤྱ་དཔོན་ཐུགས་རྗེ་ཆེན་པོ་བྱས་ཟིག

ཕྱི་དཔོན་རྗེ་བཙུན་སྒྲོལ་མ་བྱས་ཟིག

རྟ་འདོ་བ་རླུང་གཤོག་ཅན་གྱིས་བག་རྟ་བྱས་ཟིག

གཟི་མོ་དཀར་མོ་བག་རོགས་བྱས་ཟིག

དར་ཚོན་སྣ་ལྔའི་གོས་གྱོན་ཟིག

གསེར་དངུལ་གཉིས་ཀའི་རྒྱན་ཆ་བཏགས་ཟིག

གཡུ་བྱུ་རུ་མོད་པོའི་ཕྲ་བཀོད་ཟིག

ཛོ་ཤཀྱ་མུ་ནེ་ཛོངས་པ་བྱས་ཟིག

རྒྱ་ལྷ་དགའ་སེམས་དོན་གྲུབ་མགྲོན་མགོ་བྱས་ཟིག

རྒྱའི་རྟ་བ་ལྔ་བརྒྱ་མགྲོན་ལ་ཆས་ཟིག

རྒྱ་བོད་གཉིས་ཀས་སྟོན་མོ་བྱས་ཟིག

གཉེན་གྱི་དར་བ་རྣམ་གསུམ་ཅིག་བཤད་ན་འདི་མོ་ཞིག་རེད།

གཉེན་སྟོན་དར་བའི་དཔེ་ལམ་ལྟར་ལ།
རྟེན་འབྲེལ་དཔྱད་པའི་ཉི་མ་ལྟར་ར།
གནས་བོད་སྟག་ཡུལ་ནས་སྟོན་མོ་བཤམས་ཟིག
བག་གསར་མག་གསར་སྐྱིལ་མ་ཡོང་དུས།
སྐྱ་རེངས་ཤོན་མའི་བསུ་མ་སོང་ནས།
ཡིད་སེམས་དྭན་མོའི་འཚམས་ཞུ་གནང་ནས།
རྟེན་འབྲེལ་ཐོག་མའི་མཆོད་ཁ་ཚང་ནས།
སྐྱིད་ཀྱི་གཡང་ཁྱིམ་གྲུ་བཞིའི་ནང་ལ།
དགའ་བའི་མགྲོན་ཁ་དར་གྱིས་བསུས་ཟིག
གཉེན་གསར་ཞིག་གི་མཛད་སྒོ་ཕྱི་ནས།
ཁྱིམ་གསར་ཞིག་གི་གཞི་མགོ་བཙུགས་ནས།
བདེ་སྐྱིད་གསར་བའི་དོན་གོ་གླིང་ན།
ཕ་ཡུལ་སྐྱིད་པོ་བསྟོད་སླུ་འབུལ་དགོས་ཟེར་གི།
དེས་ན་ངས་དེ་རིང་སྟོན་མོ་བྱེད་སའི་ཡུལ་ཁམས་འདི་ཅིག་བསྟོད།
སྟོན་མོ་བྱེད་སའི་ཡུལ་ཁམས་འདི་ནི།
སྔེ་མིང་བཤད་ན་བོད་སྟག་ཡིན་ནས་ཟེར་གི།
བོད་སྟག་ཚོ་ཆེན་བཅོ་བརྒྱད་ཡོད་ནས་ཟེར་གི།
ཚོ་ཆེན་དཀྱིལ་ན་རྫོང་ཞིག་ཆགས་ཡོད་ཟེར་གི།
རྫོང་དེའི་མིང་ལ་ཐེམ་ཆེན་ཟེར་ར་ཟེར་གི།
ཐེམ་ཆེན་ཟེར་དོ་རི་མིང་ཡིན་ནས་ཟེར་གི།
རི་དེ་བོད་སྟག་རྒྱབ་རི་ཡིན་ནས་ཟེར་གི།

ཕྱི་སྐོར་རྩེ་ཞིང་ལྷ་བརྒྱུས་བཟུང་ནོ།
ནང་སྐོར་ལྷ་ཚོགས་བྱ་བརྒྱུས་བཟུང་ནོ།
ཐང་དཀར་རྐོད་པོའི་ལྷིང་སྐོར་རྒྱག་ནོ།
མཆོག་དཀར་སླུག་མོའི་གནས་ཚང་གཡར་ནོ།
རི་བརྒྱའི་ནང་ན་ལྷང་ངེ་ཡོད་ནོ།
ལོ་བརྒྱའི་སྔོན་གྱི་ལོ་རྒྱུས་ཡོད་ནོ།
རི་གནས་ཆེན་བྲག་དཀར་ཐེམ་ཆེན་ཡིན་ནས་ཟེར་གི།
རི་མཐོན་པོ་ཀུན་ལ་དཔེ་བླངས་ངེ་།
རྫོང་སྲིད་པོ་ཀུན་ལ་མིང་ཐོས་ནས་ཟེར་གི།
ཐང་ཆེན་དཀྱིལ་ནས་ཆུ་ཆེན་བཞུར་ཟེག
ཆུ་ཆེན་ཆུ་མགོ་རྫ་རིར་གཏུག་ཟེག
ཆུ་རྒྱུད་དེད་ན་གངས་རྒྱུད་ཡིན་ཟེག
གངས་དཀར་ཕྱོགས་ལས་རྣམ་རྒྱལ་ཡིན་ཟེག
ཆུ་རྫ་འདྲེས་ས་མཚོ་ཆེན་ཡིན་ཟེག
མཚོ་ཆེན་མེ་ལོང་རང་གསལ་ཡིན་ཟེག
མཚོ་སྙིང་མ་ཧྭ་དེ་བ་ཡིན་ཟེག
མཚོ་སྔོན་ཁྲི་གཤོག་རྒྱལ་མོ་ཡིན་ཟེག
ཡང་མིང་ལ་ལྷ་མཚོའི་འབྱུང་ཡུལ་བཏགས་ཟེག
རྟ་འདོ་བ་བརྒྱ་ཡིས་བང་ཁ་འགྲན་ནས།
སྟག་ཤ་ར་བརྒྱ་ཡིས་སྐྱུ་རྩལ་ངོམ་ནས།
སྒྲ་གི་གི་བསྒྱུ་བསྒྱུའི་ནམ་མཁའ་གང་ངེ་།
དར་རླུང་རྟ་གཉིས་ཀའི་བུ་ཡུག་འཚུབ་ནས།
སྤེ་མིང་ལ་རྟ་མཆོག་ཡུལ་གྲུ་བཏགས་ཟེག

མིང་འབོད་ཚུལ་མང་ནས་ཡུལ་ཁམས་འདི་ནི།
ཕ་ཡུལ་བོད་སྟག་ཕྱུག་མོ་ཡིན་ནས་ཟེར་གི།
ས་ཐོག་རྒྱུ་ཡིས་གང་ནས་ཡོད་ནས་ཟེར་གི།
ས་འོག་གཏེར་གྱིས་བཟུང་ནས་ཡོད་ནས་ཟེར་གི།
སྣ་གསུམ་ཕྱུགས་ཀྱི་འཕེལ་ཁ་དྲང་ནས།
གནའ་མིའི་སྲོལ་རྒྱུན་བསྐྱངས་ནས་ཡོད་ནས་ཟེར་གི།
དུས་རབས་གསར་བའི་ཉི་གཞོན་ཁྲིད་ཏུ།
དེང་རབས་འཚོ་བ་དར་ནས་ཡོད་ནས་ཟེར་གི།
དེ་དཔེ་ཞིག་སླངས་ཏེ་ཙུང་ཙམ་བརྗོད་ན།
གཡང་དཀར་ལུག་ཕྲུ་རི་ལ་བཀྲམ་ནོ།
རི་མགོ་ཁ་བས་གཡོགས་འདྲ་ཡིན་ནས་ཟེར་གི།
ནག་མོ་ནོར་ཕྲུ་ན་ལ་བཀྲམ་ནོ།
སྤྲིན་ནག་པོའི་གྲིབ་ཆེན་གོན་འདྲ་ཡིན་ནས་ཟེར་གི།
འདོ་རིགས་རྟ་བོ་སྤང་ལ་བཀྲམ་ནོ།
རྫ་རི་དམར་པོ་ཉལ་འདྲ་ཡིན་ནས་ཟེར་གི།
མཚན་མོའི་གྲོང་གི་སློག་འོད་སྣ་ཚོགས།
ནམ་མཁའི་སྐར་ཆེན་ཤར་འདྲ་ཡིན་ནས་ཟེར་གི།
རྒྱང་ལ་འཐེན་པའི་རྒྱ་ལམ་བདེ་མོ།
རྒྱ་སྟེའི་སྐྱིད་ཀྱི་གཞི་མ་ཡིན་ནས་ཟེར་གི།
ཀླངས་འཁོར་སྣ་ཚོགས་ཆེ་མ་ཆུང་གསུམ།
འབྱོར་ཕྱུག་ལྡན་པའི་རྟགས་མཚན་ཡིན་ནས་ཟེར་གི།
ང་རྟ་ཆུང་ཁ་སྐྱོགས་བདེ་ནི་ཟེག་ཡིན།
ཕོ་ཆུང་ཁ་ལྡེ་དག་ནི་ཟེག་ཡིན།

སྨོན་བཤད་དགའ་བའི་བདུད་རྩི།

ངས་རྟེན་འབྲེལ་དཔྱད་ལ་སྨོན་བཤད་བྱེད།
ཁ་ལས་བསྟོད་ལ་ཁ་གཡང་འབོད།
དང་པོ་གནས་ཡུལ་འདི་ལ་སྨོན་ཚིག་ཅིག་བརྗོད་ན།
རྒན་པོའི་སེམས་ཁ་དལ་གོ་ལེ་སྐུ་ཚེ་རིང་དུ་བརྟན་པར་ཤོག
གཞོན་པའི་ལུས་སེམས་བྲེལ་གོ་ལེ་རིག་པའི་གནས་ལ་བརྩོན་པར་ཤོག
སྐྱེ་བོ་ཐམས་ཅད་འཛུམ་གོ་ལེ་ཚན་རིག་ཡོངས་སྤྱོད་ཐུབ་པར་ཤོག
སྐྱིད་པའི་ཡུལ་ཁམས་བདེ་གོ་ལེ་ཕུ་ནུའི་གྲོས་ཁ་མཐུན་པར་ཤོག
མེ་ཏོག་སྣ་ཚོགས་ཁྲ་ལམ་མེར་སྤང་འདིའི་རྒྱན་ལ་འཁྲུངས་པར་ཤོག
ཀང་དྲུག་སྦྲང་མ་སྙན་དེ་རེ་ཟེའུ་འབྲུའི་བཅུད་ལ་རོལ་བར་ཤོག
བྲག་རི་མཐོན་པོ་བརྫིད་ཆག་གེ་རྩེ་མོ་དགུང་ལ་མཉམ་པར་ཤོག
ཕུ་ཏའི་ཆུ་རྒྱུན་སྙན་སེང་ངེ་མཚོ་ཆེན་འཛིངས་སུ་བསྐྱོད་པར་ཤོག
གསེར་མིག་ཉ་མོ་འཁྱུག་སེང་ངེ་རྐྱལ་ལ་རྩལ་དྲུག་རྒྱས་པར་ཤོག
ཕ་ཡུལ་ཐེམ་ཆེན་སྨུག་སོ་ལེ་ལྷ་ཡུལ་ལྷ་བུའི་བདེ་སྐྱིད་ཤོག
དྲིན་ཅན་ཕ་མའི་ལུས་ལ་ནད་མེད་ཚེ་རིང་ལོ་བརྒྱ་ཤོག
གཞི་གསར་སྐྱོང་བའི་ཁྱིམ་ལ་འགྲིག་མཐུན་མཐུན་པ་སྤུན་བཞི་ཤོག
ཁ་ཟས་དཀར་གསུམ་མངར་གསུམ་རྒྱུན་དུ་འཛད་མཐའ་མེད་པར་ཤོག
བསོད་ནམས་རྒྱུ་དང་འབྱོར་བ་ཡོངས་སྤྱོད་ཐུབ་པའི་བཀྲ་ཤིས་ཤོག
དེ་རིང་རྟེན་འབྲེལ་སྟོན་མོ་སྐྱིད་ལ་རོལ་བའི་བཀྲ་ཤིས་ཤོག
བཀྲ་ཤིས་བརྗོད་པའི་ཁ་གཡང་མངོན་འགྱུར་འབྱུང་བའི་བཀྲ་ཤིས་ཤོག
བཀྲ་ཤིས་ནོར་བུ་གཡང་འཛོམས་གཡང་ཁྱིམ་འདི་རུ་བཀྲ་ཤིས་ཤོག

ཉ་ནག་སྒྲོལ་མ་སྐྱབས་ཀྱིས་བཤད།

རྟ་བཤད་མུན་པ་རང་གསལ།

དང་པོ་གུ་རུ་རྟ་ཕོ་བསྟོད་པ་ཞིག་བྱས་ན།

ཨོཾ་ཧྲཱི་བཛྲ་ཀྲོ་དྷ་ཧ་ཡ་གྲཱི་ཝ་ཧུ་ལུ་ཧུ་ལུ་ཧཱུྃ་ཕཊ།

ཅང་ཤེས་ཤུགས་ལྡན་རྟ་མཆོག་རིན་པོ་ཆེ།

རྟ་མཆོག་རིན་ཆེན་བཀྲ་ཤིས་གང་ཡིན་པ།

བཀྲ་ཤིས་དེས་ཀྱང་དེང་འདིར་བདེ་ལེགས་ཤོག

རྟ་གཟུགས་མཐུན་པ་སྤུན་བཞི་ཡིན།

བླ་མ་གསེར་ཞྭ་ཅན་གྱི་ཆིབས་རྟ་ཡིན།

སྔགས་པ་དར་ནག་ཅན་གྱི་མགོན་རྟ་ཡིན།

དམག་དཔོན་འཕོར་གསུམ་ཅན་གྱི་དམག་རྟ་ཡིན།

སྨན་ཤར་དུང་རལ་ཅན་གྱི་བག་རྟ་ཡིན།

གཞོན་ནུ་སྐྲ་རྩལ་ཅན་གྱི་སྐྲ་རྟ་ཡིན།

རྟ་རྒྱུག་རྒྱལ་འཛོག་བྱེད་དུས་རྒྱུག་རྟ་ཡིན།

བྱང་ལམ་རིང་མོ་གཅོད་དུས་ཁང་རྟ་ཡིན།

སྟག་ཤར་ཚོང་ལ་འགྲོ་དུས་འགྲོ་རྟགས་ཡིན།

རྟ་མགོ་ཡིད་བཞིན་ནོར་བུ་ཡིན།

ཀླད་པ་གངས་རི་དཀར་པོ་ཡིན།

མཆིན་པ་རྫ་རི་སྨུག་པོ་ཡིན།

གློ་བ་སྤང་རི་སེར་པོ་ཡིན།

རྒྱུ་མ་ནོར་བུ་དགའ་འཁྱིལ་ཡིན།

མཁལ་མ་གསེར་ཉ་དངུལ་ཉ་ཡིན།
སྙལ་རྣག་སྦྲུལ་ནག་ཐུར་རྒྱུག་ཡིན།
རྣ་རྩེ་རྐོད་ཀྱི་ཐུལ་ཕྲན་ཡིན།
དུམ་དུམ་མེ་ལྡེ་ཆད་འདྲ་ཡིན།
ཐོད་པ་མེ་ཡོང་རང་གསལ་ཡིན།
མིག་ཕྲུམ་རྡོ་རྗེ་ཁ་སྦྱོད་ཡིན།
སྤྱན་མིག་ཐོ་རེངས་སྐར་ཆེན་ཡིན།
མིག་སྤུ་འོད་ཟེར་འཕྲོས་འདྲ་ཡིན།
གདོང་བ་ཐལ་མོ་སྦྲུར་འདྲ་ཡིན།
སྣ་ཁྲུང་དུང་དཀར་གཡས་འཁྱིལ་ཡིན།
སྣ་སྦྲིད་གཡུ་འབྲུག་གྲགས་འདྲ་ཡིན།
ཁ་ཧྲངས་སྤྲིན་དཀར་ཆད་འདྲ་ཡིན།
ཡ་ཁ་ན་ཨཱ་ཡིག་ཨོཾ་ཆེན་ཡོད།
མ་ཁ་ན་མ་ཧེ་རང་བྱོན་ཡོད།
དུང་སོ་སུམ་ཅུའི་རང་སྙིང་ན།
དཔའ་རྒྱལ་སུམ་ཅུའི་གཟུགས་རིས་ཡོད།
ཡ་མཆེ་མ་མཆེ་བཞི་པོ་ན།
སྟག་སེང་ཁྱུང་འབྲུག་ཁ་སྦྱོད་ཡོད།
སྐེད་ཚིགས་ཐར་ལམ་ཐེམ་སྐས་ཡིན།
མིད་ཐག་སྦྲུལ་ནག་ཐུར་རྒྱུག་ཡིན།
རྫོག་མ་ཆར་སྤྲིན་འཐིབས་འདྲ་ཡིན།
སྐེད་པ་རྡོ་རྗེ་མདུད་པ་ཡིན།
སྐལ་ཚིགས་ཨ་ཡོང་དགུ་འཁྱིལ་ཡིན།

རྩིག་པའི་གུར་ཁང་ཕུབ་འདྲ་ཡིན།
དྲུག་མདོ་གསེར་ནག་རྫོ་རིལ་ཡིན།
བརྟ་ཤ་རླུང་ནག་འཁྱུག་རྩལ་ཡིན།
རྐང་ལག་སུག་སྤུ་བཞི་པོ་ན།
གནམ་སའི་བར་གྱི་གྲུ་བཞི་ཡོད།
རྐང་ལག་སུག་སྤུ་བཞི་པོ་ན།
གཡང་གི་རྣ་བ་སྐོ་བཞི་ཡོད།
རྐང་རྨིག་ལག་རྨིག་བཞི་པོ་ན།
བསེར་མ་རླུང་གི་འཁོར་ལོ་ཡོད།
རྟ་ཛ་ཙ་ལ་བཤར་འདྲ་ཡིན།
རྟའི་སྤུ་ཁ་ཁ་དོག་སྣ་ལྔ་ཡོད།
ལས་ཅི་བཤད་འདོ་བ་ཅང་ཤེས་ཡིན།
ཧུ་ཧུ་ཧུ་དེ་ལན་གསུམ་བརྗོད་འདོ་བ་རྟ་འཚེར་སྐད་ཡིན།
ཐོང་ག་སེང་གེ་འཁྱིད་འདྲ་ཡིན།
སོག་པ་དཀར་མོ་གཤོག་དྲུག་ཡིན།
དཔུང་བ་རླུང་གི་འཁོར་ལོ་ཡིན།
རྐང་རྨིག་བཞི་དུང་གི་ཐམ་ག་ཡིན།
རྒྱུག་བང་རྩལ་གློག་དམར་འཁྱུག་འདྲ་ཡིན།
ལམ་སྐྱ་མོ་གྲུ་གྲུ་བསྒོ་བསྒོ་བྱས་ནས།
ཐང་ཆེན་པོ་ཤོག་བུ་ལྟེབ་ལྟེབ་བྱས་ནས།
ཆུ་ཆེན་པོ་ཉ་མོ་རྒྱལ་རྒྱལ་བྱས་ནས།
ནགས་རྒྱ་རྫོང་སྤག་མོ་མཚོང་མཚོང་བྱས་ནས།
ཕུ་ལོང་བ་ཕུ་ཐུང་འཕུད་འཕུད་བྱས་ནས།

ཁས་ཞག་པ་སྒྲོག་གྲུ་བརྗོལ་བརྗོལ་བྱས་ནས།
ཟོ་ལམ་ཐམས་ཅད་ཟླ་ཡིས་བཅད་ནས།
ཟླ་ལམ་ཉིན་གྱིས་བཅད་ནས།
རྟ་འདོ་བའི་བཀའ་དྲིན་འཇལ་ཐབས་དཀའ་ནས།
རྟ་འདོ་བ་བསམ་པ་གར་སྐྱེབས།
བསམ་པའི་ས་ཆ་ཐོན་ནས།
ཐོད་གཙུག་ཉི་མ་རང་ཤར།
རྗེ་བླ་མ་བཟང་པོའི་ཆིབས་རྟ་ཡིན།
ཐང་གཙུག་ནོར་བུ་བང་མཛོད།
དཔོན་པོ་བཟང་པོའི་ཆིབས་རྟ་ཡིན།
རྗོག་གཙུག་ཉི་ཟླ་ཁ་སྦྱོད།
བག་མ་བཟང་པོའི་ཆིབས་རྟ་ཡིན།
ད་གཙུག་དགྲ་མགོ་ཤ་བཏགས།
བུ་ཧྲག་ལ་འགྲོ་བའི་ཧྲག་རྟ་ཡིན།
མཆན་གཙུག་ཤ་བ་མདའ་ཁྲུར།
རྔོན་པ་བཟང་པོའི་ཚོན་རྟ་ཡིན།
ཁ་གཙུག་ཅན་ལ་ཁ་སྐྱོད་འོང་།
འདི་ནི་ཀུན་ལ་བཟང་རབས་མེད།
སྔོན་ནས་བལྟས་ན་ལྷང་སེ་ཡོད།
ཤྭ་ཡུ་མོས་ཁྲི་སྐད་ཉན་འདྲ་ཡོད།
གཞུག་ནས་བལྟས་ན་སྨུར་ལེ་བྱེད།
སྤྱང་དར་མ་ལྕུག་ལ་འཐབ་འདྲ་ཡོད།
རྣ་རྩེ་བདུད་ཀྱི་སོ་བ་བྱེད།

ཟ་ཁྱེད་ཧྲག་པའི་སྐྱུང་ལུང་ཡོད་།
སྤྲུལ་བ་རྒྱལ་པོ་དམིགས་ཁྲིམས་ཡོད།
ཏུ་ཏུ་ཆོས་ཀྱི་གདོང་དར་ཡིན།
ཛོག་མ་ལྗོ་སྦྲིན་ཕྱུག་མོ་ཡིན།
སྟོང་ལྷུ་བཞིའི་འཐེན་ཐག་ཟེ་ན་ཡོད།
ཟེ་ལབ་རྩེ་ཚོད་ཅིག་མཐོ་ན་བཟང་།
དམའ་ལྷུ་བཞིའི་འཐེན་ཐག་ཉྭ་ན་ཡོད།
ཉྭ་རྒྱ་ཟོར་ཙམ་ཞིག་གུག་ན་བཟང་།
འདོ་སེང་ལྕགས་ཀྱི་སྒྲུ་གུ།
ཁོང་བསང་སྔོན་མོ་དབུགས་ལེན།
སླག་མོ་གྲུ་གུ་ཐུར་འཛིན།
གུ་ཊུ་དཀར་པོ་ས་སྨུམ་མ།
ༀླུང་བསེར་བུ་མིན་ནས་གཤིབ་ཡ་མེད།
རི་སྤྱང་སྔོན་མོ་སེལ་གཏུབ་མ།
སེལ་ཞིག་གཏུབ་ན་བང་ཞིག་སྔོན།
སྤྱང་རིགས་ཨ་བྲ་སྲེ་མོང་མགོ །
དགོང་སྲ་དྲོ་ཁོ་འགྲོ་ཁོ་འགྲོ་ཟེར།
དགོང་ཕྱི་དྲོ་ཁོ་འདུག་ཁྱིད་སོང་ཟེར།
འདོ་བ་གཡག་སུག་བེའུ་མགོ་དེ།
ལག་ཏུ་འབྲེང་བ་བཞི་རྒྱ་དགོས།
དེ་ལ་བརྒྱབ་དང་མ་བརྒྱབ་མེད།
བེར་དཀར་ལུ་གུ་གོད་ཕུ་དང་།
བེར་ནག་ཤ་ཁ་ཐུར་ལུགས་གཉིས།

དགོང་ཕྱི་དྲོ་གཙོད་ལ་འཕང་དུས་མགོ།
འདོ་ཆེན་གངས་ལ་ཉི་ཤར་དེ།
བླ་མ་བཟང་པོ་བཅིབས་ན་བཟང་།
ཁྲམ་པའི་གྲོ་ར་དམིགས་དུང་དེ།
སྟོང་རྟ་ཁུག་གཙོད་བྱེད་ཉིན་མགོ།
རྟ་འདོ་ཆུང་ལྕགས་ཀྱི་སྒྲུ་གུ་དེ།
བྱུ་གཅེས་ཕྲུག་ས་མཐའ་ལྷུང་ཉིན་མགོ།
དགུང་གཞི་མོ་ཁྲུ་ན་ཡོད་ཉིན་ན།
རྐོད་རྐས་རྟེའུ་ཡིས་ནོན་འདྲ་དེ།
ཞག་མ་གསུམ་གྱི་བྱང་རྙིད་དགོས།
ཉིན་ཞག་གསུམ་གྱི་རྒྱུག་འདུར་ཡོད།
གོ་རྐས་ཉི་མ་གཞུས་འདྲ་བོ།
ཇག་ཕར་འགྲོ་ལམ་ལ་ལངས་དང་ན།
མཛོ་ཁྲུང་དཀར་ཁལ་གྱིས་མནན་འདྲ་ཡིན།
རྒྱུག་ར་མདའི་ད་སྟོད་བཟོས་དང་ན།
གླག་རོག་མོས་རི་སིལ་གཏུབ་འདྲ་ཡིན།
འདོ་གཞོང་གཞོང་ཁྲི་མོ་ཟ་དྲུད་མ།
རྟ་ནངས་དེད་ཕྱི་དྲོ་རྗེས་ཆོད་བྱེད།
ཀི་རི་ཀ་མ་གདོང་བ་ཅན།
རྒྱ་ཁྲ་ཁྲ་དགྲ་ལ་ཤོར་ཉིན་མགོ།
མདོ་ཆུང་ལྕགས་ཀྱི་སྒྲུ་གུ་དེ།
དབྱར་དྲུག་ག་གོང་བཟུང་བྱེད་ཉིན་མགོ།
གཡང་གི་རྐོད་མ་རྫོག་རིང་མ།

ཏྲ་བཤད་སྨན་པ་རང་གསལ།

འཕེལ་ཐོག་ཀྱིའུ་དང་ཀྱ་མོ་ཡིན།
ཡང་འཕེལ་ཀྱུགས་ར་གོམ་པ་ཡིན།
ཕྱུགས་ཀན་ན་མི་འབྲལ་བཀྲ་ཤིས་འབོད།

ཀོ་ཉལ་དཔུང་ཞིན་ཐར་གྱིས་བཤད།

རྟ་བཤད་བཀྲ་ཤིས་འདོད་འཇོ།

ཡེ།

ཀི་ཀི་བསྭོ་བསྭོ་ལྷ་རྒྱལ་ལོ།

ཀི་དང་པོ་སྙིང་མ་ལྷ་ནས་འདེབས།

ལྷ་ཚངས་པ་དཀར་པོའི་མདུན་ནས་འདེབས།

ཀི་གཉིས་པ་བར་མ་གཉན་ནས་འདེབས།

གཉན་སྐུ་ལྷ་གེར་འཚོའི་མདུན་ནས་འདེབས།

ཀི་གསུམ་པ་འོག་མ་ཀླུ་ནས་འདེབས།

ཀླུ་གཙུག་ན་རིན་ཆེན་མདུན་ནས་འདེབས།

ཀི་གསུམ་བཏབ་ནོ་དོན་ཞིག་ཡོད།

ཁམས་གསུམ་དབང་དུ་སྡུད་བྱེད་ཡིན།

སྲིད་གསུམ་ཟིལ་གྱིས་གནོན་བྱེད་ཡིན།

ངག་གི་སྒྲ་མོ་འབྱེད་བྱེད་ཡིན།

དཀར་ཕྱོགས་ངོ་སོ་བསྟོད་བྱེད་ཡིན།

ནག་ཕྱོགས་ཆམ་ལ་འབེབས་བྱེད་ཡིན།

རྟ་མཁན་གཏམ་གྱི་དང་པོ་ཡིན།

བསྭོ་དང་པོ་རི་རབ་རྩེ་ནས་སྒྲོག

ལྷ་རྒྱལ་ཆེན་སྡེ་བཞིའི་ཁྱིམ་ནས་སྒྲོག

བསྭོ་གཉིས་པ་རི་ཐང་མཚམས་ནས་སྒྲོག

བཙན་རོལ་བ་བདུན་གྱི་མདུན་ནས་སྒྲོག

བསྒོ་གསུམ་པ་རྒྱ་མཚོའི་འཁྲམ་ནས་སྒྲོག
གྱ་ཤང་ཤང་སྔོ་ངའི་འཁྲམ་ནས་སྒྲོག
བསྒོ་གསུམ་སྒྲོག་པ་དོན་ཞིག་ཡོད།
ནད་གདོན་བར་ཆད་ཞི་བའི་བསྒོ།
ཚེ་བསོད་ལོངས་སྤྱོད་རྒྱས་པའི་བསྒོ།
སྣང་སྲིད་དབང་དུ་སྡུད་པའི་བསྒོ།
དགྲ་བགེགས་རྡུལ་དུ་རློག་པའི་བསྒོ།
སྣང་བ་ཐབས་སུ་བགོ་བའི་བསྒོ།
སྟོང་བ་དབྱིངས་སུ་དག་པའི་བསྒོ།
རྟ་མཁན་རིག་པ་རང་ཤར་བསྒོ།
གང་ཤར་དཔེ་ཏུ་ཤེས་པའི་བསྒོ།

ཡ།
དེ་རིང་གནམ་ལ་སྐར་མ་བཟང་།
དེ་རིང་ས་ལ་དུས་ཚོད་བཟང་།
རྒྱལ་དང་ཕུར་བའི་འགྲུབ་སྦྱོར་བཟང་།
དུང་དཀར་ལེགས་པ་བརྒྱད་འཛོམས་བཟང་།
མཁའ་ལ་ཉི་མ་ཤར་བས་བཟང་།
ཉི་འོད་ཕྱོགས་བཅུར་འཕྲོས་པས་བཟང་།
ས་ལ་དགེ་བཅུ་འཛོམས་པས་བཟང་།
འབྲུ་དྲུག་སྨི་མ་དུད་པས་བཟང་།
ར་བ་ཕྱུགས་ཀྱིས་གང་བས་བཟང་།
གཡང་གི་མཚོ་མོ་འཁྱིལ་བས་བཟང་།

བཟང་པོ་དགུ་འཛོམས་ཀྱི་ཉི་མ་འདི་ལ།
ང་རྟ་མཁན་གཏམ་གྱི་སྨྲ་སྒོ་ནས།
ཚིག་སླད་དོར་འཕྲེད་དེ་རྟ་བཤད་བྱེད།
རྟ་ཁྱུ་དཀར་ནག་ཁྲ་གསུམ་ལས།
འདོ་བ་དགུ་བརྒྱ་ར་ཆེན་དང་།
གྱི་ལིང་བྱེ་བ་ཕྲག་བརྒྱ་སོགས།
རེ་རེའི་མཚན་ཉིད་བཤད་དཀའ་གི།
བཤད་ཀྱང་ཉན་པས་གོ་དཀའ་གི།
གོ་ཙང་སེམས་ལ་འཛིན་དཀའ་གི།
ངས་མདོ་ཙ་བསྡུས་པའི་ཚིག་གསུམ་བཤད།
དོན་མགོ་ཛ་ཚང་གི་གཏམ་ཞིག་བཤད།
རྟ་རབ་སྟག་དང་སེང་གེ་འདྲ།
རྟ་འབྲིང་ཤ་བ་སླ་བ་འདྲ།
རྟ་ངན་ཁྱི་དང་གྲུམ་པ་འདྲ།
རྟ་མཐའ་མ་ཨ་ལོ་རྒྱུས་ལོ་འདྲ།
རྟ་མཆོག་རིགས་ལ་དབྱེ་བ་མང་།
གནམ་རྟ་གྱི་ལིང་ཁྱུང་དང་འདྲ།
ཁྱུང་ཆེན་མཁའ་ལ་སྐྱོད་དང་འདྲ།
མཐོ་གིན་མཐོ་གིན་གདེང་ཞིག་ཡོད།
ས་རྟ་གྱི་ལིང་སྤྱང་དང་འདྲ།
སྤྱང་མོས་རི་རྩེ་སླེག་དང་འདྲ།
རྒྱུག་གིན་རྒྱུག་གིན་གདེང་ཞིག་ཡོད།
ཆུ་རྟ་གྱི་ལིང་ཉ་མོ་འདྲ།

ཉ་མོ་མཚོ་ལ་འཁྱུག་དང་འདྲ།
འཁྱུག་གིན་འཁྱུག་གིན་གདེང་ཞིག་ཡོད།
མེ་རྟ་ཀྱི་ལིང་འཕར་བ་འདྲ།
འཕར་བ་ནགས་ནས་མཆོང་བ་འདྲ།
གྱེན་དང་ཐུར་ལ་གདེང་ཞིག་ཡོད།
རླུང་རྟ་ཀྱི་ལིང་སྤྲིན་དང་འདྲ།
སྤྲིན་དཀར་ནམ་འཕང་སྙེག་པ་འདྲ།
སྐྱོད་ཀྱིན་སྐྱོད་ཀྱིན་གདེང་ཞིག་ཡོད།
རྟ་རབ་ཅིག་གི་མགོ་བོ་ལ།
སྲོག་ཆགས་བདུན་གྱི་གཟུགས་བརྙན་ཚང་།
རྣ་རྩེ་བདུད་ཀྱི་སོ་བ་འདྲ།
རྣ་ཚེད་ཡུ་མོའི་ཨོལ་ཀྲོག་ལ།
རྣ་བུག་ཧག་པའི་སྒང་ལུང་འདྲ།
མགོ་སྤྱི་གཙུག་ཐུས་པའི་མཆོད་རྟེན་ལ།
ཤ་འབྲུ་རྫོག་ཙམ་ཡང་མེད་ན་བཟང་།
ཏུ་འབུམ་ལྕོ་སྤྲིན་ཕྱུག་མོ་འདྲ།
རྫོག་མ་རྒྱ་ལྕང་ལོ་མ་འདྲ།
མིག་ཕྲུམ་དཔའ་བོའི་ཁུ་ཚུར་ལ།
མིག་གཉིས་ཐོ་རེངས་སྐར་ཆེན་འདྲ།
ཐོད་པའི་མེ་ལོང་སྟེང་མ་ན།
ནས་བྲེ་གང་ཉེ་མ་སྐམ་ས་དགོས།
གདོང་བ་མར་དཀར་ཊ་ཏུ་ལ།
སྣ་བུག་གསེར་གྱི་བུ་ག་དགོས།

སྔ་སྔོ་ཐངས་ཀྱི་རག་དུང་ལ།
ཡ་ཁ་ཆོས་ཁྲི་བརྩིགས་འདྲ་དགོས།
མ་ཁ་ཆོས་གདན་བཏིང་འདྲ་དགོས།
ལྟེ་དམར་སྒྲོག་དམར་འཕྱུག་འདྲ་དགོས།
དུང་སོ་གས་ཁ་མེད་ནི་དགོས།
ཡང་དཀར་བསྐར་ལ་བསྒྲིགས་འདྲ་དགོས།
མིད་པ་བྱང་ཆུབ་འགྲིམས་ལམ་ལ།
འགྲམ་པ་གཡུ་འབྲུག་འཁྱིལ་འདྲ་དགོས།
ལག་ངར་སྐྱུང་མོ་འདུར་ཤེས་ལ།
སྐེ་ཞེང་བེར་གྱི་ཕུ་དུང་དགོས།
བྲང་ཁ་ལྷ་སྔོ་ཕྱེ་བ་ཡི།
སོག་པ་མཛོ་རྐན་ཤ་ཤོར་ལ།
དཔུང་བ་ལུག་ཐུང་བཀྱིགས་འདྲ་དགོས།
རྩིབ་ཆེན་གུར་ཆེན་ཕུབ་འདྲ་དགོས།
རྩིབ་ཆུང་གུར་ཆུང་ཕུབ་འདྲ་དགོས།
སྒལ་བ་ཉ་མོའི་རྒྱབ་འདྲ་དགོས།
འཕྲོང་རུས་ད་ཆེན་དྭངས་མ་ན།
ཚིང་བ་ཞག་གི་འདུག་ས་དགོས།
སུག་བཞི་ཀ་བཞི་བཙུགས་འདྲ་དགོས།
རྨིག་པ་ལྕགས་འཕོར་སྒོར་འདྲ་དགོས།
ཚོས་སྤུ་ཅ་ལ་བསྐུར་འདྲ་དགོས།
གྲ་ཁ་ཤ་བོའི་སྤུ་ཆུང་དགོས།
ཇ་ལྕག་མུ་ཏིག་བསྐར་འདྲ་དགོས།

ཛ་མ་རྫོ་ཐོག་ཚུ་ཕྱུར་དགོས།
ཛ་སྔེ་མེ་ཧོག་འཐོར་འདྲ་དགོས།

ཡ།

ཧ་ཅང་ཤེས་ཤིག་གི་རིག་པ་དཔྱད་ན།
སྟོན་ནས་བལྟས་ན་ཧད་སེར་ཡོད།
ཤ་ཡུ་མོས་ཁྲི་སྐད་ཉན་པ་འདྲ།
རྒྱབ་ནས་བལྟས་ན་མེར་སེ་ཡོད།
འཁྲོང་བྲེ་སེར་ཟྭ་ནས་འཁྱིང་པ་འདྲ།
གཞུག་ནས་བལྟས་ན་སྨུར་སེ་ཡོད།
མགོ་བསྒྱུར་ནས་རྒྱན་འབུ་བཏུས་པ་འདྲ།
གངས་རིའི་རྩེ་ལ་རྒྱུག་དུས་སུ།
གངས་སེང་དཀར་མོའི་རྩལ་ཞིག་དགོས།
བྲག་དམར་རྩེ་ལ་རྒྱུག་དུས་སུ།
ཐང་དཀར་རྐྱང་གི་རྩལ་ཞིག་དགོས།
ཁྲ་ཡག་ཟྭ་ལ་རྒྱུག་དུས་སུ།
བྲེ་སེར་འཁྲོང་འདྲའི་རྩལ་ཞིག་དགོས།
ཙན་དན་ནགས་ལ་རྒྱུག་དུས་སུ།
དམར་ཡག་སྟག་འདྲའི་རྩལ་ཞིག་དགོས།
སེར་ཡག་སྤྱང་ལ་རྒྱུག་དུས་སུ།
ཕོ་ཆེན་ཤ་བོའི་རྩལ་ཞིག་དགོས།
ན་དམར་གཞུང་ལ་རྒྱུག་དུས་སུ།
ཁ་དཀར་རྒྱང་གི་རྩལ་ཞིག་དགོས།

ཆུ་བོའི་གཞུང་ལ་རྒྱུག་དུས་སུ།
གསེར་མིག་ཉ་མོའི་རྩལ་ཞིག་དགོས།

ཡ།
མགྱོགས་པོའི་སྤུ་རིགས་བཅོ་བརྒྱད་ཡོད།
དཀར་པོ་ཐང་དཀར་རྐོད་ཀྱི་སྤུ།
སྨུག་པོ་བྱ་རྒྱལ་ཁྱུང་གི་སྤུ།
ནག་པོ་བདུད་བྱ་རོག་པོའི་སྤུ།
ཁྲ་བོ་ཆུ་ནང་རྗེ་བའི་སྤུ།
སེར་པོ་ངང་བ་རྒྱལ་པོའི་སྤུ།
ཁམ་ཁམ་སྤུ་དང་ར་རའི་སྤུ།
རྐྱང་དཀར་རྐྱང་ནག་རྐྱང་སེར་སྤུ།
གྲོ་དཀར་གྲོ་དམར་གྲོ་སྨུག་སྤུ།
ནག་སེར་སྔོ་སྐྱ་སྔོ་ནག་སོགས།
མགྱོགས་པོའི་སྤུ་རིགས་གྲངས་མེད་ཡོད།
མདོར་ན་འདོ་བའི་ཡག་བཞིན་དེ།
ཁྲ་ཐང་ཁྱུང་སྐེ་ཕུ་མོའི་མགོ
སྟོད་ཀྱི་ཡག་གསུམ་དེ་ན་ཡོད།
ཤ་སྤུ་སླང་གྲོད་ཉ་མོ་རྒྱབ།
སྐེད་ཀྱི་ཡག་གསུམ་དེ་ན་ཡོད།
བ་ཇ་ཀ་སྒྲིད་སྔོར་བོ་དྲུག
སྨད་ཀྱི་ཡག་གསུམ་དེ་ན་ཡོད།
ངང་སེར་གསེར་གྱི་གཞོག་པ་ཅན།

ལྷ་དང་བླ་མའི་བཅིབས་པ་ཡིན།
བཅིབས་ན་ཆོས་བསོད་དགུང་ལས་མཐོ།
བྲ་ནག་ལྕུང་གི་སྤུ་གྲི་ཅན།
ཁིབས་ཆེན་དཔོན་པོའི་ཆིབས་པ་ཡིན།
བཅིབས་ན་མཁྱེན་རྒྱ་མཁའ་ལྟར་ཡངས།
སྔོ་ནག་ཁུ་བྱུག་སྤུ་རིས་ཅན།
སྐྱག་ཤར་གཞོན་ནུའི་རྟེད་རྟ་ཡིན།
བཞོན་ན་མེ་ཏོག་རྐྱིག་པས་གཏོར།
དཀར་དཀར་དུང་གི་སྒོ་ང་འདྲ།
སྨན་ཤར་མཛེས་མའི་བག་རྟ་ཡིན།
བཞོན་ན་གཡང་གི་སྒོ་མོ་འབྱེད།
གྲོ་གྲོ་གསུམ་ཆེ་མཇུག་མ་རིང་།
ས་མཁན་སྔགས་པའི་ཆིབས་པ་ཡིན།
བཅིབས་ན་གང་བསམ་ས་མིག་ཡོན།
ཁམ་ཞུར་ཁྲག་གི་རྫོག་མ་ཅན།
སྟོབས་ཆེན་དཔའ་བོའི་ཞོན་རྟ་ཡིན།
བཞོན་ན་སྣང་དགྲ་ཟིལ་གྱིས་གནོན།
སྨུག་གུ་གྲོ་ཞུར་རྫོག་མ་མཐུག
ཕྱུག་པོ་སྟོང་གི་རྫི་རྟ་ཡིན།
བཞོན་ན་འདོད་པ་སྟོང་ཁར་འབྱུང་།
ཡིན་པའི་ཡིན་ལུགས་དེ་འདྲ་རེད།

ཨ།

སྐྱེས་བུ་རང་གི་དགྲ་ལྷ་དེ།

འབྱུང་ཁམས་རླུང་རྟའི་མདོག་དང་མཐུན།

མ་དང་རང་མདོག་རབ་ཏུ་བཟང་།

གྲོགས་དང་བུ་མདོག་འཕྲིན་དུ་བཤད།

མི་མཐུན་དགྲ་མདོག་སྤང་བར་བྱ།

དེ་བཞིན་ཉོ་བའི་ཉི་མ་དང་།

གཟའ་དང་རྒྱུ་སྐར་དུས་ཚོད་བཅས།

ལེགས་ན་ལེགས་ཏེ་ཉེས་ན་ཉེས།

ཉོས་ནས་ཡོང་བའི་ཕྱོགས་དང་གཅིག

དང་པོ་འཛིན་པའི་ཕྱོགས་དང་གཉིས།

སྒ་སྲབ་བསྐོར་བའི་ཕྱོགས་དང་གསུམ།

ལམ་དུ་འཇུག་པའི་ཕྱོགས་དང་བཞི།

འདི་བཞིའི་བཟང་ངན་ཁྱད་པར་གྱིས།

རྟ་དང་མི་གཉིས་འཕྲོད་པ་བརྟག

འཁོར་ལོ་བསྒྱུར་བའི་རྒྱལ་པོ་ཡི།

རྒྱལ་སྲིད་རིན་ཆེན་སྣ་བདུན་ལས།

རྟ་མཆོག་རིན་ཆེན་ཞེས་སུ་གྲགས།

རྟག་ཏུ་ཞི་དུལ་ལྡན་དང་གཅིག

མཛེས་པའི་སྤུ་རིས་ལེགས་དང་གཉིས།

སྤུ་འཁྱིལ་མཚན་མ་བཟང་དང་གསུམ།

གཟུགས་ཀྱི་སྐྱེ་ཚུལ་ཡག་དང་བཞི།

རྩ་རྒྱུའི་ངོམ་པ་སྣ་དང་ལྔ།

མཚོ་ནུབ་བོད་ཀྱི་བཤད་པ་གཅེས་བཏུས།

བདག་པོར་བརྩེ་འདུན་ཆེ་དང་དྲུག
ཕ་རོལ་ལག་ཏུ་མི་ཤོར་བདུན།
རྫི་དང་རྣམ་རིག་བཟང་དང་བརྒྱད།
འཁྲོས་དང་གོམ་པ་ཡོད་དང་དགུ།
གང་བསམ་སྐད་ཅིག་བགྲོད་དང་བཅུ།
བསམ་དོན་འགྲུབ་དང་བཅུ་གཅིག་དང་།
གར་བཏང་ས་ནས་སློད་པ་དང་།
གར་ཐོས་ས་ནས་ཟིན་པ་སྟེ།
བཅུ་གསུམ་བཟང་གི་རྩེ་མོ་འཛོམས།
དེ་དང་དེ་མཚུངས་འདོ་བ་རྟ།
སུ་དང་སུ་ལ་ཡོད་པ་དེའི།
ཡིད་ལ་རེ་བ་ཀུན་འགྲུབ་ནས།
རྟག་ཏུ་སྐྱིད་པའི་ཉི་མ་ཤར།
སེམས་ལ་འཛིན་དགོས་རྟ་བདག་ཚོ།
རླུང་རྟའི་རྟ་ཕོ་ཕྱུག་གི་རྒྱན།
ཁ་རྫེ་དབང་ཐང་བུ་ཡི་རྒྱན།
ཕོ་ལྷ་མཆོད་དོ་ཅང་ཤེས་བསྟོད།
ཀྱེ་བསྭོ་བསྭོ་ཆེན་པོ་ལྷ་རྒྱལ་ལོ།

ཡུང་དམར་སྲས་མཆོག་ཐར་གྱིས་བཤད།

ལྷན་འཛོམས་གཏམ་གྱི་མཚོད་པ།

དེ་རིང་ས་ཚོ་ཁྱི་ཡི་གནམ་ལོ་གསར་བ།

བཀྲ་ཤིས་དུས་བཟང་གི་ཉི་མ།

བདེ་ལེགས་ཀུན་འཛོམས་ཀྱི་ཉི་མ།

ཁ་ལས་ཡར་དར་གྱི་ཉི་མ།

ཆྱུང་ཧ་ཡར་འགྲོ་ཡི་ཉི་མ།

སྤུན་ཟླ་ལྷན་འཛོམས་ཀྱི་ཉི་མ།

མིང་སྲིང་མཉམ་འཛོམས་ཀྱི་ཉི་མ།

མཛེས་ཤིང་ལྷ་ན་སྡུག་པའི་དེ་རིང་གི་སྐུ་མགྲོན་ནང་ན།

སེམས་བྱམས་ལྡན་གྱི་བླ་མ་གསེར་མདོག་གི་ཉི་མ་འདྲ་འདྲ།

ལུས་དྲང་བདེན་གྱི་དཔོན་པོ་མུན་སེལ་གྱི་དུང་ཟླ་འདྲ་འདྲ།

བོད་སྐད་ཡིག་གི་དགེ་རྒན་ཐོ་རངས་ཀྱི་སྐར་ཆེན་འདྲ་འདྲ།

ན་གཞོན་སྐྱེས་ཀྱི་གསར་བུ་ནགས་གསེབ་ཀྱི་རྒྱ་སྟག་འདྲ་འདྲ།

གཟུགས་སྐྱེས་ཡག་གི་བུ་མོ་མཚོ་འགྲམ་གྱི་ཐྲ་བྱ་འདྲ་འདྲ།

ལུས་རྒྱན་གོས་མི་གཅིག་ནས་དབྱར་གསུམ་གྱི་མེ་ཏོག་འདྲ་འདྲ།

སྐད་ཡིག་རིགས་མི་གཅིག་ནས་སྤང་ཐང་གི་སྤེ་ཏོག་འདྲ་འདྲ།

ལུགས་སྲོལ་པ་མི་གཅིག་ནས་ནམ་མཁའ་ཡི་འཇའ་འོད་འདྲ་འདྲ།

མིང་རུས་རྒྱུད་མི་གཅིག་ནས་ཁྲིམ་སྤྲང་གི་གློག་འོད་འདྲ་འདྲ།

མགོ་གསེར་ཞྭ་ཅན་གྱི་མགྲོན་པོ།

གཏམ་ཁ་ལྕེ་ཅན་གྱི་མགྲོན་པོ།

སྲིད་འཁོར་གསུམ་ཅན་གྱི་མགྲོན་པོ།
ཞལ་འཛུམ་མདངས་ཅན་གྱི་མགྲོན་པོ།
རྐང་འཇུར་རྟ་ཅན་གྱི་མགྲོན་པོ།
རྒྱུ་འཕྱོར་བ་ཅན་གྱི་མགྲོན་པོ།
བོད་ཆོལ་ཁ་གསུམ་གྱི་མགྲོན་པོ།
ཐག་ཉེ་རིང་ཀུན་གྱི་མགྲོན་པོ།
ཁྱེད་རྣམས་པས་རླུང་བུ་ཡུག་ལ་མ་འཛེམ་མ།
ཐག་ཉེ་རིང་ལ་མ་འཛེམ་མ།
རྒྱུ་འགྲོ་སོང་ལ་མ་འཛེམ་མ།
སེམས་དཀའ་ཚེགས་ལ་མ་འཛེམ་མ།
ཁྱེད་སྐུ་མགྲོན་ཚང་མའི་ཡོ་སར་བཟང་ང་།
བོད་ཁ་བ་ཅན་གྱི་ལུགས་སྲོལ་ལྟར་ར།
ཁ་བཏགས་དཀར་པོ་འདོམ་ལ་འཇལ་ནས།
དཀར་ཡོལ་འབྲུག་མ་ལག་ལ་བཟུང་ནས།
བདུད་རྩི་བསིལ་མ་མཇུབ་མོས་མཆོད་བཞིན།
རྟེན་འབྲེལ་སྒྲིག་ནས་མཆོད་གསུམ་འཕེན་ཡ་ཟེར་རྒྱུ།
སྟོད་གོང་མ་ལྷ་ཡི་ཕོ་བྲང་ནས།
ལྷ་ཆེན་ཚངས་པ་དཀར་པོ་མཆོད།
བར་མ་གཉན་གྱི་སྡེ་ཚོགས་ནས།
གཉན་ཆེན་སྐུ་ལ་གེར་མཛོད་མཆོད།
འོག་མ་ཀླུ་ཡི་ཞིང་ཁམས་ནས།
ཀླུ་རྒྱལ་གཙུག་ན་རིན་ཆེན་མཆོད།
འཇའ་འོད་ཤར་བའི་གུར་ཁང་ནས།

ཨ་ནེ་གོང་སྨན་རྒྱལ་མོ་མཆོད།
འཛམ་བུ་གླིང་གི་ཡུལ་ཁམས་ནས།
སྟོན་པ་ཤཱཀྱ་ཐུབ་པ་མཆོད།
ཤར་ཕྱོགས་རྡོ་རྗེ་སེམས་དཔའ་མཆོད།
ལྷོ་ཕྱོགས་རིན་ཆེན་འབྱུང་གནས་མཆོད།
ནུབ་ཕྱོགས་སྣང་བ་མཐའ་ཡས་མཆོད།
བྱང་ཕྱོགས་དོན་ཡོད་གྲུབ་པ་མཆོད།
ནང་ཆོས་བཀའ་དང་བསྟན་འགྱུར་མཆོད།
བོད་ཀྱི་རྒྱན་དྲུག་མཆོག་གཉིས་མཆོད།
རྒྱ་གར་གྲུབ་ཆེན་བརྒྱད་ཅུ་མཆོད།
གེ་སར་ནོར་བུ་དགྲ་འདུལ་མཆོད།
གླིང་དཀར་དཔའ་རྟུལ་སུམ་ཅུ་མཆོད།
ཡང་རྟུལ་དམ་པའི་མི་བདུན་མཆོད།
ཞེ་རྟུལ་ཁྲ་སྟག་སྤྱང་གསུམ་མཆོད།
ལྟོང་གི་གཅེས་ཕྲུག་བཅུ་གསུམ་མཆོད།
སྨན་ཤར་མཛེས་མ་བཅུ་དྲུག་མཆོད།
གདོང་དམར་བོད་ཁམས་གཅིག་སྒྱུར་མཁན།
ཆོས་རྒྱལ་སྲོང་བཙན་སྒམ་པོ་མཆོད།
རྩོངས་པའི་སྨག་རུམ་འཛོམ་མཛད་མཁན།
མཁས་དབང་ཐོན་མི་སམ་བྷོ་མཆོད།
དམ་ཆོས་ཕྱོགས་མཚམས་དར་སྤེལ་མཁན།
རྒྱལ་པོ་ཁྲི་སྲོང་ལྡེ་བཙན་མཆོད།
རང་ཅག་མེ་ཏོག་ཐོག་པའི་ལྷ།

འཕགས་པ་སྤྱན་རས་གཟིགས་དབང་མཆོད།
དྲིན་ཆེན་བླ་མ་རིམ་བྱོན་མཆོད།
ཡོངས་འཛིན་བཤེས་གཉེན་ཀུན་ལ་མཆོད།
མི་དམངས་ཡོངས་ཀྱི་སྤྱི་ནོར་མཆོད།
དུས་རབས་བརྒྱལ་བའི་བསམ་བློ་ཅན།
མཁས་དབང་དགེ་མདུན་ཆོས་འཕེལ་མཆོད།
རྩོམ་གཞུང་གསར་བ་འགྱེད་མཛད་པ།
དོན་འགྲུབ་རིག་པ་རང་གྲོལ་མཆོད།
དེ་རིང་འདིར་ཚོགས་ཁྲིམ་པ་མཆོད།
འདི་ཚོ་མ་མཆོད་མ་བཀུར་ན།
སངས་རྒྱས་བསྟན་པ་སྲུང་ནོ་རེད།
སེམས་ཅན་བདེ་སྐྱིད་སྤེལ་ནོ་རེད།
སྡང་བའི་དགྲ་བོ་འདུལ་ནོ་རེད།
གནོད་པའི་བགེགས་དཔུང་འཛོམས་ནོ་རེད་ཟེར་རྒྱུ།

ཡ།
ལྷོ་རྒྱུད་འཛམ་གླིང་ཆེན་པོའི་ཡང་རྩེ་ཏུ་ཆགས་པའི།
མཐའ་བཞི་གངས་ཀྱིས་བསྐོར་བའི་བསིལ་ལྡན་གྱི་ལྗོངས་སུ།
བར་སྣང་དྲི་མ་མེད་པའི་དྭངས་གཙང་གི་མཁའ་དབུགས།
དངུལ་དཀར་མཆོད་རྟེན་འདྲ་བའི་རང་བྱོན་གྱི་གངས་རི།
ཐྱུ་ཏུའི་མཚལ་བཤམས་འདྲའི་ཛ་རི་དང་བྲག་རི།
སྤང་ཐང་ཚང་ཚིང་འཁྲིགས་པའི་ལྗོན་ཤིང་དང་ནགས་ཚལ།
འདབ་ན་གོས་ལྡང་འདྲ་བའི་སྤང་གཞུང་གི་རྩྭ་ཐང་།

མཁའ་ན་གཤོག་རྩལ་ངོམ་པའི་མཁའ་ལྡིང་གི་ཁྲུ་ཚོགས།
སྐྱིད་ན་ལོ་འདབ་རྒྱས་པའི་མེ་ཏོག་གི་དགའ་ཚལ།
ཐང་ན་རྩེད་འཛོ་བྱེད་པའི་རི་དྭགས་ཀྱི་དཔུང་ཚོགས།
མཐའ་ན་ཡན་ལག་བརྒྱད་ལྡན་སྐྱོམ་སེལ་གྱི་བདུད་རྩི།
འོག་ན་བརྗོད་ཀྱིས་མི་ལངས་རིན་ཆེན་གྱི་གཏེར་མཛོད།
བོད་ན་གཏིང་ཞིང་ཟབ་པའི་སྲོལ་རྒྱུན་གྱི་རིག་གནས།
དགོན་ན་མིང་དོན་མཚུངས་པའི་དགེ་བཤེས་དང་སློབ་དཔོན།
གྲོང་ན་སྲིད་ཇུས་སྐྱོང་བའི་རྒྱལ་ཁབ་ཀྱི་ལས་བྱེད།
གཡང་གི་ར་བ་སྔོ་བཞི་འབྲོག་ཡུལ་གྱི་རྒྱན་ཆ།
འབྲུ་རིགས་གྲོ་ནས་སྲན་གསུམ་རོང་ཡུལ་གྱི་རྒྱན་གཅིག་ཟེར་བའི་བཤད་རྒྱུ་ཅན་ཞིག་རེད་ལ།

ཡ།
དེ་རིང་གི་ལོ་ཡག་དུས་བཟང་འདི་ལ།
སྤྲ་ཐང་སྨུག་དུ་བ་སྤྲིན་དཀར་འཕྱུར་འཕྱུར།
གྲལ་ཁྲིམ་པའི་གཟི་བརྗིད་ཉི་འོད་འཆར་འཆར།
སིལ་སྣ་མང་སྟེར་ཁ་བྲག་རི་རྩིག་རྩིག
ཇ་ཆང་སྣ་མང་པོ་རྒྱ་མཚོ་འཁྱིལ་འཁྱིལ།
ཟས་ཤིང་ཏོག་འབྲས་བུ་སྤྲང་ཆར་འབབ་འབབ།
ནང་ཕུ་ནུའི་སྨྲ་སྐད་ཁུ་བྱུག་གྲག་གྲག
མ་བུ་མོའི་ཇ་འདྲེན་སྒྲོག་མར་འཁྱུག་འཁྱུག
ཡིད་འོང་སྐྱེས་གཟུགས་མཛེས་པའི་མཆོད་པ།
དྲི་བཟང་སྤོས་རིགས་ཀྱི་མཆོད་པ།

སྙན་འགྱུར་གཏམ་བཟང་གི་མཆོད་པ།

ཟས་རིགས་གང་བཟང་གི་མཆོད་པ།

གོས་རིགས་དར་ཟབ་ཀྱི་མཆོད་པ།

ཇ་ཆང་རྒྱ་མཚོ་ཡི་མཆོད་པ།

ཁ་ལྷེ་མེ་ལྷེ་ཡི་མཆོད་པ།

སྐད་ངག་ཁུ་བྱུག་གི་མཆོད་པ།

སེམས་བཟང་བལ་དཀར་གྱི་མཆོད་པ།

སྒྲུ་ལེན་གར་རྩེད་ཀྱི་མཆོད་པ་ཟེར་བའི་བཤད་རྒྱུ་ཅན་ཞིག་རེད་ལ།

ཡ།

གནའ་མི་བོད་ཀྱི་ཁ་དཔེ་ཞིག་ལ།

རྟ་ཚོད་ཅིག་རྒྱུག་ན་ལྟ་རྒྱུ་ཡོད་ཟེར་གི།

གཏམ་ཚོད་ཅིག་བཤད་ན་ཉན་རྒྱུ་ཡོད་ཟེར་བའི་དཔེ་ལྟར་ར།

ངས་གཏམ་མང་ང་ཉུང་ཉུང་བྱེད་ལ།

ཉུང་ཉུང་བསྡུ་མ་བྱེད་ལ།

མཇུག་མཐར་བོད་ཁ་བ་ཅན་ན་ཁ་གཡང་ཞིག་འདོད།

ཁ་ལས་གངས་སེང་དཀར་མོའི་གཡུ་རལ་རྒྱས་པའི་བཀྲ་ཤིས་ཤོག

རླུང་རྟ་དམར་ཡག་སྟག་གི་འཛུམ་དྲུག་རྒྱས་པའི་བཀྲ་ཤིས་ཤོག

ཚེ་བསོད་རྟ་མཆོག་རྒོད་པོའི་བང་ཁ་དར་བའི་བཀྲ་ཤིས་ཤོག

དབང་ཐང་བྱ་རྒྱལ་ཁྱུང་གི་གཤོག་རྩལ་རྒྱས་པའི་བཀྲ་ཤིས་ཤོག

སྙན་གྲགས་གཡུ་འབྲུག་སྟོན་མོ་འགགས་པ་མེད་པའི་བཀྲ་ཤིས་ཤོག

དོན་འགྲུབ་རླུང་རྟ་སྤེ་ལྷའི་རྒྱལ་མཚན་སྒྲེང་བའི་བཀྲ་ཤིས་ཤོག

མདོ་དབུས་ཁམས་གསུམ་མཐུན་སྒྲིལ་ཡོང་བའི་བཀྲ་ཤིས་ཤོག

ལྷན་འཛོམས་གཏམ་གྱི་མཆོད་པ།

ལོ་ལོན་རྒན་པ་རྣམས་ཀྱི་ཚེ་ཐག་རིང་བའི་བཀྲ་ཤིས་ཤོག
ལོ་ཆུང་སློབ་མ་རྣམས་ཀྱི་ཤེས་རིག་དར་བའི་བཀྲ་ཤིས་ཤོག
གཡང་གི་རྔ་བ་སྔོ་བཞིན་ས་སྙིང་གང་བའི་བཀྲ་ཤིས་ཤོག
རིན་ཆེན་འབྲུ་སྣ་ལྔ་ཡིས་བང་མཛོད་གང་བའི་བཀྲ་ཤིས་ཤོག
མདོར་ན་བོད་ཆོལ་ཁ་གསུམ་གྱི་ཇི་བསམ་འགྲུབ་པའི་བཀྲ་ཤིས་ཤོག

སོག་སླུ་རིས་ཀྱིས་བཤད།

སྨོན་བཤད་དུང་དཀར་གཡས་འཁྱིལ།

ཡ།

དགུང་ལ་སྨོན་འཁོར་ལོ་རྩིབས་བརྒྱད་ནས།

ཡག་འཇའ་སྤྲིན་རི་མོའི་གུར་ཞིག་ཕུབ་ནས།

དམའ་ས་གཞི་པདྨ་འདབ་བརྒྱད་ནས།

རྩྭ་རྩི་ཏོག་ལོ་འདབ་གདན་ལ་བཏིངས་ནས།

ཡག་ལྷོ་སྤྲིན་ཆུ་འཛིན་ལྡིང་ཁང་ནས།

ལྷོ་གཡུ་འབྲུག་སྨོན་མོས་བཟང་ཞིག་བརྗོད་ཀི།

ནགས་རྒྱ་རྫོང་ལྷུང་པོའི་རྩེ་མོ་ནས།

བྱ་ཁུ་བྱུག་སྨོན་མོས་གསུང་ཞིག་བསྒྲོགས་ཀི།

དུས་དེ་རིང་བཀྲ་ཤིས་གཡང་ཁྱིམ་ནས།

སྒྱུ་ཁ་མཚར་སྐྱན་མོའི་མཛོད་སྒོ་ཕྱེ་ནས།

སྐྱིད་ཉི་མ་ཡག་གི་གུར་ཁྱིམ་ནས།

དོན་ལམ་ལ་འགྲོ་བའི་མཚོད་ཅིག་འཕེན་ཟེར་རྒྱུ།

ཡ། མཚོད་ཨོཾ་ཨཱཿཧཱུྃ།(ལན་གསུམ)

མཚོད་དང་པོ་དགུང་སྨོན་གནམ་ལ་འཕེན།

འདི་ཉེ་བླ་སྐར་གསུམ་འཆར་ས་རེད།

ལྷོ་གཡུ་འབྲུག་སྨོན་མོ་གྲགས་ས་རེད།

འཇའ་སྣ་ལྔའི་གུར་ཁང་ཕུབ་ས་རེད།

བྱ་རྒོད་པོས་ནམ་འཕང་བསྟོད་ས་རེད།
མགོ་ཞྭ་མོ་ཅན་གྱིས་བརྟེན་ས་རེད་ཟེར་རྒྱུ་རེད་ལ།
མཚོད་གཉིས་པ་དོག་མོ་ས་གཞིར་འཕེན།
འབྲུ་སྣ་ལྔའི་ལོ་ཏོག་འཁྲུངས་ས་རེད།
ཤིང་ལྗོན་པའི་ལོ་འདབ་འཁྲིགས་ས་རེད།
མཛེས་ཚུ་སྐྱེས་མེ་ཏོག་བཞད་ས་རེད།
ཚོས་སྐུ་གསུང་ཐུགས་རྟེན་བཞེངས་ས་རེད།
ཀང་སག་ལྷམ་ཅན་གྱིས་རྟེན་ས་རེད་ཟེར་རྒྱུ་རེད་ལ།

ཡ།
རྗེ་དྲིན་ཆེན་རྩ་བའི་བླ་མ་མཚོད།
ཕྱོགས་བཅུ་ན་བཞུགས་པའི་སངས་རྒྱས་མཚོད།
དབུས་ཇོ་བོ་ཡིད་བཞིན་ནོར་བུ་མཚོད།
མ་མཁའ་འགྲོ་བྱེ་བ་དུང་ཕྱུར་མཚོད།
ཚེ་མགོན་པོ་ཚེ་ལྷ་རྣམ་གསུམ་མཚོད།
ལྷ་ཡི་རིགས་གསུམ་མགོན་པོ་མཚོད།
ཁྱིམ་འདི་ཡིས་རྟེན་པའི་སྲུང་མ་མཚོད།
ཕ་ཨ་ཁུ་རྣམས་ཀྱི་དགྲ་ལྷ་མཚོད།
མ་སྲུ་མོ་རྣམས་ཀྱི་ཟས་ལྷ་མཚོད།
བུ་རང་ལ་འཁོར་བའི་ལུས་ལྷ་ཅིག་མཚོད་ཟེར་རྒྱུ།

ཡ།
ས་ཐག་རིང་ནས་ཕེབས་པའི་ཨ་ཞང་ཚང་གི།

ད་ནངས་ནམ་མཁའ་ཡར་ལངས་ཀྱི་དུས་སུ།
དགུང་ཉི་མ་བཞིན་དུ་ཤར་ནས་ཡོང་གི།
སྐྱིད་རྫོད་ཁོལ་ས་ལ་བརྒྱབ་ནས་ཡོང་གི།
ལྷོ་གཡུ་འབྲུག་བཞིན་དུ་འཁྲུག་ནས་ཡོང་གི།
ཆར་བསིལ་མ་གནས་འདིར་གཏོར་ནས་ཡོང་གི།
བྱ་ཁུ་བྱུག་བཞིན་དུ་གྲགས་ནས་ཡོང་གི།
སྐྱིད་གསུང་སྙན་ཡུལ་འདིར་བརྗོད་ནས་ཡོང་གི།
ཡུལ་སྐྱིད་པོ་དགའ་སྐྱིད་གཡང་ཁྱིམ་ནས།
སྐུ་རི་རྒྱལ་ལྷུན་པོ་བདེ་མོ་ཡིན་ནམ།

ཡ།
དེ་རིང་བཀྲ་ཤིས་པའི་ཉི་མ།
དོན་འགྲུབ་པའི་འཕྲོད་སྦྱོར།
ཕུན་སུམ་ཚོགས་པའི་གཟའ་སྐར།
བདེ་ལེགས་འབྱུང་བའི་དུས་ཚོད་འདི་ལ།
གྲལ་ཕྱི་ནང་ཁྲིམ་ལ་བཙུད་ཆེ་ཧུང་།
གོང་ཨ་ཞང་ཚང་ལ་བརྗིད་ཆེ་ཧུང་།
ཡར་གཉེན་ཚང་ཁྲིམ་ལ་འཛིགས་ཆེ་ཧུང་།
ངས་དེ་རིང་བཀྲ་ཤིས་གཡང་ཁྱིམ་ནས།
ང་གཏམ་བཤད་ཞི་ལུ་ཡར་ལངས་ནས།
ལག་བཀྲ་ཤིས་ཁ་བཏགས་དགུང་ལ་ཕྱུར་ཧུང་།
བློ་རིག་པའི་བར་ནས་ནོར་འགྲོ་གི།
གཏམ་ཁ་ལྕེ་བར་ནས་འཆུག་འགྲོ་གི།

བར་སྐྱིད་པའི་འཁྲིག་རིམ་བརྗེད་འགྲོ་གི།
མཇུག་ཛ་མའི་བསྡུམ་བྱ་འཚོལ་འགྲོ་གི།
དང་པོ་སྟོན་པ་ཐོན་ཚུལ།
བར་དུ་བསྟན་པ་དར་ཚུལ།
མཐའ་མར་བཀའ་དྲིན་ཆེ་ཚུལ།
སྲིད་པའི་སྲོལ་བཟང་དར་ཚུལ།
བོད་ཀྱི་རྒྱལ་རབས་ཐོན་ཚུལ།
ལྷ་ཀླུའི་གཉེན་སྟོན་བྱས་ཚུལ།
བོད་རྒྱའི་གཉེན་སྒོ་ཚུགས་ཚུལ།
བཀྲ་ཤིས་ཆེ་བརྗོད་ཞུ་ཚུལ་ལ་སོགས་བྱུང་བ་མང་གི་ར།
དེ་དག་ཡོད་ཚད་བཤད་ན་མང་འགྲོ་གི།
གཏམ་མང་ན་སྐད་ཆ་ཉོག་འགྲོ་གི།

ཡ།
དེ་རིང་གཉེན་སྟོན་ལ་བསྟོད་པ་ལན་གསུམ་ཙམ་བྱས་ན།
ཤ་མར་ཐུད་གསུམ་བརྩིགས་པའི་གྲལ་མགོ་ན།
ལས་དབང་ཐང་ཅན་གྱི་ཨ་ཞང་བཞུགས་ཡོད།
སེང་དཀར་མོ་གངས་ནས་འཁྱིངས་འདྲ་ཡིན་ཟེར་གི།
ཇ་ཆང་མངར་གསུམ་གཏམས་པའི་གྲལ་རྐེད་ན།
རློ་རིག་དྲན་ཤེས་འཛོམས་པའི་གཉེན་ཚང་བཞུགས་ཡོད།
སྟག་དམར་ཡག་ནགས་ནས་མཆོང་འདྲ་ཡིན་ཟེར་གི།
ཀ་ར་སིལ་ཏོག་བསྒྲིགས་པའི་གྲལ་ཛ་ན།
གཟུགས་གཞི་ལང་ཚོ་རྒྱས་པའི་མ་སྨྲ་བཞུགས་ཡོད།

བྱ་རྨ་བྱའི་སྒྲོ་གུར་ཕུབ་འདྲ་ཡིན་ནས་ཟེར་རྒྱུ་ཅན་ཞིག་རེད་ལ།

ཡ།
དེ་རིང་ཁྲོམ་པའི་གྲལ་ཡག་གི།
གོང་ཨ་ཞང་ཚང་གི་གདམ་ཡག་གི།
བར་གཉེན་ཚང་ཁ་ཡི་གཡང་ཡག་གི།
སྨད་མ་སྲུའི་ངག་གི་སྨྲ་ཡག་གི།
ཡག་འཛོམས་གསུམ་གྲལ་གྱི་ནང་རོལ་ནས།
ཁ་ཚིག་གསུམ་གདམ་གྱི་རྒྱན་ཡག་ན།
དོན་རྩ་གསུམ་དཔྱད་པར་དཔེ་ལེན་ན།
ལག་གི་དཀར་ཡོལ་ཁྱུང་གཤོག་ལྡེམ་པ་འདིར་བསྟོད་པ་ཞིག་བྱས་ན།
འདིའི་ཁ་ན་འཁོར་ལོ་རྩིབས་བརྒྱད་ཡོད་ཀི།
དགུང་འཁོར་ལོ་རྩིབས་བརྒྱད་མཐོ་བའི་རྟགས་ཡིན་ཟེར་གི།
འདིའི་ཞབས་ན་པདྨ་འདབ་བརྒྱད་ཡོད་ཀི།
ས་དོག་མོ་པདྨ་འདབ་བརྒྱད་ཡངས་པའི་རྟགས་ཡིན་ཟེར་གི།
འདིའི་སྐེད་ན་བཀྲ་ཤིས་རྟགས་བརྒྱད་ཡོད་ཀི།
ཡུལ་འཚོ་བ་ལོངས་སྤྱོད་རྒྱས་པའི་རྟགས་ཡིན་ནས་ཟེར་གི།
འདི་སྟོད་དབུས་གཙང་བླ་མའི་གསོལ་དཀར་ཡིན།
སྨད་ཨ་མདོའི་དཔོན་པོའི་བཞེས་ཕོར་ཡིན།
དེ་རིང་ཁྲོམ་པའི་རྩེད་དཀར་ཡིན།
བདག་གཞི་མགྲོན་གཉིས་ཀའི་འཕྲུང་དཀར་ཡིན།
སྤྱིར་གངས་ཅན་བོད་མིའི་གཉེན་དཀར་ཡིན་ནས་ཟེར་གི།

ཡ།

འདིའི་ནང་ན་ལོ་ཚང་ཁམ་པ་ཡོད།

ཟླ་ལ་བསྒྲལ་བའི་ཟླ་ཚང་བསིལ་མ་ཡིན།

ཞག་ལ་བསྒྲལ་བའི་ཞག་ཚང་དྲོན་མོ་ཡིན།

ད་ནངས་ཀྱི་ཐོ་རེངས་གསར་ཚང་ཡིན།

དེ་རིང་གི་གཉེན་ཚང་མངར་མོ་ཡིན།

འབྲུ་དྲུག་མ་ནས་ཀྱི་ཉིང་བཅུད་ཡིན།

སྔོ་གཡུ་འབྲུག་སྔོན་མོའི་ཁ་ཆུ་ཡིན།

སེང་གེ་དཀར་མོའི་འོ་མ་ཡིན།

འོམ་ནག་སྨྱོན་པའི་མཁྲིས་ཁུ་ཡིན།

དམར་ཡག་སྟག་གི་རུས་ཁུ་ཡིན།

ཞི་སྟང་སྤྲུལ་གྱི་སྣ་ཁུ་ཡིན།

འདི་དཀར་པོ་དུང་གི་ཁ་དོག་ལྡན་ན།

སེར་པོ་གསེར་གྱི་རིན་ཐང་ལྡན་ན།

དཀར་གསུམ་འོ་མའི་ཞིམ་ཤ་ལྡན་ནས་ཟེར་གི།

བོད་སྟོབས་ཆེན་མིན་ན་མི་ཁུག་ནས་ཟེར་གི།

གྲོགས་རྩིས་ཆེན་མིན་ན་མི་འདྲེན་ནས་ཟེར་གི།

ཕ་ཨ་ཁུས་བཞེས་ན་དགྲ་ལྷ་རང་འཕོར།

མ་སྲུ་མོས་འཐུང་ན་ཟས་ལྷ་རང་འཕོར།

སྟག་ཤ་རས་འཐུང་ན་གློ་རིག་རྫེ་གསལ།

སྨན་བུ་མོས་འཐུང་ན་ཤ་མདངས་རྫེ་དཀར།

ཐབས་ཤེས་རབ་ནམ་མཁའི་ཐོག་ལས་མྱུར་ར།

འདི་བསོད་ནམས་དབང་ཐང་རྒྱས་སྤྱད་ཡིན་ནས་ཟེར་གི།

ལས་ཁ་རྡེ་རླུང་རྟ་དར་བྱེད་ཡིན་ནས་ཟེར་གི།
སེམས་སྤུན་དུས་འཁྱུང་ན་འདུག་རོགས་ཞན་ན།
སོས་དལ་དུས་འཁྱུང་ན་བཤད་གྲོགས་ཞན་ནོ།
ས་གང་ལ་སོང་ན་འགྲོ་རོགས་ཞན་ནོ་དེ་བཀྲ་ཤིས་པའི་བདུད་རྩི་སྔོན་མོ་འདི་ཡིན་ནས་ཟེར་གི།

ཡ།
ངའི་ལག་གི་ཁ་བཏགས་ཉིན་མོ་བདེ་ལེགས་འདི་ལ་བསྟོད་པ་ཙུང་བསྡུས་ཤིག་བྱས་ན།
ཕྱི་རི་མོ་བཀྲ་ཤིས་རྟགས་བརྒྱད་ཡིན་ནས་ཟེར་གི།
ཁ་ཐེལ་གཡུང་དྲུང་རང་འཁྱིལ་ཡིན་ནས་ཟེར་གི།
ཁ་ཚར་བལ་དཀར་ཁ་རྒྱ་ཡིན་ནས་ཟེར་གི།
རྫེ་སངས་རྒྱས་སྟོང་གི་ཚེ་དར་ཡིན་ནས་ཟེར་གི།
དཔའ་དགྲ་ལྷ་ཞེར་མའི་ཟླ་གོས་ཡིན་ནས་ཟེར་གི།
རྫེ་རྩ་བའི་བླ་མའི་མཛལ་དར་ཡིན་ནས་ཟེར་གི།
ལྷ་ཆོས་སྐྱོང་སྲུང་མའི་སྣན་དར་ཡིན་ནས་ཟེར་གི།
བར་སྐྲུ་རྒྱལ་བོད་ཀྱི་གཉེན་དར་ཡིན་ནས་ཟེར་གི།
འདི་དེ་རིང་ཁྲིམ་པའི་རྩེ་དར་ཡིན་ནས་ཟེར་གི།
མགྲོན་ཚུར་ཡོང་སྔོན་གྱི་བསུ་རྟེན་ཡིན་ནས་ཟེར་གི།
མགྲོན་ཕར་སྐྱེལ་སེམས་ཀྱི་རྗོངས་པ་ཉན་ནས་ཟེར་གི།
གཉེན་ཕན་ཚུན་སྦྲེལ་བའི་འཛིན་ཐག་ཡིན་ནས་ཟེར་གི།
གྲོགས་ལྷད་མེད་སྙིང་གི་དྲན་རྟེན་ཡིན་ནས་ཟེར་གི།
ལས་དབང་ཐང་དར་བའི་རླུང་རྟ་ཡིན་ནས་ཟེར་གི།

ངའི་ལྷད་མེད་ཀྱི་ལག་ཟུང་ནང་གི་དྲི་མེད་ཀྱི་བཀྲ་ཤིས་ཁ་བཏགས་ལ་རྟེན་འབྲེལ་གྱི་བསྟོད་པ་ཙུང་ཙམ་བྱས་ན་འདི་འདྲ་ཞིག་རེད་ཟེར་རྒྱུ་ཅན་ཡིན།

ཡ།

དེ་རིང་གི་མག་གསར་ལ་བསྟོད་པ་ཚིག་གསུམ་བྱེད་ན།

བློ་ཤེས་རྒྱ་གློག་གི་འཕྲུལ་རྩལ་ལྡན་ནོ།

ཐབས་མཆོག་སྒྱུར་མཁས་པའི་རང་གྲོལ་འཛིན་ནོ།

སེམས་ཀུན་ཤེས་ཀུན་གྱི་ཡང་རྩེ་ཡིན་ནོ།

ཞེ་རྒྱུད་པ་དུང་གི་དྭངས་ཤ་ཅན་པོ།

དེ་རིང་གི་མག་པ་གསར་བ།

མ་འོངས་པའི་ཨ་ཕ་ངོ་མ་ཁྱོད་ཡིན་ནས་ཟེར་ག

ཡ།

ཨ་སྙིད་པའི་མག་ཞིའུ་ཁྲ་ལོ།

ཁྱོད་དཔའ་རྒྱ་སྟག་ངར་མའི་སྟོབས་ཤུགས་ལྡན་ན།

ལུས་གཟི་བརྗིད་སེང་གེ་འཁྱིང་ཉམས་ངོམ་མ།

ལས་རླུང་རྟ་ཁྱུང་གི་ནམ་འཕང་བསྟོད་ལ།

མཚན་སྣན་གྲགས་འབྲུག་གི་ངར་སྐད་སྒྲོག་ག

ཁྱོའི་བསོད་ནམས་གསེར་ནག་ཉི་མ་འཆར་འཆར་བྱེད་ལ།

ཁ་ལས་རླུང་རྟ་ཁུ་བྱུག་གྲག་གྲག་བྱེད་ལ།

ཚེ་གཡང་ཚེ་རིང་རྣམ་དྲུག་རྒས་རྒས་བྱེད་ལ།

བདེ་སྐྱིད་རྫོགས་ལྡན་དཔལ་ལ་རོལ་རོལ་བྱེད་ནོ།

དེ་རིང་གི་མག་ཞིའུ་མ་འོངས་པའི་ཁྱིམ་གཞིས་སྐྱོང་ནོ།

དེ་རིང་མག་ཞིའུ་ཁྱོད་ཡིན་ནས་ཟེར་རྒྱུ་ཅན་ཞིག་ཡིན།

ཡ།

དེ་རིང་གི་བག་མ་ཕྲ་མོ་འདི་ལ་བསྟོད་པ་ལན་གསུམ་བྱས་ན།
འདིའི་ཡག་མོ་སྒོ་ལྷ་སྐུ་ངོ་མ་ཡིན་ནས་ཟེར་གི།
ཚོག་འཇམ་པོ་རྗེ་བཙུན་མགུར་མ་ཡིན་ནས་ཟེར་གི།
གཟུགས་སྐྱེས་ཡག་ཚོགས་དྲུག་སྨུག་མ་ཡིན་ནས་ཟེར་གི།
ཞལ་བཞིན་མདངས་དུང་ཟླ་དག་མ་ཡིན་ནས་ཟེར་གི།
གདོང་མཁུར་ཚོས་ཕྱུར་དམར་རྣལ་མ་ཡིན་ནས་ཟེར་གི།
སྐྲ་ནག་ཚུང་རྒྱ་ལྕུང་པོ་མ་ཡིན་ནས་ཟེར་གི།
སེམས་གཤིས་རྒྱུད་ཞེལ་དཀར་དྭངས་མ་ཡིན་ནས་ཟེར་གི།

ཡ།

སྐྱིད་ཀྱི་བག་མ་ཕྲ་མོ།
ཁྱོད་བསྟད་སའི་ས་ནས་བསམ་དོན་འགྲུབ་བ།
སོང་སའི་གནས་ནས་ཁ་ལས་དར་ར།
བསམ་དོན་ཉི་མ་འཆར་འཆར་བྱེད་ལ།
ཀླུང་ཧ་ཟླ་བ་ཚེས་ཚེས་བྱེད་ལ།
རྒྱུ་འཁོར་བ་སྐར་ཚོགས་འཆར་འཆར་བྱེད་ལ།
དབང་ཐང་ཧ་རྒོད་རྒྱུག་རྒྱུག་བྱེད་ལ།
སེམས་བསམ་པའི་གཏིང་གི་འདོད་པ་ཡོད་ཚད།
དོན་དམ་པ་བཞིན་དུ་འགྲུབ་ནས་ཡོང་ངོ་།
དེ་རིང་གི་བག་མ་ཕྲ་མོ་ཁྱོད་ཡིན་ནས་ཟེར་རྒྱུ་ཅན་ཞིག་ཡིན།

ཡ།

མཇུག་མཐར་ཁ་གཡང་བཀྲ་ཤིས་འཁྱིལ་བ་ཞིག་བརྗོད་ན།

ཁྱད་པར་དུ་དེ་རིང་གི་གཉེན་སྟོན་གྱི་གཞི་མ།

མ་འོངས་པའི་ཁྱིམ་གསར་གྱི་བདག་པོ།

གཞོན་ནུ་ཕོ་མོ་འདི་གཉིས་ལ་རིགས་རྒྱུད་ཀྱི་མེ་ཏོག་བཞད་པའི་བཀྲ་ཤིས་ཤོག

མཛའ་མཐུན་གྱི་མདུད་རྒྱ་དམ་པའི་བཀྲ་ཤིས་ཤོག

མཚན་སྙན་གྱི་དབྱར་རྔ་ལྡིར་བའི་བཀྲ་ཤིས་ཤོག

དཔལ་འབྱོར་གྱིས་བང་མཛོད་གཏམས་པའི་བཀྲ་ཤིས་ཤོག

ཚེ་སྲོག་གི་དམུ་ཐག་རིང་བའི་བཀྲ་ཤིས་ཤོག

བསོད་ནམས་ཀྱི་ཉི་ཟླ་གང་བའི་བཀྲ་ཤིས་ཤོག

སངས་རྒྱས་ཀྱི་ཆོས་དང་འཕྲད་པའི་བཀྲ་ཤིས་ཤོག

དགེ་འདུན་གྱི་སྡེ་དང་མཇལ་བའི་བཀྲ་ཤིས་ཤོག

དཀོན་མཆོག་གསུམ་གཏན་དུ་གནས་པའི་བཀྲ་ཤིས་ཤོག

ཐུགས་རྗེ་ཡིས་ནམ་མཁའ་གང་བའི་བཀྲ་ཤིས་ཤོག

སྨོན་ལམ་གྱིས་ས་གཞི་ཁྱབ་པའི་བཀྲ་ཤིས་ཤོག

ལུང་དམར་སྲས་མཆོག་གིས་བཤད།

མག་པའི་སྐྱེད་རགས་བཅིངས་སྒྲོལ་
དར་དཀར་རིང་མོ།

བོད་ཁ་བ་ཅན་དང་རལ་བ་ཅན།
ལག་ཕྲེང་བ་ཅན་གྱི་དཔེ་ལྟར་དུ།
བོད་ལ་དཔེ་ལམ་འཕྲང་གསུམ་ཡོད་གི།
སྐྱ་ལ་ལམ་སྐྱེད་རྒྱུས་གསུམ་ཡོད་གི།
གཏམ་གྱི་མགོ་མ་ཀུ་རེ་ཡིན་ནོ།
གཏམ་ཀུ་རེ་མེད་ན་ཉན་སྒྲོལ་མེད་གི།
ཟས་ཀྱི་མགོ་མ་མཆོད་ཁ་ཡིན་ནོ།
ཟས་མཆོད་ཁ་མེད་ན་ཟ་སྒྲོལ་མེད་གི་ཟེར་བའི་དཔེ་ལྟར་དུ།
ངས་བདུད་རྩི་ཆང་ང་མཆོད་ཁ་ཞིག་འཕེན།

ཡི།
མཆོད་རཾ་ཡཾ་ཁཾ། མཆོད་ཨོཾ་ཨཱཿཧཱུྃ།
མཆོད་རཾ་ཡཾ་ཁཾ། མཆོད་ཨོཾ་ཨཱཿཧཱུྃ།
མཆོད་རཾ་ཡཾ་ཁཾ། མཆོད་ཨོཾ་ཨཱཿཧཱུྃ།
མཆོད་དང་པོ་བླ་མ་ཡི་དམ།
སངས་རྒྱས་བྱང་སེམས།
དཔའ་བོ་མཁའ་འགྲོ།

ཚེས་སྐྱོང་སྲུང་མ།
ཡུལ་ལྷ་གཞི་བདག
ནོར་ལྷ་གཏེར་བདག
དུས་གསུམ་གྱི་སངས་རྒྱས།
རིགས་གསུམ་གྱི་མགོན་པོ།
སྐྱབས་གནས་བསླུ་བ་མེད་པ།
བླ་མ་དཀོན་མཆོག་གསུམ་པོ།
སྟོན་པ་ཤཱཀྱ་ཐུབ་པ།
གུ་རུ་སྣང་སྲིད་སངས་རྒྱས།
རྒྱ་གར་གྲུབ་ཆེན་བརྒྱད་ཅུ།
བོད་ཀྱི་རྗེ་འབངས་ཉེར་ལྔ།
འཛམ་གླིང་རྒྱན་དྲུག་མཆོག་གཉིས།
ཚེས་རྒྱལ་མེས་དབོན་རྣམ་གསུམ།
འཛམ་བུ་གླིང་གི་དཔལ་ཡོན།
ལྷ་ཀླུ་མི་ཡི་ལོངས་སྤྱོད།

གླིང་བཞི་གླིང་ཕྲན་ཉི་ཟླ་ལ་སོགས་མདོར་ན་སྟོང་གསུམ་གྱི་མེ་ལྟེ་བཀང་སྟེ་མཆོད་དོ་བསྟོད་དོ་མངའ་གསོལ་ལོ།

ཁྱད་པར་དུ་གར་འགྲོ་ཡི་ལམ་ལྷ་དཀར་པོ།
གར་བསྡད་ཀྱི་ཡུལ་ལྷ་གཉན་པོ།
སྟོང་གསུམ་སྟོང་གི་གཞི་བདག
སྟོད་ཀྱི་མངའ་རིས་སྐོར་གསུམ།
བར་གྱི་དབུས་གཙང་རི་བཞི།
སྨད་ཀྱི་མདོ་ཁམས་སྒང་དྲུག

བོད་སྐྱོང་བསྟན་མ་བཅུ་གཉིས།
སྲིད་པ་ཆགས་པའི་ལྷ་དགུ།
རྒྱལ་བའི་མགུར་ལྷ་བཅུ་གསུམ།
འཛམ་བུ་གླིང་གི་གཞི་བདག
ཁ་བ་ཅན་གྱི་ལྷ་སྐལ།
ཐུགས་རྗེ་ཆེན་པོའི་གནས་རི།
ས་བཅུ་བ་ཐོབ་པའི་སངས་རྒྱས།
དབྱར་ཟླ་གསུམ་ལ་གཡུ་ཡི་སྤྲང་ཆར་འབབ་ས།
སྟོན་ཟླ་གསུམ་ལ་འབྲུ་ཡིས་བང་མཛོད་བཀང་ས།
དགུན་ཟླ་གསུམ་ལ་དུང་གི་ཁྲུ་འཕང་འཁྱུངས་ས།
དཔྱིད་ཟླ་གསུམ་ལ་དྲག་པོ་གློག་དམར་འཚུབ་ས།

སྟོད་ན་ཉི་ཟླའི་ཧོག་བཙུགས་ཤིང་བར་ན་ཕྱུགས་ཀྱི་ཁྲ་ཐབ་པའི་སྐྱེས་ལྷ་ཨ་མྱེས་བྲག་སེར། བྲག་སེར་སྟོབས་ལྡན་ཞལ་དཀར།

ཡ།
ངའི་ཕ་ཡི་རིང་ལ་མཆོད་གོ་ནོ།
བུ་ཡི་རིང་ལ་བཀུར་གོ་ནོ།
སྐྱེས་ལྷ་སྐྱིད་སྡུག་བཅོལ་ས་པོ།
ཁ་ལས་ཆག་འཛིགས་གཏད་ས་པོ།
ས་ཕྱུ་ཧའི་ཕུ་མདོ་བར་གསུམ་ན་གནས་པའི་གཞི་བདག
བྲག་དཀར་བཀྲ་ཤིས་འབྱུང་གནས།
གངས་དཀར་ཕྱོགས་ལས་རྣམ་རྒྱལ།
ལྷུན་པོ་རྗོ་རྗེ་བྲག་རྒྱལ།

ཤར་ཕྱོགས་འབུམ་པ་རྩེ་བརྒྱད།

དགེ་བསྙེན་རྗེ་རྫེ་འབར་བ།

འོས་ཤིང་བ་ཤིང་རིང་མོ།

བ་ཡུན་དུང་སོ་དཀར་མོ།

ཁྱད་པར་དུ་ནངས་སྔ་མོ་ཛ་ཁ་ཆང་ཁ་ན་མཆོད་གོ་ནོ།

དགོང་ཕྱི་དྲོ་དམར་ཁ་གསུར་ཁ་ན་མངར་གོ་ནོ།

སྐད་ངག་ཐོག་གི་འབོད་གོ་ནོ།

ལག་སྟེར་ཐོག་གི་མཆོད་གོ་ནོ།

དྲིན་ཆེན་རྩ་བའི་བླ་མ།

རིན་ཆེན་གཙུག་གི་ནོར་བུ།

འདི་ཕྱི་གཉིས་ཀྱི་སྐྱབས་མགོན།

ཐུགས་འཆང་ཀུན་བཟང་གྲགས་པ།

ངའི་ཁ་ལས་མེ་ལྕེ་འདྲ་བོ་དལ་དུ་མ་འཇུག

ལྐུང་ཧ་ཧ་རྒོད་འདྲ་བོ་ཆད་དུ་མ་འཇུག

དཔའ་རྩལ་རྒྱ་སྟག་ངར་མ་ཞུམ་དུ་མ་འཇུག

སྙན་གྲགས་གཡུ་འབྲུག་སྔོན་མོ་འགག་ཏུ་མ་འཇུག

རྣམ་རིག་བྱ་ཁྲ་འདྲ་བོ་རྗིབ་ཏུ་མ་འཇུག་ག

ཁ་ལྕེ་སྨྱིག་དམར་འདྲ་བོ་ལྐུགས་སུ་མ་འཇུག་ག

ཡ་ཆུང་གངས་དཀར་སེམས་ཀྱི་སྒོ་ཞིག་ཕྱེས་ར།

མིད་ཐག་འགྲུགས་ལུང་ཕྲ་མོ་འགག་ཅིག་ཡོངས་ར།

ངའི་འཆལ་མ་འཚོལ་གྱི་གཏམ་ཞིག་བཤད་ལ།

ང་འདར་མ་འདུར་གྱི་ཧ་ཞིག་རྒྱུག་ཡ།

དེ་རིང་སྐྱིད་དགའ་ཡོངས་སྤྱོད་ཀྱི་ཉི་མ།

མི་དགའ་ལྷ་སྐྱིད་ཀྱི་ཉིན་མོ།
དུས་བཟང་ཉི་ཤར་གྱི་རྩེ་མོ།
རྟེན་འབྲེལ་ལྷུན་ཆགས་ཀྱི་གཞི་མ།
འདི་རྩེ་མཉམ་འབྲེལ་གྱི་མགོ་མ།
གླུ་ལེན་གར་རྩེ་ཡི་ཐོག་མ་འདི་ལ།
སྐད་ངག་ཅན་གྱིས་གླུ་ལེན་གི།
ཁ་ལྕེ་ཅན་གྱིས་གཏམ་བཤད་ཀི།
སྐྱེས་གཟུགས་ཅན་གྱིས་ཡག་ངོམ་གི།
དེ་རིང་ཁྲིམ་པ་འཛིགས་ཆེ་གི།
ངས་ཚིག་གསུམ་བཤད་ན་འཆུག་འགྲོ །
གོམ་གསུམ་སྤྱོས་ན་འཚོལ་འགྲོ་གི་ར།
ང་གྲལ་མགོའི་ཕ་ཁུས་བཀའ་བབ་ནི་རེད།
གྲལ་སྐེད་ན་བླས་རེ་བཞག་ནི་རེད།
གྲལ་ཇའི་མ་སྲུས་ཚོགས་བཙུགས་ནི་རེད།
མི་བཤད་ཀ་མེད་ལས་ཐུག་ནི་རེད།
ངས་སྟོང་གསུམ་གྱི་སྲིད་པའི་ཆགས་རིམ་ར།
ཁམས་གསུམ་གྱི་འཁོར་བའི་འགྲོ་ལུགས་བཤད་ཅི་ཤེས་ར།
 སྔེ་གངས་ཅན་བོད་ཀྱི་ལུགས་སྲོལ་ཞིག་བཤད་ན་ར།
བཤད་མི་ཤེས་གེ་སར་གྱི་སྒྲུང་འདྲ་འདྲ།
བཤུག་མི་ཤེས་གོས་སྐུད་ཀྱི་དཀྲིས་འདྲ་འདྲ་ཡིན་ནི་རེད་དྲ།
ངས་བློ་དང་རིག་པའི་ངེས་ཚད་ཅིག
གངས་དཀར་སེམས་མ་འཆར་ཚད་ཅིག
ཁ་ལྕེའི་བར་ནས་ཚོད་ཚད་ཅིག་བཤད།

ཁ་བ་ཅན་གྱི་ལུགས་སྲོལ་ལྟར་དུ།
འདི་ཚོགས་ཁྲིམ་པའི་རེ་བ་བསྐོང་ང་།
སྐྱིད་ཀྱི་མག་པ་སྐྱེད་རགས་ཞིག་བཅིངས།

ཡ།

ད་ནངས་ཀྱི་ནམ་མཁའ་ཡར་ལངས་ང་།
ཉི་ཤར་གྱི་རྩེ་མོ།
རྗེན་འབྲེལ་གྱི་མགོ་མ།
སྐྱིད་དགའ་སྤྲོའི་ཉི་འོད་ཐོད་ལ་བརྒྱབ་བེ།
སེམས་འདངས་རྒྱག་བ་མོ་མཐའ་ནས་དྭངས་ནས།
རྟ་འདོ་བའི་རུམ་རུམ་སྤྲིན་ན་མཉམ་ནས།
མགོ་ཕྲ་མོ་ཡག་གི་ཉི་ཟླས་གཡོགས་ནས།
སྤྲིན་དཀར་པོ་ཐོད་ལ་བཟུང་ནས།
ས་ནག་པོ་འདོམ་མ་འཛལ་ནས།
ཆུ་ཆེན་པོ་འོབ་བ་དྲངས་ནས།
ལ་གྱེན་ཐུར་བར་གྱི་རྟ་མ་ཚོགས་ག
སྣ་ལྔ་བཞིའི་ཐོག་གི་མི་མ་ཚོགས་ག
ཁྱེད་ཕ་དང་ཨ་ཁུས་བསྐྱལ་ནས་ཡོང་ནས།
བུ་དང་ཚ་བུས་བསྐྱོར་ནས་ཡོང་ནས།
ཁྱིམ་གཡང་ཚང་ཚང་གི་ཁྱིམ་མ་ཡོང་ནས།
གཡུང་དྲུང་འཛོམས་པའི་གྲལ་གྱི་བཞུགས་དུས།
གྲལ་མགོ་བསྐོར་ནས་ཕ་ཁུ་བཞུགས་ཀི།
སེང་དཀར་མོ་གངས་ནས་འཁྱིངས་འདྲ་རེད་ལ།

སེང་གཡུ་རལ་འདྲ་བའི་བསོད་ནམས་རྒྱས་ཀི།
གྲལ་སྙིད་བསྐོར་ནས་ན་བླ་བཞུགས་ཀི།
སྟག་དམར་ཡག་ནགས་ནས་མཆོང་འདྲ་རེད།
རྒྱབ་ཁྱུག་ལེ་འདྲ་བའི་དཔའ་རྩལ་ངོམ་གི།
གྲལ་ཟ་བསྐོར་ནས་མ་སྨུ་བཞུགས་ཀི།
བྱ་རྨ་བྱའི་སྒྲོ་གུར་ཕུབ་འདྲ་རེད་ལ།
སྒྲོ་ཀུ་ཤ་འདྲ་བའི་ཚེ་བསོད་ལྡན་གི།
འདི་བསོད་ནམས་ནང་གི་སྟོན་མ་རེད།
དབང་ཐང་དར་བའི་རྟེན་འབྲེལ་རེད།
རྟེན་འབྲེལ་འགྲིག་གི་ཐོག་མ་རེད།
སྲིད་པ་ཆགས་པའི་དར་སྲོལ་ཡིན་ནོ་གི།
ངའི་སྐྱིད་ཀྱི་མག་པ་སྙིད་རགས་ཞིག་བཅིངས།

ཡ།

གཡུ་མདོག་སྔོན་མོ་གནམ་གྱི་འོག་ནས།
རིན་ཆེན་གསེར་གྱི་ས་གཞིའི་སྟེང་ནས།
སྐྱིད་ཀྱི་མགོ་སྨ་གྲུ་བཞིའི་ནང་ནས།
ཡག་གི་གདན་ཆའི་ཁྲིག་ལེའི་སྟེང་ནས།
སྐྱིད་ཀྱི་མག་ཞིའུ་ཚེ་རིང་ལོ་བརྒྱ།
ཁྱེད་སྐྱིལ་དྲུང་རྡོ་རྗེ་མདུད་པ་དེ།
རྐང་གཡས་པ་གཡས་ས་ལོངས་ང་།
གཡོན་པ་དོག་སེ་ཐོངས་ང་།
ལུས་མདའ་སྨྱུག་དྲང་སེ་ཡར་ར་ལོངས་ང་།

ཞལ་འཛུམ་པུ་ཏྲོད་ལེ་ཚུར་ལ་འཁོར་དྲ།
ཨ་ཞང་རྒད་པོས་སྐྱིད་རགས་བཅིངས།
འདི་བཅིངས་ནས་མི་ཚོག་ཅིག་བསྟོད་དགོས་ནས་ཟེར་གི།

ཡ།
ངའི་ལག་གི་སྐྱིད་རགས་འདི་ཅིག་བསྟོད་ཀྱི་ན།
འདི་རང་ཁས་གོས་དང་མི་འདྲ་ནས་ཟེར་གི།
སྟོད་ལྷ་ཡི་ཡུལ་གྱི་ལྷ་དར་ཡིན་ནས་ཟེར་གི།
འོག་ཀླུ་ཡི་ཡུལ་གྱི་ཀླུ་དར་ཡིན་ནས་ཟེར་གི།
སྟོད་དབུས་གཙང་བླ་མའི་མཇལ་དར་ཡིན་ནས་ཟེར་གི།
སྨད་རྒྱ་ནག་རྒྱལ་པོའི་ཁྲིམས་དར་ཡིན་ནས་ཟེར་གི།
བོད་ཁ་བ་ཅན་གྱི་བཅིངས་སྐག་ཡིན་ནས་ཟེར་གི།
འདི་འཐེལ་དུས་ལྷ་མོ་བརྒྱ་ཡིས་བཀལ་ནས།
འཕང་ཤིང་ཙན་དན་དམར་པོ་ཡིན་ནས།
འཕང་ལོ་གསེར་རྗོ་སེར་པོ་ཡིན་ནས།
འདི་འཐག་དུས་ཀླུ་མོ་བརྒྱ་ཡིས་འཐག་ནས།
གདག་མ་སྟག་མོ་མཚོང་མཚོང་བྱས་ནས།
སོན་པ་སླ་བོ་ལྡང་ལྡང་བྱས་ནས།
རྒྱུ་སྤུན་བལ་དཀར་ཁ་ཆུ་ཡིན་ནས།
བཀལ་བའི་ཉག་ལ་སྦོམ་ཕྲ་མེད་ནས།
འཐག་པའི་ཞེང་ལ་ཆེ་ཆུང་མེད་ནས།
འཇའ་ཚོན་སྣ་ལྔའི་ཐིག་ལེ་ཡོད་ནས།
ཀུན་པདྨའི་རི་མོ་ཡོད་ནས།

འདི་སྨད་ན་ཡོད་དུས་གོང་ཆེན་ཞིག་ཡིན་ནས།
འདི་བོད་ལ་ཐོན་དུས་མིང་ཆེན་ཞིག་ཡིན་ནས།
འདི་བཅིངས་པའི་ཉེ་མ་མདོག་ཆེན་ཞིག་ཡིན་ནས་ཟེར་གི།
ཨ་ཞང་རྒྱུ་སྟོབས་ཅན་ཞིག་མིན་ན་མི་ཁྱུགས་ནས།
མག་པ་གོས་བསོད་ཅན་ཞིག་མིན་ན་མི་ནོན་ནས་ཟེར་ག

ཡ།
ངས་སྐྱིད་རགས་འདིའི་ཁྱུག་མགོ་དཀྱུང་སྟོན་གནམ་ལ་འཁྱོགས།
ཁྱུག་མགོ་དཀྱུང་སྟོན་གནམ་ལ་བཀྱུགས་ན།
དཀྱུང་ཨ་སྟོན་འདྲ་བའི་མདོག་ཅིག་ཡོད་ནས།
དུང་ཟླ་བ་མག་པ་ཆགས་ཤིག་འཛོག་ག
ནམ་སྐྱ་རེངས་འདྲ་བའི་སྐྱིད་རགས་བཅིངས།
སྐྱིད་པ་བར་སྣང་ཁམས་མ་འཛོག
སྐྱིད་པ་བར་སྣང་ཁམས་མ་བཞག་ན།
སྤྲིན་དཀར་པོ་འདྲ་བའི་མདོག་ཅིག་ཡོད་ནས།
འབྲུག་ཕོ་ཁྲུང་མག་པ་ཆགས་ཤིག་འཛོག་ག
ཆར་ཟིལ་མ་འདྲ་བའི་སྐྱིད་རགས་བཅིངས་ཡ།
ཁ་ཚུར་དོག་མོ་ས་ལ་འདྲུད་ཡ།
ཁ་ཚུར་དོག་མོ་ས་ལ་དྲུད་ན།
སྤང་མེ་ཏོག་འདྲ་བའི་མདོག་ཅིག་ཡོད་ནས།
རི་མཐོན་པོ་མག་པ་ཆགས་ཤིག་འཛོག་ག
སྤང་སེར་པོ་འདྲ་བའི་སྐྱིད་རགས་བཅིངས།
ངས་སྐྱིད་རགས་བཅིངས་བཅིངས་སྟོད་ཀི་བཅིངས།

ཕ་ཨ་ཁྱུའི་སྐྱེས་ལྷ་གྲོགས་ལྷ་མཆོད།
ངས་སྐྱིད་རགས་བཅིངས་བཅིངས་སྨད་ཀི་བཅིངས།
མ་སྲུ་མོ་ཟས་ལྷ་ཐབ་ལྷ་མཆོད།
ངས་སྐྱིད་རགས་བཅིངས་བཅིངས་སྐྱིད་ཀི་བཅིངས།
སྐྱིད་མག་པའི་ཕོ་ལྷ་དགྲ་ལྷ་མཆོད།

ཡ།
སྐྱིད་རགས་འདི་གཡས་ནས་བླངས་ནས་གཡོན་ནས་མདུད་དགོས་ནས་ཟེར་གི།
གཡས་ནས་བླངས་ནས་གཡོན་ནས་མདུད་ན།
སྟོད་རྒྱ་གར་རྒྱལ་པོའི་ཆོས་མདུད་ཡིན་ནས་ཟེར་གི།
བན་སེར་མོ་ཆོས་ར་འཚོགས་སྲོལ་ཡིན་ནས་ཟེར་གི།
འདི་གཡོན་ནས་བླངས་ནས་གཡས་ནས་མདུད་དགོས་ཟེར་གི།
གཡོན་ནས་བླངས་ནས་གཡས་ནས་མདུད་ན།
བུ་དཔའ་བོའི་རལ་གྲི་བཤང་སྲོལ་ཡིན་ནས་ཟེར་གི།
འདི་གཞུག་ནས་བླངས་ནས་སྔོན་ནས་མདུད་དགོས་ཟེར་གི།
གཞུག་ནས་བླངས་ནས་སྔོན་ནས་མདུད་ན།
ལྷ་སྒྲོལ་མ་སྔོན་མོ་ཚེ་མདུད་ཡིན་ནས།
མ་སྲུ་མོས་ཛ་ཆང་འདྲེན་སྲོལ་ཡིན་ནས་ཟེར་གི།
འདི་སྔོན་ནས་བླངས་ནས་གཞུག་ནས་མདུད་དགོས་ཟེར་གི།
སྔོན་ནས་བླངས་ནས་གཞུག་ནས་མདུད་ན།
དར་སྲོལ་དར་གྱི་མདུད་པ་ཡིན་ནས།
སྐུ་རྒྱལ་བོད་ཀྱི་བཅིངས་སྲོལ་ཡིན་ནས་ཟེར་གི།

ཡ།

ངའི་སྐྱིད་ཀྱི་མག་པ་ཆང་རས་ཤིག་འཛོག་དགོས་ནས་ཟེར་གི།

ངས་ཆང་དཀར་འདི་ཅིག་བསྟོད་ཀྱི་ན།

འདི་འབྲུད་ས་མི་མཐོ་འབྲུད་ས་དམའ་ནས།

འབྲུད་ས་རྒྱ་ནག་ཡུལ་ནས་བྲུད་ནས།

རྒྱ་ཁེ་བ་ཡོང་ནས་བོད་ལ་བཙོང་ནས།

བོད་ཁ་བ་ཅན་གྱིས་ཆང་དཀར་བྱས་ནས།

འདིའི་ཁ་ན་འཁོར་ལོ་རྩིབས་བརྒྱད་ཡོད་ནས།

རྩིབས་བརྒྱད་ཀྱི་རྩེ་མོ་དགུང་ན་ཡོད་ནས།

ཞབས་ན་པདྨ་འདབ་བརྒྱད་ཡོད་ནས།

འདབ་བརྒྱད་ཀྱི་འདབ་མ་ཐང་ན་ཡོད་ནས།

སྐེད་ན་བཀྲ་ཤིས་རྟགས་བརྒྱད་ཡོད་ནས།

རྟགས་བརྒྱད་ཀྱི་རྟེན་འབྲེལ་འདི་ན་ཚང་ནས།

དཀར་ཡོལ་ཁྱུང་གཤོག་ལྟེམ་པ་ཡིན་ནས།

མག་པ་ཆང་རས་འཛོག་སྤྱད་ཡིན་ནས།

འདིའི་ནང་གི་ཆང་འདི་ཅིག་བསྟོད་ཀྱི་ན།

ས་དོག་མོ་རིན་ཆེན་གསེར་གཞོང་ནས།

འབྲུ་སྣ་ལྔའི་ལོ་ཏོག་ཞིང་ང་བསླལ་ནས།

ཞིང་ང་བསླལ་ནས་ཆང་ང་འབྲུངས་ནས།

ལོ་དང་ལོ་ལ་བསླལ་ནས།

ལོ་ཆང་བདུད་རྩི་ཁམ་པ་ཉན་ནས།

ཟླ་དང་ཟླ་ག་བསླལ་ནས།

ཟླ་ཆང་བདུད་རྩི་འཁྱིལ་བ་ཡིན་ནས།

ནངས་སྔ་མོའི་ནས་ཆང་དྲོན་མོ་ཡིན་ནས།
མཆོད་ན་ལྷ་དགའ་ནས་ཟེར་གི།
འཐུང་ན་མི་དགའ་ནས་ཟེར་གི།
ཆང་གི་མགོ་མ་ལྷ་ལ་མཆོད་ན།
ལྷ་སྲུང་དགའ་བས་དངོས་གྲུབ་སྟོལ་ལ།
ཇི་བསམ་ལག་ག་ཡོང་ང་།
ཆང་བར་མ་སྨུག་པོ་གཉན་ལ་མཆོད་ན།
གཉན་གེར་ལྷ་དགའ་བས་སྐྱོངས་གྲོགས་བྱེད་ལ།
བར་ཆད་ལམ་ནས་སེལ་ལ།
ཆང་གཞུག་མ་འོག་མ་ཀླུ་ལ་མཆོད་ན།
འོག་ཀླུ་རྒྱལ་དགའ་བས་ཞལ་གཡང་འབུལ་ལ།
རྒྱུ་ནོར་ཆར་ལྟར་འབབ་བ།
མཐོན་པོ་དཔོན་པོས་འཐུང་ན།
དཔོན་པོ་ཐུགས་སེམས་རྒྱས་ནས།
ལས་བཅོལ་དང་དུ་ལེན་ན།
གྲལ་མགོ་ཕ་ཁུས་འཐུང་ན།
ཕ་ཁུའི་སྣང་བ་སྐྱིད་ལ།
གཏམ་གྱི་སྒོ་མོ་འབྱེད་ལ།
གྲལ་སྐེད་ན་ཆླས་འཐུང་ན།
བློ་དང་རིག་པ་རྒྱས་ནས།
རྣམ་རིག་ཁྲ་ལས་གསལ་ལ།
གྲལ་ཇའི་མ་སྲུས་འཐུང་ན།
མ་སྲུའི་ཤ་མདངས་ཡོང་ང་།

དཀར་ཤ་དམར་མདངས་རྒྱས་ནས།
འདི་ཚོགས་ཁྲིམ་པས་འཁྱུང་ན།
ཁྲིམ་པའི་སྣང་བ་སྐྱིད་ནས།
སྨྱུ་ལེན་གར་རྩེ་བྱེད་ནས།
དེ་རིང་མག་པས་འཁྱུང་ན།
མག་པས་བསམ་དོན་འགྲུབ་བ།
ཁ་ལས་ར྄ླུང་རྟ་དར་ར།

ཡ།
སྐྱིད་ཀྱི་མག་ཞིའུ་ཁྲ་ལོ།
ཁྲོའི་ཡ་ཁ་གསེར་ལོ་ཡིན་པས་གཞིབ་ཤེས་གྱིས།
མ་ཁ་དངུལ་ལོ་ཡིན་པས་སྐྱོར་ཤེས་གྱིས།
མིད་ཐག་སྤུ་གུ་ཡིན་པས་འདྲེན་ཤེས་གྱིས།
རྒྱུ་མ་བཀྲ་ཤིས་ཡིན་པས་འཁྱིད་ཤེས་གྱིས།
རྩ་ལམ་རིན་ཆེན་ཡིན་པས་བཀྲམ་ཤེས་ཤིག་གྱིས།

ཡ།
ཨ་ཞང་ཚང་ར་གཉེན་ཚང་ཚང་གཉིས་ཀྱིས།
རྟགས་རྟེན་འབྲེལ་གཉིས་ཀ་མགོ་བཟུང་ནས།
ཛ་མེ་ཧྲག་གཉིས་ཀ་བཙུགས་ནས།
མཚོད་ན་དགྲ་ལྷ་འཕོར་གི་ཉི་མ།
སྒྲིག་ན་རྟེན་འབྲེལ་འགྲིག་གི་ཉི་མ།
བདག་གཞི་མགྲོན་གཉིས་ཀྱིས་རྟེན་འབྲེལ་དཔྱད་ནས།

ཁྲིམ་འདི་ཚོགས་ཁྲིམ་པས་རེ་བ་བཤད་ནས།
ང་དེ་རིང་མག་པ་ཁ་གཡང་ཞིག་བོས་ཟེར་གི།
ང་མི་ཆུང་ཆུང་ཁ་ལས་དགེ་ནི་ཞིག་ཡིན།
རྟ་ཆུང་ཆུང་ཁ་སྐྱིག་བདེ་ནི་ཞིག་ཡིན།
ངས་ཁ་གཡང་བོས་ན་ཁ་ལས་དགེ།
སློན་ལམ་བཏབ་ན་བསམ་དོན་འགྲུབ་བ།

ཡ།
ངའི་སྐྱིད་ཀྱི་མག་ཞིའུ་ཚེ་རིང་ལོ་བརྒྱ།
ཁྲོས་ལྷ་གཅིག་ལ་གསོལ་བ་བཏབ་ནས།
ལམ་གཅིག་ལ་རྫོག་པས་མནན་ནས།
ཚེ་གཅིག་གི་སྐྱ་ཡ་བཙལ་ནས།
ཁྲིམ་གཅིག་གི་བཟའ་བར་གྱུར་དུས།
ཁྲིད་ཕ་མ་བུ་གསུམ་གྱི་བསམ་དོན་འགྲུབ་བ།
རྟ་ནོར་ལུག་གསུམ་གྱི་འཕེལ་ཁ་དར་ར།
སྔོ་ཁ་རྒྱུ་ཡིས་བཀང་ང་།
གོ་ཁ་བུ་ཡིས་བཀང་ང་།
ཕྱང་ཁ་ཊུ་འདོ་རིགས་རྟ་ཡིས་བཀང་ང་།
ན་གོར་མོ་ནག་མོ་ནོར་གྱིས་བཀང་ང་།
ཐང་བདེ་མོ་གཡང་མོ་ལུག་གིས་བཀང་ང་།
སྤྲ་ཐང་སྨུག་ཁ་ཊུ་ལྕོ་བྱེད་ལ།
ཕྱུགས་ཁྲ་ཁྲའི་མགོ་ལོ་རྫ་བྱེད་ལ།
མགོ་རྫོག་དཀར་གྱོན་ནས་བར་སྣང་འཁྱོག་ག

མག་པའི་སྐྱིད་རགས་བཅིངས་སྒྲོལ་དར་དཀར་རིང་མོ།

ཁང་སག་ལྷམ་གྱོན་ནས་ས་གཞི་གནོན་ན།
ལུས་ཁྲབ་དཀར་གྱོན་ནས་དགྲ་བདུད་འདུལ་ལ།
ཁྱོའི་ཁ་ལས་མེ་ལྗེ་འབར་འབར་བྱེད་ལ།
སྣུང་ཧ་ཧ་རྐོད་རྒྱུག་རྒྱུག་བྱེད་ལ།
ཁྱོའི་བསོད་ནམས་གསེར་ནག་ཉི་མ་ཤར་ཤར་བྱེད་ལ།
ཚེ་སྲོག་རྡོ་རྗེ་བྲག་རི་ཆགས་ཆགས་བྱེད་ལ།
ཁ་རྗེ་འོ་མའི་རྒྱ་མཚོ་འཁྱུར་འཁྱུར་བྱེད་ལ།
དབང་ཐང་མར་གྱི་རི་ལུ་ཆགས་ཆགས་བྱེད་ལ།
ཁྱོས་མི་བརྒྱའི་གོང་ནས་གཏམ་བཤད་ལ།
རྟ་བརྒྱའི་གོང་ནས་ལྕག་གཡུག་ག
ང་ཨ་ཞང་ཁ་ལས་ཅན་གྱི་ཁ་གཡང་པོས་ནས།
གྲལ་མ་འཆུག་མ་ཉོར་ཅོག་ག་ཐོངས།

ནག་བཟའ་ཆོས་དཔུང་རྒྱལ་གྱིས་བཤད།

མག་པའི་སྐྱིད་རགས་བཅིངས་སྐྱོལ་
བཀྲ་ཤིས་དགྱེས་མཚོད།

བཀྲ་ཤིས་པའི་ཉི་མ།
དོན་འགྲུབ་པའི་ཉི་མ།
ཕུན་སུམ་ཚོགས་པའི་ཉི་མ།
དགེ་ལེགས་འཕེལ་བའི་དུས་བཟང་འདི་ལ།
གནམ་ལ་བལྟས་ན་ཉི་མ་ཡག་གི།
ས་ལ་བལྟས་ན་དུས་ཚོད་ཡག་གི།
བར་ལ་བལྟས་ན་རྒྱུ་སྐར་ཡག་གི།
དེ་རིང་ཁྲོམ་པ་འཚོགས་སྐྱོལ་ཡག་གི།
ཕ་ཁུ་ཆན་པ་མགོ་ན་བཞུགས་སོ།
སེང་དཀར་མོ་གངས་ནས་འགྱིང་འདྲ་རེད་ལ།
མ་དང་སྤུ་མོས་མཐའ་ནས་སྐོར་སོ།
བྱ་ཆ་བྱའི་སྤྲོ་གུར་ཕུབ་འདྲ་རེད་ལ།
སྨན་དང་ན་ཟླ་དཀྱིལ་ལ་འཚོགས་སོ།
སྤག་དམར་ཡག་ནགས་ནས་གཤར་འདྲ་རེད་ལ།
ང་གཏམ་བཤད་ཞི་ལུ་དཀྱིལ་ནས་ལངས་ནས་གཏམ་ཞིག་བཤད་ན།
གཏམ་གྱི་ངག་སྒོ་ཅིག་འདར་གི་ར།
རང་ལུས་མགོ་བོའི་ལྷ་ལྷ།

ངའི་མིད་ཐག་ནང་གི་འགག་ཅིག་ལེན་དགོས།
སྐྱེས་ལྷ་ཨ་མྱེས་བྲག་སེར།
ངའི་ཁ་ལྕེ་བར་གྱི་ལྕུགས་ཤིག་ལེན་དགོས།
བསྙེན་པ་གཉོད་སྦྱིན་ཙི་དམར།
གངས་དཀར་སེམས་ལ་གསལ་ཞིག་འདེབས་དགོས།
ང་རྟ་ངན་རྒྱུག་ལ་དགའ་ནི་མིན་དྲ།
རྒྱན་ལྕག་ཕྲ་མོས་བཀའ་འབབ་གི།
རྒྱུག་སྲུབ་བསིལ་མས་ཚོགས་འཛོམས་ཀི།
རྐྱེའུ་རྒྱ་མོ་གཉིས་ཀས་རེ་ཞིག་བཤད་ལེ།
སྤང་གྲུ་བཞིར་གཡང་གི་པ་ཏྲ་ཞིག་འབྲི་དགོས་ཟེར་གི།
ང་མི་རྒྱུག་ཀ་མེད་ལས་འབབ་ཀི།
ང་ཕོ་ངན་བཤད་ལ་དགའ་ནི་མིན་དྲ།
ཕ་དང་ཨ་ཁྲུས་བཀའ་འབབ་ཀི།
མ་དང་སྤུ་མོས་ཚོགས་འཛོམས་ཀི།
བདག་གཞི་མགྲོན་གཉིས་ཀས་རེ་ཞིག་བཤད་ལེ།
ཁྲོས་སྐྱིད་ཀྱི་མག་ཞེའུ་སྙིད་རགས་ཤིག་བཅིངས་དགོས་ཟེར་གི།
ང་མི་བཤད་ཀ་མེད་ལས་འབབ་ཀི།
ངའི་སྐྱིད་ཀྱི་མག་ཞེའུ་ཚེ་རིང་ལོ་བརྒྱ།
ཁྱོད་ད་ནངས་ཡོང་ཡོང་ཤར་ནས་ཡོང་ཟེར་ག
ཤར་ཉི་མ་འདྲ་ཞིག་ཤར་ནས་ཡོང་ཟེར་ག
ཕྱོགས་གླིང་བཞིའི་མུན་པ་སེལ་ནས་ཡོང་ཟེར་ག
ཁྱོད་ད་ནངས་ཡོང་ཡོང་ལྷོ་ནས་ཡོང་ཟེར་ག
ལྷོ་གཡུ་འབྲུག་འདྲ་ཞིག་གྲག་ནས་ཡོང་ཟེར་ག

ས་དོག་མོ་སྤྲང་ཆར་ཕབ་ནས་ཡོང་ཟེག
ཁྱོད་ད་ནངས་ཡོང་ཡོང་ནུབ་ནས་ཡོང་ཟེག
ནུབ་ཚོས་རྭ་འདྲ་ཞིག་གསལ་ནས་ཡོང་ཟེག
འོད་གོང་ནས་གོང་དུ་འཕེལ་ནས་ཡོང་ཟེག
ཁྱོད་ད་ནངས་ཡོང་ཡོང་བྱང་ནས་ཡོང་ཟེག
བྱང་ཁྲུ་བྱུག་འདྲ་ཞིག་གྲག་ནས་ཡོང་ཟེག
ནགས་སིལ་ལོ་སིལ་ཏོག་འཁྲུངས་ནས་ཡོང་ཟེག
ཁྲུས་གཡང་གི་འདོ་བ་ཞོན་ནས་ཡོང་ཟེག
གསེར་སྨ་སེར་པོ་བསྣོད་ལས་ཡོང་ཟེག
རྒྱུག་སྲུབ་ཟེལ་མ་བཞག་ནས་ཡོང་ཟེག
རྒྱུན་ལྷུག་ཕྲ་མོ་བཟུང་ནས་ཡོང་ཟེག
སྨའི་སྔ་རྭའི་མགོ་ནས་སྔོན་ལ་ལྷ་དུས།
དཀུང་ཉི་མའི་གཟི་འོད་པང་ལ་ཤར་ཟེག
སྨའི་ཕྱི་རྭའི་མགོ་ནས་ཕྱིར་ལ་ལྷ་དུས།
དུང་ཟླ་བའི་འོད་མདངས་འཕོངས་ལ་ཤར་ཟེག
དེ་ནས་གཡས་རི་གཡོན་ལ་ལྷ་དུས།
ལྷུང་བསེར་བུ་གཡས་གཡོན་འོབ་ལ་དྲང་ས་ཟེག
རྟ་འདོ་བའི་རྐུམ་རྐུམ་དཀུང་ལ་མཉམ་མ།
མགོ་སྔོག་དཀར་ཁ་རྭ་སྤྲིན་ལ་མཉམ་མ།
ཁྱོད་ཨ་ཞང་ཨ་ཁུ་དབུར་མཛད་ནས།
ཕྱུན་ན་ཟླ་མང་པོས་བསྐྱུལ་ནས་ཡོང་ཟེག
འོ་སྐྱོལ་ཨ་ཞང་ཚང་གིས་ར།
སྔོན་མོ་ཆུང་ཆུང་ང་རྟེན་འབྲེལ་ཆེན་པོ་དཔྱད་ལས།

གཡང་སྤོ་དཀར་དཀར་ནས་ཕུ་ནུ་གོར་སྐོར་འཛོམས་མེ།
གཡང་གི་སྦྲ་སྔོ་ལྗོ་བསྐོར་ནས།
གཡང་དྲུང་འཛོམས་ནས་གདན་བཏང་ངེ་།
ཟས་ཀར་སིལ་སྨ་ལྷའི་སྤེར་ཁ་བསྒྲིགས་ནས།
ལམ་ས་ཚོགས་གསུམ་མ་བསུ་མ་སོང་ངེ་།
ཇ་མཆོད་ཆང་མཆོད་ཚང་མ་ཚང་ངེ་།
ཁྱོད་མི་མང་ནང་ང་མིག་འཁོར་ནས།
མི་ཚེ་གཅིག་གི་གྲོགས་བསྒྲིག་སའི།
ཚེ་གཅིག་སྐྱ་ཡའི་ཁྱིམ་ལ་བསུས་ཟིག་ཟེར་གི་ཟེར་རྒྱུ་རེད་ལ།
ངའི་སྐྱིད་ཀྱི་མག་ཞེའུ་ཚེ་རིང་ལོ་བརྒྱ།
ཁྱོད་འུ་ཚང་གཡང་ཁྱིམ་གྲུ་བཞི་འདི་ནས།
འཛོམས་ཀྱི་གདན་དཀར་གྲུ་བཞིའི་སྟེང་ནས།
མི་ལུས་ཧོག་སེ་ཡར་ལ་ལོངས་དང་།
ཁྱོད་མི་ཚེ་གང་གི་བདེ་སྐྱིད་ལྡན་ན།
གོམ་ཁ་ཡངས་སེ་ཚུར་ལ་སྤོས་དང་།
སྟག་གི་ལམ་ཕྲེང་རྗོག་པས་གནོན་ན།
ཁྱོས་མགོ་འཕང་མཐོ་སེ་ཡར་ལ་དགྱེས་དང་།
སྐྱིད་ཉེ་མ་སེར་པོའི་གསེར་ཐག་རིག་ག
ཞལ་འཛུམ་ཆུང་གོ་ལེ་ཚུར་ལ་འཁོར་དང་།
ཁྱོའི་ཨ་ཞང་ཏད་པོས་སྐད་རགས་བཅིངས།

ངའི་ལག་གི་སྐད་རགས་འདི་ལ་བསྟོད་པ་རྣམ་གསུམ་རེ་བྱེད་ན།
འདིའི་འབྱུང་ཁུངས་སྟོབས་ཆེན་བོད་ཀྱི་ཡིན་ཟིག

འབྲུད་ས་རྒྱ་ནག་ཚོང་ཡིན།
ལུག་ཚེར་མོ་བརྒྱ་ཡི་མཁལ་བལ་ཡིན།
ལྷ་མོ་བརྒྱ་ཡིས་བཀལ་ནི་ཡིན།
སླུ་མོ་བརྒྱ་ཡིས་བྲན་ནི་ཡིན།
ཤར་དྲི་ཟ་བུ་མོས་འཐག་ནི་ཡིན།
འཕང་ཤིང་ཙན་དན་དམར་པོ་ཡིན།
འཕང་ལོ་གསེར་རྗེ་སེར་པོ་ཡིན།
འཐག་ཆ་ཉི་ཟླ་ཁ་སྦྲོད་ཡིན།
རྒྱུ་སྤུན་བལ་དཀར་ཁ་ཆུ་ཡིན་ཟེར་གི།
བཀལ་བའི་སྐུད་པ་སྦོམ་ཕྲ་མེད་ཟེག
འཐག་གི་ཞེང་ལ་ཆེ་ཆུང་མེད་ཟེག
འདི་ཕ་རྒྱུ་བསོད་ཙན་གྱིས་ཉོས་ནས་ཟེར་གི།
ཕོ་གོས་བསོད་ཙན་ལ་བཅིངས་ནས་ཟེར་གི།
འདི་དང་མ་རྒྱ་ནག་ན་ཡོད་དུས་གོང་ཆེན་ཞིག་ཡིན་ནས་ཟེར་གི།
དེ་ནས་བོད་ཡུལ་ལ་ཐོན་དུས་མིང་ཆེན་ཞིག་ཡིན་ནས་ཟེར་གི།
དེ་རིང་མག་པ་ཁྱོད་ལ་བཅིངས་དུས་མདོག་ཆེན་ཞིག་ཡིན་ནས་ཟེར་གི།
ངའི་ལག་གི་མདོག་ཆེན་སྙིད་རྒས་འདིའི།
ཁུག་མགོ་དགུང་སྔོན་གནམ་ལ་ཅིག་འཁྱོག་དགོས་ཟེར་གི།
འདིའི་ཁུག་མགོ་དགུང་སྔོན་གནམ་ལ་ཅིག་བཞག་ན།
དགུང་སྔོན་པོ་འདྲ་བའི་མདོག་ཅིག་ཡོད་ནས་ཟེར་གི།
དེ་རིང་ཁྲིམ་པ་ཆགས་ཤིག་བཞག་ན།
དགུང་ཨ་སྔོན་འདྲ་བའི་ཨ་ཞང་ཚང་ང་།
འབྲུག་ལྡང་ལོ་འདྲ་བའི་མག་པ་ཡོང་ནས།

ཆར་ཟིལ་མ་འབབ་པའི་རྟེན་འབྲེལ་འགྲིག་ཟིག
ངས་རྟེན་འབྲེལ་དང་པོ་དཔྱད་པ་གཏོང་ང་།
གནམ་མདོག་སྐྱིད་རགས་མག་པར་བཙིངས།
འདིའི་ཁུག་མགོ་བར་སྣང་ཁམས་ལ་ཅིག་འཛོག་དགོས་ཟེར་གི།
འདིའི་ཁུག་མགོ་བར་སྣང་ཁམས་ལ་བཞག་ན།
བར་འཇའ་ཧྲུག་འདྲ་བའི་མདོག་ཅིག་ཡོད་ནས་ཟེར་གི།
དེ་རིང་ཁྲིམ་པ་ཆགས་ཤིག་བཞག་ན།
ཆུ་རྨ་ཆུ་འདྲ་བའི་ཨ་ཞང་ཚང་ང་།
བྱ་རྨ་བྱ་འདྲ་བའི་མག་པ་ཡོང་ནས།
སྒྲོ་གུར་ཁང་ཕུབ་པའི་རྟེན་འབྲེལ་འགྲིག་ཟིག
ངས་རྟེན་འབྲེལ་གཉིས་པ་དཔྱད་པ་གཏོང་ང་།
འཇའ་ཧྲུག་སྐྱིད་རགས་མག་པར་བཙིངས།
འདིའི་ཁུག་མགོ་དོག་མོ་ས་ལ་ཅིག་འཛོག་དགོས་ཟེར་གི།
འདིའི་ཁུག་མགོ་དོག་མོ་ས་ལ་ཅིག་བཞག་ན།
སྤང་སེར་པོ་འདྲ་བའི་མདོག་ཅིག་ཡོད་ནས་ཟེར་གི།
དེ་རིང་ཁྲིམ་པ་ཆགས་ཤིག་བཞག་ན།
ཛ་ཁྲ་ཡག་འདྲ་བའི་ཨ་ཞང་ཚང་ང་།
འབྲོང་བྲི་ལོ་འདྲ་བའི་མག་པ་ཡོང་ནས།
སྤང་མེ་ཏོག་འབྲུངས་གི་རྟེན་འབྲེལ་འགྲིག་ཟིག
ངས་རྟེན་འབྲེལ་གསུམ་པ་དཔྱད་པ་གཏོང་ང་།
གསེར་མདོག་སྐྱིད་རགས་མག་པར་བཙིངས།
སྐྱིད་རགས་བཙིངས་བཙིངས་སྟོད་ཀི་བཙིངས།
སྐྱིད་རགས་བཙིངས་བཙིངས་སྟོད་ཀི་བཙིངས་ང་།

ཕ་ཨ་ཁུའི་ཕོ་ལྷ་དགྲ་ལྷ་ཅིག་བསྟོད།
སྐེད་རགས་བཅིངས་བཅིངས་སྨད་དུ་བཅིངས།
སྐེད་རགས་བཅིངས་བཅིངས་སྨད་དུ་བཅིངས་ང་།
མ་སྲུ་མོའི་ཟས་ལྷ་གྲོགས་ལྷ་ཅིག་བསྟོད་ཡ།
སྐེད་རགས་བཅིངས་བཅིངས་སྐེད་དུ་བཅིངས།
སྐེད་རགས་བཅིངས་བཅིངས་སྐེད་དུ་བཅིངས་ང་།
སྐྱིད་མག་པའི་ཁ་རྗེ་དབང་ཐང་ཅིག་བསྟོད།
མག་པ་ཡིད་བཞིན་ནོར་བུ་ལ།
སྐེད་རགས་ཁྲིམ་ཆེན་གྲལ་ནས་བཅིངས་དགོས་ཟེར་གི།
སྐེད་རགས་ཁྲིམ་ཆེན་གྲལ་ནས་བཅིངས་ན།
བདག་གཞི་མགྲོན་གཉིས་ཀའི་བསམ་དོན་འགྲུབ་བ།
བསམ་དོན་འགྲུབ་པའི་སྐེད་རགས་འདི།
ངས་གཡས་ནས་ཞེན་ན་གཡོན་ནས་མདུད་ཡ།
འདི་གཡས་ནས་བླངས་ཏེ་གཡོན་ནས་མདུད་ན།
སྟོད་དབུས་གཙང་བླ་མའི་ཆོས་མདུད་ཡིན་ནས་ཟེར་གི།
བན་སེར་མོ་ཆོས་ར་འཚོགས་སྲོལ་ཡིན་ནས་ཟེར་གི།
འདི་གཡོན་ནས་བླངས་ཏེ་གཡས་ནས་མདུད་ན།
སྨད་རྒྱ་ནག་རྒྱལ་པོའི་ཁྲིམས་མདུད་ཡིན་ནས་ཟེར་གི།
བུ་དཔའ་བོས་རལ་གྲི་འཕྱུར་སྲོལ་ཡིན་ནས་ཟེར་གི།
འདི་གཞུག་གི་བླངས་ཏེ་སྔོན་ནས་མདུད་ན།
ལྷ་སྒྲོལ་མ་སྔོན་མོའི་ཚེ་མདུད་ཡིན་ནས་ཟེར་གི།
མ་སྲུ་མོས་ཇ་ཆང་འདྲེན་སྲོལ་ཡིན་ནས་ཟེར་གི།
འདི་སྔོན་ནས་བླངས་ཏེ་གཞུག་ནས་མདུད་ན།

འཛའ་ཚོན་དར་གྱི་མདུད་པ་ཡིན་ནས་ཟེར་གི།
སྐུ་རྒྱལ་བོད་ཀྱི་བཙིངས་ལུགས་ཡིན་ནས་ཟེར་གི།

ཡ།
ངས་སྐྱིད་ཀྱི་མག་ཞིའུ་ཆང་རེ་ཞིག་འཛོག
ངའི་ལག་གི་དཀར་རྩེ་འབྲུག་མ་འདི་ལ་བསྟོད་པ་རྣམ་གསུམ་རེ་བྱས་ན།
འདི་སྨད་རྒྱ་ནག་རྒྱལ་པོའི་ཚོང་ར་ནས།
རྒྱ་ལག་ཤེས་མཁན་གྱིས་ཤེལ་བཞུས་ནས་ཟེར་གི།
སྟོད་བོད་ཡུལ་གཡང་གི་ར་བ་ནས།
བོད་རི་མོ་མཁན་གྱིས་ཚོན་འབྱུད་ནས་ཟེར་གི།
ཤེལ་འོ་མ་འདྲ་བོ་འོད་ཆེ་ནས་ཟེར་གི།
ཚོན་སྣ་ལྔའི་རི་མོ་དོན་ཆེ་ནས་ཟེར་གི།
ངས་འོད་ཆེན་དཀར་ཡོལ་ལག་ལ་བཟུང་ནས།
དོན་ཆེན་རི་མོ་འགྲེལ་ཞིག་བརྒྱབ་ན།
འདིའི་ཁ་ན་འཁོར་ལོ་རྩིབས་བརྒྱད་ཡོད་ནས་ཟེར་གི།
ཞབས་ན་པད་མ་འདབ་བརྒྱད་ཡོད་ནས་ཟེར་གི།
བར་ན་བཀྲ་ཤིས་རྟགས་བརྒྱད་ཡོད་ནས་ཟེར་གི།
འདིའི་ཁ་ན་འཁོར་ལོ་རྩིབས་བརྒྱད་ཡོད་ནོ།
འཁོར་བ་བདེ་སྐྱིད་ལྡན་རྟགས་ཡིན་ནས་ཟེར་གི།
ཞབས་ན་པད་མ་འདབ་བརྒྱད་ཡོད་ནོ།
བྱ་བ་ལམ་ལ་འགྲོ་རྟགས་ཡིན་ནས་ཟེར་གི།
བར་ན་བཀྲ་ཤིས་རྟགས་བརྒྱད་ཡོད་ནོ།
བཀྲ་ཤིས་པའི་དགེ་མཚན་འབར་རྟགས་ཡིན་ནས་ཟེར་གི།

དོན་ཀུན་གྲུབ་དཀར་རྩེ་འབྲུག་མ་འདི།
དཀར་ཡོལ་ཁྱུང་གཤོག་ལྡེམ་པ་ཡིན་ནས་ཟེར་གི།
མག་པ་ཚང་ཞིའུ་འཛོག་སྐྱིད་ཡིན་ནས་ཟེར་གི།
འདིའི་ནང་གི་བདུད་རྩི་ཟིལ་མ་འདི་ལ་བསྟོད་པ་རྣམ་གསུམ་རེ་ཕྱས་ན།
ས་དོག་མོ་རིན་ཆེན་གསེར་གཞུང་ནས།
འབྲུ་སྣ་ལྔའི་ལོ་ལེགས་ཞིང་ལ་འཁྲུངས་ཟེག
ཞིང་ང་འཁྲུངས་དེ་ཚང་ང་བསྐྱལ་ཟེག
ཞིང་ལོ་ལེགས་བཏབ་ནས་ནས་སྐྱེས་ཟེག
ནས་དྲུག་མང་བཙགས་ནས་ཆང་བླངས་ཟེག
ཆང་བདུད་རྩི་མངར་མ་སྐྱུར་ལ་བསྐྱལ་ཟེག
འདི་ལོ་ལ་བསྐྱལ་བའི་ལོ་ཚང་ཡིན་ནས་ཟེར་གི།
ལོ་ཆང་བདུད་རྩི་ཁམ་པ་ཡིན་ནས་ཟེར་གི།
ཟླ་ལ་བསྐྱལ་བའི་ཟླ་ཚང་ཡིན་ནས་ཟེར་གི།
ཟླ་ཚང་བདུད་རྩི་ཟིལ་མ་ཡིན་ནས་ཟེར་གི།
ཞག་ལ་བསྐྱལ་བའི་ཞག་ཚང་ཡིན་ནས་ཟེར་གི།
ཞག་ཚང་བདུད་རྩི་འཁྱིལ་བ་ཡིན་ནས་ཟེར་གི།
ད་ནངས་ཀྱི་ཐོ་རེངས་སྐར་ཚང་ཡིན་ནས་ཟེར་གི།
དེ་རིང་གི་ཉིན་ཚང་དྲོན་མོ་ཡིན་ནས་ཟེར་གི།
འདི་རྗེ་བླ་མས་བཞེས་ན་དགེ་སྡིག་མཁྱེན་ན་ཟེར་གི།
ལྷ་སྲུང་མས་བཞེས་ན་སྟོངས་གྲོགས་མཛོད་ལ་ཟེར་གི།
ཡུལ་ཕ་མས་བཞེས་ན་ཚེ་ཐག་རིང་ང་ཟེར་གི།
སྨན་བུ་མོས་འཐུང་ན་ཤ་མདངས་དཀར་ར་ཟེར་གི།
གཞོན་དར་མས་འཐུང་ན་རིག་པ་གསལ་ལ་ཟེར་གི།

བུ་དཔའ་བོས་འཁྲུང་ན་དགྲ་ལྷ་འཁོར་ར་ཟེར་གི།
ཕྱི་ཁེ་བས་འཁྲུང་ན་ཚོང་ལྷ་འཁོར་ར་ཟེར་གི།
གོང་དཔོན་པོས་འཁྲུང་ན་གོ་ས་འཕར་ར་ཟེར་གི།
དམངས་ཕལ་བས་འཁྲུང་ན་བསམ་དོན་འགྲུབ་བ་ཟེར་གི།
སྐྱིད་པའི་རྩེ་སྣོ་ཕྱི་གི་དྭངས་མ་ཡིན་ནས་ཟེར་གི།
ཀུ་རེའི་གཏམ་སྣོ་ཕྱི་གི་གཞི་མ་ཡིན་ནས་ཟེར་གི།
ཁྲིམ་པའི་སླུ་སྣོ་ཕྱི་གི་སྔོན་མ་ཡིན་ནས་ཟེར་གི།
བཀྲ་ཤིས་རྟེན་འབྲེལ་ཀུན་གྱི་ཐོག་མ་ཡིན་ནས་ཟེར་གི།
བཀྲ་ཤིས་པའི་གཉེན་ཚང་དྲོན་མོ་འདི།
ཁྱོས་ཁ་ཅིག་རེག་དང་ཁ་ལས་བསྟོད་ལ།
ལུས་ལ་བཀྲམ་ན་ལས་དོན་འགྲུབ་བ།
ངའི་སྐྱིད་ཀྱི་མག་ཞིའུ་ཁྲ་ལོ།
ཁྱོས་ཡ་ཁ་གསེར་ལོ་ཡིན་པས་བསྐྲེ་ཤེས་ཤིག་ཁྱོས།
མ་ཁ་དངུལ་ལོ་ཡིན་པས་སྐྱོར་ཤེས་ཤིག་ཁྱོས།
མིད་ཐག་སྦྲུ་གུ་ཡིན་པས་འདྲེན་ཤེས་ཤིག་ཁྱོས།
རྒྱུ་མ་གཡང་དྲུང་ཡིན་པས་འཁྱིད་ཤེས་ཤིག་ཁྱོས།
རྩ་ལམ་རིན་ཆེན་ཡིན་པས་བཀྲམ་ཤེས་ཤིག་ཁྱོས།

ཡ།
ད་ཨ་ཞང་ཚང་གི་ཟེར་གི་ར།
སྐྱིད་ཀྱི་མག་ཞིའུ་ཁ་གཡང་ཞིག་འདོད་དགོས་ཟེར་གི།
ངས་སྐྱིད་ཀྱི་མག་ཞིའུ་ཁ་གཡང་ཞིག་བོས་ན།
ང་ཁྲག་མཐོ་སའི་རྐོད་པོ་འཕུར་ཤེས་ཤིག་ཡིན།

ངའི་གཤོག་སྒོ་ཐྲག་ལ་འདྲུད་མ་སྤྱོང་།
ང་ལ་གཟར་སའི་ཅང་ཤེས་རྒྱུག་ཤེས་ཤིག་ཡིན།
ངའི་རྨིག་སྒོ་སྤང་ལ་བྲུག་མ་སྦྱོང་།
ང་མི་མོད་སའི་བུ་ཆུང་བསྟུན་ཤེས་ཤིག་ཡིན།
ངའི་ཚིག་སྒོ་སྐྱོན་ལ་ཐོགས་མ་སྦྱོང་།
ང་རྟ་ཆུང་ཁ་སྐྱོག་བདེ་ནི་ཞིག་ཡིན།
ལོ་ཆུང་ཁ་ལས་དགོས་ནི་ཞིག་ཡིན།
ངས་ཁ་ལས་དགོས་ནས་ཁ་གཡང་འབོད།
སྨོན་པ་འཚོར་ནས་སྨོན་ཚིག་བརྗོད།
ཁྱོའི་རྟ་ས་འཛག་ཊ་སུམ་མདོ་རྟ་ཡིས་བཀང་ང་།
ནོར་ས་ན་ལུང་རིང་མོ་ནོར་གྱིས་བཀང་ང་།
ལུག་ས་སྤང་རི་ཐོད་དཀར་ལུག་གིས་བཀང་ང་།
ཞིང་ས་གསེར་གཞོང་རིང་མོ་ནས་ཀྱིས་བཀང་ང་།
ཁྱོས་མགོ་རྨོག་ཀར་གྱོན་ནས་ནམ་མཁའ་འཁྱོག་ག
རྐང་སག་ལྷམ་གྱོན་ནས་ས་གཞི་གནོན་ན།
རྟ་འདོ་བའི་གོང་ནས་བལ་དཀར་གྱི་ཡང་ཡིན།
གོས་ཚ་ཙའི་ནང་ནས་མདའ་སྨྱུག་གི་དྲང་ཡིན།
དགྲ་ནག་པོ་སྡོན་ནས་སློག་ཞག་གི་མྱུར་ཡིན།
ཕྱི་སྔེ་བ་སྐྱོང་ནས་མགོན་སྐྱབས་ཀྱི་ཕ་ཡིན།
ད་བར་ཧང་གི་སྲིད་རྒྱས་ལམ་ཕྱོགས་གསལ་གི།
དམངས་ཀྱི་བསམ་པའི་གོ་རྟོགས་མཐོ་གི།
བུ་དགུ་འདྲ་ཞིག་གང་ན་སྣང་ར།
ཁྱོད་བློ་རིག་རྣམ་དཔྱོད་རྒྱས་ནས།

མི་རིགས་ཀུན་གྱིས་བཀུར་ནས།
ཐབས་ཤེས་རིག་གི་མེ་ལྕེ་དམར་པོ་འབར་ནས།
བྱམས་སྙིང་རྗེ་ཡི་ཁངས་སྐྱ་དཀར་པོ་འབབ་ནས།
བུ་རྐོད་སྤྲེ་མགོ་འཛིན་ནི་ཞིག་ར།
སྐད་རིགས་མང་ང་ཤེས་ནས།
ཡིག་རིགས་ཀུན་ལ་མཁས་ནས།
ཁོག་ཤེས་རྒྱའི་མར་ཁུའི་མཚོ་མོ་འཁྱིལ་ནས།
གཡུག་ལས་ཀའི་རླུང་ནག་འཚུབ་མ་འཕྱོར་ནས།
བུ་མོ་བསམ་དོན་རང་འགྲུབ་ཅིག
ཁྱོད་འདི་མོ་གཉིས་ཀྱི་ཨ་ཕ་ཉན་ན།
ཁྱོའི་ལྷས་ར་གོར་མོ་སྤུགས་ཀྱིས་བཀང་ང་།
གཡང་ཁྱིམ་རྫོན་མོ་རྒྱུ་ཡིས་བཀང་ང་།
ཁ་ལས་མེ་ལྕེ་འབར་ར།
ཁ་རྗེ་དབང་ཐང་དར་ར།
ཚོགས་བསགས་བསོད་ནམས་འཕེལ་ལ།
ཨུ་གོ་ལོ་ལོ།
ཁྱོས་བརྒྱ་ཚོགས་སྟོང་འདུས་ཁྲོམ་པའི་གྲལ་ནས།
ལུས་རིན་ཆེན་བདེ་མོ་གདན་ལ་ཅིག་ཁོད་ལ།
ནོར་བུ་ཆ་འགྲིག་གཡང་ཁྱིམ་འདི་ནས།
སེམས་ཁྲ་མོའི་མགོ་ཁུངས་སྐྱིད་ལ་ཅིག་ཁོད་ལ།
གྲལ་མ་འཚོལ་མ་ནོར་ཅིག་ལ་ཐོངས།

ཉ་ནག་སྒྲོལ་མ་སྐྱབས་ཀྱིས་བཤད།

མག་པའི་སྙིད་རགས་བཅིངས་སྒྲོལ་
མེས་པོའི་ངག་གདམ།

མཆོད་མཆོད་མཆོད་ལ་ཕ་ལྷ་མཆོད།
ཕ་ལྷ་ཕྲག་གི་གཡས་ནས་མཆོད།
མཆོད་མཆོད་མཆོད་ལ་མ་ལྷ་མཆོད།
མ་ལྷ་ཕྲག་གི་གཡོན་ནས་མཆོད།
མཆོད་མཆོད་མཆོད་ལ་རང་ལྷ་མཆོད།
རང་ལྷ་རོ་སྟོད་རྒྱབ་ནས་མཆོད།
མཆོད་འདི་འདྲ་མ་ཞིག་འཕངས་པའི་གཞུག་ནས།
ངས་སྐྱིད་ཀྱི་མག་པ་སྙིད་རགས་བཅིངས་ཡ།

ཡ།
ད་སྐྱིད་ཀྱི་མག་ཞིའུ་ཁྲ་ལོ།
ཁྱོད་ད་ནངས་ཡོང་བ་ལྷོ་ནས་ཡོང་བ།
ལྷོ་གཡུ་འབྲུག་འདྲ་ཡི་རྟ་ཞིག་ཞོན་ནས།
སྐའི་སྤྲ་ཏུ་མགོ་ནས་ཉི་མ་ཤར་ནས།
ཕྱི་ཏུའི་མགོ་ནས་ཟླ་བ་ཚེས་ནས།
འོབ་ཆེན་ནང་གི་འཛའ་ཚོན་ཤར་ནས།
ཏེབ་ཚེ་བར་ནས་སྒློག་དམར་འཁྲུག་ནས།

རྔ་འདོ་བའི་རུམ་རུམ་དགུང་ལ་མཉམ་ནས།
མགོ་རྫོག་དཀར་ཁ་ཏ་སྤྲིན་ལ་མཉམ་ནས།
སྒྲོག་གསུམ་རྩ་རྡོ་རྗེ་མདུད་པ་ཡིན་ནས།
ཁྱོད་དེ་ནས་གཉེན་ཚང་གྲལ་ལ་ཡོང་ནས།
ཁྱོད་དེ་ནས་ཁྲིམ་པའི་གྲལ་ནས་ཙོག་ཟིག
རིན་ཆེན་གསེར་གྱི་ས་གཞིའི་སྟེང་གི།
སྐྱིད་ཀྱི་མགོ་སྒྲ་གྲུ་བཞིའི་ནང་ནས།
ཡག་གི་གདན་དཀར་ཐིག་ལེའི་སྟེང་ནས།
ཁྱོད་ལུས་མདའ་སྨྱུག་ཚོད་ཅིག་ཡར་ལ་ཡོངས་དང་།
ཞལ་འཛུམ་པའི་གོ་ལེ་ཚུར་ལ་འཁོར་དང་།
ངས་ཁྱོའི་ཁོག་སྟོད་སེང་གེ་འཁྱིང་འདྲ་བོར།
དགུང་ཨ་སྔོན་འདྲ་བའི་གོས་ལ་བསྐོན།
སྐུ་ལུས་པདྨ་འདབ་བརྒྱད་ཀྱི་རྡོ་རྗེ་འདྲ་ཡི་སྐེད་པར།
ལུས་སྒྲོག་བསོད་ནམས་ལྷན་ནས།
ཁ་རྗེ་དབང་ཐང་ལྷན་ནས།
དགྲ་ལྷ་བཅུ་གསུམ་བསྟོད་ནས་སྐེད་རགས་བཅིངས།
ངས་ལག་གི་སྐེད་རགས་འདི་ཅིག་བཅིངས་དགོས་ཟེར་ན།
བཅིངས་ནས་མི་ཚིག་བསྟོད་དགོས་ཟེར་གི།
ངས་སྐེད་རགས་འདིར་བསྟོད་པ་རྣམ་གསུམ་ཞིག་བྱས་ན།
ངུང་གི་ལུ་གུ་སྤུན་གསུམ་གྱི་བལ་ཡིན་ཟེར་གི།
འདིའི་དགུན་ཟླ་གསུམ་ལ་རྩི་མགོ་ཟས་ནས་ཟེར་གི།
རྩི་མགོ་ཟས་ནས་བལ་མགོ་སྐྱེས་ནས་ཟེར་གི།
སྟོན་ཟླ་གསུམ་ལ་རྩི་སྐེད་ཟས་ནས་ཟེར་གི།

རྩི་སྙེད་ཟས་ནས་བལ་སྙེད་སྐྱེས་ནས་ཟེར་གི།
དཔྱིད་ཟླ་གསུམ་ལ་རྩི་རྙིང་ཟས་ནས་ཟེར་གི།
རྩི་རྙིང་ཟས་ནས་བལ་རྙིང་སྐྱེས་ནས་ཟེར་གི།
དབྱར་ཟླ་གསུམ་ལ་མེ་ཏོག་ཟས་ནས་ཟེར་གི།
འདི་དང་མཉམ་དུ་བལ་འབྲེག་ནས་ཟེར་གི།
འབྲེག་ནི་ལྷ་རིགས་བརྒྱ་ཡིས་བྲེགས་ནས་ཟེར་གི།
འཁེལ་ནི་ལྷ་མོ་བརྒྱ་ཡིས་བཀལ་ནས་ཟེར་གི།
འཐག་དུས་ཞེང་ལ་ཚེ་ཚུང་མེད་ནས་ཟེར་གི།
བཀལ་བའི་སྐུད་པ་སྦོམ་ཕྲ་མེད་ནས་ཟེར་གི།
ཐགས་མགོ་ལྷ་ཡུལ་ཁམས་ལ་ཁྱེར་ནས་ཟེར་གི།
སྟོད་ལྷ་ཡུལ་ཁམས་ཀྱི་ལྷ་སྨོ་ཕྱེ་ནས་ཟེར་གི།
ཐགས་ཇ་དབུས་གཙང་ཡུལ་ལ་ཁྱེར་ནས་ཟེར་གི།
སྨད་རྒྱ་ནག་ཡུལ་ནས་ཚོང་སྨོ་ཕྱེ་ནས་ཟེར་གི།
ད་འདི་ཨ་ཞང་རྒྱུ་བསོད་ཅན་གྱིས་ཉོས་ནས་ཟེར་གི།
མག་པ་གོས་བསོད་ཅན་ལ་བཅིངས་དགོས་ཟེར་གི།
ངས་སྙེད་རགས་འདི་རི་ཆེན་ཞིག་གི་མགོ་ནས་བཞག་ན།
རི་ཚུང་ཚུང་ཞིག་ལ་དཀྲིས་གསུམ་འདང་བ།
ཆུ་ཆེན་ཞིག་གི་ཁ་ནས་བཞག་ན།
ཆུ་ཚུང་ཚུང་གི་ཟམ་པ་འདང་ང་།
དེ་རིང་གི་ཁྲོམ་པའི་གྲལ་ནས་བཟུག་ན།
ངའི་མག་པ་ཞི་ལུར་དཀྲིས་གསུམ་འདང་ང་།
ཡ་ད་ངའི་སྐྱིད་ཀྱི་མག་ཞིའུ་ཁྲ་ལོ།
ངས་སྙེད་རགས་བཅིངས་ན་སྟོད་ཀི་བཅིངས།

ཕ་ཨ་ཁུ་དགྲ་ལྷ་བཅུ་གསུམ་བསྟོད་ནས།
སྐད་རིགས་བཅིངས་ན་སྨད་ཀི་བཅིངས།
མ་སྲུ་མོ་ཟས་ལྷ་བཅུ་གསུམ་དར་ནས།
སྐད་རིགས་བཅིངས་ན་སྐད་ཀྱི་བཅིངས།
དྲིན་མག་ཞེའུ་ཚེ་རིང་ལོ་བརྒྱ་དར་ནས།
ངས་སྐད་རིགས་འདི་གཡས་ནས་ལེན་ན་གཡོན་ནས་མདུད།
སྟོད་དབུས་གཙང་བླ་མའི་ཆོས་མདུད་ཡིན་ནས།
གཡོན་ནས་ལེན་ན་གཡས་སུ་མདུད་ན།
སྨད་རྒྱ་ནག་རྒྱལ་པོའི་ཁྲིམས་མདུད་ཡིན་ནས།
གཞུག་ནས་བླངས་ནས་སྔོན་ནས་མདུད་ན།
སྒྲོལ་མ་སྔོན་མའི་ཚེ་མདུད་ཡིན་ནས།
ད་འདི་སྔོན་ནས་བླངས་ནས་གཞུག་ནས་མདུད་ན།
དར་གསུམ་དར་གྱི་མདུད་པ་ཡིན་ནས།
སྐུ་རྒྱལ་བོད་ཀྱི་བཅིངས་ལུགས་ཡིན་ནས།

ཡ།
ཨ་ཞང་ཚང་གི་ཟེར་གི་ར།
ཁོང་གི་མག་པ་ཁ་གཡང་ཞིག་བོས་ཟེར་གི།
ངས་ལག་གི་དཀར་ཡོལ་འབྲུག་མ་འདིར་བསྟོད་པ་རྣམ་གསུམ་ཞིག་བྱེད་དགོས་ཟེར།
ཡ་ད་ལག་གི་དཀར་ཡོལ་འབྲུག་མ་འདིར་བསྟོད་པ་རྣམ་གསུམ་ཞིག་བྱེད་ན།
འདིའི་ཁ་ན་འཁོར་ལོ་རྩིབས་བརྒྱད་ཡོད་ནས།
རྩིབས་བརྒྱད་རི་མོ་དཀྲུང་ན་ཡོད་ནས་ཟེར་གི།
ཞབས་ན་པདྨ་འདབ་བརྒྱད་ཡོད་ནས་ཟེར་གི།

འདབ་བརྒྱད་རི་མོ་ཐང་ན་ཡོད་ནས་ཟེར་གི།
དཀྱིལ་ན་བཀྲ་ཤིས་རྟགས་བརྒྱད་ཡོད་ནས་ཟེར་གི།
རྟགས་བརྒྱད་རི་མོ་དཀྱིལ་ན་ཡོད་ནས་ཟེར་གི།
ནང་ན་བདུད་རྩི་བསིལ་མ་ཡོད་ནས་ཟེར་གི།
འདི་ནས་སྔོན་མོ་འབྲུ་དྲུག་ཞིང་ལ་ཐོགས་ནས་ཟེར་གི།
ཞིང་ལ་དགེ་ནས་ཆང་ལ་ཕབ་ནས་ཟེར་གི།
ལོ་ཏན་དྲུག་ཅུ་གཉེར་གཉེར་བྱས་ནས་ཟེར་གི།
བྱིས་པ་བུ་ཆུང་གཉེར་གཉེར་བྱས་ནས་ཟེར་གི།
སྟག་ཤ་རས་འཕྱུང་ན་དཔལ་རྩལ་རྒྱས་ནས་ཟེར་གི།
སྨད་བུ་མོས་འཕྱུང་ན་ཤ་མདངས་དྭངས་ནས་ཟེར་གི།
དགྲ་ནག་པོར་ཐུག་ན་འཐབ་གྲོགས་ཉན་ནས་ཟེར་གི།
ལམ་རིང་མོར་འགྲོ་ན་འགྲོ་རོགས་ཉན་ནས་ཟེར་གི།
ཆུ་ཆེན་པོར་ཐུག་ན་ལྡིང་རོགས་ཉན་ནས་ཟེར་གི།
ཕ་ཨ་ཁུས་འཕྱུང་ན་དགྲ་ལྷ་འཁོར་ར་ཟེར་གི།
ངའི་སྐྱིད་ཀྱི་མག་ཞིའུ་ཁྲ་ལོ།
ཁྱོའི་ཡ་ཁ་གསེར་ལོ་ཡིན་པས་འཛིབས་ཤེས་བྱོས།
མ་ཁ་དངུལ་ལོ་ཡིན་པའི་སྐྱུར་ཤེས་བྱོས།
མིད་ཐག་སྦུ་གུ་ཡིན་པས་དྲངས་ཤེས་བྱོས།
རྩ་ལམ་རིན་ཆེན་ཡིན་པས་འདྲེན་ཤེས་བྱོས།

ད་ཨ་ཞང་ཚང་གི་ཟེར་གི་ར།
ཁོང་གི་མག་པ་ཁ་གཡང་ཞིག་བོས་ཟེར་གི།
ང་བྲག་མཐོན་པོའི་རྒོད་པོ་འཕུར་ཤེས་ཡིན།

ངས་གཞོག་སྔེ་བྲག་ལ་བྲུད་མ་སྨྱོང་།
ཁྲིམ་ཆེན་པོའི་བུ་ཆུང་ཁ་བདེ་ཡིན།
ངས་ཚིག་སྔེ་ཀྱིད་ལ་འཐོག་མ་སྨྱོང་།
ལས་ཁ་གཡང་བོས་ན་ཁ་ཐོག་ག་འགྲོ།
སྨོན་ལམ་བཏབ་ན་སྨོན་ཐོག་ལ་ཡོང་ང་།
ད་ངའི་སྐྱིད་ཀྱི་མག་ཞིའུ་ཁྲ་ལོ།
ཁྱིའི་ནོར་ས་ན་ལུང་གོང་མ་ནོར་གྱིས་བཀང་ང་།
ལུག་ས་སྤང་རི་ཐོད་དཀར་ལུག་གིས་བཀང་ང་།
རྟ་ས་འཛག་རི་སུམ་མདོ་རྟ་ཡིས་བཀང་ང་།
རྟ་ར་ར་གོང་གི་བལ་དཀར་གྱི་ཡང་ཡིན་ནོ།
དགྲ་ནག་པོ་རྫོན་གྱི་སློག་ཞག་གི་སྨུར་ཡིན་ནོ།
ཡུལ་ཕ་མ་བཀུར་ན་དར་དཀར་གྱི་འཛམ་ཡིན་ནོ།
ཁྱོད་ནང་ཕུ་ནུས་སྐོར་ར།
ཁྱོས་ཇི་བྱས་ཀྱི་ལམ་ལ་འགྲོ།
བསམ་པའི་དོན་འགྲུབ་བ།
འདོད་པའི་རྩེ་བཀང་ང་།
གྲལ་མ་འཁྱོལ་མ་ནོར་ཙོག་ག་ཐོངས།

ལྷུན་འགྲུབ་རྒྱལ་གྱིས་བཤད།

མག་སྔགས་ཀྱི་བསྟོད་པ་དར་གྱི་ཡོལ་བ།

མཆོད་ཨོཾ་ཨཱཿཧཱུྃ། མཆོད་ཨོཾ་ཨཱཿཧཱུྃ། མཆོད་ཨོཾ་ཨཱཿཧཱུྃ།

ནུབ་བདེ་བ་ཅན་གྱི་ཞིང་ཁམས་ནས་འཕགས་པ་སྤྱན་རས་གཟིགས་དབང་མཆོད།

གནས་ལྷུང་པོ་ཅན་གྱི་གནས་མཆོག་ནས་ལྷ་གསང་བདག་ཕྱག་ན་རྡོ་རྗེ་མཆོད།

གནས་རི་བོ་རྩེ་ལྔའི་ཕོ་བྲང་ནས་ལྷ་འཇམ་མགོན་ཡིད་བཞིན་ནོར་བུ་མཆོད།

ལྷ་རིགས་གསུམ་མགོན་པོའི་ཞབས་སུ་མཆོད་ཨོཾ་ཨཱཿཧཱུྃ།

ངས་མཆོད་གཅིག་མཆོད་ལ་མཆོད་གསུམ་མཆོད།

གནས་གསང་བདག་དཔལ་རིའི་ཞིང་ཁམས་ནས་མགོན་ཨོྱན་པདྨ་འབྱུང་གནས་མཆོད།

ཤར་གཡུ་ལོ་བཀོད་པའི་གནས་མཆོག་ནས་མ་རྗེ་བཙུན་འཕགས་མ་སྒྲོལ་མ་མཆོད།

ཤར་གླིང་དཀར་སྟོད་ཀྱི་ས་ཆ་ནས་གླིང་སེང་ཆེན་ནོར་བུ་དགྲ་འདུལ་མཆོད།

འཕྲུལ་བའི་གློག་ལྟར་མྱུར་བའི་ལྷ་གསུམ་གྱི་ཞལ་དུ་མཆོད་ཨོཾ་ཨཱཿཧཱུྃ།

ངས་མཆོད་གཅིག་མཆོད་ལ་མཆོད་གསུམ་མཆོད།

ངའི་སྤྱི་གཙུག་ཉི་ཟླའི་གདན་སྟེང་ནས་ཁམས་སྐུ་ཆེན་རིན་ཆེན་རྣམ་རྒྱལ་མཆོད།

ངའི་མགྲིན་པ་ལུང་སྟོད་འཁོར་ལོ་ནས་ཡབ་མཁའ་ལྡིང་ནམ་མཁའ་རྡོ་རྗེ་མཆོད།

སྙིང་ཁ་ཆོས་ཀྱི་འཁོར་ལོ་ནས་རྗེ་ཀུན་བཟང་པདྨ་རྣམ་རྒྱལ་མཆོད།

རྩ་བརྒྱུད་འདྲེན་གསུམ་གྱི་དྲིན་ཆེན་རྩ་བའི་བླ་མ་རྣམས་གསུམ་གྱི་ཞལ་དུ་མཆོད།

མཆོད་ཨོཾ་ཨཱཿཧཱུྃ།

ཕ་ལྷ་ཕྲག་པའི་གཡས་ནས་མཆོད།

མ་ལྷ་ཕྲག་པའི་གཡོན་ནས་མཆོད།
ཞང་ལྷ་གླད་པའི་གཙུག་ནས་མཆོད།
རང་ལྷ་རོ་སྟོད་རྒྱབ་ནས་མཆོད།
མགོ་ཡི་ལྷ་ལྷ་དེ་གངས་དཀར་སེམས་ནས་མཆོད།
མཆོད་ཨོཾ་ཨཱཿཧཱུྃ།

དེ་རིང་གི་ཉི་མ་བཟང་པོ།
སྐར་མ་བཟང་པོ།
བཀྲ་ཤིས་པའི་ཉིན་མོ།
དོན་འགྲུབ་པའི་ཉིན་མོ།
ཕུན་སུམ་ཚོགས་པའི་ཉི་མ།
བདེ་ལེགས་འབྱུང་བའི་ཉི་མ་འདིར།
ཨ་ཞང་ཚང་གི་ཁྱིམ་མངར་འོ་མས་ཇ་ཞིག་བསྐོལ་ནས།
ཤ་མར་ཕྱུད་ཀྱི་ལྷུ་རྐང་བསྒྲིགས་ནས།
དྲི་བཟང་ཆང་གི་རྒྱན་ཞིག་བཞག་ནས།
ཟས་སྣ་མང་པོའི་སྡེར་ཁ་བསྒྲིགས་ནས།
གཉེན་གྱི་མང་ཚོགས་མགྲོན་ན་བོས་ཟིག
ད་ནངས་ཉི་ཤར་གྱི་རྩེ་མོ་རྟེན་འབྲེལ་གྱི་མགོ་མ་ལ།
སྨུག་ཤ་རས་གོས་ལྭ་གྱོན་ནས།
སྨན་བུ་མོས་རྒྱན་ཆ་བཏགས་ནས།
རྟ་འདོ་བའི་གོམ་ལག་འགྲན་པའི་ཉི་མ།
སྐྱིད་སྐྲུ་ལེན་གར་རྩེ་ཞིག་བྱེད་པའི་ཉི་མ།
ཞུ་ཚང་གི་རྟེན་འབྲེལ་འགྲིག་པའི་ཐོག་མ་རེད།

དབང་ཐང་དར་བའི་སྔ་ལྟས་རེད།
དེ་ཡིན་ན་ངས་སྲིད་པ་རྒན་པོའི་འགྲོ་ལུགས་ལྟར་དུ།
བོད་ཁ་བ་ཅན་གྱི་ལུགས་སྲོལ་ལྟར་ར།
ཨ་ཞང་ཚང་གི་རེ་བ་བསྐོང་ང་།
སྐྱིད་ཀྱི་མག་པ་སྐེད་རགས་ཤིག་བཅིངས།
དེ་རིང་གི་ཁྲིམ་པ་འཛིགས་ཆེ་གི།
ང་བཤད་པའི་བུ་འདི་སྙིང་ཆུང་གི།
བཤད་འདོད་པའི་སྐད་ཆའི་སྒྲ་མི་དག་གི།
ཉན་འདོད་པའི་ཁྲིམ་པའི་རྣ་སྟུག་གི་ར།
ཕ་ཨ་ཁུ་རྣམས་ཀྱི་བཀའ་མ་ཐེག་ནས།
མ་སྲུ་རྣམས་ཀྱི་ངོ་མ་ཚོད་ནས།
ངས་ཤྭ་རྭ་འདྲ་བའི་ཀྲབ་ཀྲབ་ཅིག་བཤད་ན།
རྭ་ལག་མང་ནས་གཟུར་དཀའ་གི།
རྐོ་རྭ་འདྲ་བའི་ཐེམ་སྐས་ཅན་ཞིག་བཤད་ན།
ཐེམ་པ་མང་ན་བརྩི་དཀའ་གི།
ལུག་རྭ་འདྲ་འདྲ་འཁྱིལ་འཁྱིལ་ཞིག་བཤད་རྒྱུ།
ང་གནའ་གཏམ་བཤད་པའི་གནམ་སྨྱི་མ་རེད།
ད་གཏམ་བཤད་པའི་མཁས་པ་མ་རེད།
དང་པོ་བྲིས་པའི་ཡིག་ཆ་མེད་ཀི།
བར་དུ་འདོན་པའི་བྱང་ཆ་མེད་ཀི།
མཐའ་མ་བཤད་པའི་ཁ་ལྷེ་མི་བདེ་ཀི།
དེ་རིང་ངས་འདར་མ་འདུར་གྱི་རྟ་ཞིག་རྒྱུག
འཆལ་མ་འཚོལ་གྱི་གཏམ་ཞིག་བཤད།

འཛིག་རྟེན་གཏམ་གྱི་དཔེར།
བང་གང་གི་རྟ་བརྒྱུགས་ན།
གོམ་གང་གི་ས་ཟིན་དགོས་གི།
གོམ་གང་གི་ས་མ་ཟིན་ན།
ས་ནག་གད་པའི་སྙིང་འཕྲུས་རྗེས་ན་ཡོད་གི།
ཐེངས་གཅིག་ལ་གཏམ་བཤད་ན།
གྲལ་གང་གི་མགྲོན་ཇོ་ལོན་དགོས།
གྲལ་གང་གི་མགྲོན་ཇོ་མ་ལོན་ན།
ནང་ཕ་ཁྲུས་བཀའ་བཀྱོན་རྗེས་ན་ཡོད་གི།
གྲལ་མགོའི་ཨ་མྱེས་ཁ་ལས་རླུང་རྟ་ཅན་པོས།
ངས་ཁ་གཅིག་ནོར་ན་ཁ་ལོག་ཚིག་ལོག་མ་རྒྱག
གྲལ་སྐེད་ཀྱི་བུ་ཚ་གྲི་ཆུང་གློ་བཏགས་ཅན་པོས།
ངས་ཁ་གཉིས་ནོར་ན་ཁ་འཕྲུས་ར་སྙིང་འཕྲུས་མ་གཏོང་།
གྲལ་ཇའི་བུ་མོ་བྱུ་རུའི་རྒྱན་ཆ་ཅན་པོས།
ངས་ཁ་གསུམ་ནོར་ན་ཁ་དགོད་དང་ཁོང་དགོད་མ་བྱེད།
དེ་རིང་གི་གྲལ་ཁྲིམ་པ་ནང་རིམ་གསུམ་ལ།
གྲལ་མགོ་བསྐོར་རེ་ཕ་ཁུ་བཞུགས་གི།
གངས་དཀར་པོ་གངས་རི་འཁྱིང་འདྲ་རེད།
གྲལ་སྐེད་བསྐོར་རེ་སྟག་ཤར་བཞུགས་གི།
སྟག་ཤར་རྒྱ་སྟག་དམར་པོ་ལངས་འདྲ་རེད།
གྲལ་ཇ་བསྐོར་རེ་མ་སྲུ་བཞུགས་གི།
བྱ་རྨ་བྱའི་སྒྲོ་གུར་ཕུབ་འདྲ་རེད།
གཡས་གྲལ་བལྟས་ན་གཡས་གྲལ་ཡག་གི།

གཡས་གྲལ་ཉི་མ་ཤར་འདྲ་རེད།
གཡོན་གྲལ་བལྟས་ན་གཡོན་གྲལ་ཡག་གི།
གཡོན་གྲལ་ཟླ་བ་ཚེས་འདྲ་རེད།
དཀྱིལ་གྲལ་བལྟས་ན་དཀྱིལ་གྲལ་ཡག་གི།
དཀྱིལ་གྲལ་ཨ་ཡོང་ཀྱིག་གེ་ཡོད་ཀི།
མཐའ་གྲལ་བལྟས་ན་མཐའ་གྲལ་ཡག་གི།
མཐའ་གྲལ་སྐར་ཚོགས་ཤར་འདྲ་རེད།
ད་ཨ་ཡོང་ནང་ནས་སྨུ་ཞེན་གི།
ཡང་ཡོང་ནང་ནས་བྲོ་འཁྲབ་ཀི།
ཨ་ཡོང་ནང་ནས་སྨུ་སླངས་ན།
བྱ་ཁུ་བྱུག་སྔོན་མོ་གྲག་འདྲ་རེད།
ཡང་ཡོང་ནང་ནས་བྲོ་འཁྲབ་ན།
ལྷ་ལྷ་མོ་མི་ཡུལ་སླེབས་འདྲ་རེད།
འདི་འདྲ་ཡི་ཁྲོམ་ཆེན་དཀྱིལ་ནས།
ལྷོ་གཡུ་འབྲུག་སྔོན་མོ་གནམ་གྱི་འོག
རིན་ཆེན་གསེར་གྱི་ས་གཞིའི་སྟེང་ནས།
སྐྱིད་པའི་མགོ་སྦྲ་གྲུ་བཞིའི་ནང་ནས།
འཛོམས་པོའི་ཁྲོམ་གྱི་གྲལ་གྱི་དཀྱིལ་ནས།
ཡག་གི་གདན་གྱི་ཐིག་ལེའི་སྟེང་ནས།
སྐྱིད་པའི་མག་ཞེའུ་ཁྲ་ལོ།
ཁྲུས་སྐྱིལ་ཀུང་རྡོ་རྗེའི་མདུད་པ་བཤུགས་ནས་ཡར་ལ་ཡོངས་ར།
ཞལ་འཛུམ་མདངས་ཀྱིག་གེ་ཚུར་ར་འཕོར་དྲ།
ངས་དར་ཚོན་སྣ་ལྔའི་སྐེད་རགས་ཤིག་བཅིངས།

དང་པོ་སྐྱིད་ཀྱི་མག་ཞེའུ་ཁྲ་ལོ་འདིའི།
ལྷ་གྱོན་པ་འདི་ཅིག་བསྟོད་ཀྱི་ན།
འདིའི་ཕྱི་མ་གོས་ཆེན་འབྲུག་མ་རེད།
གོས་ཆེན་འབྲུག་མའི་རི་མོ་ཡག་གི།
ནང་མ་ལུག་ཆུང་ཚར་དཀར་རེད།
ལུག་ཆུང་ཚར་ཅུར་རྡོད་ཁོལ་ཡོད་ཀི།
མགོའི་ཞྭ་མོ་རྒྱ་གར་ཐེབ་ཞྭ་རེད།
རྒྱ་གར་ཐེབ་ཞྭ་མིག་ག་ཡག་གི།
ཀང་སག་ལྷམ་འཇུར་ཧ་འོད་ཆེན་རེད།
འཇུར་ཧ་འོད་ཆེན་ཀང་ལ་བདེ་གི།
སྐྱིད་རགས་འོ་ཁྲིང་འཁྱིལ་བ་དགོས་གི།
འཁྱིལ་བ་འཛམ་པོ་གླིང་ན་མེད་གི།
གླིང་ན་མེད་ལ་ཉོ་ཡི་སོང་།
དང་པོ་རྒྱ་གར་ཡུལ་ལ་སོང་།
སྟོད་རྒྱ་གར་ཚོང་ཁང་ཆེན་པོ་དེ་ཡི།
ཚོང་སྣ་ཚོགས་གནམ་གྱི་སྐར་ཚོགས་འདྲ་གི།
གོས་སྣ་ཚོགས་གནམ་གྱི་འཇའ་ཚོན་འདྲ་གི།
ངས་རིག་རིག་གཉིས་ཀ་བལྟས་ནས་སོང་།
ཐུག་ཐུག་གཉིས་ཀ་དྲིས་ནས་སོང་།
ང་ཐུག་ནས་གོས་ཤིག་དེ་ན་མེད་གི།
ང་དེ་ནས་རྒྱ་ནག་ཡུལ་ལ་སོང་།
སྨད་རྒྱ་ནག་ཚོང་ཁང་ཆེན་པོ་དེར།
ཚོང་སྣ་ཚོགས་གནམ་གྱི་སྐར་ཚོགས་འདྲ་གི།

གོས་སྣ་ཚོགས་གནམ་གྱི་འཇའ་ཚོན་འདྲ་གི།
ངས་རིག་རིག་གཉིས་ཀ་བལྟས་ནས་སོང་།
ཐྲུག་ཐྲུག་གཉིས་ཀ་དྲིས་ནས་སོང་།
ཐུག་ནས་གོས་ཞིག་དེ་ན་མེད་གི།
དེ་ནས་དབུས་གཙང་ཡུལ་ལ་སོང་ང་།
སྟོད་དབུས་གཙང་ཚོང་ཁང་ཆེན་པོ་དེར།
མཁར་ཐོག་སོ་སུམ་ཅུ་ཐམ་པ་ཡོད་གི།
མཁར་རྩེ་སེར་པོ་གསེར་ར་གྲུབ་གི།
གསེར་སེར་པོ་ཉི་མའི་འོད་ཟེར་འཕྲོ་གི།
མཁར་སྐེད་དཀར་པོ་དུང་ང་གྲུབ་གི།
དུང་ཟླ་བ་གྲུབ་བས་མུན་པ་སེལ་གི།
མཁར་གཏིང་སྔོན་པོ་གཡུ་ལ་གྲུབ་གི།
གཡུ་རིན་ཆེན་མང་པོའི་ལོངས་སྤྱོད་འཛོམས་གི།
སྒོ་ཆེན་སྒོ་ལྕུང་གསེར་ལྕུང་རེད།
གསེར་ལྕུ་གསེར་ལྕུང་ཆ་འགྲིག་རེད།
དྲ་མ་ཚང་མ་གསེར་ཆ་རེད།
གསེར་སེར་པོའི་འགྲམ་དར་ཆགས་འདྲ་རེད།
ཀ་བ་ཐུ་ཏུའི་ཀ་བ་རེད།
ཀ་མགོ་གསེར་གྱི་ཉི་མ་རེད།
ཀ་སྐེད་དུང་གི་ཟླ་བ་རེད།
ཀ་རྟིང་ཡིད་བཞིན་ནོར་བུ་རེད།
དེ་ནས་ཐོག་རིམ་གོང་མར་སོང་།
རྩེ་ན་གསེར་ཏོག་བཅོ་བརྒྱད་ཡོད་གི།

ཉི་མ་གསེར་ཏོག་ཞོལ་ན་ཡོད་ཀི།
གསེར་ཏོག་ཉི་མའི་གོང་ན་ཡོད་ཀི།
གོས་ཉོ་ཡུལ་གསེར་ཏོག་དེའི་ནང་རེད།
གོས་འདིའི་རྒྱུ་མཚན་མདོར་བསྡུས་ཤིག་བཤད་ན།
རིང་ཐུང་འདོམ་པ་བརྒྱད་རེ་ཡོད་ཀི།
བརྒྱད་རེ་ནང་ན་རྟགས་རེ་ཡོད་ཀི།
བཀྲ་ཤིས་རྟགས་བརྒྱད་འདི་ན་ཚང་གི།
ཁྱུགས་ན་འདོམ་པ་བདུན་རེ་ཡོད་ཀི།
བདུན་རེ་ནང་ན་རྟགས་རེ་ཡོད་ཀི།
རྒྱལ་སྲིད་སྣ་བདུན་འདི་ན་ཚང་གི།
འདིའི་གྲུ་ཁ་བཞི་ན་རྟ་རེ་ཡོད་ཀི།
རྟ་རེར་གསེར་སྒ་བསྟད་ལེ་ཡོད་ཀི།
ཁྱུགས་སོ་རེ་ན་སྟག་རེ་ཡོད་ཀི།
དཔའ་སྙིང་སྟག་དམར་མཆོང་མཆོང་ཡོད་ཀི།
དཀྱིལ་གདུང་དཀར་པོ་ན་དུང་རེ་ཡོད་ཀི།
མཚན་སྙན་གྲགས་དུང་དཀར་འབུད་འབུད་ཡོད་ཀི།
སྐྱིད་རགས་ཕོ་བྲང་འཁྱིལ་བ་འདི།
སྟོད་དབུས་གཙང་ཡུལ་ན་ཡོད་དུས་གོང་ཆེན་ཞིག་རེད།
སྨད་ཨ་མདོ་ཡུལ་ལ་ཐོན་དུས་མིང་ཆེན་ཞིག་རེད།
དེ་རིང་བཅིངས་པའི་ཉི་མ་མདོག་ཆེན་ཞིག་རེད།
འདི་མ་བཅིངས་བསམ་པའི་དོན་འགྲུབ་རེད།
འདི་བཅིངས་ན་བསམ་པ་རང་འགྲུབ་རེད།
ད་ཨ་ཞང་ཚང་གིས་ཟེར་གི་ར།

ང་ཁ་ལས་དབང་ཐང་དར་ནས།
ཁ་རྫེ་བསོད་ནམས་རྒྱས་ནས།
སྐེད་རགས་འདིའི་ཁུགས་མགོ་གནམ་མ་ཅིག་ཞོགས་ཟེར་གི།
སྐེད་རགས་འདིའི་ཁུགས་མགོ་གནམ་མ་ཅིག་བཞག་ན།
དཀྱུང་ཨ་སྔོན་འདྲ་བའི་མདོག་ཅིག་ཡོད་ཀི།
དུང་ཟླ་བ་མག་པ་ཆགས་ཤིག་བཞག་ན།
ནམ་སྐྱ་རེངས་འདྲ་བའི་སྐེད་རགས་བཅིངས་ཀི།
ཁ་ཚུར་དོག་མོ་ས་ལ་ཅིག་ཕེབས་ཟེར་གི།
ཁ་ཚུར་དོག་མོ་ས་ལ་ཕབ་ན།
མེ་ཏོག་འདྲ་བའི་མདོག་ཅིག་ཡོད་ཀི་ཟེར།
རི་མཐོན་པོ་མག་པ་ཆགས་ཤིག་བཞག་ན།
གངས་དཀར་པོ་འདྲ་བའི་སྐེད་རགས་བཅིངས་ཀི།
སྐེད་པ་བར་སྣང་ཁམས་མ་ཅིག་ཁྱིར་ཟེར་གི།
སྐེད་པ་བར་སྣང་ཁམས་མ་ཅིག་ཁྱིར་ན།
འཇའ་སྣ་ལྔ་འདྲ་བའི་མདོག་ཅིག་ཡོད་ནས་ཟེར་གི།
འབྲུག་ལྡིང་པོ་མག་པ་ཆགས་ཤིག་བཞག་ན།
གློག་དམར་པོ་འདྲ་བའི་སྐེད་རགས་བཅིངས་ནས་ཟེར།
སྐེད་རགས་བཅིངས་བཅིངས་སྟོད་ཀི་བཅིངས།
ནང་ཕ་ཁུའི་དགྲ་ལྷ་བཅུ་གསུམ་བསྟོད།
སྐེད་རགས་བཅིངས་བཅིངས་སྨད་ཀི་བཅིངས།
མ་སྲུ་མོའི་ཟས་ལྷ་བཅུ་གསུམ་བསྟོད།
སྐེད་རགས་བཅིངས་བཅིངས་བར་གི་བཅིངས།
སྐྱིད་མག་པའི་ཕོ་ལྷ་དགྲ་ལྷ་བསྟོད།

སྐྱིད་རགས་འདི་སྟོན་ནས་བླངས་ནས་རྒྱབ་ནས་མདུད་ན།
རྒྱ་ནག་རྒྱལ་པོའི་ཁྲིམས་མདུད་རེད།
སྨད་རྒྱ་ནག་གི་ཁྲིམས་གཡང་བོད་ལ་འགྲུགས་ཀི།
རྒྱབ་ནས་བླང་ནས་སྟོན་ནས་མདུད་ན།
རྒྱ་གར་རྒྱལ་པོའི་ཆོས་མདུད་རེད།
སྟོད་རྒྱ་གར་ཆོས་གཡང་བོད་ལ་འགྲུགས་ཀི།
སྟོན་ནས་བླངས་ནས་གཞུག་ནས་མདུད་ན།
སྟག་ཤ་རས་རལ་གྱི་བཤང་སྒྲོལ་རེད།
སྨན་བུ་མོས་ཛ་ཆང་ལེན་སྒྲོལ་རེད།
དར་གསུམ་དར་གྱི་མདུད་པ་རེད།
བོད་ཁ་བ་ཅན་གྱི་བཅིངས་ལུགས་རེད།
སྐུ་རྒྱལ་བོད་ཀྱི་བསྟན་པ་དར་གི།
ངས་ཆགས་ཤིག་འཇོག་ག་ཐེངས་གཅིག་བསྟོད།
དགུང་ཨ་སྟོན་དཀྱིལ་ལ་ཆགས་ཤིག་བཞག་ན།
སྟོ་གཡུ་འབྲུག་འདྲ་བའི་མག་པ་ཡོང་ངེ་།
མགོ་ཟིལ་བ་འདྲ་བའི་རྟེན་འབྲེལ་འགྲིག་ཐལ།
མཐོ་གངས་དཀར་རྩེ་མོ་ཆགས་ཤིག་བཞག་ན།
སེང་དཀར་མོ་འདྲ་བའི་མག་པ་ཡོང་ངེ་།
སེང་གཡུ་རལ་འདྲ་བའི་རྟེན་འབྲེལ་འགྲིག་ཐལ།
མཚོ་ཁྲི་ཤོར་རྒྱལ་མོ་ཆགས་ཤིག་བཞག་ན།
ཉ་གསེར་མིག་འདྲ་བའི་མག་པ་ཡོང་ངེ་།
རྒྱ་གསེར་མིག་འདྲ་བའི་རྟེན་འབྲེལ་འགྲིག་ཐལ།
གྲལ་ཁྲིམ་པ་འདྲ་བའི་ཆགས་ཤིག་བཞག་ན།

མག་པ་ཡིད་བཞིན་ནོར་བུ་ཡོང་ངེ་།
བདག་ཞང་འཛོན་གཉིས་ཀའི་བསམ་པ་འགྲུབ་ཐལ།
ཨ་ཞང་ཚང་གིས་ཟེར་གི་ར།
ཁ་ལས་དབང་ཐང་དར་ནས།
ཁ་རྫེ་བསོད་ནམས་རྒྱས་ནས།
མག་པ་ཆང་ཞིའུ་ཞིག་འོང་ཟེར།
ངའི་ལག་གི་དཀར་ཡོལ་འབྲུག་མ་འདི།
འདི་འབུད་ས་རྒྱ་ནག་ཡུལ་གྱི་ཡིན།
སླད་རྒྱ་ནག་ཚོང་ཁང་ནང་གི་ཡིན།
རིན་གོང་ཆེན་བྱིན་ནས་ཉོས་ནས་ཡོང་།
ལང་ར་གོས་ཀྱིས་བཏུམ་མེ་ཡོང་ནོ།
དྲིལ་རྫོག་ཆུང་ཞིག་ལ་བཀལ་ནས་ཡོང་ནོ།
རྒྱ་ཁེ་བ་ཞིག་གིས་བོད་ལ་བཙོངས་ནོ།
བོད་སྟོབས་ཆེན་མིན་ན་ཁུག་ནི་མེད་ནོ།
རྒྱ་ཁེ་བ་མིན་ན་བཙོང་ནི་མེད་ནོ།
དཀར་ཡོལ་ཁྲུང་གཞོག་ལྷེམ་པ་ཡིན་ནོ།
ཁ་ན་འཕོར་ལོ་རྩིབས་བརྒྱད་ཡོད་ནོ།
སྐེད་ན་བཀྲ་ཤིས་རྟགས་བརྒྱད་ཡོད་ནོ།
ཞབས་ན་པདྨ་འདབ་བརྒྱད་ཡོད་ནོ།
དཀར་ཡོལ་ཁྲུང་གཞོག་ལྷེམ་པ་ཡིན་ནོ།
མག་པ་ཆང་སྐལ་སྤྲེར་བྱེད་ཡིན་ནོ།
འདིའི་ནང་གི་བདུད་རྩི་བསིལ་མ་འདི།
ས་དོག་མོ་རིན་ཆེན་གསེར་གཞུང་ནས།

འབྲུ་སྣ་ལྔའི་ལོ་ཏོག་ཞིང་ང་འཁྲུངས་ནོ།
ཞིང་ང་འཁྲུངས་ངེ་ཆུ་ལ་བསླལ་ནོ།
ལོ་ལ་བསླལ་བའི་ལོ་ཆང་ཡིན་ནོ།
ལོ་ཆང་བདུད་རྩི་ཁམ་པ་ཡིན་ནོ།
ཟླ་ལ་བསླལ་བའི་ཟླ་ཆང་ཡིན་ནོ།
ཟླ་ཆང་བདུད་རྩི་འཁྱིལ་བ་ཡིན་ནོ།
ཞག་ལ་བསླལ་གི་ཞག་ཆང་ཡིན་ནོ།
ཞག་ཆང་བདུད་རྩི་འཁྱིལ་བ་ཡིན་ནོ།
ད་ནངས་ཀྱི་ཐོ་རེངས་གསར་ཆང་ཡིན་ནོ།
ཕ་ཨ་ཁུས་འཐུང་ན་དགྲ་ལྷ་འཕོར་ནོ།
སྟག་ཤ་རས་འཐུང་ན་དཔའ་རྩལ་རྒྱས་ནོ།
སྨན་བུ་མོས་འཐུང་ན་ཟས་ལྷ་འཕོར་ནོ།
ད་སྐྱིད་ཀྱི་མག་ཞའུ་ཁྲ་ལོ།
ཁྱོའི་ཡ་ཁ་གསེར་ལོ་ཡིན་པས་བསྒྲི་ཤེས་ཐོས།
མ་ཁ་དངུལ་ལོ་ཡིན་པས་སྐྱོར་ཤེས་ཐོས།
མིད་ཐག་སྤུ་གུ་ཡིན་པས་དྲངས་ཤེས་ཐོས།
རྩ་ལམ་རིན་ཆེན་ཡིན་པས་བགྲམ་ཤེས་ཐོས།
ཁྱིམ་འདིར་ཚོགས་ཚང་མས་ཟེར་གི་ར།
བསམ་པའི་དོན་འགྲུབ།
འདོད་པའི་རྩེ་གང་ང་།
མག་པ་ཁ་གཡང་ཞིག་ཐོས་ཟེར་གི།
སྐྱིད་ཀྱི་མག་ཞའུ་ཁྲ་ལོ།
ཁྱོའི་ནོར་ས་ཛྭ་རི་སྨུག་པོ་ནོར་གྱིས་བཀང་ང་།

མག་སྐྱགས་ཀྱི་བསྟོད་པ་དར་གྱི་ཡོལ་བ།

རྟ་ས་འཛག་རི་གསུམ་པོ་རྟ་ཡིས་བཀང་ང་།
ལུག་ས་སྤང་རི་སེར་པོ་ལུག་གིས་བཀང་ང་།
སྐྱིད་ཀྱི་མགོ་སྦྲ་ནག་པོ་ནོམ་པས་བཀང་ང་།
ཁྱིའི་གོ་ཁ་བུ་ཡིས་བཀང་ང་།
སྒོ་ཁ་རྒྱུ་ཡིས་བཀང་ང་།
ཁྱིས་མི་བརྒྱ་གོང་གི་གཏམ་བཤད་ལ།
རྟ་བརྒྱ་གོང་གི་ལྷུག་གཡུག་ག
ཁྱིའི་ཕྲུག་ཟླ་ལམ་ནས་གྲགས་ག
ཁྱིས་དྲིན་པ་མ་བཀུར་ན་དར་དཀར་གྱི་འཛམ་ཡིན།
ནང་སྡེ་བ་ཀུན་ན་ཕ་མའི་བྱམས་ཡིན།
དགྲ་ནག་པོར་ཐུག་ན་ཐོག་རྐོད་ཀྱི་བཙན་ཡིན།
ནང་སྲུན་ཟླ་ནང་ནས་མདའ་སྒྱུག་གི་དྲང་ཡིན།
རྟ་འདོ་བའི་གོང་ནས་བལ་དཀར་གྱི་ཡང་ཡིན།
ང་བུ་ཆུང་ཆུང་ཁ་ལས་དགེ་ནི་ཞིག་ཡིན།
རྟ་ཆུང་ཆུང་ཁ་སྐྱོག་བདེ་ནི་ཞིག་ཡིན།
ངས་ཁ་གཡང་པོས་ན་ཁ་ཐོག་ལ་འགྲོ།
ཞལ་གཡང་པོས་ན་ཞལ་ངོ་རྡོ།

སོག་ཚུང་དབང་རྒྱལ་གྱིས་བཤད།

མག་པའི་ཆུ་དར་རིང་མོ།

མཆོད་ཨོཾ་ཨཱཿཧཱུྃ། མཆོད་ཨོཾ་ཨཱཿཧཱུྃ། མཆོད་ཨོཾ་ཨཱཿཧཱུྃ།

ངའི་རྒྱབ་རི་རི་རྒྱལ་ལྷུན་པོས།

ངའི་ཁ་ལྟེ་པདྨའི་ལྕུགས་ཅིག་ཡོངས།

ངའི་རྐྱེས་ལྷ་ཨ་མྱེས་བྲག་སེར་གྱིས།

ངའི་གངས་དཀར་སེམས་ལ་གསལ་ཞིག་ཐོངས།

ས་འདི་ཡི་ས་བདག་གནས་བདག་གིས་ངའི་ཁ་ལས་རླུང་རྟ་ཡར་ལ་བསྐྱོད།

ཡ།

ངའི་སྐྱིད་ཀྱི་མགོ་སྨྲ་གྲུ་བཞིའི་ནང་ནས།

རྟེན་འབྲེལ་བརྟག་ག་མཆོད་གསུམ་འཕེན།

མཆོད་སྔ་བ་དབུས་གཙང་ཡུལ་ལ་མཆོད།

སྟོད་དབུས་གཙང་གནས་བརྟན་བཅུ་དྲུག་མཆོད།

རྗེ་མི་ལ་རས་པའི་གདན་ས་རེད།

སྐྱིད་མགོ་ནག་གི་རེ་ས་རེད།

མཆོད་བར་མ་རྒྱ་ནག་ཡུལ་ལ་མཆོད།

ལྷ་འཇམ་པའི་དབྱངས་ཀྱི་གདན་ས་རེད།

སྐྱིད་མགོ་ནག་བོད་ཀྱི་རེ་ས་རེད།

མཆོད་གསུམ་པ་ཁ་བ་ཅན་ན་མཆོད།

བོད་ཁ་བ་མཆོད་ཁ་བཅུ་གསུམ་མཆོད།

ཕ་ཨ་ཁྱུའི་བུ་ལྷ་དགྲ་ལྷ་མཆོད།
སྟག་ཤ་རའི་རླུང་རྟ་སྔེ་བརྒྱད་མཆོད།
སྨན་སྲུ་མོའི་ཟས་ལྷ་གྲོགས་ལྷ་མཆོད།

ཡ།
གྲལ་མར་འཁོར་ཉི་མ་ཤར་འདྲ་བོ།
སྐྱ་གཟི་བརྗིད་ཅན་གྱི་ཨ་ཞང་ཡིན་ནས་ཟེར་གི།
གྲལ་ཡར་འཁོར་སྐར་ཚོགས་ཤར་འདྲ་བོ།
རྟགས་རྟེན་འབྲེལ་གཉིས་ཀའི་བདག་པོ་གཉེན་ཚང་ཡིན་ནས་ཟེར་གི།

ཡ།
ང་འདིར་ཚོགས་ཁྲིམ་པའི་ཁ་གྲལ་ནས།
མ་སྲུ་ཚང་གི་དཀྱིལ་གྲལ་ནས།
གཟུགས་སྐྱེ་ལུས་ལྷེམ་མེ་ཡར་ལ་ལངས་ང་།
ཁ་དུང་སོ་ཀྱིག་གེ་ཚུར་ར་འཁོར་ར།
ལག་ཆུ་འཛིན་དངུལ་དཀར་དཀར་ཡོལ་ནང་ནས།
དཀར་འོ་མའི་མཆོད་པ་ལན་གསུམ་འཕེན།

ཡ།
ཁ་བ་ཅན་གྱི་ལུགས་སྲོལ་ལྟར།
སྲིད་པ་རྙིང་པོའི་འགྲོ་ལུགས་ལྟར།
མ་སྲུ་ཚང་གི་རེ་བ་ལྟར།
ང་ཨ་ཞང་ཚང་ང་ཞུ་རྒྱུ་ཞིག་ཡོད་ཀི།

དགུང་ཨ་སྔོན་འདྲ་བའི་ཨ་ཞང་ཡོང་ཡོད་ཀི།
འབྲུག་ཐོ་ཁྲུང་འདྲ་བའི་མག་པ་ཡོང་ཡོད་ཀི།
ཆར་བསིལ་མ་འདྲ་བའི་ཆུ་དར་དགོས་ཟེར་གི།
ཆུ་རྨ་ཆུ་འདྲ་བའི་ཨ་ཞང་ཡོང་ཡོད་ཀི།
ཉ་གསེར་མིག་འདྲ་བའི་མག་པ་ཡོང་ཡོད་ཀི།
མཚོའི་རླངས་པ་འདྲ་བའི་ཆུ་དར་དགོས་ཟེར་གི།

ཡ།
ཆུ་དར་ར་སྟོད་དབུས་གཙང་ཡུལ་ནས་བུད་ནས་ཕྲུག་ཅིག་དགོས་ཟེར་གི།
ཕྲུག་མི་གཅིག་ཕྲུག་སྣ་བཅུ་གསུམ་དགོས་ཟེར་གི།
རྒྱ་བ་ཚེར་མོའི་སྐེ་བལ་ཡིན་དགོས་ཟེར་གི།
མདོག་ག་དར་ཚོན་སྣ་ལྔ་ཡིན་དགོས་ཟེར་གི།
ཕྲུག་སྣབས་ལུད་ཡིན་ན་མི་ལེན་ཟེར་གི།
རྒྱ་ཕྲུག་ཡིན་ན་མི་དགོས་ཟེར་གི།
ས་ཟླུང་ཆུ་མཁར་ནས་མཛོ་ཞིག་དགོས་ཟེར་གི།
མཛོ་ཁྲུང་དཀར་རྣ་ཁ་གོར་རེ་དགོས་ཟེར་གི།
རྒྱབ་ན་གཡང་རྣ་ལྷེམ་མེ་དགོས་ཟེར་གི།
སྐེ་ན་ཁྲོ་རྡང་ཤ་ལེ་དགོས་ཟེར་གི།
ཡར་ཡུར་ཇ་བཀྲུས་མི་དགོས་ཟེར་གི།
བ་རྫོལ་ཇ་རིང་མི་ལེན་ཟེར་གི།
ས་བལ་པོའི་ཡུལ་ནས་ རྟ་ཞིག་དགོས་ཟེར་གི།
རྟ་གྲི་ལིང་གཡང་ར་ལྷེམ་མེ་དགོས་ཟེར་གི།
མགོ་གསེར་སྤྲབ་དངུལ་སྤྲབ་ཆ་མ་དགོས་ཟེར་གི།

མཚོ་ནུབ་བོད་ཀྱི་བཤད་པ་གཅིས་བཏུས།

རྒྱབ་གསེར་སྣ་ཉི་མར་རང་ཤར་དགོས་ཟེར་གི།
འབ་གོར་མོ་བཀྲ་ཤིས་གཡང་འཁྱིལ་དགོས་ཟེར་གི།
སླེད་ཡག་ག་སྐར་ཚོགས་ཤར་འདྲ་དགོ་ཟེར་གི།
ཀ་མ་བོང་ལུ་མི་དགོས་ཟེར་གི།
ཀ་ཚུའི་རྒྱ་ཧ་མི་ལེན་ཟེར་གི།
སྨད་རྒྱ་ནག་ཡུལ་ནས་གོས་ཤིག་དགོས་ཟེར་གི།
གོས་མི་གཅིག་གོས་སྣ་བཅུ་གསུམ་དགོས་ཟེར་གི།
རྒྱུ་བ་རྒྱལ་སྲས་ཟ་འོག་ཡིན་དགོས་ཟེར་གི།
མདོག་ག་ཚ་འབྲུག་ལྷང་ཁྲ་ཡིན་དགོས་ཟེར་གི།
ཟེ་ལེང་གོས་ལང་མི་དགོས་ཟེར་གི།
ཀན་སུའུ་རས་ཁྲ་མི་ལེན་ཟེར་གི།
ཨ་ཞང་ཚང་གི་སྟེར་ཡག་གི།
མ་སྤྲུ་ཚང་གི་ལེན་ཡག་ནས་ཟེར་གི།
མ་ཁྱིན་ན་མ་སྤུར་མཐོང་ཚུང་ཡིན་ནས་ཟེར་གི།
ཁྱིན་ན་དོན་བྱ་རང་འགྲུབ་ཡིན་ནས་ཟེར་གི།

བཀའ་འགྱུར་ཁོན་ཐར་སྐྱིད་ཀྱིས་བཤད།

བྱ་རས་ཐོས་པ་འཛུམ་ཤོར།

མཆོད་ཨོཾ་ཨཱཿཧཱུྃ། མཆོད་ཨོཾ་ཨཱཿཧཱུྃ།
ངས་མཆོད་མཆོད་མཆོད་ལ་དགུང་སྔོན་མཆོད།
དགུང་ཨ་སྔོན་གཞལ་ཡས་གུར་ཁང་ནས།
ལྷ་ཆེན་ཚངས་པ་དཀར་པོ་མཆོད།
ཨ་ནེ་གོང་སྨན་རྒྱལ་མོ་མཆོད།
ལྷ་ཕྲུག་ཉེ་ཁྲི་འབུམ་ལ་མཆོད།

ཡ།
མཆོད་མཆོད་མཆོད་ལ་ཀླུ་ཡུལ་མཆོད།
འོག་མ་ཀླུ་ཡི་ཞིང་ཁམས་ནས།
ཀླུ་རྒྱལ་གཙུག་ན་རིན་ཆེན་མཆོད།
ཀླུ་མོ་དུང་སྐྱོང་དཀར་མོ་མཆོད།
ཀླུ་ཕྲུག་ཁྲི་ཁྲི་འབུམ་ལ་མཆོད།

ཡ།
མཆོད་མཆོད་མཆོད་ལ་བོད་ཡུལ་མཆོད།
སྐུ་རྒྱལ་བོད་ཀྱི་ས་ཆ་ནས།
ཕ་དྲིན་ཆེན་རྩ་བའི་བླ་མ་མཆོད།
སྐྱབས་གནས་དཀོན་མཆོག་གསུམ་པོ་མཆོད།

ཕ་ཁྲུའི་ཕོ་ལྷ་དགྲ་ལྷ་མཆོད།
མཆོད་དེ་གསུམ་མ་ཡིས་སྣ་དྲངས་ནས།
སྐུ་རི་རྒྱལ་འདྲ་བོ་གདན་ན་བཞུགས།
ཚིག་མགུར་མ་འདྲ་བོ་མཚམས་ཤིག་ཞོགས་ག
ཁྱོའི་གངས་དཀར་སེམས་ཀྱིས་ང་ཅིག་ཉོན།
ཁྲ་ཆུང་མིག་གིས་ཚུར་ལ་ལྟོས་ར།
ང་འདིར་ཚོགས་ཁྲིམ་པའི་ཁ་གྲས་ནས།
མ་སྤྲུ་ཚང་གི་རྩིས་གྲས་ནས།
གཟུགས་སྐྱེས་ལུས་ལྷེམ་མེ་ཡར་ར་ལངས་ནས།
ཁ་དུང་སོ་ཀྱིག་གེ་ཚུར་ར་འཕོར་ར།
ཁྱོད་ཨ་ཞང་ཚང་ལ་ཞུ་རྒྱུ་ཞིག་ཡོད་གི།
ང་ཚིག་གསུམ་སྒྲིག་གི་བྱང་ཆ་མེད་ཙང་།
ཐ་ན་བཤད་ཀི་ཁ་ལྩེ་མེད་ཙང་།
སྲིད་པ་རྒན་པོའི་ཁ་དཔེ་ལྟར་ར།
ཐང་དཀར་རྐོད་ཀྱིས་ནམ་འཕང་བསྐྱད་ན།
ཕྱུགས་རྩེ་གཉིས་ཀ་རྐྱོངས་དགོས་ཟེར་གི།
འདོ་རིགས་རྟ་ཡིས་བྱང་ལམ་བཅད་ན།
སྤ་སྒོ་ཕྱི་སྒོ་དམ་དགོས་ཟེར་ག
དེ་རིང་ཁྲོམ་ཆེན་གྲལ་ལ་ཐོན་ན།
གཏམ་ཀུ་རེ་གཉིས་ཀ་བཤད་དགོས་ཟེར་ག

ཡ།
ནམ་ལངས་ཀྱི་དང་པོ།

ཉི་ཤར་གྱི་རྩེ་མོ།
རྟེན་འབྲེལ་གྱི་མགོ་མ།
བཀྲ་ཤིས་པའི་ཉིན་མོ།
དོན་འགྲུབ་པའི་ཉི་མ།
ཕུན་སུམ་ཚོགས་པའི་སྐར་མ།
དགུང་ཨ་སྔོན་འཇའ་གསུམ་ཤར་བའི་ཉི་མ།
ས་དོག་མོ་མེ་ཏོག་བཞད་པའི་ཉི་མ།
བན་སེར་མོས་གཡང་འབོད་བྱེད་པའི་ཉི་མ།
སྟག་ཤ་རས་བདུད་རྩི་བཞེས་པའི་ཉི་མ།
སྨན་བུ་མོས་རྒྱན་ཆ་འདོགས་པའི་ཉི་མ།
ཚུང་བྱིས་པས་ཀ་ར་ཟ་བའི་ཉི་མ།
དེ་རིང་བཀྲ་ཤིས་པའི་ཉི་མ་འདི་ཡིན་ནས་ཟེར་ག

ཡ།
དགུང་ཨ་སྔོན་འདྲ་བའི་ཨ་ཞང་ཚང་ལ།
འབྲུག་ཕོ་ཁྲུང་འདྲ་བའི་མ་སྲུ་ཚང་གིས།
ཆར་ཟིལ་མ་འདྲ་བའི་བུ་རས་སྟོངས་ཀི།
ཤ་གྲ་ཡག་འདྲ་བའི་ཨ་ཞང་ཚང་ལ།
འབྲོང་ཏུ་དམར་འདྲ་བའི་མ་སྲུ་ཚང་གིས།
ཙྪ་རྩི་ཏོག་འདྲ་བའི་བུ་རས་སྟོངས་ཀི།
ཚུ་རྨ་ཚུ་འདྲ་བའི་ཨ་ཞང་ཚང་ལ།
ཁ་རྨ་དར་འདྲ་བའི་མ་སྲུ་ཚང་གིས།
ཉ་གསེར་མིག་འདྲ་བའི་བུ་རས་སྟོངས་ཀི།

ཡ།

བོད་ཀྱི་བུ་མོ་བུ་རས་འདི་དར་སྒྲོལ་བཤད་ན།

འདི་གླིང་སེང་ཆེན་དུས་ནས་དར་ནས་ཟེར་གི།

བོད་ཀྱི་བུ་མོ་བུ་རས་འདི་ཧླངས་སྒྲོལ་ལོ་རྒྱུས་བཤད་ན།

འདི་སླན་འབྲུག་གེ་རིང་ནས་ལེན་ནས་ཟེར་གི།

བོད་ཀྱི་བུ་མོ་བུ་རས་འདི་སྐྱོངས་ཤེས་ནི་ཞིག་གིས་བསྐྱང་ན།

སྟོད་རྒྱ་གར་རྒྱལ་སྲས་ཟ་འོག་སྐྱོངས་ནས་ཟེར་གི།

བོད་ཀྱི་བུ་མོ་བུ་རས་འདི་སྐྱེར་ཤེས་ནི་ཞིག་གིས་ཕྱིན་ན།

འཛོམ་པ་དགུ་བརྒྱ་དགུ་བཅུ་སྐྱེར་ནས་ཟེར་གི་ར།

ཁྱོད་འདིར་ཚོགས་ཁྲོམ་པ་འཛིགས་ཆེ་གི།

ང་བཤད་པའི་ཞི་མོ་སྙིང་ཆུང་གི།

ངའི་གདངས་དཀར་སེམས་ལ་འཆར་དཀའ་གི།

ཁ་ལྟེ་བར་ནས་འཁྲོལ་དཀའ་གི།

མིད་ཐག་ནང་ནས་ཡོང་དཀའ་གི།

དུང་སོའི་བར་ནས་འཁྱིག་དཀའ་གི།

ད་ངས་མང་པོ་ཉུང་ཉུང་བྱེད་ལ།

ཉུང་ཉུང་བསྡུ་མ་བྱེད།

ངེད་མ་སྲུ་ཚང་གི་ཟེར་གི་ར།

སྟོད་དབུས་ཚང་ཡུལ་གྱི་ཕྲུག་ཅིག་དགོས་ཟེར་གི།

ཕྲུག་གཅིག་ཉང་ཐིག་ལེ་མི་གཅིག་ནི་དགོས་ཟེར་གི།

སྨད་རྒྱ་ནག་ཡུལ་གྱི་གོས་ཤིག་དགོས་ཟེར་གི།

གོས་གཅིག་ཉང་རི་མོ་མི་གཅིག་ནི་ཞིག་དགོས་ཟེར་གི།

ས་བལ་པོའི་ཡུལ་ནས་དར་ཞིག་དགོས་ཟེར་གི།

ཁྱུ་རས་ཐོས་པ་འཇུམ་སྒོར།

དར་གཅིག་ཏུང་ཁ་ཐེལ་མི་གཅིག་ནི་ཞིག་དགོས་ཟེར་གི།

ཡ།
ད་ངེད་མ་སྤུ་ཚང་གི་ཟེར་གི་ར།
ངེད་ཚང་གི་ཉི་མ་གསུམ་ལ་བགོ་རྒྱུ་ཡོད་ནས།
ཟླ་བ་གསུམ་ལ་བཟོ་རྒྱུ་ཡོད་ནས།
ལོ་ངོ་གསུམ་ལ་གྱོན་རྒྱུ་ཡོད་ནི་ཞིག་དགོས་ཟེར་གི།

ཡ།
ངེད་མ་སྤུ་ཚང་གི་ཟེར་གི་ར།
ངེད་ཚང་ལག་བརྒྱབ་བེ་ལེན་ལོབས་ཡོད་ནས་ཟེར་གི།
ཁ་རྐན་ན་ཟ་ལོབས་ཡོད་ནས་ཟེར་གི།
ད་ངེད་ཚང་ང་དབྱར་ཟླ་གསུམ་ལ་ཆར་ལྷ་ཉན་ནས།
དགུན་ཟླ་གསུམ་ལ་ཅག་ལྷ་ཉན་ནས།
མི་མང་འཚོག་ན་འཁྱོར་ལྷ་ཉན་ནས།
འདི་གསུམ་འཛོམས་ནས་གོས་ཤིག་དགོས་ཟེར་གི།

བཀའ་འགྱུར་ཁོན་ཐར་སྐྱིད་ཀྱིས་བཤད།

མག་པའི་སྐྱིད་རགས་བཅིངས་སྒྲོལ་
དར་གྱི་ཡོལ་བ།

མཆོད་ཨོཾ་ཨཱཿཧཱུྃ།

མཆོད་མཆོད་ལ་དགྱུང་ཨ་སྟོན་མཆོད་དགོས་ཟེར་གི།

ཨ་སྟོན་དགྱུང་གི་ཡང་སྟོན་ཅིག་མཆོད་དགོས་ཟེར་གི།

ཡང་སྟོན་ཡོལ་བ་དཀར་པོ་འདི་མ་མཆོད་མ་བཀུར་ན།

མགོ་ཀླད་རས་ཀྱི་གཏད་གྱུ་བཅའ་ས་མེད་ནས་ཟེར་གི།

ཉི་ཟླ་ཤར་ས་མེད་ནས་ཟེར་གི།

སྐར་ཚོགས་བཀྲ་ས་མེད་ནས་ཟེར་གི།

མཆོད་མཆོད་མཆོད་ལ་ས་དོག་མོ་པདྨ་འདབ་བརྒྱད་ཅིག་མཆོད་དགོས་ཟེར་གི།

ས་དོག་མོ་འདི་མ་མཆོད་མ་བཀུར་ན།

རྐང་སག་ལྷམ་གྱི་གཏད་གྱུ་སྦྲིད་ས་མེད་ནས་ཟེར་གི།

རྩི་ཏོག་སྐྱེ་ས་མེད་ནས་ཟེར་གི།

ལོ་ཏོག་འཕྲུངས་ས་མེད་ནས་ཟེར་གི།

མཆོད་མཆོད་མཆོད་ལ་བར་སྣང་ཡོལ་བ་ཅིག་མཆོད་དགོས་ཟེར་གི།

བར་སྣང་ཡོལ་བ་འདི་མ་མཆོད་མ་བཀུར་ན།

གཡུ་འབྲུག་གྲག་ས་མེད་ནས་ཟེར་གི།

ལྷ་སྤྲིན་འཁྲིབ་ས་མེད་ནས་ཟེར་གི།

སློག་དམར་འཁྲུག་ས་མེད་ནས་ཟེར་གི།

ཡ།

མཆོད་མཆོད་མཆོད་ལ་ཕ་ལྷ་མཆོད།

ཕ་ལྷ་ཕྲག་པ་གཡས་ནས་མཆོད།

མཆོད་མཆོད་མཆོད་ལ་མ་ལྷ་མཆོད།

མ་ལྷ་ཕྲག་པ་གཡོན་ནས་མཆོད།

མཆོད་མཆོད་མཆོད་ལ་ཞང་ལྷ་མཆོད།

ཞང་ལྷ་ཀླད་པའི་གཙུག་ནས་མཆོད།

མཆོད་མཆོད་མཆོད་ལ་རང་ལྷ་མཆོད།

རང་ལྷ་རོ་སྟོད་རྒྱབ་ནས་མཆོད།

མཆོད་ཨོཾ་ཨཱཿཧཱུྃ།

ཡ།

དེ་རིང་གི་ཉེ་མ་བཟང་པོ།

སྐར་མ་བཟང་པོ།

བཀྲ་ཤིས་རྟགས་བརྒྱད་ཀྱི་རྟགས་ཚང་གི་ཉེ་མ།

ནོར་བུ་ཆ་བདུན་ཆ་འཛོམས་པའི་ཉེ་མ་འདི།

ཨུ་ཚང་གི་ཕྱུགས་ཁྲ་ཁྲའི་མགོ་ལོ་རྫ་བྱས།

སྤྲ་ཐང་སླུག་ཁ་ཏུ་ལྡོ་བསྐོར་ནས།

སྤུག་དང་གཟིག་གི་ཐིག་ལེ་བརྒྱུད་ན།

རྟགས་དང་སྟོན་མོ་དེ་ནས་འཁྲིག་ནས་ཟེར་གི།

སྔོ་ཕྱི་ཁྲིམ་གྱི་མ་སྲུ་རྣམས་པ་ཚོ་བསྟོད་པ་ཅིག་བྱས་ན།

གོས་ཚ་ཏུ་འདབ་ཁ་སྲུམ་གྱིས་གཡོགས་ནས།
ལང་དར་ཚོན་སྣ་ལྔ་རྩིབ་ལ་གཤིབ་ནས།
དུང་ཆེན་སིལ་སྙྲ་བྱེད་ཀི།
གཡུ་བྱུ་ཏུ་ཤག་སྙྲ་བྱེད་ཀི།
ཕར་སོང་ན་རྟ་མགོ་མི་སྟོག་ནས།
ཚུར་ཡོང་ན་རྟ་རྗིང་མི་གཙོད་ནས།
ཕར་འཁོར་ར་བསྟོག་ག་བྱོས།
ཚུར་འཁོར་ར་སྙིད་རགས་ཚངས།
མ་ཁྲ་མོ་སླག་མོ་འཁོར་འཁོར་བྱོས།
ཤ་ཁྲ་མོ་ལུ་གུ་རྩེད་རྩེད་བྱེད་དགོས་ཟེར་གི།
ཤྭ་ར་འདྲ་འདྲ་གྲབ་གྲབ་ཅིག་བཤད་ན།
རྣ་ལག་མང་པོས་འདུ་དགའ་གི།
རྐོ་རྣ་འདྲ་འདྲ་ཐེམ་ཐེམ་ཞིག་བཤད་དགོས་ཟེར་གི།
རྐོ་རྣ་འདྲ་འདྲ་ཐེམ་ཐེམ་ཞིག་བཤད་ན།
ཐེམ་པ་མང་ནས་བརྩི་དགའ་གི།
ལུག་རྣ་འདྲ་བའི་འཁྱིལ་འཁྱིལ་ཞིག་བཤད་རྒྱུར།
ང་གནའ་གཏམ་བཤད་པའི་གནའ་མྱི་མ་རེད།
ད་གཏམ་བཤད་པའི་མཁས་པ་མ་རེད།
ཕྱི་མ་མཁྱེན་པའི་བླ་མ་མ་རེད།
ཚོས་བཤད་རྒྱག་པའི་སྟོན་པ་མ་རེད།
ཤ་བེ་ཤོབ་བེ་བཤད་ལས།
ཐབ་བེ་ཐོབ་བེ་ལས་ནོ་ཕོ་ངན་ང་རེད་དྲ།
ཡིན་ཀྱང་ཚིག་གསུམ་ངོ་ལ་མ་བཤད་ན།

ལས་བདེན་རྫུན་གང་ཡིན་གི་ངོས་མི་ཟིན་ཟེར་གི།
ཤར་གྱི་སྐྱ་རེངས་དང་པོ་མ་ཤར་ན།
ཨ་སྔོན་དཀྱུང་གི་གསལ་ཆ་མི་རྟོགས་ནས་ཟེར་གི།
སྔོན་པ་འཛིག་རྟེན་ཁམས་སུ་མ་བྱོན་ན།
ལས་དགེ་སྡིག་གི་དོན་མི་རྟོགས་ཟེར་ནས་བཤད་ཀ

ཡ།

ད་དེ་རིང་ཨ་ཞང་ཚང་གི་ཟེར་གི་ར།
ཁོང་གི་མག་པ་སྙིད་རགས་ཤིག་ཚོངས་ཟེར་གི།
ངའི་ལག་གི་སྙིད་རགས་འདི་ལ་བསྔོད་པ་ཅིག་བྱས་ན།
འདི་ལུག་ཚེ་དཀར་བརྒྱ་ཡི་ཟེ་བལ་ཡིན་ནས་ཟེར་གི།
འབྲི་ཐུལ་མ་བརྒྱ་ཡི་མཁལ་རྩིད་ཡིན་ནས་ཟེར་གི།
འདི་འབྲེག་དུས་ལྷ་ཕྲུག་བརྒྱ་ཡིས་བྲིགས་ནས་ཟེར་གི།
ལུག་ར་གཡུང་དྲུང་སྒོ་བཞིའི་ནང་ནས།
ཕོ་གསར་ལྷ་མ་ལྷེམ་གྱིས་འཛིན་ཡག་གི།
བལ་ཐིག་ལྷད་མ་ལྷོད་ཀྱིས་བཀྱིགས་ཡག་གི།
རྒུད་རྫས་ཡ་མ་ཡག་གི་འབྲེག་ཡག་གི།
སྔོད་ལྷ་མོ་བརྒྱ་ཡིས་འཁེལ་ཡག་གི།
སླད་ཀླུ་མོ་བརྒྱ་ཡིས་མདུད་ཡག་གི།
བར་དྲི་ཟ་བུ་མོས་འཐག་ཡག་གི།
འདིའི་འཕང་ཤིང་ཙན་དན་དམར་པོ་ཡིན་ནས་ཟེར་གི།
འཕང་ལོ་གསེར་རྗེ་སེར་པོ་ཡིན་ནས་ཟེར་གི།
ཐག་ཆ་ཉི་ཟླ་ཁ་སྦྱོད་ཡིན་ནས་ཟེར་གི།

འཛིག་རྟེན་བལ་དཀར་ཁ་ཚུ་ཡིན་ནས་ཟེར་གི།
ངའི་ལག་གི་སྐྱིད་རགས་འདི་རི་ཆེན་ཞིག་གི་མགོ་ནས་བཤིག་ན།
རི་ཚུང་ཚུང་ཞིག་ལ་དཀྲིས་གསུམ་འདང་ང་ཟེར་གི།
ཚུ་ཆེན་ཞིག་གི་ཁ་ནས་བཤིག་ན།
ཚུ་ཚུང་ཚུང་ཞིག་གི་ཟམ་པ་འདང་ང་ཟེར་གི།
དེ་རིང་ཁྲིམ་པའི་གྲལ་ནས་བཤུག་ན།
ངས་མག་པ་ཞི་ཞིར་དཀྲིས་གསུམ་འདང་ང་ཟེར་གི།

ཡ།
དཀུང་ཨ་སྔོན་འདྲ་བའི་ཨ་ཞང་གིས།
འབྲུག་ཕོ་ཁྱུང་འདྲ་བའི་མག་པ་ལ།
གློག་དམར་པོ་འདྲ་བའི་སྐྱིད་རགས་བཅིངས།
གངས་དཀར་པོ་འདྲ་བའི་ཨ་ཞང་གིས།
སེང་དཀར་མོ་འདྲ་བའི་མག་པ་ལ།
མགོ་གཡུ་རལ་འདྲ་བའི་སྐྱིད་རགས་བཅིངས།
ནགས་རྒྱ་རྫོང་འདྲ་བའི་ཨ་ཞང་གིས།
སྟག་དམར་ཡག་འདྲ་བའི་མག་པ་ལ།
རྒྱབ་ཐིག་ལེ་འདྲ་བའི་སྐྱིད་རགས་བཅིངས།
ཚུ་གཙང་པོ་འདྲ་བའི་ཨ་ཞང་གིས།
ཉ་གསེར་མིག་འདྲ་བའི་མག་པ་ལ།
གོས་ལྷང་སྨུག་འདྲ་བའི་སྐྱིད་རགས་བཅིངས།
དང་པོ་སྐྱིད་རགས་འདིའི་ཁུགས་མགོ་དཀུང་སྔོན་གནམ་ལ་ཅིག་ཁྲོགས་ཟེར་གི།
ཁུགས་མགོ་དཀུང་སྔོན་གནམ་ལ་བཀུགས་ན།

དགུང་ཨ་སྔོན་འདྲ་བའི་མདོག་ཅིག་ཡོད་ནས་ཟེར།
དུང་ཟླ་བ་མག་པ་ཆགས་ཤིག་བཞག་ན།
ནངས་སྐྱ་རེངས་འདྲ་བའི་སྐེད་རགས་བཅིངས་ནས་ཟེར་གི།
འདིའི་ཁ་ཚུར་དོག་མོ་ས་ལ་ཅིག་ཞོགས་ཟེར་གི།
ཁ་ཚུར་དོག་མོ་ས་ལ་ཅིག་བཞག་ན།
སྤང་མེ་ཏོག་འདྲ་བའི་མདོག་ཅིག་ཡོད་ནས་ཟེར་གི།
སྤང་སེར་པོ་མག་པ་ཆགས་ཤིག་བཞག་ནས།
འཇའ་སྣ་ལྔ་འདྲ་བའི་སྐེད་རགས་བཅིངས་ནས་ཟེར་གི།
འདིའི་སྐེད་པ་བར་སྣང་ཁམས་ལ་ཅིག་འཁྱིག་དགོས་ཟེར།
སྐེད་པ་བར་སྣང་ཁམས་ལ་ཅིག་བཀུགས་ན།
སྤྲིན་དཀར་དམར་བར་སྣང་འདྲ་བའི་མདོག་ཅིག་ཡོད་ནས་ཟེར་གི།
འབྲུག་ལྡིང་ལོ་མག་པ་ཆགས་ཤིག་བཞག་ན།
གློག་དམར་པོ་འདྲ་བའི་སྐེད་རགས་བཅིངས་ནས་ཟེར་གི།

ཡ།

གཡུ་མདོག་སྔོན་མོའི་གནམ་གྱི་འོག་ནས།
རིན་ཆེན་གསེར་གྱི་ས་གཞིའི་སྟེང་ནས།
སྐྱིད་ཀྱི་མགོ་སྦྲ་གྲུ་བཞིའི་ནང་ནས།
ཡག་གི་གདན་ཆ་ཐིག་ལེའི་སྟེང་ནས།
ཁྱོས་སྐྱིལ་ཀྲུང་རྡོ་རྗེའི་མདུད་པ་བཤིག་ག
གཟུགས་མདའ་སྨྱུག་འདྲ་བོ་ཡར་ལོངས་ང་།
ཞལ་འཛུམ་མདངས་གྲོལ་ལེ་ཚུར་ལ་འཕོར་དྲ།
ཨ་ཞང་རྒྱན་པོས་ཁྱོད་ལ་སྐེད་རགས་ཤིག་བཅིངས།

ཡ།

སྐྱིད་རགས་བཅིངས་བཅིངས་སྟོད་ཀི་བཅིངས་དགོས་ཟེར་གི།
སྐྱིད་རགས་བཅིངས་བཅིངས་སྟོད་ཀི་བཅིངས་ན།
ཕ་ཨ་ཁུའི་ཕོ་ལྷ་དགྲ་ལྷ་དར་ནས་ཟེར་གི།
སྐྱིད་རགས་བཅིངས་བཅིངས་སྨད་ཀི་བཅིངས་དགོས་ཟེར་གི།
སྐྱིད་རགས་བཅིངས་བཅིངས་སྨད་ཀི་བཅིངས་ན།
མ་སྲུ་མོའི་ཟས་ལྷ་ཐབ་ལྷ་དར་ནས་ཟེར་གི།
སྐྱིད་རགས་བཅིངས་བཅིངས་སྐྱིད་ཀི་བཅིངས་དགོས་ཟེར་གི།
སྐྱིད་རགས་བཅིངས་བཅིངས་སྐྱིད་ཀི་བཅིངས་ན།
ངའི་མག་པའི་ཕོ་ལྷ་དགྲ་ལྷ་དར་ནས་ཟེར་གི།

ཡ།

དང་པོ་སྐྱིད་རགས་འདི་གཡས་ནས་བླངས་ནས་གཡོན་ནས་མདུད་ན།
སྟོད་དབུས་གཙང་བླ་མའི་ཆོས་མདུད་ཡིན་ནས་ཟེར་གི།
བན་སེར་མོ་ཚོགས་ལ་འཚོགས་སྒྲོལ་ཡིན་ཟེར་གི།
གཡོན་ནས་བླངས་ནས་གཡས་ནས་མདུད་ན།
སྨད་རྒྱ་ནག་རྒྱལ་པོའི་དཔའ་མདུད་ཡིན་ནས་ཟེར་གི།
བུ་དཔའ་བོས་རལ་གྲི་བཤང་སྒྲོལ་ཡིན་ནས་ཟེར་གི།
འདི་གཞུག་ནས་བླངས་ནས་སྔུན་ནས་མདུད་ན།
སྒྲོལ་མ་སྔོན་མོའི་ཚེ་མདུད་ཡིན་ནས་ཟེར་གི།
མ་སྲུ་མོས་ཛ་ཚང་འདྲེན་སྒྲོལ་ཡིན་ནས་ཟེར་གི།
འདི་སྔོན་ནས་བླངས་ནས་གཞུག་ནས་མདུད་ན།
དར་སྒྲོལ་དར་གྱི་མདུད་པ་ཡིན་ནས་ཟེར་གི།

སྐུ་རྒྱལ་བོད་ཀྱི་བཙིངས་ལུགས་ཡིན་ནས་ཟེར་གི།

ཡ།

ངའི་ལག་གི་དཀར་ཡོལ་འདི་ལ་བསྟོད་པ་ཞིག་བྱས་ན།
འདི་འབྱུང་ས་རྒྱ་ནག་ཡུལ་ནས་བྱུང་ནས་ཟེར་གི།
སྨད་རྒྱ་ནག་བཀྲ་ཤིས་ཁྲི་སྐོ་ནས།
རིན་གོང་ཆེན་བྱིན་ནས་ཉོས་ནས་ཟེར་གི།
དྲིལ་སྨུག་པོ་ཞིག་ལ་བཀལ་ནས་ཡོང་ནས་ཟེར་གི།
ལང་དར་ཚོན་སྣ་ལྔས་གཙུད་ནས་ཡོང་ནས་ཟེར་གི།
འདིའི་ཁ་ན་འཁོར་ལོ་རྩིབས་བརྒྱད་ཡོད་ནས་ཟེར་གི།
ཞབས་ན་པདྨ་འདབ་བརྒྱད་ཡོད་ནས་ཟེར་གི།
རི་མོ་བཀྲ་ཤིས་རྟགས་བརྒྱད་ཡོད་ནས་ཟེར་གི།
འདི་ཕ་ཨ་ཁུ་འཚོགས་ནས་ཆེ་གི་བཟོས་ནས་ཟེར་གི།
མ་སྲུ་མོ་འཚོགས་ནས་ཆུང་གི་བཟོས་ནས་ཟེར་གི།
བུ་ཚ་བོ་འཚོགས་ནས་ཚད་རེད་བཟོས་ནས་ཟེར་གི།
ད་འདིའི་ནང་གི་བདུད་རྩི་འདི་ལ་བསྟོད་པ་ཅིག་བྱས་ན།
འདི་ཡོ་ལ་བསླལ་བའི་ཡོ་ཆང་ཡིན་ནས་ཟེར་གི།
ཡོ་ཆང་བདུད་རྩི་ཁམ་པ་ཡིན་ནས་ཟེར་གི།
ཀླུ་ལ་བསླལ་བའི་ཀླུ་ཆང་ཡིན་ནས་ཟེར་གི།
ཀླུ་ཆང་བདུད་རྩི་བསིལ་མ་ཡིན་ནས་ཟེར་གི།
ཞག་ལ་བསླལ་བའི་ཞག་ཆང་ཡིན་ནས་ཟེར་གི།
ཞག་ཆང་བདུད་རྩི་སྔོན་མོ་ཡིན་ནས་ཟེར་གི།
ད་ནངས་ཀྱི་ཐོ་རེངས་གསར་ཆང་ཡིན་ནས་ཟེར་གི།

དེ་རིང་གི་ཉེ་ཚང་གསར་བ་ཡིན་ནས་ཟེར་གི།
ད་ཕ་ཨ་ཁྱུས་འབྱུང་ན་དགྲ་ལྷ་འཁོར་ར་ཟེར་གི།
མ་སྤུ་མོས་འབྱུང་ན་ཟས་ལྷ་འཁོར་ནས་ཟེར་གི།
སྟག་ཤ་རས་འབྱུང་ན་དཔལ་རྩལ་རྒྱས་ནས་ཟེར་གི།
སྨན་བུ་མོས་འབྱུང་ན་ཤ་མདངས་དཀར་ནས་ཟེར་གི།
ད་ངའི་མག་པས་འབྱུང་ན་དགྲ་ལྷ་འཁོར་ར་ཟེར་ག

ཡ།
ད་ངས་སྐྱིད་ཀྱི་མག་ཞིའུ་ཁྲ་ལོ།
ཁྱོའི་ཡ་ཁ་གསེར་ལོ་ཡིན་པས་བསྒྲེ་ཤེས་བྱོས།
མ་ཁ་དངུལ་ལོ་ཡིན་པས་སྒྱུར་ཤེས་བྱོས།
མིད་ཐག་སྤུ་གུ་ཡིན་པས་དྲངས་ཤེས་བྱོས།
རྒྱུ་མ་གཡང་དྲུང་ཡིན་པས་འཁྲིད་ཤེས་ཤིག་བྱོས།
རྩ་ལམ་རིན་ཆེན་ཡིན་པས་བཀྲམ་ཤེས་ཤིག་བྱོས།

ཡ།
ད་དེ་རིང་ཨ་ཞང་ཚང་གི་ཟེར་གི་ར།
ཁོང་གི་མག་པར་ཁ་གཡང་ཞིག་ཐོས་ཟེར་གི།
ཁྱོའི་ནོར་ས་རྫ་རི་སྨུག་པོ་ནོར་གྱིས་བཀང་ང་།
རྟ་ས་འཛག་རི་སྲུམ་མདོ་རྟ་ཡིས་བཀང་ང་།
ལུག་ས་སྤང་རི་ཚེ་དཀར་ལུག་གིས་བཀང་ང་།
སྐྱིད་ཀྱི་མགོ་སྤྲ་གྲུ་བཞི་ནོམ་གྱིས་བཀང་ང་།
གོ་ཁ་བུ་ཡིས་བཀང་ང་།

སྒོ་ཁ་རྒྱུ་ཡིས་བཀང་ང་།
ཁྱོད་བཅས་པའི་བྱ་ལམ་ལ་འགྲོ།
དྲན་གི་སློ་ལམ་མ་འགྲོ།
ཁྱོད་རྟ་འདོ་བའི་སྟེང་ནས་བལ་དཀར་གྱི་ཡང་ཡིན་ནོ།
དགྲ་ནག་པོའི་སྟུན་ནས་གློག་ཞགས་ཀྱི་མྱུར་ཡིན།
ཁྱོད་གོས་ཚ་ཙའི་ནང་ནས་མདའ་སྒྲུག་གི་དྲང་ཡིན།
ཁྱོས་མི་བརྒྱ་ཡན་ནས་ཚིག་བཤད་ལ།
རྟ་བརྒྱའི་གོང་ནས་ལྷུག་འཕྱུར་ར།
ང་མི་ཚུང་ཚུང་ཁ་ལས་དགོས་ནི་ཞིག་ཡིན།
རྟ་ཚུང་ཚུང་ཁ་སྐྱོག་བདེ་ནི་ཞིག་ཡིན།
མི་ཚུང་ཚུང་བསམ་ཡངས་ཁོང་དག་ཅིག་ཡིན།
རྟ་ཚུང་ཚུང་འགྲོ་ཡང་གོམ་ཤེས་ཤིག་ཡིན།
ངས་ཁྱོད་ལ་ཁ་གཡང་ར་བཀྲ་ཤིས་འབོད།
ཁྱོད་ཀྱི་ཁ་རྫེ་ར་དབང་ཐང་དར་ར།
བསམ་པའི་འདོད་དོན་འགྲུབ་བ།
བཙན་གྱི་རྩེ་མོ་དགུང་ང་མཉམ་མ།
ཕྱུགས་ཀྱི་ཙ་མ་ཐང་ང་བརྡལ།
ཕྱུགས་ཀྱི་ཕྱྭ་གཡང་འཁོར་ར།
མིའི་ཚེ་བསོད་རྒྱས།

ཀླུ་རྒྱལ་དབང་ཕྱུག་གིས་བཤད།

ཇ་བཤད་ཟས་གཡང་རང་འཁོར།

ཡ།

ད་ནངས་ནམ་ལངས་ཀྱི་མགོ་མ།

ཉི་ཤར་གྱི་རྩེ་མོ།

རྟེན་འབྲེལ་ཀུན་འཛོམས་ཀྱི་ཉིན་མོ་འདིར།

ཨ་ཅེ་གསེར་མོ་མཚོ་ར་དངུལ་མོ་མཚོ།

ཆུ་བཙལ་གི་བཙལ་གི་ནགས་ལ་བུད་ཐལ།

ནགས་ནས་བུད་ལས་ཇ་ལ་བུད་ཐལ།

ཇ་ཡི་ཇ་ཆུ་བསིལ་མ་རྙེད་ཟེག

ཇ་ཡི་ཇ་ཆུ་བསིལ་མ་འདི།

ཁ་ནས་བཙུས་ན་གཡའ་དྲི་སྦྲོ་གི།

ཞབས་ནས་བཙུས་ན་འདམ་དྲི་སྦྲོ་གི།

བར་གྱི་ཇ་ཆུ་བསིལ་མ་འདི་བཙུ་དགོས་ནས་ཟེར་ག

ཡ།

བར་གྱི་ཇ་ཆུ་བསིལ་མ་འདི།

གསེར་གྱི་ཟོམ་བུའི་ནང་ལ་བླངས་ནས།

གསེར་བཟོ་ནང་ལ་ཤགས་སེ་བླུག་ནས།

གསེར་ཐག་སྦྲ་མོའི་སྐེད་རགས་བཅིངས་ནས།

ཕུས་མོའི་འཕང་ལོའི་སྟེང་ལ་བླངས་ཟེག

གད་པ་གཡང་དྲུང་སྟེང་ལ་བཞག་ནས།
སྐེད་པ་རྡོ་རྗེ་གདན་ལ་ཁྱེར་ཟེག་ཟེར་གི།

ཡ།
ཡར་ལ་ག་མ་གོག་གི་ཡོངས་ནས།
མར་ལ་ལྷ་མ་ལྷིང་གིས་བབས་ནས།
གཉེན་གཡང་ཚང་ཚང་གི་ཁྱིམ་ལ་ཐོན་དུས།
ཐབ་ག་སུམ་རྩིག་ཟེར་བའི་ཁྲི་ཡོད་གི།
ཐབ་ཁ་སུམ་རྩིག་ཟེར་བའི་ཁྲི་སྟེང་ན།
མཁར་ཟངས་ཁ་དཀར་ཟེར་བའི་རྒྱན་ཡོད་གི།
མཁར་ཟངས་ཁ་དཀར་ཟེར་བའི་རྒྱན་ནང་དུ།
གཙང་ཆབ་སྔོན་མོའི་ཆུ་ཡོད་གི།
ཆུ་མ་མང་མ་ཞུང་སོར་གསུམ་ཡོད་གི།
ཅིག་ཞུང་གི་བཟོས་ནས་ཐོམ་གསུམ་བསྟན་ཟེག
ཇ་མ་མང་མ་ཞུང་སྤུར་གསུམ་འདེབས་གི།
ཅིག་ཞུང་གི་ཟེར་ནས་ལན་གསུམ་འདེབས་གི།

ཡ།
ཇ་འདི་ཡི་འབྱུང་ཁུངས་མི་བཤད་མོད།
ཇ་འདི་ཡི་འབྱུང་ཁུངས་བཤད་རྒྱུ་ན།
འདི་འབུད་ས་རྒྱ་ནག་ཡུལ་ནས་བུད་ཟེག
འདི་ཉིན་ནས་སྐྱེས་གི་ཟུང་ཇ་རེད།
གསོལ་དཀར་ཇ་ཡི་རྩེ་མོ་རེད།

འདི་དཔྱིད་ཟླ་གསུམ་ལ་བཏབ་ནོ་ཡག་གི།
དབྱར་ཟླ་གསུམ་ལ་སྨྲིས་ནོ་ཡག་གི།
སྟོན་ཟླ་གསུམ་ལ་སྨིན་ནོ་ཡག་གི།
རྒྱ་མོ་ཐོར་ཅོག་ཅན་གྱིས་གཞབ་ནོ་ཡག་གི།
རྒྱ་རལ་བ་ཅན་གྱིས་འཚོང་སྒྲོལ་ཡག་གི།

ཡ།
ཇ་བསྐོལ་ཐལ་བསྐོལ་ཐལ་ཞེས་ན།
ཨ་མས་གཅེས་ཕྲུག་སྐོལ་སྐོལ་བྱས་ཟིག
ཇ་བླངས་ཐལ་བླངས་ཐལ་ཞེས་ན།
ཇོ་མགོའི་སྨུག་པ་འཁྱིབ་འཁྱིབ་བྱས་ཟིག
དཔར་གྲུ་བཞིའི་ནང་ལ་དཔར་སྒྲོལ་ཡག་གི།
ཇ་ཤོག་སེར་པོའི་ན་བཟའ་ཡག་གི།
ཅ་ལ་དམར་པོའི་སྐེད་རགས་ཡག་གི།
ཇ་བཀལ་ནས་དབུས་གཙང་ཡུལ་ལ་སོང་ཟིག
སྟོད་དབུས་གཙང་བླ་མས་གསེར་ཐེལ་བརྒྱབ་ཟིག
ཇ་བཀལ་ནས་གངས་ཅན་བོད་ལ་སོང་ཟིག
བོད་སྲིད་པ་རྒན་པས་དུང་ཐེལ་བརྒྱབ་ཟིག
ཇ་ཐེལ་རྣམ་གསུམ་དེ་ནས་འཛོམས་ཟིག་ཟེར་གི།

ཡ།
ཇ་བཙོང་མཁན་མི་དམའ་བཙོང་མཁན་མཐོ་ནས་ཟེར་གི།
ཇ་བཙོང་མཁན་ཚོང་དཔོན་ཉི་མ་ཡིན་ནས་ཟེར་གི།

ཟ་གོང་གཏམ་ཐལ་གཏམ་ཐལ་ཞེས་ན།
ཕ་ཨ་ཁུ་བརྒྱ་ཡིས་རིན་གོང་གཏམ་གི།
རྟ་འདོ་བ་བརྒྱ་དང་ཆ་གཅིག་ཡིན་ཟེར་གི།
གོང་ད་ཉུང་ཚུང་ཙམ་དམའ་གི་ཞེས་ནས་ཟེར་གི།
སྟག་ཤ་ར་བརྒྱ་ཡིས་རིན་གོང་གཏམ་ནས་ཟེར་གི།
ལུག་ཚེར་མོ་བརྒྱ་དང་ཆ་གཅིག་ཡིན་ནས་ཟེར་གི།
གོང་ད་ཉུང་ཚུང་ཙམ་དམའ་གི་ཞེས་ནས་ཟེར་གི།
སྨན་སྤུ་མོ་བརྒྱ་ཡིས་རིན་གོང་གཏམ་ནས་ཟེར་གི།
འབྲི་ཐུལ་མ་བརྒྱ་དང་ཆ་གཅིག་ཡིན་ནས་ཟེར་གི།
ཤག་དི་རེ་སྙོར་མོ་ཕར་ལ་བསྟེས་ན།
ཤག་དི་རེ་ཟ་ནག་ཚུར་ལ་ལེན་གི།
སྨན་ཟ་སྟེས་ཆེ་ནོ་དེའི་དོན་ཡིན་ནས་ཟེར་གི།

ཡ།
མེ་འབར་ཐལ་འབར་ཐལ་ཞེས་ན།
ཤུག་པ་ལྷ་ཤིང་གཤགས་ན་འབར་གི།
ཚེར་མ་དགྲ་ཤིང་བཅད་ན་འབར་གི།
ཨོང་བ་གཡུང་དྲུང་བསྐོངས་ན་འབར་གི།
རིལ་མ་ནག་ཤག་གཏོར་ན་འབར་གི།
དུ་བ་ལྗོ་སྤྲིན་འཁྲིག་འཁྲིག་བྱེད་ཀི།
མེ་ལྕེ་སྒློག་དམར་འཕྲུག་འཕྲུག་བྱེད་ཀི།
མེ་སྒྲ་འབྲུག་སྒྲ་ལྡིར་ལྡིར་བྱེད་ཀི།

ཇ་བཤད་ཟས་གཡང་རང་འཁོར།

ཡ།

ཇ་ཁོལ་ཐལ་ཁོལ་ཐལ་ཞེས་ན།

ཇ་རླབས་སྨུག་རླངས་འཐིབ་འཐིབ་བྱེད་ཀྱི།

ཇ་ཤག་ཐ་རླབས་འཕྱུར་འཕྱུར་བྱེད་ཀྱི།

ཇ་སྔོང་ལུ་གུ་རྩེད་རྩེད་བྱེད་ཀྱི།

ཇ་དྲི་ཕྱོགས་བཞིར་སེང་སེ་འཐིབ་ཀྱི།

ཇ་ལོ་ཞབས་ལ་ལྡིག་སེ་འབབ་ཀྱི།

ཡ།

སྨན་ཆུང་ངའི་ལག་གཡས་པའི་ནང་ན།

དཀར་ཡོལ་ཁྱུང་གཤོག་འབྲུག་མ་ཡོད།

དེའི་ཁ་ན་འཁོར་ལོ་རྩིབས་བརྒྱད་ཡོད།

སྙིད་ན་བཀྲ་ཤིས་རྟགས་བརྒྱད་ཡོད།

ཞབས་ན་པདྨ་འདབ་བརྒྱད་ཡོད།

འདིའི་ནང་ན་རྒྱ་ཇ་དམར་པོ་ཡོད།

ཁ་ན་འཁྲི་མར་སེར་པོ་ཡོད།

ཕར་འཁོར་རས་ཐེངས་གསུམ་དཔོར་ན།

ཆུ་ཆེན་པོ་ཡེར་མོ་རྒྱུག་འདྲ།

ཚུར་འཁོར་རས་ཧུབ་གསུམ་འཐུང་ན།

ཞ་དམར་པོ་ཁྱུང་ལ་འཛུལ་འདྲ།

འདི་གཉེན་ཚང་ཚང་གི་སྟོན་ཇ་ཡིན།

བདག་གཞི་མགྲོན་གཉིས་ཀས་བཞེས་རོགས་གནོངས།

བཀའ་འགྱུར་ཁོན་ཐར་སྐྱིད་ཀྱིས་བཤད།

མཇུག་བསྡུ་བའི་གཏམ།

སྤྲོལ་རྒྱུན་རིག་གནས་ནི་མི་རིགས་ཤིག་གི་རིག་གནས་ཀྱི་གཟུང་ཐག་ཏུ་གྱུར་ཡོད་པས་བོད་ཀྱི་རིག་གནས་སྤྱི་དང་སྒོས་སུ་སྤྲོལ་རྒྱུན་རིག་གནས་ཉམས་པ་སོར་ཆུད་དང་མ་ཉམས་གོང་སྤེལ་དུ་གཏོང་རྒྱུ་ནི་ང་ཚོ་ཕྱི་རབས་པ་དག་གི་ཕྲག་ཏུ་བབས་པའི་འགན་འཁྲི་གཡོལ་མེད་དུ་ཆགས་ཡོད། ཕྲན་ལ་མཚོན་ན་སྐྱེས་སྟོབས་ཀྱི་ཤེས་རབ་དམན་ལ་སྦྱངས་སྟོབས་ཀྱི་བརྩོན་འགྲུས་ཞན་པ་མ་ཟད་དུས་དང་གནས་ཀྱི་དབང་གིས་ཀྱང་སྤྲོལ་རྒྱུན་རིག་གནས་དང་ཁ་ཅ་ཁ་ཐུག་ཏུ་ཡོད་པ་ཞིག་མིན་པས་སྤྲོལ་རྒྱུན་རིག་གནས་འཚོལ་སྡུད་དང་སྡུད་སྒྲིག་བྱེད་དུས་དཀའ་བ་གང་མང་ལ་གདོང་གཏུག་དགོས་འདུག ཡིན་ནའང་འདི་ནི་ང་ཡི་འགན་འཁྲི་ཡིན་ལ་ང་ཡི་མོས་འདུན་ཡང་ཡིན་པས་ང་རང་ཞུགས་ཟིན་པའི་ལམ་ནས་ཕྱིར་ལྡོག་ག་ལ་རུང་། དེ་བས་ངས་རང་ཉིད་ཀྱི་མོས་པ་དང་འགན་འཁྲི་སེམས་ལ་བཅངས་ནས་ཕ་ཡུལ་གྱི་རི་ལུང་སོ་སོར་རིག་པའི་ཉིང་བཅུད་འཚོལ་དུ་འགྲོ་དུས་ན་དུས་རབས་ཀྱི་འཕེལ་འགྱུར་དང་བསྟུན་ནས་སྤྲོལ་རྒྱུན་རིག་གནས་མང་པོ་ཞིག་ང་ཚོ་དང་རིང་དུ་གྱེས་ཟིན་པ་དང་རིག་གནས་གང་དེར་ཉམས་སྨྱོང་དང་རྒྱུས་མངའ་ཡོད་པ་དག་ཀྱང་རེ་རེ་བཞིན་ང་ཚོར་གྱེས་ཟིན་པས་ཡིད་ལ་འཕྱི་དྲགས་པའི་སྐྱོ་སྣང་སྐྱེས་ལ་དེ་མུར་ད་ནི་ངེས་པར་དུ་དུས་ཚོད་དམ་འཛིན་གྱིས་འཚོལ་སྡུད་དང་སྡུད་སྒྲིག་མ་བྱས་ཚེ་ནམ་ཞིག་ཀར་རྗེས་རླུང་གིས་བསུབས་པ་བཞིན་སྤྲོལ་རྒྱུན་རིག་གནས་ཀྱི་ཟ་ཟུར་དང་གྲུ་སྣེ་ཙམ་ཡང་ང་ཚོའི་མཐོང་ཡུལ་དང་ཐོས་ཡུལ་ནས་རིང་དུ་འབོར་སྲིད་པའི་ངེས་ཤེས་གཏིང་ནས་སྐྱེས་པས། ངས་ལུང་དམར་ཡུལ་ཚོའི་ལུང་དམར་རྭ་ཁག་གི་དྲུང་རེས་རྒྱལ་ལགས་དང་དམངས་ཁྲོད་རིག་གནས་ལ་དགའ་མོས་ཡོད་པ་འགའ་ཁྲིད་དེ་ཐེམ་ཆེན་རྫོང་གི་ལུང་དམར་ཡུལ་ཚོ་དང་གཡང་ཁེངས་ཡུལ་ཚོ། མཁར་དམར་ཡུལ་ཚོ། བྲག་དམར་ཡུལ་ཚོ། སུ་རུ་ཡུལ་

ཚོ། འབྲུག་ཁྱུང་ཡུལ་ཚོ། ཅོང་ཆུ་གྲོང་རྡལ། ཞིན་ཡོན་གྲོང་རྡལ། མེ་ཏྭ་གྲོང་རྡལ་སོགས་དང་གཉེར་ལམ་རྫོང་གི་ཤ་རག་ག་གྲོང་རྡལ། སྣོ་མེ་ཡུལ་ཚོ། ཏྭ་ངར་ཡུལ་ཚོ་སོགས་སུ་སོང་ནས་ས་ཆ་སོ་སོའི་རྒྱན་པ་དང་སྲོལ་རྒྱུན་རིག་གནས་ལ་དགའ་མོས་ཡོད་པ་དག་ལ་བཅར་འདྲི་བྱས་པ་བརྒྱུད་དམངས་ཁྲོད་སྒྱུ་རྩལ་པ་བཙོ་ལྡུ་ཡི་རི་ཆུའི་བསྟོད་པ་དང་གཉེན་བཤད། རྟ་བཤད། ཇ་བཤད་སོགས་བཤད་པ་བཅོ་བརྒྱད་ལྷག་ལག་སོན་བྱུང་བས་དེབ་ཆུང་འདི་ཚགས་སུ་གྲུབ།

དེབ་འདི་བསྒྲིགས་པའི་གོ་རིམ་ཁྲོད་དུ་ཆེད་མཁས་པ་དང་སྲོལ་རྒྱུན་ངག་རིག་པ་འགའ་ལ་བློ་འདྲི་བྱས་མཐར་གཤམ་གྱི་རྩ་དོན་འགའ་རྒྱུན་འཁྱོངས་བྱས་ཡོད་དེ། གཅིག་ནས་ངག་རྩོམ་གྱི་བྲོ་བ་མི་ཡལ་བའི་ཆེད་དུ“དང་པོ་གཉེན་འདི་གནམ་ནས་དར་ཟེག གནམ་ས་གཉིས་ཀྱིས་གཉེན་བཟུང་ཟེག”ལྟ་བུའི“ཟེག”དང་། “གཏམ་ཀུ་རེ་གཉིས་ཀྱི་མཛད་སྒོ་གླིང་ངེ”དང“བདག་གཞི་མགྲོན་གཉིས་ཀ་འདིར་འཛོམ་མེ”ལྟ་བུའི“ངེ”དང“མེ”ལྟ་བུ། “ཁ་ཚབ་དགུང་གི་དགུ་ཚིགས་ཡིན་ནས་ཟེར་གི། ཁབ་དབྱིབས་བསམ་པའི་དོན་འགྲུབ་ཡིན་ནས་ཟེར་གི”ལྟ་བུའི་ཁྲོད་ཀྱི“ནས”དང“ཟེར”ལྟ་བུ་སོགས་ཁ་སྐད་དང་ཡུལ་ལུང་གི་སྐད་ཐེ་བྲག་པ་རེ་གཉིས་སོར་འཇོག་བྱས་ཡོད། གཉིས་ནས་མངོན་མིན་ཤུལ་བཞག་རིག་གནས་སྲུང་སྐྱོང་ལ་དམིགས་ནས《སྒྲ་བསྟོད་མེས་པོའི་ངག་རྒྱུན》དང《སྒྲ་བཤད་རྣ་ཡི་བུ་རམ》《སྒྲ་ནག་གི་བསྟོད་པ་ངག་གི་རང་སྒྲ》ལྟ་བུ་བརྗོད་བྱ་གཅིག་ཏུ་འབབ་ཀྱང་རྗོད་བྱེད་ཚིག་གི་ཐད་ནས་ཚིག་རྐང་རེ་གཉིས་ཙམ་གྱི་མི་འདྲ་ས་ཡོད་ཚེ་དེ་ལའང་རིན་ཐང་གཞལ་དུ་མེད་པར་མཐོང་ནས་དཀྱུས་གཅིག་ཏུ་བཀོད་ཡོད་པ། གསུམ་ནས་ཚིག་རྐང་སོ་སོ་དོ་མཉམ་མི་མཉམ་ཅི་རིགས་ཡིན་ཡང་བཤད་པའི་སྐབས་ཀྱི་དབྱུགས་མཚམས་གཅོད་སྟངས་གཞིར་བཟུང་ནས་ཚིགས་སུ་བཅད་པའི་རྣམ་པའི་གྲུབ་པར་བྱས་ནས་བཤད་པ་རང་སྟེང་གི་ཁྱད་ཆོས་ཐོན་ཅི་ཐུབ་བྱས་ཡོད།

མཐར་དེབ་ཆུང་འདི་ཀློག་པ་པོའི་སྤྱན་སྔར་བསྟར་རྗེས་ཀྱི་སྐབས་ལ་དེབ་ཀྱི་གླེང་སློང་བའི་གཏམ་ཁྲིས་པ་མ་ཟད་དེབ་ཀྱི་ཕྱི་ནང་བར་གསུམ་ཀུན་ལ་སེམས་ཞིབ་མོས་བློ་སྟོན་

མཇུག་བསྡུ་བའི་གཏམ།

བྱས་པའི་མཚོ་ནུབ་ཁུལ་མི་རིགས་སྐད་ཡིག་ཁང་གི་ཀྲུའུ་རེན་ཀླུ་འབུམ་རྒྱལ་དང་། མཚོ་ནུབ་ཁུལ་མང་ཚོགས་སྒྱུ་རྩལ་ཁང་གི་འགོ་གཙོ་པ་ཡུན་སུ་གུ་ལས། མཚོ་ནུབ་ཁུལ་རླུང་འཕྲིན་ཁང་གི་བདེ་སྐྱིད་སྒྲོལ་མ་དང་《གངས་རྒྱན་མེ་ཏོག་》རྩོམ་སྒྲིག་ཁང་གི་གཙོ་སྒྲིག་གཞོན་པ་མོག་བུ་ཡེ་ཤེས་སྐྱབས་བཅས་ལ་བཀའ་དྲིན་སྙིང་ནས་ཞུ་ཞིང་། དེབ་འདིར་དགེ་རྩ་ཅི་ཡོད་ཀྱིས་བོད་ཀྱི་སྲོལ་རྒྱུན་རིག་གནས་རྒྱུན་འཛིན་དང་དར་སྤེལ་ལ་ཕན་པར་ཤོག །

ཞེས་སྒྲིག་པ་པོས་༢༠༡༡ལོའི་ཟླ་༡༢ཚེས་༡༢ཉིན།

མཚོ་ནུབ་བོད་ཀྱི་བཤད་པ་གཅེས་བཏུས།

སྒྲིག་པ་པོ། སེང་འབྲུག་མཚོ།
རྩོམ་སྒྲིག་འགན་འཁུར་པ། སྒྲོལ་མ་ཚོས་མཚོ།
དེབ་གཞིའི་མཛེས་འཆོས། ཅིན་ཡི།
དཔེ་སྐྲུན་མཁན། མི་རིགས་དཔེ་སྐྲུན་ཁང་།
པེ་ཅིན་གྲོང་ཁྱེར་ཧོ་ཕིང་ལི་བྱང་ལམ་ཨང་14པ། (100013)
http://www.mzpub.com
(010) 58130062 (010) 58130904
པར་འདེབས་མཁན། ཧྲོ་པེ་ཞིན་ཀྲའོ་ཡོན་པར་འདེབས་ཚད་ཡོད་ཀུང་སི།
བརྒྱུད་འཚོང་མཁན། རྒྱལ་ཡོངས་ས་གནས་སོ་སོའི་ཞིན་ཧྭ་དཔེ་ཚོང་ཁང་།
དེབ་ཚད། 710mm×1000mm 1/16
དཔར་ཤོག 16.5
དཔར་གྲངས། 0001–1500
པར་གཞི་སྒྲིག་ཐེངས། 2023ལོའི་ཟླ་8པར་པར་གཞི་དང་པོ་བསྒྲིགས།
དཔར་ཐེངས། 2023ལོའི་ཟླ་8པར་པེ་ཅིན་དུ་དཔར་ཐེངས་དང་པོ་བཏབ།
དཔེ་རྟགས། ISBN 978-7-105-16856-9/I・3199（བོད 404）
རིན་གོང་། སྒོར 60.00

图书在版编目（CIP）数据

海西藏族祝赞词：藏文 / 桑周措主编 .—北京：民族出版社，2022.11
（德都蒙古（海西）文化生态保护实验区非遗丛书 / 巴音斯格力主编）
ISBN 978-7-105-16856-9

Ⅰ. ①海… Ⅱ. ①桑… Ⅲ. ①藏族—颂歌—作品集—海西蒙古族藏族自治州—藏语 Ⅳ. ① I277.291.4

中国国家版本馆 CIP 数据核字（2023）第 073379 号

责任编辑：卓玛青错
封面设计：金　晔

出版发行：民族出版社
地　　址：北京市和平里北街 14 号
邮　　编：100013
网　　址：http://www.mzpub.com
印　　刷：河北鑫兆源印刷有限公司
经　　销：各地新华书店
版　　次：2023 年 8 月第 1 版　2023 年 8 月北京第 1 次印刷
开　　本：710 毫米 ×1000 毫米　1/16
字　　数：300 千字
印　　张：16.5
印　　数：0001-1500
定　　价：60.00 元
ISBN　978-7-105-16856-9 / I · 3199（藏 404）

该书如有印装质量问题，请与本社蒙文发行科联系退换。

蒙文室电话：010-58130062　蒙文发行科电话：010-58130904